Harry Cauley

Onkel Josh und die Gabe des Staunens

Roman

Aus dem Amerikanischen von
Sigrid Langhaeuser

Droemer

Originaltitel: Millersburg

Die Folie des Schutzumschlags sowie die Einschweißfolie
sind PE-Folien und biologisch abbaubar.
Dieses Buch wurde auf chlor- und säurefreiem Papier gedruckt.

Umschlaggestaltung: ZERO Werbeagentur, München
Umschlagabbildung: Mauritius, Mittenwald
Satz: Ventura Publisher im Verlag
Druck und Bindung: Ebner & Spiegel, Ulm
Printed in Germany
ISBN 3-426-19603-4

2 4 5 3 1

Onkel Josh
und die Gabe des
Staunens

Kapitel 1

In dem Sommer, in dem ich siebzehn wurde, kündigte Mamu an, dass sie noch vor Ende September »vom Karussell springen« würde, was ihre Metapher für Sterben war. Im gleichen Sommer ereignete sich in Millersburg ein grauenhafter Doppelmord. Es war eine unheimliche Angelegenheit um Sex, Verstümmelung, Geld, Macht und Rache, die naturgemäß sowohl meinen Geburtstag als auch Mamus Sterbepläne überschattete. Die Morde fanden in einem der luxuriösen ›Cottages‹ am Millersee statt, und wenn man den Einheimischen glauben durfte, war es vollkommen ausgeschlossen, dass einer der ständigen Einwohner der Stadt in eine derart schreckliche Sache verwickelt sein könnte. Die Sommerleute hingegen, nun ja, denen konnte man fast alles zutrauen, die waren immer verdächtig. In erster Linie natürlich deshalb, weil sie die begehrtesten Grundstücke am See ihr Eigen nannten. Die Tatsache, dass sie auch Geld in eine Stadt brachten, die sonst wenige oder gar keine Verdienstmöglichkeiten bot, spielte keine Rolle. Sie waren Außenseiter. Und weil einer der Ermordeten zum alten

Geldadel gehörte und der andere weltberühmt war, sorgte das Verbrechen für Schlagzeilen auf der ganzen Welt und bot der Presse einen willkommenen Anlass, einmal etwas anderes zu schreiben als die allgegenwärtigen Berichte über den bevorstehenden Zweiten Weltkrieg.

Es war das sensationellste Verbrechen in New Jersey seit der Entführung des Lindbergh-Babys, das verschlafene kleine Millersburg war plötzlich weltweit in aller Munde, und die Millersburger hatten etwas, worüber sie noch jahrzehntelang reden konnten.

Jener drückend heiße Sommer 1939 prägte sich unauslöschlich in mein Gedächtnis ein, weil meine Familie letztendlich in die Morde verwickelt wurde. Das Drama um Mamus bevorstehendes Hinscheiden geriet darüber vollständig in Vergessenheit, was sie so maßlos erbitterte, dass sie den Sprung vom Karussell um zweiundzwanzig Jahre verschob. Sie starb erst 1961 im Alter von zweiundneunzig Jahren am Verzehr giftiger Pilze, die sie selbst im Wald gesammelt hatte. Ihr Augenlicht hatte stark nachgelassen, aber sie weigerte sich, eine Brille zu tragen, und konnte nicht richtig erkennen, was sie in ihren Korb tat.

Meine Großmutter Adela Pritchard Wayland war zu Mamu geworden, als meine Mutter, noch ein Baby, das seine ersten Worte stammelte, versuchte, »Mammi« zu sagen, und so etwas Ähnliches wie »Mamu« dabei herauskam. Von diesem Tag an war meine Großmutter Mamu, für die ganze Familie und für jeden in Millersburg, der vertraut genug mit ihr war, um sie mit dem Vornamen anzureden. Meine Mutter, Eulalie Wayland Whyte, meine Schwester Estella und ich lebten mit Mamu in einem riesigen weißen Holzhaus etwa drei Kilometer außerhalb von Millersburg und rund vierhundert Meter von der Staatsstraße 13 entfernt an einer staubigen, namenlosen, ungeteerten Straße, die wir Broadway nannten. Das Haus war von eindrucksvollen alten Ahornbäumen, Ulmen und Eichen umgeben, die von Mai bis Mitte November, wenn die letzten Blätter fielen, für kühlen Schatten sorgten. Es wurde makellos sauber gehalten und so regelmäßig gepflegt wie ein historisches Baudenkmal, das interessierte Besucher anlocken könnte. Aber in unser Haus kamen nur sehr wenige Besucher. Trotz seiner Größe war es ausschließlich für die Menschen da, die darin wohnten, und für niemand anderen. Auf drei Seiten war es von einer breiten, luftigen, überdachten Veranda umgeben, fast wie von einem schützenden Schlossgraben, der das Haus gegen alles und jeden abschirmte, das oder der einzudringen drohte. In die Fenster der oberen Stockwerke waren Flächen von farbigem Glas eingelassen, die so kunstvoll verteilt waren, dass sie das monotone Weiß der Fassade belebten. Auf der Südseite, der Rückseite des Hauses, befanden sich eine Tür, die über eine ungepflasterte Terrasse in die Küche führte, und das Fenster des oberen Badezimmers. Ansonsten war die Südfront kahl und schützte das Innere des Hauses vor der Sommerhitze.

Die meisten Räume wurden nicht genutzt und die Vorhänge geschlossen gehalten, damit das Sonnenlicht die Teppiche nicht ausbleichen konnte. Wir benutzten die Küche, die Badezimmer und Schlafzimmer und betraten fast nie die beiden Wohnzimmer, die zu beiden Seiten der geräumigen, dunklen Halle lagen, das Speisezimmer, das kleine Arbeitszimmer, die Bibliothek und das Nähzimmer. Wenn jemand anderer als Mamu ohne triftigen Grund in einem dieser Räume ertappt wurde, wurden wir bezichtigt, herumzuschnüffeln. Es gab dort niemals auch nur die geringste Spur von Staub, und die Möbel sahen aus, als kämen sie direkt aus einem Ausstellungsraum. Das gute Porzellan, das nur an Weihnachten und, wenn Mamu gerade festlich aufgelegt war, zum Erntedankfest benutzt wurde, wurde ebenso wie das genauso selten eingesetzte Silber und Kristall regelmäßig gespült. Genau am fünfzehnten Mai wurden die Wintervorhänge in den Zimmern, die wir bewohnten, durch Sommervorhänge ersetzt, die am fünfzehnten September wieder abgenommen wurden, auch wenn diese Tage auf einen Sonntag fielen. Die Wände und alle Holzteile wurden regelmäßig abgewaschen, ob es nun nötig war oder nicht, und jede Woche wurden sämtliche Fenster des Hauses auf Hochglanz poliert.

Das Haus, die große Garage, die Hütte für die Topfpflanzen und das Vorratshaus lagen am Nordostrand eines fast elfeinhalb Hektar großen Grundstücks und hatten seit Menschengedenken der Familie Wayland gehört. Vor der Jahrhundertwende wurde es nur als Sommerresidenz benutzt, in die die Familie vor der Hitze in New York flüchten konnte, wo sie in einem prachtvollen Stadthaus am Gramercy Park wohnte. Seit 1901 verbrachten die Waylands die Sommermonate im modischen Bridgehampton auf Long Island, da alle guten Familien ihren Urlaub in den Hamptons verbrachten, und das Haus in

Millersburg wurde fast aufgegeben. Nicht dass es jemals vernachlässigt worden wäre – die Familie war viel zu sehr auf ihre Reputation bedacht, um so etwas zuzulassen –, sie hörten einfach auf, es zu benutzen. All das war zu der Zeit, als die Waylands noch Geld hatten. Letzteres verflüchtigte sich jedoch fast vollständig im Zuge des Börsenkrachs von 1929. Auch mein Großvater, Byard Wayland, verflüchtigte sich im Zuge des Börsenkrachs, und es vergingen mehrere Jahre, bis sein Skelett mit einem Einschussloch im Schädel in den Jersey Pines gefunden wurde. Das Büro des Coroners kam schließlich zu dem Ergebnis, dass er sich selbst erschossen hatte, weil es kein Anzeichen für ein Verbrechen gab und weil er einen verrosteten Revolver in seiner Knochenhand hielt. Er wurde mit Hilfe seines zahnärztlichen Befunds identifiziert. Mamu weigerte sich, über die Entdeckung der Leiche zu reden, und meinte nur, dass sie nicht überrascht sei. Sie war erleichtert, dass seine sterblichen Überreste endlich gefunden worden waren, weil sie die Gerüchte über Byard Wayland endlich beendet sehen wollte, dem alles nachgesagt wurde, von einer angeblichen Flucht mit einer reichen Erbin zum südchinesischen Meer bis zu einer Besteigung des Mount Everest. Sie trauerte niemals öffentlich, aber soweit wir wussten, hatte sie auch privat niemals getrauert. Sie weigerte sich sogar, sich in irgendeiner Weise um die Beerdigung zu kümmern, und überließ meiner zerstreuten, nervösen und sich ununterbrochen für irgendetwas entschuldigenden Mutter die undankbare Aufgabe, die Beisetzung des Skeletts ihres Vaters in die Wege zu leiten. Den Umständen entsprechend und mit Hilfe von meiner Schwester und mir machte sie ihre Sache sehr gut, und nachdem mein Großvater, wie es schien, bei jedermann mit Ausnahme meiner Großmutter sehr beliebt gewesen war, war die Zahl der Mittrauernden auf dem Friedhof beeindruckend. Die Nachricht von dem Selbstmord, dem zerschmetterten Schädel und all den anderen unheimlichen Einzelheiten, ob sie nun den Tatsachen entsprachen oder nicht, verbreitete sich in der Stadt wie ein Flächenbrand, der außer Kontrolle geraten war, und sorgte dafür, dass die Kirche und der Friedhof überfüllt waren. In Millersburg konnte nichts eine so große Menschenmenge anlocken wie eine schöne Beerdigung, ganz besonders, wenn der Verstorbene keines natürlichen Todes gestorben war, und Beerdigungen von Selbstmördern kamen nur selten vor und hatten deshalb großen Zulauf. Mutter trug ihr schwarzes Lieblingskleid, eine einfache Kette aus falschen Perlen und einen riesigen, dekorierten Hut, der ihre verblassende, dunkle Schönheit unterstrich und ihr das Aussehen einer Kamee gab. Und weil Mamu ausnahmsweise nicht zur Stelle war, um ihr die Schau zu stehlen, richtete sich die geballte Aufmerksamkeit der Trauergemeinde auf sie, worüber sie offensichtlich hocherfreut war. Noch nie hat jemand während eines Begräbnisses so oft und so verbindlich gelächelt. Weil Großvater ein Veteran des Spanisch-Amerikanischen Krieges war und unter Dewey auf den Philippinen gedient hatte, als die spanische Flotte besiegt wurde, galt er als Held und wurde dementsprechend beigesetzt. Eine Ehrengarde trat an, um das zeremonielle Zusammenfalten der Fahne vorzunehmen, und als diese meiner Mutter überreicht wurde, bat sie den Dienst habenden Unteroffizier, sie ihr ein zweites Mal zu übergeben, und forderte mich auf, ein weiteres Foto zu machen. Mutter pflegte bei jeder Gelegenheit alles und jedes zu fotografieren. Sechs Mann schossen einen Salut, auf den hin sämtliche Hunde der Stadt zu heulen begannen, und ein erschreckend magerer, schwitzender Soldat spielte einen zittrigen, kaum erkennbaren Zapfenstreich. Am Grab blieb kaum ein Auge trocken. Ausgenommen natürlich die Augen meiner Mutter, die gelegentlich kicherte. Estella und ich waren beide der Meinung, dass Mamu hätte anwesend sein sollen, gleichgültig welche Gefühle sie Großvater gegenüber hegte, zumal sie Beerdigungen so sehr liebte, mit Vorliebe Nachrufe las und gelegentlich auf den Friedhof ging. Weil der Friedhof nicht einmal anderthalb Kilometer von unserem Haus entfernt lag und somit leicht zu Fuß zu erreichen war, schickte uns Mamu während unserer Kindheit, angetan mit unseren besten Kleidern, zu unserer Unterhaltung zu so manchem Begräbnis, und Estella und ich freuten uns darauf, wie andere Kinder sich auf einen Ausflug zum Spielplatz freuen. Fast immer brachten wir für Mamu und Mutter einen Nelkenstrauß mit nach Hause, manchmal umwunden mit einem violetten Band mit einem kurzen, aber rührenden letzten Gruß für den geliebten Verstorbenen darauf. Und zwei unserer seltenen Familienpicknicks fanden inmitten der Grabsteine statt, wo wir das Kommen und Gehen der verstorbenen Millersburger Bürgerschaft registrierten.

Das größte Grabmal, ein triumphierender Erzengel Gabriel, der in der einen Hand eine Lilie und in der anderen eine Trompete trug, mit fließendem Gewand, langen Locken und geschürzten Lippen, als wolle er gerade eine Melodie pfeifen oder jemandem eine Kusshand zuwerfen, schmückte die letzte Ruhestätte Otto August Müllers, eines deutschen Einwanderers, nach dem die Stadt benannt war. Ursprünglich hatte sie Müllersburg geheißen, aber weil er die Mühle am Settlers Creek baute, die der Hauptgrund war, warum sich die Stadt überhaupt entwickelte, und viele Jahre lang der einzige Müller in der Gegend blieb, wurde aus Müller schließlich Miller, und die Stadt wurde zu Millersburg. Er war sein ganzes Leben lang – er war 104, als er starb – Mitglied einer kleinen und außerordentlich unbeliebten deutschen religiösen Sekte, der Josefiten, gewesen, die von ihren Mitgliedern ein strenges Zölibat verlangte, sodass er keine Erben hinterließ, die gegen die Namensänderung hätten protestieren können. Ein grundlegender Lehrsatz der Josefiten besagte, dass Christus, wenn er wiederkehren würde, ebenso wie bei seiner ersten Geburt einem im Zölibat lebenden Vater geboren werden würde. Deshalb war jedes männliche Mitglied der Sekte ein möglicher Pflegevater des Gottessohnes, wann immer die Wiederkehr stattfinden würde. Seltsamerweise war niemals davon die Rede, dass einer der Frauen eine Jungfrauengeburt widerfahren würde. Jedermann in Millersburg wusste über die Josefiten Bescheid, weil ihr Anwesen neben dem sehr großen und schönen See die einzige Sehenswürdigkeit der Gegend war. Es bestand aus mehreren unheimlich verlassenen, roten Ziegelbauten, dem Frauen- und dem

Männerhaus zu beiden Seiten der Haupthalle, die als Kirche und Speisesaal gedient hatte. Es war immer wieder von Plänen die Rede, die strengen, sauberen Gebäude in ein Erholungshotel umzubauen, obwohl sie etwa anderthalb Kilometer vom See entfernt waren, aber schließlich wurden sie auf die Liste der historisch wertvollen Bauten gesetzt und als Wahrzeichen der Stadt erhalten. Außerdem waren die Josefiten für ihr Elixier, das Josefsvasser berühmt, das zu achtzig Prozent aus Alkohol bestand und angeblich alles kurieren sollte, vom Niednagel bis zum Veitstanz. ›Vasser‹ war natürlich eine falsche Schreibweise, aber ich glaube, die Josefiten bezweckten damit, dass der Name korrekt ausgesprochen wurde. Fast in jedem Haushalt in New Jersey gab es eine Flasche Josefsvasser für medizinische Zwecke, besonders bei den Methodisten, so behauptete Mamu, nach deren Lehre es eine Sünde war, Alkohol zu trinken. Sie selbst hatte allerdings weder für die Methodisten noch für irgendeine andere Religion Zeit. Als Kirche war der Josefismus sehr kurzlebig. Er hielt sich nicht einmal hundert Jahre lang. Aber in dieser kurzen Zeit verdienten die Josefiten durch den Verkauf von Josefsvasser ein kleines Vermögen. Niemand hat je erfahren, was sie mit dem Geld machten. Als der letzte Josefit auf dem Sterbebett lag, bewahrte er Stillschweigen, und es wurde niemals gefunden. Die Sekte predigte auch Genügsamkeit und Einfachheit, und Mamu behauptete, dass Herr Müller sich im Grab umdrehte wegen des ungewöhnlichen und bombastischen Grabmals, das die Stadt aus Liebe und Respekt zu seinem Andenken errichtet hatte, und zwar mit Geldspenden von Leuten, die sich nicht einmal Schuhe für ihre Kinder leisten konnten.

Die meisten Trauergäste, die an Großvaters Gedenkfeier teilnahmen, waren überzeugt, dass Mamu gelähmt vor Trauer sei und aus diesem Grund nicht kommen könne, während sie in Wirklichkeit zu Hause war und Dillgurken einweckte, von denen sie später behauptete, dass sie ohne Zweifel wichtiger seien als die lächerliche Show auf dem Friedhof. Wenn meine Schwester und ich sie fragten, warum sie Großvater nicht gemocht hatte, antwortete sie jedes Mal, weil er beim Schachspiel immer betrogen habe und aufgehört habe zu spielen, wenn er nicht gewinnen konnte. In all den Jahren, in denen wir mit ihr zusammengelebt hatten, hatten wir sie niemals Schach spielen sehen. Es gab nicht einmal ein Schachspiel im Haus. Es dauerte ziemlich lange, bis wir feststellten, dass ›Schachspielen‹ ebenfalls eine von Mamus Metaphern war. Für Leben.

Drei weitere Menschen gehörten zum täglichen Leben in dem großen weißen Haus am Broadway. Mein Onkel Joshua Pritchard, Mamus um mehr als dreißig Jahre jüngerer Halbbruder, lebte alleine in einer Hütte am Settlers Creek, der die Südwestgrenze unseres Besitzes darstellte. Er war ein gebildeter Mann, der an der Universität in Princeton studiert hatte, mit sanfter Ausdrucksweise und fast höfischen Manieren und ohne erkennbare Ziele. Onkel Josh verbrachte seine gesamte Freizeit mit Lesen, und wenn uns jemand fragte, womit er seinen Lebensunterhalt bestritt, antworteten wir einfach: »Er liest.« Allerdings fischte er, manövrierte sein Ruderboot, die Santa Maria, mit der Leichtigkeit und Eleganz eines Wasserflohs den

Settlers Creek hinauf und hinunter und auf den Millersee hinaus, und während des Winters stellten er und ich Fallen für Bisamratten und gingen auf die Jagd. Außerdem hielten wir gegen die Brüder McElway zusammen, die den Bach für sich alleine gehabt hatten, bevor wir anfingen, Fallen zu stellen. Aus Rache stahlen sie unsere Fallen, obwohl wir sie auf unserem eigenen Grund und Boden auslegten. Die McElways waren groß, dumm und bösartig, was nach Onkel Joshs Überzeugung eine Folge von Inzucht war. Wir führten einen ewigen Krieg gegen einen lautlosen, unsichtbaren, aber stets gegenwärtigen Feind. Wir pflegten von ihnen als den niederträchtigen McElways oder den Missing Links zu sprechen.

Onkel Josh half bei sämtlichen Arbeiten, die Mamu uns auftrug, und wenn er seine Energien auf etwas richtete, war er bemerkenswert gut in allem, was er in die Hand nahm, aber wann immer er konnte, las er. Am liebsten hatte er Romane. Er interessierte sich nicht für Geschichte um der Geschichte willen, sondern nur als Hintergrund für eine persönliche Handlung, in der Charaktere Erfolg hatten und lebten oder scheiterten und starben. Wirtschaft, Politik, Religion und Philosophie waren nur die Bühnen, auf denen diese Komödien oder Tragödien aufgeführt wurden.

Und er wollte alles Mögliche wissen. Ständig wollte er irgendetwas wissen. ›Ich möchte wissen, wie viele Galaxien es gibt‹, oder ›Ich wüsste gerne, ob an irgendeinem abgelegenen Ort, im afrikanischen Busch vielleicht, wo es keine Musikinstrumente außer primitiven Trommeln gibt, jemals ein Kind mit den musikalischen Fähigkeiten eines Mozart geboren worden ist, nur um unerfüllt zu verkümmern und keine Spur seiner Genialität zu hinterlassen.‹ Oder ›Ich möchte wissen, warum die Vögel nicht von ihren Sitzplätzen fallen, wenn sie einschlafen‹ und ›Ich möchte wissen, ob Sex mehr ist als Reibung und Phantasie. Das ist nicht so einfach, wie es klingt, und schließt Liebe nicht aus. Nein, Liebe ist der ausschlaggebende Bestandteil. Aber der physische Liebesakt ist wenig mehr als Reibung und Phantasie. Das Physische und das Metaphysische. Die Phantasie kann ganz bestimmt metaphysisch, abstrus und transzendent sein, besonders wenn Liebe im Spiel ist. Reibung und Phantasie. Ich frage mich wirklich.‹ Ich weiß nicht, wie es auf Estella wirkte, aber sein ewiges Wissenwollen war ansteckend. Und nicht nur, wenn es um Sex und Liebe ging. Er war der Grund, warum ich fast jeden Abend mit dem Wunsch einschlief, irgendetwas zu ergründen, und bis zum heutigen Tag nicht damit aufgehört habe. Und je älter ich werde, desto mehr wird mir klar, dass dieses Staunen und Wissenwollen niemals ein Ende nehmen wird.

Onkel Josh wirkte Wunder für Estella und mich. Er öffnete uns Türen zu Welten, von deren Existenz wir ohne ihn niemals etwas erfahren hätten. Seine Hütte bestand aus einem sauber aufgeräumten Raum ohne fließendes Wasser, Elektrizität oder einer Toilette im Haus, aber der Zauber befand sich an den Wänden. Sie waren über und über mit Landkarten bedeckt. An besonderen Orten oder Städten steckten Stecknadeln oder waren Kreise eingezeichnet. Alle Schattierungen von Rosa, Grün, Blau, Gelb und Orange belebten den Raum. Ich erinnere mich, dass die Sowjetunion in einem harten und unerwartet lebhaften Rot leuchtete, das es schwierig machte, die Namen der Städte und Dörfer zu lesen. Weltkarten, Karten von New Jersey, Karten von Europa, Asien, Afrika, Australien, Karten von Inseln, Karten von Ozeanen und Himmelskarten waren zu einer verlockenden Collage zusammengefügt, die dazu gedacht war, den Träumer zu verführen. Onkel Josh war ein Träumer, und Estella auch. Ich hingegen war zwar auch in der Lage, meine Phantasie spielen zu lassen, war aber doch von Grund auf praktisch veranlagt. Vielleicht wäre realistisch das bessere Wort. Und vielleicht war ich auch nur deshalb Realist, weil ich mir keine Hoffnungen machen wollte. Realismus erschien mir um so vieles erträglicher als Enttäuschung. Aber Estella und Onkel Josh waren willens, das Risiko einzugehen.

»Eines Tages werde ich nach Algerien in die Tassili-Berge fahren«, sagte er dann, wobei er den Namen ›Tassili‹ mit offensichtlichem Genuss aussprach, und zeigte auf einen Punkt in einem Kreis inmitten der Wüste Sahara. »Dort gibt es Felsmalereien, die drei-, vielleicht sogar viertausend Jahre alt sind. Ich möchte sie sehen. Ich möchte mitten in diesen düsterschönen Bergketten stehen und Bilder anschauen, die sich irgendjemand zweitausend Jahre vor Christi Geburt von der Seele malen musste.« Er war hingerissen. »Und eines Tages fahre ich mit der transsibirischen Eisenbahn. Sie fängt in Celjabinsk an und endet in Wladiwostok. Was für wunderbare Namen für Städte, die voller Wunder sein müssen.« Wenn er erst einmal angefangen hatte, war er nicht mehr zu bremsen. »Seht ihr das?« Er deutete auf einen winzigen Punkt, in dem zwei Stecknadeln steckten. »Das ist Persepolis. Dort sind die Ruinen des Palastes von Darius dem Großen. Und das da! Das war eine der bedeutendsten ionischen Städte der antiken Welt. Ephesus. Irgendwann fahre ich dorthin. Vielleicht bleibe ich ganz dort.« ›Irgendwann.‹ Onkel Joshs Leben war voller ›Irgendwanns‹. »Irgendwann fahre ich dorthin. Es war der bedeutendste Seehafen der Gegend. Unvorstellbar kultiviert und wohlhabend. Wenn ich die Augen schließe, kann ich mir vorstellen, wie es war. Eines Tages möchte ich durch die Straßen von Ephesus gehen.« Ich nehme an, dass es schwer genug für ihn war, in einer Hütte mit außen angebauter Toilette zu wohnen und so zu tun, als sei sie ein Palast, was er häufig tat. Und so hatte er nichts zu verlieren, und Realismus hatte keinen Platz in seinem Leben. Im Sommer wusch er sich im Bach, wenn er, Estella und ich nackt badeten, wenn unsere Arbeit für den Tag getan war und Mamu und Eulalie nichts davon ahnten. Es war so idyllisch und unschuldig wie Eden vor dem Fall, wenn wir alle drei splitternackt in dem kühlen, leicht salzigen Wasser herumplanschten. Aber Mamu hätte etwas Anstößiges daraus gemacht und uns verboten, zu Onkel Joshs Hütte zu gehen, und diese Besuche waren für das Überleben unserer Seelen so wichtig wie Nahrung für den Körper. Wenn wir es schafften, früh genug zum Bach zu kommen, besonders im Hochsommer, wenn es am längsten hell war, streckten wir uns, nachdem wir uns beim Schwimmen erschöpft und erneuert hatten, auf dem kleinen Bootsanlegesteg aus wie Schildkröten, die auf einem Baumstamm sonnenbaden, ließen uns in der warmen Luft trocknen und hörten Schallplatten auf seinem aufziehbaren Victrola-Grammophon. »Mozart ist der Zuckerguss auf dem Kuchen«, pflegte er zu sagen. »Es hat niemals ein zweites Genie wie den kleinen Wolfgang Amadeus gegeben und wird auch niemals wieder eines geben. Aber es gibt natürlich auch noch Liszt. Franz war auch kein Faultier. Die zweite ungarische Rhapsodie. Lieber Gott! So viel Leidenschaft und Sinnlichkeit und Humor in einer einzigen großartigen Komposition. Und was ist mit Schumann und seiner Clara?« Schumann und seine Frau Clara waren fast ein einziges Wort. Schumannundseineclara. »Und der arme, unglückliche Tschaikowsky und der verrückte alte Beethoven? Zum Glück müssen wir uns nicht wirklich für einen entscheiden, nicht wahr?« Oder wenn wir gerade dazu aufgelegt waren, hörten wir uns Louis Armstrong und His Hot Five an, die *Heeby Jeebies* oder *Don't Forget To Mess Around* spielten. Manchmal las er uns auch vor. Er war ein wunderbarer Vorleser, energisch und farbig, der alle Charaktere so deutlich zum Leben erweckte, dass ich sie fast im tiefen Schatten der Bäume am Ufer stehen sah, wie Schauspieler, die in den Kulissen auf ihren Auftritt warteten.

Im Winter, wenn das Wasser im Bach zu kalt und oft sogar gefroren war, nahm er sein Bad am Samstagabend oben im Haus. Er aß täglich mit uns zu Abend, und wenn Mamu gerade Lust hatte, ihm zuzuhören, erzählte er uns faszinierende, gekürzte Versionen von Werken der Weltliteratur, sodass wir unseren Esstisch mit Tolstoi, Eliot, Twain, Dostojewski, den Brontës, Dickens und ihresgleichen teilten. Anders als Mamu, die klein und stämmig war, mit kalten grünen Augen und dem krausen rötlichen Haar der Familie ihrer Mutter, war Onkel Josh groß und drahtig mit olivefarbener Haut, dunklem, ergrauendem Haar und klaren, forschenden blauen Augen. Er sah meinem Urgroßvater auf dem Kupferstich ähnlich, den ich einmal gesehen hatte. Und er hatte die gleiche Gesichts- und Haarfarbe wie Estella und ich. Sie war zwei Jahre älter als ich, aber wir sahen uns ähnlich genug, um für Zwillinge gehalten zu werden, und wenn Fremde uns mit Onkel Josh zusammen sahen, hielten sie ihn für unseren Vater. Mamu sagte, dass wir unsere dunkle Haut von einer geheimnisvollen Vorfahrin ihres Großvaters namens Immaculata DeLago hätten, die, ebenso wie ein paar andere Ahnen, unter den Teppich gekehrt wurde. Sie waren nicht die Art von Leuten, über die man in feiner Gesellschaft sprach. Oder zumindest waren sie nicht die Art von Leuten, über die man in ihrer Familie sprach, weil sie eigentlich sehr wenig über Immaculata wusste, außer dass ihre Gene die Familie in dramatischer Weise geprägt hatten. Sie bildete sich ein, dass ›diese DeLago-Frau‹ alles andere als unbefleckt und fraglos eine Prostituierte gewesen sei. Estella und ich waren entzückt darüber. Wie es dazu gekommen war, dass Onkel Josh bei meinen Großeltern in Millersburg lebte, war uns nur bruchstückweise bekannt. Ursprünglich musste er im Haus gewohnt haben, in dem es sechs Schlafzimmer gab, aber wie und wann er in die Hütte am Bach gezogen war, erfuhren wir nie. Er war das einzige Kind aus der zweiten Ehe meines Urgroßvaters mit einer Frau, die jünger als Mamu war und die ganz plötzlich an einer Grippe starb, als Onkel

Josh noch ein Baby war. Er und meine Mutter waren fast gleich alt. Als er noch ein Junge war, wurde festgestellt, dass er Tuberkulose hatte. Er wurde in ein Sanatorium in Arizona geschickt und war mehrere Jahre lang vollständig von der Familie abgeschnitten. Wir nahmen immer an, dass seine Liebe zu Büchern, seine erstaunliche Fähigkeit, sich vollständig in der Welt zwischen den Buchdeckeln zu verlieren, die Folge dieser Isolation war. Er wurde wieder gesund, aber wegen seiner Krankheit konnte er während des Ersten Weltkriegs nicht in der Armee dienen. Sein Vater, mein Urgroßvater, starb, als Onkel Josh dreizehn Jahre alt war, aber er hinterließ ein kleines Treuhandvermögen, mit dessen Hilfe er durch die Jahre in Princeton kam. Nach dem College müssen seine scheinbare Entschlusslosigkeit und seine ungünstige finanzielle Situation ein gewisses familiäres Verantwortungsgefühl in Mamu geweckt haben, und sie nahm ihn bei sich auf. Großvater hatte offenbar nichts dagegen. Mit Sicherheit sollte es nur eine vorübergehende Regelung sein. Ich glaube nicht, dass Mamus Wohltätigkeit durch irgendwelche schwesterliche Liebe begründet war, denn es gab Zeiten, in denen sie ihn allem Anschein nach kaum ertragen konnte und wie einen Dienstboten behandelte. Sein offensichtlicher Mangel an Ehrgeiz und sein Bedürfnis, sich in seine einsame Hütte zurückzuziehen, erbitterten Mamu, und das ließ sie ihn oft genug spüren. Wenn es ihm etwas ausmachte, dann zeigte er es nie. Wir alle klagten auf die eine oder andere Weise über Mamu, aber er äußerte wenig oder gar keine wirkliche Kritik an ihr. Ich nehme an, dass er dankbar war, einen Ort zu haben, an dem er leben konnte und an dem er sich meistens mit seinen eigenen Liebhabereien beschäftigen konnte, seiner Musik, seinen Büchern und seinen Karten. Und dem Wasser. Er liebte es, auf dem Wasser zu sein, und er kannte den Bach und den See so genau, wie ich das Haus kannte. In Sommernächten, wenn wir leise am Ufer entlangglitten und Frösche spießten – Mamu aß leidenschaftlich gerne Froschschenkel –, brauchten wir kaum eine Laterne.

Obwohl Onkel Josh ein fesselnder Erzähler war, der mit Worten wunderbare Bilder malen konnte und Estella und mich mit seinen unglaublichen Geschichten in seinen Bann zog, war er dennoch ein äußerst zurückhaltender Mann, der, ebenso wie alle anderen in unserem Haushalt, nichts über seine wahren Gefühle verriet. Gefühle waren überflüssig in der Welt, die Mamu geschaffen hatte. Und wir alle lebten weitgehend widerstandslos in dieser Welt. Dafür sorgte Mamu. Kein Tyrann hat jemals mit festerer und gnadenloserer Hand regiert, als sie es tat. Gefühle waren verboten. Leben bedeutete Verantwortung, und jedermanns Verantwortung war klar umrissen und offensichtlich, und wenn wir unsere Verantwortung nicht eindeutig voneinander abgrenzen konnten, war Mamu zur Stelle, um das für uns zu erledigen. Und so waren unsere Gefühle unser Privateigentum, mit dem wir uns alleine in unseren leeren Zimmern und in den dunklen Winkeln unserer Gemüter nach besten Kräften auseinander zu setzen hatten. Folglich lebten wir in einem Haus voller schattenhafter Geheimnisse.

Die anderen Mitglieder des Haushaltes waren Priddie und

Osceola Flowers. Priddie war die Tochter von Sklaven, die als junge Leute nach dem Bürgerkrieg befreit worden waren, und Osceola war der Sohn eines Sklaven, der von seinem Besitzer, einem Verfechter der Sklavenbefreiung, noch vor Kriegsbeginn freigelassen worden war. Priddie war in Louisiana geboren, und Osceola stammte aus Georgia. Seine Mutter war Seminolin und hatte ihren einzigen Sohn nach dem verehrten, legendären Jim Osceola genannt, dem großen Führer des Aufstands der Seminolen, der nur deshalb in Gefangenschaft geriet, weil er dem Wort der weißen Regierung vertraute und zu Verhandlungen über einen Waffenstillstand erschien, bei denen er gefangen genommen wurde. Nach Meinung von Osceola Flowers war das der gemeinste und feigste Betrug seit Menschengedenken und der Grund, warum die Seminolen niemals einen Friedensvertrag mit den Vereinigten Staaten unterzeichnet hatten. Osceola war eindeutig schwarz, kräftig und gut proportioniert, aber sein Haar war glatt und dick, und seine Nase und Wangenknochen zeugten von seinem indianischen Erbe. Priddie betete ihn an, aber sie behauptete, sie habe ihn nur geheiratet, um als Priddie Flowers, schöne Blumen, durchs Leben gehen zu können. Sie war sehr dunkel, anmutig und scheinbar zerbrechlich, aber sie war so stark wie irgendein Mann. Ihr Haar war grau und wurde allmählich schütter, und ihre großen bernsteinfarbenen Augen, die traurig schauten, selbst wenn sie lachte, schienen zu groß für ihr elegantes Gesicht zu sein. Mamu behauptete, sie sei die einzige wirkliche Dame, die ihr je begegnet sei. Sie hatte immer einen schwachen, süßen Kräuterduft an sich wie einer ihrer frisch aufgegossenen, ganz speziellen Tees. Priddie hatte fünf Schwangerschaften hinter sich, von denen vier mit einer Fehlgeburt geendet hatten. Schließlich hatte sie eine Tochter, Camille, zur Welt gebracht, aber nach Priddies Aussage war sie »nicht ganz richtig«. Gelegentlich kam Camille mit ihren Eltern in unser Haus, meistens um beim Einwecken zu helfen, aber sie blieb gewöhnlich in der Küche und sagte wenig oder gar nichts. Sie war ein unscheinbares Mädchen, weder groß noch klein, dunkel oder hell, dick oder dünn, hübsch oder hässlich. Sie war ganz einfach da. Estella und ich versuchten, sie herauszulocken, aber sie blieb still in der sicheren Nähe ihrer Mutter und rührte sich nicht von der Stelle. Die Flowers hatten ein kleines Haus auf der anderen Seite von Millersburg in dem Ortsteil, den wir Brick Town oder »das Schwarzenviertel« nannten, und das sich um die »»erste Baptistenkirche des Nazareners« gruppierte. Wenn jemand in unserer Familie krank war oder es aus sonst einem Grund nötig war, dass Priddie oder Osceola über Nacht bei uns blieben, schlief einer von beiden auf dem Sofa in Mamus Nähzimmer. Niemals in einem der Schlafzimmer. Ich weiß nicht, ob das auf Mamus Anordnung geschah oder ob die Flowers selbst es so wollten. Aber nachts musste immer einer von ihnen zu Hause bei der eigenartigen und fast unsichtbaren Camille sein. Es gab eine geheimnisvolle Frau, von der wir wenig wussten, die sich tagsüber um Camille kümmerte. Estella und ich sahen sie mehrmals im Haus der Flowers, aber wir hatten niemals Gelegenheit, mit ihr zu reden. Priddie sagte, dass sie kein gutes Gefühl dabei hätte, Camille allein zu lassen, und gab damit zu verstehen, dass das Mädchen nicht in der Lage war, für sich selbst zu sorgen. Aber sie sagte nichts Genaues darüber, sosehr Estella und ich uns auch bemühten, sie dazu zu bewegen, mit uns darüber zu reden.

»Ich wünschte mir nur, dass sie einen Mann finden könnte«, sagte sie manchmal. »Sie wünscht sich ein Baby. Sie wünscht sich wirklich sehr ein Baby. Aber es sieht nicht so aus, als ob das möglich wäre. Wo sie so seltsam ist.«

Mamu forderte uns auf, uns um unsere eigenen Angelegenheiten zu kümmern und Priddie in Ruhe arbeiten zu lassen.

Wir betrachteten Priddie und Osceola niemals als Dienstboten. Tatsächlich vergingen viele Jahre, ohne dass sie auch nur einen Pfennig Lohn erhielten. Es war einfach kein Geld da, bis Mamu und Osceola gemeinsam ein Geschäft aufmachten. Anfangs gab es überhaupt kaum Geld, mit Ausnahme des Gehalts, das meine Mutter mit ihrer Anstellung als Sekretärin verdiente, die sie entgegen aller Wahrscheinlichkeit bei der Holzhandlung Schiller in Laurelwood, neunundzwanzig Kilometer von Millersburg entfernt, bekommen hatte und behalten konnte. Jeden Morgen nahm Eulalie den Bus um 6.30 Uhr, und wenn sie Überstunden machte, kam sie nicht vor 11.00 Uhr abends nach Hause. Wenn es in der kalten Jahreszeit schwere Schneefälle gab, verbrachte sie die Nacht entweder im Hotel in Laurelwood, oder sie rief an, und Osceola holte sie mit seinem alten Model T-Truck an der Bushaltestelle in der Stadt ab. Die einzige Freiheit, die sie hatte, bestand darin, anderswo als zu Hause zu arbeiten, und Estella und ich waren überzeugt, dass sie ihre Arbeit mit voller Absicht so lange wie möglich ausdehnte. Schließlich erhielten die Flowers einen bestimmten Prozentsatz des Geldes, das wir verdienten. Das war, bevor Mamu Osceola zu ihrem Geschäftspartner machte. Ich glaube nicht, dass sie das tat, weil der Anstand es gebot. Sie tat es, weil sie es nicht ertrug, irgendjemandem etwas zu schulden. Finanziell oder emotional. Und auch, weil sie ihn respektierte. Die Umstände der Depression hatten sie von Priddie und Osceola abhängig gemacht, und Mamu wusste, dass sie ohne sie niemals ihr eigenes Geschäft eröffnet hätte und wir diese entsetzlich harten Jahre niemals überlebt hätten. Die Kombination aus ihrer Sachkenntnis und Mamus Entschlossenheit hatte uns gerettet, manchmal auf Kosten sämtlicher Familienmitglieder.

Noch jemand war im Hause stets gegenwärtig, nicht körperlich, aber geistig: mein Vater. Es gab keine Fotos von ihm, und in Mamus Anwesenheit wurde sein Name niemals erwähnt, aber er war immer da, und wir wurden beständig an ihn erinnert, und sei es auch nur durch den Ausdruck in den Augen unserer Mutter. Wie ein Märtyrer war er durch seine Abwesenheit eine sehr viel prägendere Gestalt, als er es hätte sein können, wenn er mit uns zusammengelebt hätte. Devlin Whyte war die große Liebe im Leben meiner Mutter, und Mamu hatte ihn aus dem Haus getrieben. Sie hatte von Anfang an nicht gewollt, dass Mutter ihn heiratete, hatte alles getan, was sie nur konnte, um die Hochzeit zu verhindern, und hatte ihre Zustimmung erst gegeben, als sie erfuhr, dass meine Mutter mit Estella schwanger war. Es war eine stille kleine Feier, an der nur Familienmitglieder teilnahmen. Mutters verfrühte Schwangerschaft war eines der dunklen Geheimnisse der Familie und für Mamu eine Quelle von Zorn und Beschämung, die den Hass, den sie sowieso schon gegen meinen Vater hegte, noch weiter steigerte. Ich hatte nur eine vage Erinnerung an ihn als eine große, schemenhafte Gestalt, die nach Pfeifenrauch und Bayrum roch, weil ich erst drei Jahre alt war, als er ging. Aber Estella war fast fünf gewesen, und ihre Erinnerungen an ihn waren verblüffend klar, wenn auch vollkommen widersprüchlich, je nachdem, in welcher Stimmung sie gerade war. Manchmal war er groß und dunkel wie Onkel Josh, mit geheimnisvollen Augen, »die ein Loch in einen brennen konnten«. Oder er war hell und golden wie ein Sommertag, makellos und warm und zugänglich. Aber ob dunkel oder blond, er war immer erstaunlich gut aussehend. Zu manchen Zeiten sprach sie von seiner wunderbaren Singstimme und seiner bemerkenswerten Anmut auf dem Tanzparkett. Er war auch ein phantastischer Schütze, ein unermüdlicher Schwimmer, ein unschlagbarer Tennisspieler, ein Experte auf dem Polopony, ein ausgezeichneter Pianist, ein guter Maler, und er war so schnell wie der Wind. Sein Haar war dick und glänzend, seine Nase edel, gerade und wohl proportioniert, seine Zähne waren von perfekter Ebenmäßigkeit und so weiß wie gebleichter Knochen. Und er war bei jeder Gelegenheit passend und ausnehmend gut gekleidet. Wenn ich mir gestattete, meiner Phantasie freien Lauf zu lassen, glaubte ich ihr alles, was sie sagte. Jedenfalls wollte ich es glauben, weil ich das Bedürfnis hatte, den Mann mit einem Gesicht zu versehen. Sie erinnerte sich daran, dass er unsere Mutter im Arm gehalten und geküsst hatte, zärtlich zuerst, aber seine Küsse wurden ausnahmslos zu leidenschaftlichen Umarmungen und endeten damit, dass sie hinaufgingen und ihre Schlafzimmertür schlossen. Eine dieser Begebenheiten hatte zu meiner Zeugung geführt, erinnerte sie mich, aber sie wusste nicht mehr genau, welche. Schließlich war sie damals erst zwei gewesen. Ihre Geschichten waren fast so gut wie die von Onkel Josh, und sie wurden mir niemals langweilig, weil ich immer neugierig war, in welcher Inkarnation Estella unseren Vater auftreten lassen würde. Allein verbrachte ich manche Stunde damit, darüber nachzudenken, wo er wohl sein mochte und ob er überhaupt noch am Leben war. Wenn ich nicht mit Estella zusammen war, war mein Verstand klar, alles, was sie über ihn erzählte, verblasste, und er war wieder die schemenhafte Erinnerung, die nach Pfeifenrauch und Bayrum roch. Aber ich hatte das Gefühl, dass ich mich selbst nicht kennen könnte, solange ich ihn nicht persönlich kannte, und deshalb dazu verdammt sei, ein Fremdling in meiner eigenen Haut zu sein, und das war erschreckend. Die Aussicht, mich selbst niemals wirklich kennen zu können, verursachte mir immer wiederkehrende Albträume, in denen ich mich in einem Zirkus befand. Ich war gesichtslos, und mein Körper war nichts als ein Hauch von namenlosem Nebel, der auf einem straff gespannten Seil ging und versuchte, sich selbst zu bestimmen und seine nebulöse Gestalt mit Konturen zu versehen. Aber sosehr ich mich auch bemühte, ich blieb undefinierbar, unfassbar und unerreichbar.

Ich war auf den gleichen Namen wie mein Vater getauft, aber ich kann mich nicht erinnern, jemals Devlin genannt worden zu sein. Irgendjemand – später stellte ich fest, dass es Mamu gewesen war – hatte beschlossen, dass ich Ben sein sollte, und Ben bin ich immer geblieben. Jahrelang fragte ich mich, nach wem ich wohl genannt worden sein könnte, aber aus irgendeinem Grund fragte ich nie danach. Als ich es schließlich doch tat, erzählte Mamu, dass sie gerade in einer zerfledderten alten Ausgabe von *Ben Hur* gelesen habe, als mein Vater das Haus verließ. Und weil sie den Namen Devlin nie wieder hören wollte, wurde ich zu Ben. So einfach war das. So einfach und so lächerlich. Hätte sie gerade die *Odyssee* gelesen, hätte ich vielleicht als Odysseus oder Telemach durchs Leben gehen müssen.

Wenigstens hatte ich den Trost, zu wissen, dass mein Vater ein guter Mann war. Das jedenfalls versicherten mir Osceola und Priddie. Es war ihnen verboten, über ihn zu reden, und wann immer wir auf das Thema zu sprechen kamen, wenn Mamu gerade nicht dabei war, brachen sie das Gespräch ab, aber sie unterließen es nie, mir zu versichern: »Er ist ein guter Mann.« Jede Erwähnung von ihm schien ihnen unangenehm zu sein. Und Onkel Josh sagte: »Er ist ein Mann mit großen Träumen, die er nur immer wieder selbst zertritt.« Dann lächelte er und meinte: »Manchen von uns fällt es schwer, sich selbst zu finden.« Die Tatsache, dass Onkel Josh sich selbst mit meinem Vater verglich, half mir ein bisschen, ihm in meiner Vorstellung eine Gestalt zu geben, und ich war überzeugt, dass er ›ein guter Mann‹ war.

Kapitel 2

Diesen Herbst brauchst du nicht mehr in die Schule zu gehen«, sagte Mamu, während sie die Eier nach Größen in drei verschiedene Körbe sortierte. Wir befanden uns in dem kleinen Raum neben dem Hühnerhaus, wo wir die Kerzen machten. Die Hennen waren für den Vormittag hinausgelassen worden und suchten kratzend und gackernd nach Käfern. Selbst zu dieser frühen Morgenstunde war es so warm und schwül, dass man kaum atmen konnte. Mamu wischte sich die Stirn mit ihrer Schürze ab.

»Aber ich möchte die Highschool fertig machen. Estella hat das auch getan. Hinterher möchte ich aufs College.«

»Und was willst du damit anfangen? Weshalb willst du aufs College?« Sie hatte absolut nichts für Bildung übrig. Ich hatte immer angenommen, dass es daran lag, dass sie nach der Highschool aufs College hätte gehen können, sich aber entschlossen hatte, bei ihrer damals kranken Mutter zu Hause zu bleiben. Es war ein Opfer, das sie nicht hätte bringen müssen. Es war genug Geld für Pflegerinnen vorhanden. Aber sie hatte die Krankheit als

Entschuldigung benutzt, ihre Ausbildung nicht fortzusetzen, und verachtete alle, die es taten. »Du brauchst nicht aufs College zu gehen, um diesen Betrieb zu führen. Ich werde tot sein, bevor der Sommer zu Ende geht …«

Ich wollte protestieren, aber sie schnitt mir das Wort ab. »Das werde ich, und dabei bleibt es. Ich springe vom Karussell, und es ist höchste Zeit. Ich bin fast siebzig Jahre alt. Ich bin eine alte Frau, und ich will nicht krank und schwach werden, also habe ich mich entschlossen, zu gehen.«

»Mamu, du kannst nicht einfach beschließen, zu sterben …«

»Pah! Natürlich kann ich das, und das werde ich auch. Erzähl mir nicht, was ich tun kann und was nicht!«

Sie holte tief Luft und verscheuchte eine Motte, die sie belästigt hatte. »Du wirst dich um alles kümmern müssen, wenn ich nicht mehr da bin. Was glaubst du, für wen ich dieses Geschäft aufgebaut habe? Deine Mutter? Deine Mutter kann nichts, und das weißt du. Und früher oder später wird Estella davonlaufen und heiraten. Wenn Adam Stoner ein Wort mitzureden hat, eher früher als später.«

Adam war in Estella verliebt und benutzte jede nur mögliche Ausrede, zu unserem Haus zu kommen, nur um einen Blick auf sie werfen zu können. Mamu ließ gewöhnlich nicht den geringsten Zweifel daran, dass er unwillkommen war. Er war der stellvertretende Sheriff, groß, schlank und blond und sehr eindrucksvoll in seiner Uniform. Er war fast fünf Jahre älter als Estella, und solange ich denken konnte, war er mit den lächerlichsten

Ausreden bei uns aufgetaucht, meistens mit Ausreden, die etwas mit dem Wetter zu tun hatten. Obwohl Estella es nicht zugab, war sie jedes Mal freudig erregt, wenn sie sein Auto den Broadway entlangfahren sah. Und ich ebenso. »Ein schlimmer Sturm steht bevor, und ich habe mir gedacht, dass ihr das wissen solltet.« Gewöhnlich blieb er erst einmal eine Weile im Auto sitzen, um zu sehen, ob Mamu aus dem Haus geschossen kommen und sich so unangenehm aufführen würde, wie es ihren schlechten Manieren entsprach. Dann öffnete er die Tür, entfaltete seine langen Beine und streckte sich, als sei er seit Stunden im Auto gesessen. Wenn ich dabei war, schüttelte er zuerst mir die Hand und hob sich Estella, den Hauptgrund für seinen Besuch, bis zuletzt auf. »Es sieht so aus, als ob wir eine Dürre bekommen würden.« Er schien niemals zu schwitzen. Es kam höchstens vor, dass sein Gesicht von der Hitze ein wenig glänzte. »Wir sollen etwa sechzig Zentimeter Schnee bekommen. Ich werde vorbeischauen und nachsehen, ob ihr beim Räumen eurer Straße Hilfe braucht, okay?« Was immer er auch sagte, jedermann, vor allem Estella, wusste, dass er nur gekommen war, um sie zu sehen. Offensichtlich genoss sie seine Aufmerksamkeit, aber wenn ich sie fragte, wie sie zu ihm stünde, forderte sie mich auf, mich um meine eigenen Angelegenheiten zu kümmern.

»Mädchen machen das so. Sie laufen davon und heiraten.« Mamu wischte sich die Schweißperlen von der Oberlippe. »Sogar einen Mann wie Adam Stoner. Was für eine Zukunft hat er schon, frage ich dich? Ein stellvertretender Sheriff! Und seine Nase ist zu groß. Junge Mädchen können so dumm sein. Sie bilden sich ein, das sei die Lösung aller Probleme. Ein Mann! So etwas Törichtes. Besonders Mädchen wie Estella.«

Ich mochte es nicht, wenn Mamu bei einer ihrer verächtlichen Verallgemeinerungen Estella mit anderen Mädchen in einen Topf warf. Sie war nicht töricht, und sie war ganz bestimmt nicht dumm. Ich nahm an, dass sie eigentlich meinte, dass Estella so hübsch war. Hübsche Mädchen wie sie laufen davon und heiraten. Aber es gab keine Mädchen, die so waren wie sie. Es gab nur eine Estella.

»Und dann wirst du dich um deinen Onkel Josh kümmern müssen. Er taugt nicht viel. Ich glaube, er ist ziemlich bekloppt.«

»Er ist nicht bekloppt. Warum sagst du immer …«

»Also gut, dann ist er eben nicht bekloppt. Du musst nicht jedes Mal eingeschnappt sein, wenn von ihm die Rede ist. Aber was auch immer mit ihm verkehrt ist, hat er sicher von dieser spanischen Frau geerbt. Sie hatte schlechtes Blut.« Sie schüttelte verärgert den Kopf. »Du wirst Priddie und Osceola zu deiner Hilfe haben … sie werden langsam alt, aber sie sind kräftig. Sie werden es noch ein paar Jahre lang machen. Die Farbigen scheinen mehr auszuhalten als wir. Ich weiß nicht, warum, aber wie dem auch sei, du wirst den ganzen Betrieb führen müssen.«

»Aber ich will die Schule zu Ende machen und aufs College gehen«, wiederholte ich.

»Schau dir doch an, was das College deinem Onkel Josh genützt hat. Er konnte lesen, bevor er dorthin kam, und das ist das Einzige, was ihn interessiert. Eine Ausbildung in den Geisteswissenschaften! Wie lächerlich!« Sie redete davon, als sei es eine ansteckende Krankheit.

»Aber …«

»Was hast du vor, wofür es nötig ist, aufs College zu gehen? Das sag mir mal. Kannst du mir das sagen? Ich möchte es wissen.«

Ich wusste nicht, was ich einmal tun wollte. Das Einzige, was ich wusste, war, dass ich hier wegwollte. Ich war in diesem Haus geboren und hatte noch niemals auch nur eine einzige Nacht woanders zugebracht. Nicht eine Nacht! Jenseits von Millersburg lag die ganze Welt, eine Welt, die in meiner Vorstellung blau und rosa und orange war und in der Stecknadeln steckten. Ich wollte zu jedem Ort reisen, den Onkel Josh auf seinen Karten mit einem Kreis versehen hatte, nach Ephesus, in die Tassiliberge in der Sahara, zu Orten, wo ich Fremden begegnen konnte, die vielleicht meine Freunde werden würden, wo ich Menschen kennen lernen konnte, Menschen, die nicht zur Familie gehörten. Es gab grenzenlose Möglichkeiten. Ich wollte weg von diesem Haus, weg von dem Zwang, zu arbeiten, bis ich fast umfiel, von Mamus Vorschriften, von Mamus Forderungen, von Mamu selbst.

»Bildest du dir vielleicht ein, das College sei eine Fahrkarte zu einem leichten Leben? Na gut, dann lass dir von mir sagen, dass es das nicht ist.«

»Nein. Das habe ich nicht gesagt. Habe ich gesagt, dass ich ein leichtes Leben haben will?«

»Komm mir nicht auf diese Weise«, schimpfte sie.

»Aber es gibt ein paar Dinge, die ich tun möchte.«

»Na gut, dann erzähl mir davon.«
»Ich weiß nicht so genau.«
»Wenn du es genau weißt, werden wir über das College reden. Aber jetzt trag die Eier zum Stand runter. Osceola wartet auf dich. Er hat Besseres zu tun, als den ganzen Vormittag dort zu sitzen. Er muss Waren ausliefern. Um die Mittagszeit wird Estella dich ablösen.«
»Ich möchte wirklich die Schule zu Ende machen, Mamu …«
»Sehr schön. Dann gehst du aufs College und ich übergebe das Geschäft an Osceola und Priddie.«
»Ich habe nicht gesagt, dass ich das Geschäft nicht will.« Aber ich wollte es wirklich nicht haben.
»Dann werden wir später darüber reden.« Damit war das Gespräch über die Schule beendet. »Was für einen Kuchen möchtest du an deinem Geburtstag haben?«
Es war typisch für Mamu, das Gespräch auf etwas zu lenken, von dem sie annahm, dass sie damit wie eine vernünftige und liebevolle Person aussehen würde. Plötzlich zeigte sie Anteilnahme. Es war das Äußerste, was sie an Wärme aufbringen konnte, und selbst das war nur gespielt. Niemand nahm es ihr auch nur einen Augenblick lang ab.
»Es ist mir egal.«
»Mach kein beleidigtes Gesicht, Ben. Weißt du, wie hässlich ein beleidigtes Gesicht aussieht? Und stell dich gerade hin. Ein Mann wird danach beurteilt, wie gerade er dasteht. Also, was für einen Kuchen wünschst du dir? Ich muss es Priddie sagen.«
»Schokolade«, sagte ich. Es war mir vollkommen egal, ob

ich überhaupt einen Kuchen bekam, ganz zu schweigen davon, was für ein Kuchen es war.
»Gut, also Schokolade.« Sie seufzte und war offensichtlich verärgert.
»Und was ist mit der Weltausstellung?« In diesem Jahr sollte mein Geburtstagsgeschenk ein Ausflug zur Weltausstellung sein. Um die Weihnachtszeit war einmal die Rede davon gewesen, als Mamu ein Glas Sherry getrunken hatte.
»Was ist damit?«
»Du hast gesagt, dass wir hinfahren würden. Als Geschenk zu meinem Geburtstag.«
»Das ist doch lächerlich. Die Welt steht am Rand einer Katastrophe, und sie veranstalten eine Ausstellung. Es ist absolut lächerlich.«
»Vielleicht bringt sie die Leute einander näher. Das ist doch der Sinn des Ganzen, oder nicht?«
»Was der Sinn des Ganzen ist und was dabei herauskommen wird, ist zweierlei. Was weißt du schon. Du bist so naiv.«
Ich hasste es, mit einem ›Was weißt du schon?‹ abgespeist zu werden.
»Ich möchte trotzdem hin.«
»Wer will schon bei dieser Hitze nach New York? Weißt du, wie weit es nach Flushing Meadows ist?«
»Dann fahren wir also nicht …«
»Das habe ich nicht gesagt. Dreh mir nicht das Wort im Mund um. Vielleicht im Herbst, wenn es kühler wird. Wie lange läuft sie noch?«
»Bis Ende Oktober.«

»Und im nächsten Sommer auch, nicht wahr?«
»Ja.«
»Warum dann also die Eile? Jetzt schau, dass du mit den Eiern weiterkommst, bevor sie hart gekocht sind in dieser Hitze.«
Ich hob die Körbe auf und verließ das Hühnerhaus. Hinter mir hörte ich Mamu ebenso laut vor sich hinglucken wie die Hühner. Ich machte mich auf den Weg den Broadway hinunter zum Stand. Zwei Schuppenhalstauben pickten im Staub herum. Als ich nahe genug herangekommen war, um von ihnen für eine Bedrohung gehalten zu werden, schossen sie mit pfeifendem Flügelschlag zum Himmel auf und verschwanden hinter einem Ahornbaum. Wie leicht, dachte ich mir, war es für sie, einfach davonzufliegen. Ich fühlte mich wie ein Strafgefangener, der gerade zu lebenslänglicher Haft verurteilt worden war. Mamu hatte beschlossen, dass meine Schulbildung abgeschlossen sei und dass ich mich bis zum Ende meiner Tage um unser Geschäft kümmern würde, und damit basta! Es würde keine weiteren Diskussionen mehr geben.
»Wir haben keine Pennies mehr«, sagte Osceola, als ich am Stand ankam. »Ich werde deine Großmutter bitten, mir welche zu geben, und sie dir dann runterbringen. Du wirst sie brauchen.« Es war Samstag, und an den Wochenenden ging das Geschäft am besten, weil unser Stand sich direkt an der Straße zum Meer befand und wir eine Menge Kunden hatten, die zu den Badeorten am Strand unterwegs waren oder von dort kamen. Osceola nahm mir einen der Eierkörbe ab. »Was ist mit den Hennen los?

Muss ihnen zu heiß zum Legen sein. Stell sie in den Schatten, damit sie frisch bleiben.«

Wie immer hatte er die Waren perfekt ausgelegt. Er war seit sechs Uhr morgens hier gewesen, nur für den Fall, dass so früh schon ein Kunde kam. Der erste Mais des Jahres war säuberlich neben den Kürbissen, den Warzenmelonen, den Tomaten und Gurken aufgestapelt, und daneben stand ein übervoller Korb mit grünen Bohnen. Dank Osceolas gestaffelter Anbauweise gab es auch noch Frühlingszwiebeln und Rettiche, obwohl es bereits Hochsommer war. Die Marmeladen und Konfitüren, die Essiggemüse, Appetithappen und Honigtöpfe waren perfekt auf den Regalen angeordnet, zusammen mit kleinen Päckchen mit getrockneten Kräutern. Daneben standen Wassereimer mit Brandschopf und Gladiolen, Maßliebchen und Schwarzäugiger Susanne. Priddie hatte sie an diesem Morgen, wie an jedem Wochenende, gleich nach Sonnenaufgang gepflückt.

»Selbst wenn die Leute nur wenig Geld haben, sparen sie sich immer noch ein bisschen für Blumen auf«, pflegte sie zu sagen. »Ich glaube, das macht harte Zeiten ein bisschen leichter.«

Sie hatte Kräuter in alte Blechbüchsen gesetzt, und sie waren so sauber aufgereiht wie Pflanzen in einem Blumenladen.

»Was ist los mit dir, Junge? Du machst ein Gesicht, als ob der Hund gestorben wäre oder sonst was.« Osceola breitete ein Tuch über die Eier, um sie vor der Sonne zu schützen.

»Wir haben keinen Hund.«

»Ich weiß, dass wir keinen Hund haben. Ich sage doch nur, dass du so aussiehst. Was ist los mit dir?«

»Nichts.« Ich hatte keine Lust, darüber zu reden.

»Hat Miz Adela dir so zugesetzt? Mein Gott, daran solltest du dich inzwischen gewöhnt haben. Hör einfach nicht hin, wenn sie gemein wird. Wie oft muss ich dir das noch sagen? Priddie predige ich das seit Jahren. Hör einfach nicht hin, wenn sie gemein wird.« Osceola pflegte alles zu wiederholen, was er betonen wollte. »Aber du weißt, wie Priddie ist. Manchmal ist sie wie Granit, und manchmal ist sie so zerbrechlich wie ein Kolibri-Ei und ist auf einmal beleidigt. Miz Adela kann die gemeinste weiße Frau in ganz New Jersey sein, aber hör einfach nicht hin.«

»Ich mag nicht darüber reden.«

»Würde dir aber gut tun, darüber zu reden, Junge. Das glaube ich wirklich. Du weißt, ich bin ein guter Zuhörer. Habe mir dein Gejammer schon seit deiner Geburt angehört. Seit du das erste Tageslicht gesehen hast.«

»Alles Gerede der Welt kann mir nichts nützen.« Ich sah den Highway hinauf und hinunter, aber es war kein Auto in Sicht. »Ist irgendwer vorbeigekommen?«

»Ja. Ich hab einem Mann ein Dutzend Maiskolben verkauft. Habe ihn noch nie gesehen. Und seinen Wagen hab ich auch nicht gekannt. Hatte eine Ladung Kinder im Auto. Wahrscheinlich waren sie auf dem Weg zum Strand. Hab ihn noch nie im Leben gesehen.« Er liebte alles, was motorisiert war, und kannte jedes Auto und jeden Autobesitzer in Millersburg.

»Geh du nur und tu, was du zu tun hast. Ich komme hier zurecht.« Ich schlüpfte unter dem Counter hindurch.

»Heute wird's heiß. Sogar die Fliegen sind faul. Bleib im Schatten, hörst du, Junge?«

»Schon gut.«

»Die Pennies bring ich dir später. Ich hab heut viel zu tun. Ich muss die Lieferungen machen und ich muss Mascha zum Decken bringen. Sie ist ziemlich früh heiß geworden. Und du weißt, wie wichtig Miz Adela alles nimmt, was die Ladies betrifft. Sie bringt mich um, wenn ich für die Ziegen nicht alles genau so mache, wie sie es haben will.« Mascha war eine von unseren drei Ziegen. Sie war heiß und musste zu dem einzigen Saananbock in der Gegend gebracht werden, der einem Farmer an der Straße nach Laurelwood gehörte. Unsere anderen beiden Ziegen hießen Irina und Olga. Onkel Josh las gerade Tschechow, als wir sie bekamen. Osceola war nicht besonders glücklich über die hochtrabenden Namen, weil er mehr für Namen wie Daisy oder Butterblume war, aber Onkel Josh setzte sich durch, und nach kurzer Zeit hielten wir alle es für ganz selbstverständlich, dass unsere Ziegen russische Namen hatten. In den folgenden Jahren hießen alle unsere Mutterziegen entweder Masha, Irina oder Olga.

»Ich hasse es, den ganzen Tag weg zu sein. Die beiden Jungen, die auf den Feldern arbeiten, sind keinen Pfifferling wert. Ich verstehe kein Wort von dem, was sie sagen, wenn sie ihr Ungarisch oder Polnisch oder sonst was sprechen.«

»Ungarisch. Und sie haben Namen. Stash und Janos.«

»Das einzige englische Wort, das sie kennen, scheint das mit ›Sch‹ zu sein.«

»Scheiße!« Es war das erste Mal, dass ich dieses Wort laut aussprach, und es war erstaunlich saftig, explosiv und befriedigend.

»Donnerwetter ...« Osceola riss die Augen auf. »Sag das nicht vor den Ladies, hörst du? Das ist ein Männerwort. Manchmal gibt es keinen anderen Ausdruck dafür. Aber wenn Priddie dich das sagen hört, gibt sie mir die Schuld, und ich möchte gar nicht daran denken, was Miz Adela tun würde. Lässt mir das Blut in den Adern gefrieren.«

»Scheiß-Mamu!« Als ich das aussprach, hatte ich plötzlich ein komisches Gefühl im Bauch, ein Gefühl, als hätte ich etwas getan, für das ich mein Leben lang bezahlen würde, etwas Schreckliches, das ich nie wieder gutmachen könnte, als hätte ich ihr eine Kugel mitten ins Herz geschossen.

»Du fängst ja gleich richtig an, Junge. Scheiß-Miz-Adela. Das wollte ich selbst oft genug sagen, das ist wahr. Wahrscheinlich bin ich ganz einfach nicht Manns genug dazu, so wie du.« Er lächelte breit. »Ich möchte wirklich wissen, welcher Teufel dich heute Morgen reitet.«

»Vergiss es einfach.«

»Du bist heute ziemlich übel aufgelegt, soviel sehe ich.«

»Geh und tu, was du zu tun hast.«

»Ich seh mal nach den Ausländern. Vielleicht brauchen sie einfach ein bisschen Zeit, um sich einzugewöhnen. Der Große ist nicht so übel. Ich kann Miz Adela nichts davon sagen, oder sie marschiert sofort aufs Feld und schmeißt die unnützen Burschen auf der Stelle raus. Und dann muss ich mich auch noch um meinen Truck kümmern. Wenn der seinen Geist aufgibt, geht es uns schlecht.« Er wandte sich zu mir um. »Warum erlaubt mir Miz Adela nicht, den alten Wagen in der Scheune zum Laufen zu bringen? Jemand muss es in ihren Dickschädel hineinkriegen, dass wir diesen Wagen brauchen. Ich kann das beim besten Willen nicht verstehen.«

Diese Frage hatten wir alle uns schon seit fast zehn Jahren gestellt. Großvaters Cadillac Phaeton war in der Scheune aufgebockt. Soweit wir wussten, war er vollkommen in Ordnung, und Mamu ließ niemanden auch nur in seine Nähe. Er stand nur herum und verstaubte. Seit Großvaters Verschwinden hatte ihn niemand mehr gefahren. Wenn wir sie danach fragten, ging sie einfach fort und weigerte sich, darüber zu reden, oder sie sagte uns, dass es uns nichts anginge. Osceola hatte mich auf Landstraßen fahren lassen, seit ich elf war, und seit meinem fünfzehnten Lebensjahr hatte ich auch selbstständig Fahrten in die Stadt erledigt. Aber wenn ich siebzehn wurde, würde ich offiziell meinen Führerschein bekommen, und ich wünschte mir das Auto mehr als alle anderen.

»Vergiss es«, sagte ich. »Du weißt selbst, dass es sinnlos ist, auch nur daran zu denken.«

»Ich verstehe das wirklich nicht. Oder warum kaufen wir keinen neuen Truck? Einen neuen Truck mit der Aufschrift *Broadway Acres, Die besten Tomaten in New Jersey.* Wir haben genug Geld. Scheiße. Wir haben mehr als genug Geld dafür. Und es lohnt sich, Reklame zu machen. Das weiß doch jeder. Reklame lohnt sich. *Die besten Tomaten in New Jersey.* Und dann könnten wir noch die Silhouette von einem Pin-up-Girl darauf haben. Großer Busen, schöne lange Beine und einen großen Po. Verstehst du, was ich meine? *Die besten Tomaten?«*

»Ja, ich hab's kapiert. Tomaten ... Mädchen ... hab's kapiert. Okay? Hältst du mich für blöd?«

»Nein, ich halte dich nicht für blöd, aber ich weiß, dass du ein gemeiner kleiner Mistkerl bist. Pass auf, was du zu mir sagst. Offenbar war es Zeitverschwendung, zu versuchen, einen Mann aus dir zu machen. So viel ist klar. Du willst eben ein kleiner weißer Jammerlappen bleiben. Mir soll's recht sein.«

»Mamu will, dass ich nicht mehr in die Schule gehe.« Osceola wusste immer, wie er mich kleinkriegen konnte.

»Ist das der Grund für deine ganze Aufregung? Lieber Gott, und ich hab gedacht, es wär was Wichtiges. Sie ist mit dem falschen Fuß aus dem Bett gestiegen, das ist alles. Mach dir keine Sorgen wegen ihr. Du wirst weiter in die Schule gehen, so viel ist sicher. Dafür werde ich sorgen. No, Sir, du hörst nicht mit der Schule auf.«

Es war tröstlich, Osceola auf meiner Seite zu haben, aber Mamu war ein Gegner, den man nicht unterschätzen durfte.

»Worüber haben wir gerade geredet ... Ach ja, über einen neuen Truck. Zum Teufel, wir könnten uns sogar zwei neue Trucks leisten. Aber Miz Adela ist so geizig – engherzig wie ein Schuh, Größe neun an einem Fuß, Größe zwölf.« Osceola begann wieder, die Straße hinaufzugehen. »Roll die Markise runter, Junge«, brüllte er über die Schulter zurück. »Du musst dir nicht unbedingt einen Sonnenstich holen. Heute wird es heißer als ein Stinktiernest. Heißer als ein verdammtes Stinktiernest.« Er blieb stehen und drehte sich noch einmal um. »Und denk nicht mehr an die Sache mit der Schule. Das lass mal meine

Sorge sein. Hörst du? Und noch was. Pass auf, was du sagst. Wenn du das ›Sch‹-Wort aus Versehen bei den falschen Leuten sagst, bin ich derjenige, der rausfliegt. Kein Wunder, dass du Scheiß-Miz-Adela gesagt hast. Allmächtiger Gott.« Er schüttelte den Kopf, ging kichernd seiner Wege und ließ mich in meinem Elend allein zurück.

Kapitel 3

Am Morgen des 30. August, einen Tag vor meinem Geburtstag, hörten wir beim Frühstück im Radio von den Morden. Es war ein ermüdender, feuchter Tag und so drückend, dass alle ein bisschen gereizt waren. Wir hörten gerade die Sendung *Rambling with Gambling*, wie an jedem Wochentag. Es war Mamus Lieblingssendung, und deshalb wurde sie natürlich eingeschaltet, auch wenn wir wenig oder gar nicht auf Mr. Gamblings Gerede achteten. Meistens hörte auch Mamu nicht zu, weil sie die Morgenzeitung las und nach Nachrufen suchte. Die Sendung wurde durch eine Kurznachricht unterbrochen, aber der Nachrichtensprecher sagte nur, ein Sprecher der Polizei in Millersburg, New Jersey, habe berichtet, dass zwei Leichen in einem Cottage am Millersee entdeckt worden seien und dass es sich anscheinend um einen Doppelmord handelte. Die Namen der Opfer wurden bis zur Benachrichtigung der Familien noch nicht genannt.

»Millersburg! Habt ihr das gehört? Mein Gott, ein Mord in Millersburg!« Ich konnte es kaum glauben.

»Zwei Morde«, sagte Estella.

»Oh mein Gott!« Priddie war entsetzt.
»Nun ja, es überrascht mich nicht«, meinte Mamu, faltete die Zeitung zusammen und schenkte sich eine zweite Tasse Kaffee ein. Die Ziegen waren bereits gemolken, und sie konnte sich ein paar Minuten Ruhe gönnen. »Diese Sommerleute … na ja, es überrascht mich eben nicht, das ist alles.«
»Du kennst doch nicht mal irgendwen von den Sommerleuten.« Estella half Priddie mit dem Geschirr. »Warum sagst du so was?«
»Egal, wer umgebracht worden ist«, erklärte Priddie, »es ist eine schreckliche Sache. Gott sei ihnen gnädig.«
»Ich sage ja nur, dass es mich nicht überrascht.«
Das war die längste Unterhaltung, die wir seit Jahren am Frühstückstisch gehabt hatten. Gewöhnlich wurde uns mitgeteilt, was wir an diesem Tag zu tun hätten, und dann saßen wir schweigend da, aßen und hörten Radio. Ich wollte nicht, dass das Gespräch schon endete. »Sind das die ersten Morde in der Stadt?«
»Natürlich nicht.« Mamu schüttete Sahne in ihre Tasse. »Wir hatten schon mehrere Morde in Millersburg. Ein paar richtig gute sogar. Die meisten davon, als ihr noch Kinder wart. Einmal hat ein Mann einen anderen mit einer Brechstange erschlagen. Der Ermordete war ein Bankier. Und ein Republikaner. Ich kann mich nicht an seinen Namen erinnern. Aber der Mörder hieß Roger irgendwas …«
»Rhodes«, fügte Priddie hinzu. »Mr. Roger Rhodes.«
»Richtig, Roger Rhodes. Der Bankmann wollte ihm keinen Kredit geben. Ich glaube, das war der Grund. Es war am Anfang der Depression, und der Mann, Mr. Rhodes,

war dabei, sein Haus zu verlieren. Dann spielte das keine Rolle mehr, weil Mr. Roger Rhodes in Trenton auf dem elektrischen Stuhl hingerichtet wurde. Ich habe es allerdings nie für ein Kapitalverbrechen gehalten, einen Republikaner umzubringen. Und, Priddie, wie hieß doch gleich die Frau, die ihrem Mann den Kopf wegschoss?«

»Sie meinen Miz Popovic? Oh, das war eine schreckliche Sache.«

»Eloise Popovics Mutter hat ihren Vater erschossen?«, fragte Estella.

»Nein, nein. Eloise Popovics Großmutter hat ihren Großvater erschossen.«

»Davon hatte ich noch niemals was gehört«, sagte Estella. »Eloise hat nie davon geredet.«

»Na ja, das ist auch nicht gerade eine Sache, mit der man vor seinen Freunden prahlt.« Aus irgendeinem seltsamen Grund lachte Mamu.

Priddie schüttelte den Kopf. »Es war so furchtbar! Und dann war sein eines Bein auch noch kürzer als das andere. Erinnern Sie sich an sein kurzes Bein, Miz Adela? Ich hab gehört, dass er auf der Titanic war und sich das Bein verletzt hat, als er runtersprang.«

»Victor Popovic war nicht auf der Titanic. Wo in aller Welt hast du das gehört?«

»Ich kann mich nicht genau erinnern.« Priddie legte den Kopf zur Seite, wie sie es gewöhnlich tat, wenn sie versuchte, sich an etwas zu erinnern.

»Blödsinn! Victor Popovic hat Millersburg niemals verlassen. Lieber Gott, du würdest auch glauben, dass der Mond aus grünem Käse gemacht ist.«

»Also, ausgedacht hab ich mir das nicht.«
»Ehrlich! Wie konntest du so einen Unsinn glauben?«
»Warum hat sie ihn erschossen?«, warf ich ein, um die beiden wieder zum Thema zurückzubringen. Die Titanic war mir vollkommen gleichgültig.
Mamu ließ sich nicht ablenken. »Jedenfalls hatte sein kurzes Bein nichts damit zu tun, dass sie ihm den Kopf weggeschossen hat«, erklärte sie. »Warum hast du überhaupt davon angefangen? Wen interessiert schon sein kurzes Bein?«
»Ich hab nicht gesagt, dass es was damit zu tun hätte, dass sie ihm den Kopf weggeschossen hat. Mir ist nur eingefallen, dass sein eines Bein kürzer war als das andere, das ist alles. Vielleicht war er ja auch nicht auf der Titanic.«
»Eine Glatze hatte er auch. Und das hatte auch nichts mit dem Mord zu tun.«
»Entschuldigen Sie, dass ich existiere. Ich habe nur gesagt, dass das eine Bein von dem armen Mann kürzer war als das andere.« Sie wandte sich an Estella und mich. »Seine Frau, Miz Popovic, war eine sehr nette Frau. Schwer zu glauben, dass sie ihrem Mann den Kopf weggeschossen hat. Man kann eben nicht in die Leute reinschauen.« Dann, ohne Mamu anzusehen: »Darf ich das sagen?«
»Warum?«, fragte ich wieder. »Ich meine, warum hat sie ihn erschossen?«
»Er hatte eine Freundin«, verriet Mamu. »Wenn eine Frau einen Mann umbringt, kannst du wetten, dass er heimlich eine Freundin hat. Das passiert andauernd. Natürlich sind die meisten Frauen schlau genug, sich nicht erwischen zu lassen. Sie nehmen Rattengift oder stoßen ihn vor einen

Zug oder die Treppe runter … solche Sachen. Oder sie machen es so, dass es wie Selbstmord aussieht.« Sie lächelte breit. »Ich möchte wetten, dass die Hälfte aller Männer, die in diesem Land durch Unfälle ums Leben kommen, in Wirklichkeit von ihren Frauen ermordet werden. Und was man so hört, machen die französischen Frauen das noch viel öfter als wir. Die Franzosen sind natürlich auch in allen Dingen sehr viel leidenschaftlicher als wir.« Mamu amüsierte sich königlich. »Ich glaube, dass Frauen stärker sind als Männer, meinst du nicht auch, Priddie? Ich weiß sogar, dass es so ist.«

»Miz Adela, was soll dieses ganze Gerede vom Ermorden? Sagen Sie doch nicht solche Sachen. Dass Frauen ihre Männer umbringen! Was ist los mit Ihnen?«

»Habt ihr jemals über den Tod eures Großvaters nachgedacht?« Mamu trank einen Schluck von ihrem Kaffee, während wir langsam begriffen, was sie da soeben gesagt hatte.

Estella ließ fast die Schüssel fallen, die sie gerade abtrocknete. »Was?«

Priddie ging einen Schritt auf Mamu zu. »Miz Adela, hören Sie sofort mit dem Unsinn auf. Heute Morgen sind Sie wie vom Teufel besessen!«

Die Morde hatten eine äußerst belebende Wirkung auf Mamu, und sie glühte fast. Da hatte sie gerade angedeutet, dass sie ihren Mann erschossen hatte, und saß grinsend da.

Ich konnte es kaum glauben. »Du hast Großvater erschossen?«

»Der Herrgott wird Sie auf der Stelle totschlagen, wenn Sie noch ein Wort von diesem Blödsinn sagen.« Ich hatte noch nie erlebt, dass Priddie in dieser Weise Mamu entgegentrat. »Den Kindern so was Schreckliches zu sagen. Dass Sie Mr. Byard erschossen haben! Was ist in Sie gefahren?«

»Sie sind keine Kinder mehr. Ben wird siebzehn, und Estella ist eine erwachsene Frau.« Es war nichts Ungewöhnliches, dass Mamu über uns sprach, als wären wir nicht im Zimmer, aber es war ungewöhnlich, dass sie uns als Erwachsene bezeichnete. Und irgendwie vermittelte das den Eindruck, als sei sie drauf und dran, uns etwas zu sagen, was sie sich aufgehoben hatte, bis wir erwachsen wären. Die Tatsache, dass sie unseren Großvater ermordet hatte. Mir wurde fast schwindlig.

»Das hat doch nichts damit zu tun, ob sie erwachsen sind oder nicht. Sie sollten sich schämen, Miz Adela. Sie sollten sich schämen.« Priddie ging zum Ausguss zurück.

»Hast du Großvater erschossen?«, fragte ich noch einmal.

»Was meinst du?« In ihren Augen war ein Zwinkern, wie wir es nur selten zu sehen bekamen.

»Na ja … Mamu!« Ich wusste nicht, was ich denken sollte. »Warum solltest du das sagen?«

»Ben, hör nicht auf sie.« Priddie wurde immer wütender.

»Ich hab nur einen kleinen Scherz gemacht.« Mamu stand vom Tisch auf und ging zum Ausguss. »Reg dich nicht so auf, Priddie.«

»So ein Gerede ist kein bisschen komisch. Überhaupt nicht. Sind Sie über den Sherry geraten, Miz Adela, oder was? Reichlich früh dafür, nicht wahr? Den Kindern so ein Zeug zu erzählen. Sie sollten sich schämen. Sie wissen ganz genau, dass das nicht wahr ist.«

»Ich gehe raus zu den Ziegen. Vielleicht haben die mehr Sinn für Humor als ihr.« Sie schenkte sich noch einen Schluck Kaffee ein und verließ die Küche, ohne ein weiteres Wort zu sagen. Wir waren sprachlos.
»Ich versteh diese Frau nicht«, sagte Priddie. »Sie ist nicht gerade berühmt für ihren Humor.«
»Was sollte das?« Estella ließ sich mir gegenüber auf einen Stuhl fallen. »So habe ich sie noch nie erlebt.«
Es war ein blitzartiger Einblick in eine Frau gewesen, die wir nicht kannten und die uns so fremd war, als käme sie von einem anderen Stern.
»Ich sage euch jetzt und hier, dass kein Wort wahr ist von dem, was eure Großmutter grade gesagt hat. Nicht ein Wort. So, und jetzt denkt nicht mehr daran. Habt ihr mich verstanden?«
Aber zum ersten Mal, seit ich sie kannte, glaubte ich Priddie nicht ganz. Ich hatte Mamu direkt gefragt, ob sie Großvater getötet habe, und sie hatte nicht nein gesagt. Was auch immer ich den restlichen Tag über tat, der Gedanke, dass Mamu ihn getötet haben könnte, ging mir nicht aus dem Kopf. Gewaltsamer Tod, ganz besonders Mord, war etwas, was in Filmen vorkam. Nicht, dass wir viele Filme zu sehen bekamen, weil Mamu dagegen war.
»Es ist reine Zeitverschwendung«, sagte sie jedes Mal, wenn Estella und ich ins Rivoli in Laurelwood wollten. »Warum wollt ihr in einen Film gehen, wenn ihr ein tadelloses Radio habt, das ihr hören könnt?«
Bis zu den Morden war der Tod für mich einfach eine Art des Verschwindens gewesen. Großvater war verschwunden, und mein Vater, den ich inzwischen ebenfalls für tot

hielt, war auch verschwunden. In meiner ersten Highschool-Klasse war ein Junge, Thomas Wrennit, der immer kränklich gewesen war und an Kinderlähmung starb. Aber auch er war einfach verschwunden. An einem Tag war er noch in der Schule, und dann war er weg und wir sahen ihn niemals wieder. Oder es waren alte Leute in der Stadt, die starben, Leute, die ich eigentlich nicht kannte, Leute, deren Nachrufe Mamu am Frühstückstisch las und zu deren Beerdigungen Estella und ich gegangen waren, als wir noch klein waren. Es war der natürliche Lauf der Dinge. Aber Mord war etwas anderes. Es war ein Tod, der durch eine bewusste Handlung verursacht wurde. Und diese erschreckende Vorstellung ging mir nicht aus dem Kopf.

Estella und ich wollten Genaueres über den Mord wissen, und so rief sie beim Büro des Sheriffs an, um mit Adam zu sprechen, aber die Leitung war ständig belegt, und sie kam bis fast fünf Uhr nachmittags nicht durch. Und als sie schließlich durchkam, sagte ihr Margaret Breedlove, die in dem Büro arbeitete, dass Adam und der Sheriff den ganzen Tag unterwegs gewesen seien. Sie waren am Tatort. Estella und ich steckten die Köpfe zusammen und hörten uns gemeinsam an, was Margaret zu sagen hatte. Gewöhnlich teilte sie jedem, der bereit war, ihr zuzuhören, mehr mit als der *Millersburg Daily Reminder.* Da sie für den Sheriff arbeitete, war sie, wie sie es ausdrückte, ›informiert‹. Bis zu den Morden bestanden ihre Informationen darin, wer die Nacht in der Ausnüchterungszelle verbracht hatte, welcher Mann seine Frau oder welche Frau ihren Mann verprügelt hatte und welches Kind beim Klauen von Bonbons im Supermarkt erwischt worden war.

»Die Presse kriecht in ganz Millersburg herum wie Fliegen auf einem Haufen Pferdeäpfel, weil die Opfer reich und berühmt sind, aber«, plötzlich wurde sie ganz professionell, »ich fürchte, es steht mir nicht frei, ihre Namen preiszugeben. Das gehört zu meinem Job, weißt du. Ich habe keinen davon jemals vorher gehört. Also selbst wenn ich damit rausrücken würde, würdest du vermutlich nicht wissen, wer sie sind. Zudem, ich höre keine klassische Musik, und der ermordete Mann ist ein Geiger oder Flötenspieler, oder vielleicht spielt er auch Akkordeon ... irgendwas in der Richtung. Aber er ist sehr, sehr, sehr berühmt. Und«, sie flüsterte fast, »die Frau ist nicht seine Ehefrau. Sie ist mit irgendeinem reichen Mann verheiratet. Mit einem sehr reichen Mann. Ein reiches Flittchen. Aber so reichen Leuten ist alles zuzutrauen. Nicht dass ich irgendjemanden verurteilen möchte. Dafür kennst du mich gut genug. Und sag niemandem ein Wort von dem, was ich gesagt habe. Versprochen? Davon, dass sie nicht seine Frau ist, meine ich. Das könnte mich den Job kosten. Obwohl ich nicht weiß, wie sie ohne mich hier zurechtkommen sollten. Angeblich soll sie sehr schön gewesen sein, und er war ein griechischer Gott. Sie meinen, dass allerlei zwischen den beiden los war, aber ich darf nichts sagen. Ich sag dir nur so viel. Es war ein Blutbad. Der Sheriff hat gesagt, dass er beinah gekotzt hat. Ein richtiges Blutbad. Also, ich muss Schluss machen«, sagte sie fröhlich. »Ein paar Leute von der Presse sind gerade hereingekommen. Ich glaube, die wollen mich fotografieren.« Sie wurde wieder geschäftsmäßig. »Soll ich Adam sagen, dass er zurückrufen soll?«

»Ja, bitte«, sagte Estella und legte auf.

Adam rief nicht zurück, aber später an diesem Abend, als wir auf der Veranda saßen, eisgekühlte Limonade tranken und versuchten, ein bisschen kühle Luft zu schnappen, während wir beobachteten, wie die weißen Prachtwinden sich öffneten, und fast trunken waren von ihrem Duft, war der Broadway plötzlich von Scheinwerferlicht überflutet, und Adam fuhr mit dem Polizeiwagen vor. Osceola und Priddie waren bereits nach Hause gegangen, und Onkel Josh hatte sich, angewidert von all den Mordgesprächen am Esstisch, an den Bach zurückgezogen, um zu lesen. So saßen nur Estella, Mamu und ich beieinander. Wir hatten das Radio im Haus laufen lassen, für den Fall, dass irgendwelche Kurznachrichten gesendet würden, aber es hatte nur Musik gegeben, was Mamu entsetzlich erboste. Als Adam die Scheinwerfer ausschaltete, sahen wir, dass noch eine zweite Gestalt im Auto saß. Es war Mutter. Sie war auf dem Heimweg von der Bushaltestelle gewesen, als Adam vorbeikam und sie mitnahm. Ausnahmsweise war sogar Mamu fast glücklich, ihn zu sehen. Sie hatte nichts mehr davon gesagt, dass sie Großvater umgebracht hätte, und war ebenso neugierig auf Neuigkeiten über die Morde wie Estella und ich.

»Es ist einfach entsetzlich«, sagte Mutter, als sie aus dem Auto stieg. »Ich kann es kaum glauben. In Millersburg!« Sie ging den Weg zur Veranda hinauf. »Wisst ihr, wer der ermordete Mann war? Marius Dorfman. *Der* Marius Dorfman. Ist das zu glauben? Einer der besten Tenöre der Welt hier bei uns ermordet! In Millersburg!«

Adam sah zum ersten Mal derangiert und unrasiert und

sogar verschwitzt aus. »Guten Abend, Leute. Das ist wirklich ein heißer Abend.« Mit oder ohne Mord hielt Adam an seiner Gewohnheit fest, uns erst einmal einen Wetterbericht zu liefern, sowie er aus dem Auto stieg. »Ich habe aber gehört, dass es ein bisschen regnen könnte. Das würde etwas Kühlung bringen. Ich habe deine Nachricht bekommen, Estella.«
Mamu warf ihr einen vernichtenden Blick zu. Sie hatte nichts von Estellas Anruf gewusst und ließ sie nun wissen, dass sie dergleichen zutiefst missbilligte.
Adam nahm die Mütze ab und fächelte sich Luft zu. »Ich bin den ganzen Tag mit der Staats- und Landkreispolizei zusammen gewesen.«
Estella und ich gingen ihm den Weg hinunter entgegen. »War es wirklich Marius Dorfman?«, fragte sie.
»Er war es wirklich. Ich habe ihn gesehen. Jedenfalls, was noch von ihm übrig ist. Für die Presse ist das ein gefundenes Fressen. Diese Leute sind am allerschlimmsten! Ich habe noch nie so ungehobelte Kerle erlebt. Sie lassen sich einfach nicht abwimmeln. Sie versuchen alles, um überall hinzukommen, wo sie nichts zu suchen haben. Manche von ihnen haben mich einfach zur Seite geschoben, als ob ich keine Uniform tragen würde.«
»Was meinst du mit ›was von ihm übrig ist‹?« Meine Phantasie ging fast mit mir durch.
»Er ist ziemlich übel zerschnitten worden.«
»Oh mein Gott«, stöhnte Mutter. »Sie meinen, er ist zerhackt worden? Mit einer Axt in Stücke gehackt?«
»Wer war die Frau?« Ich schüttelte ihm die Hand und überlegte dabei, ob er die Leichen wohl angefasst hatte.

»Gloria Gardiner. Nicht Mr. Dorfmans Frau. Mrs. Claude Gardiner. Schwer reiche Leute. Richtig reich. Ihr Haus steht oben am Ostende des Sees. Ihr wisst schon, welches. Das mit dem Bootshaus, das über das Wasser hinausragt. Phantastisches Haus. Ganz aus Glas und Holzbalken und Natursteinen. Wie aus einem Film. Muss mindestens zwanzig Zimmer haben. Wirklich wie ein Palast. Einfach schön. Ich bin noch nie in so einem Haus gewesen.«

»Wissen Sie, wer sie ermordet hat?« Mamu kam immer gleich zur Sache.

»Na ja, bisher sind das nur Spekulationen. Ich kann nicht darüber reden. Sie werden das verstehen, Mrs. Wayland.«

»Wie wurden sie getötet?« Ich wollte die Einzelheiten wissen.

»Mit einem Messer.«

»Also nicht mit einer Axt. Ich hatte gehört, es wäre eine Axt gewesen. Ich fände es schrecklich, mit einem Messer umgebracht zu werden«, warf Mutter ein. »Ich kann mir nichts Schlimmeres vorstellen. Außer vielleicht eine Axt.«

»Ob Messer oder Axt ... was für einen Unterschied macht das schon? Jedenfalls ist es eine scheußliche Art, vom Karussell zu fallen.« Mamu wandte sich wieder Adam zu und wartete auf weitere Einzelheiten.

»Ich kann mir gar nicht vorstellen, wie jemand so was machen kann, was dieser Mann diesen Leute angetan hat. Grausig ist nicht das richtige Wort. Ich hab noch niemals so was gesehen, und hoffe, dass ich auch nie wieder so was sehen werde. Einfach schrecklich.«

»Woher wissen Sie, dass es ein Mann war?«, wollte Mamu wissen.

»Eine Frau würde so was niemals fertig bringen.«

»Meinen Sie?« Mamu grinste.

Nach dem Gespräch am Frühstückstisch, bei dem Mamu angedeutet hatte, dass sie Großvater umgebracht hatte, hielt ich alles für möglich.

»Nein, M'am. Es war einfach scheußlich. Pfui Teufel.« Er schüttelte den Kopf und wiederholte: »Eine Frau würde so was niemals fertig bringen.«

»Was?« Er hatte meinen Appetit geweckt.

»Über so was kann man in gemischter Gesellschaft nicht reden. Ich erzähle es dir später, Ben.« Ich fühlte mich sehr geschmeichelt, dass Adam mich ins Vertrauen ziehen wollte, ohne Estella mit einzubeziehen.

»Machen Sie sich nicht lächerlich. Früher oder später erfahren wir es ja doch«, drängte Mamu.

»Na gut, ich sage Ihnen nichts, was morgen nicht sowieso in allen Zeitungen steht und im Radio zu hören ist. Der Frau wurde die Kehle von einem Ohr zum anderen durchgeschnitten und … und …«

»Und was?« Estella wollte es ebenso gerne wissen wie ich.

»Spucken Sie's aus, Junge«, drängte Mamu.

»Ich weiß nicht, ob ich das sagen kann.« Er sah Estella an und errötete ein wenig. »Vor den Leuten hier, wenn Sie mich verstehen.«

»Ich sag Ihnen, was Sie nicht sagen können, wenn Sie's gesagt haben. Also sagen Sie's.« Mamu verlor allmählich die Geduld.

»Und ihre linke Brust war abgeschnitten.« Er stieß die Worte hervor und sein Gesicht rötete sich. Ich war sicher,

dass er am liebsten zu seinem Auto gegangen und fortgefahren wäre.
»Oh mein Gott!« Mutter ließ sich in den großen Korbstuhl fallen. »Ich glaube, ich falle in Ohnmacht.«
»Dann geh rauf und fall dort in Ohnmacht.« Mamu nahm es übel, dass Mutter Adam ausgerechnet in dem Augenblick unterbrach, als er auf die grausigen Einzelheiten zu sprechen kam. »Und was ist mit dem Mann? Dem Tenor?«
»Seine Genitalien waren abgeschnitten.« Er konnte niemanden anschauen, als er das sagte. Das Wort ›Genitalien‹ ließ ihn noch mehr erröten.
»Alles«, wollte Mamu wissen, »oder nur die Eier?«
»Alles. Die ganze Apparatur. Alles einfach abgeschnitten.« Es war mehr, als er ertragen konnte, und er erstickte fast an den Worten.
»Also ich meine, das sollte allen Tenören passieren«, verkündete Mamu.
»Mein Gott, Mamu. Ich glaube, du bist nicht ganz richtig im Kopf.« Mutter fächelte sich mit den Händen Luft zu. »Manchmal wird mir übel von deinem Gerede.«
»Ach, halt doch den Mund, Eulalie.«
»Und«, fuhr Adam fort, »jemand hatte sie ihm in den Mund gestopft. Und seine Kehle war durchgeschnitten. Es waren auch Zeichen auf seiner Brust, aber man konnte nicht erkennen, was sie bedeuten sollten.«
Mutter schrie auf und fiel endgültig in Ohnmacht. Aber erst, nachdem sie alles gehört hatte, was Adam über die Verstümmelung von Marius Dorfmans Leiche zu berichten hatte.

»Eulalie, lass den Blödsinn. Ben, gieß deiner Mutter ein Glas Limonade ins Gesicht. Dieses Mädchen tut doch alles, nur um Aufmerksamkeit zu erregen.«
»Ich werde meiner Mutter keine Limonade ins Gesicht gießen.« Mutters rechtes Auge öffnete sich gerade weit genug, um sich zu vergewissern, dass ich es auch wirklich nicht tun würde.
»Möchtest du ein Glas Limonade, Adam?« Estella war auf einmal die perfekte Gastgeberin und schenkte ein Glas für ihn ein.
»Danke, gerne.« Er sah immer wieder zu meiner Mutter hinüber und überlegte, ob er etwas tun müsste, weil sie gelegentlich aufstöhnte, als ob sie Schmerzen hätte.
»Lassen Sie sie in Ruhe. Irgendwann kommt sie schon wieder zu sich.« Mamu wandte sich an Adam. »Und weiter?«
»M'am?«
»Was gibt es sonst noch, das wir wissen sollten? Da waren also zwei nackte Leichen …«
»Ich habe nicht gesagt, dass sie nackt waren. Ich meine, sie waren fast nackt, aber die Kleider waren ihnen vom Leib geschnitten worden, damit der, der sie getötet hat, sie auch noch verstümmeln konnte. Es sieht ganz nach einem sexuellen Racheakt aus. Das sagt jedenfalls Sheriff Anderson. Und so wird es schon sein, bei den Teilen, die ihnen abgeschnitten worden sind.« Er nahm das Glas Limonade aus Estellas Hand und probierte einen Schluck. »Sehr erfrischend. Danke, Estella. Genau das Richtige für einen heißen Abend wie heute.«
Ich konnte mir die beiden Leichen lebhaft vorstellen, wie

sie verstümmelt in einem See von dunklem, dickem Blut lagen. »Sind die Leichen immer noch in dem Haus?«, fragte ich.

»Oh nein. Sie wurden am späten Nachmittag in das Büro des Coroners in Laurelwood gebracht. Das Haus ist komplett abgesperrt. Wir haben immer noch eine Menge von Ermittlungsarbeiten zu erledigen.«

»Wer hat die Leichen gefunden?« Mamu war immer noch auf Einzelheiten aus.

»Tja, das ist das Schlimmste an der ganzen Sache«, sagte Adam und schüttelte den Kopf. »Wirklich traurig. Der zwölfjährige Sohn der Frau. Er sagt, er sei etwa um drei Uhr morgens aufgestanden, um auf die Toilette zu gehen, und da lagen sie.«

»Wo ist denn der Vater dieser Familie?«, wollte Mamu wissen.

»Das weiß keiner. Auf einer Geschäftsreise, aber der Junge wusste nicht, wohin er gefahren ist. Soviel ich weiß, reist er sehr viel herum. In der ganzen Welt, hat der Junge gesagt. Seine Großeltern sind aus New York gekommen und haben ihn abgeholt. Schrecklich für ein Kind, seine Mutter so zu finden. Ich kann mir nichts Schlimmeres vorstellen.«

»Armer kleiner Kerl«, sagte Mutter und richtete sich im Stuhl auf. Sie nahm Adams Glas und kühlte sich damit die Stirn.

»Ist alles in Ordnung, Mrs. Whyte?«

»Ja, danke. Manchmal passiert es mir einfach, dass die Realität mich umhaut. Wie entsetzlich … seine Mutter so verstümmelt zu finden.«

Sie sah Mamu an und ein schwaches Lächeln huschte über ihr Gesicht.

»Also gut«, sagte Mamu und stand auf. »Trinken Sie Ihre Limonade aus und machen Sie sich wieder an die Arbeit, Officer Stoner.« Die Audienz war vorbei. »Vor Ihnen liegt die Aufgabe, einen Mörder zu fangen.« Sie wandte sich zur Tür. »Eulalie, du solltest auch ins Bett gehen«, rief sie Mutter im Hineingehen zu, ohne sie anzusehen. »Das ewige In-Ohnmacht-Fallen muss dich erschöpft haben.« Die Fliegengittertür fiel krachend hinter ihr zu.

»Danke für das Getränk«, sagte Adam und schluckte hinunter, was noch im Glas war.

»Du musst noch nicht gehen.« Ich vermutete, dass es noch irgendetwas gab, das er vergessen hatte, uns zu erzählen. Außerdem mochte ich diesen nicht ganz so perfekten Adam.

»Oh doch, ich muss. Ich muss zusehen, dass ich noch ein bisschen Schlaf bekomme. Ich bin zum Umfallen müde. Das heißt, wenn ich nach dem, was ich heute zu sehen bekommen habe, überhaupt schlafen kann. Ich werde mich wohl an solche Dinge gewöhnen müssen. Das gehört alles zum Job. Die nächsten Wochen werden mich vermutlich halb umbringen. Na ja, ihr wisst, was ich meine … einen Haufen Arbeit. Und passen Sie auf sich auf, Mrs. Whyte. Ich meine, wegen des In-Ohnmacht-Fallens. Sie könnten fallen und sich verletzen.«

»Danke, Adam. Sehr fürsorglich von Ihnen. Und danke auch fürs Mitnehmen. Estella, begleite Adam zu seinem Auto.« Ich machte Anstalten, von der Terrasse auf den Fußweg hinunterzugehen. »Ben, du bleibst bitte hier und hilfst mir ins Haus.« Ich wusste ganz genau, dass sie keine Hilfe brauchte. Sie wollte nur, dass Estella und Adam miteinander alleine blieben.

»Du brauchst Hilfe?« Ich ärgerte mich über sie.

»Natürlich brauche ich Hilfe. Schließlich bin ich ohnmächtig geworden.« Sie griff nach meiner Hand und zog sich aus dem Stuhl. »Vielen Dank noch mal, Adam.«

»Gute Nacht, Mrs. Whyte. Nacht, Ben.« Er und Estella schlenderten den Fußweg hinunter zum Auto, und Mutter und ich gingen ins Haus.

»Lass die beiden allein, Ben. Er ist ein netter Junge. Und du weißt, dass er nur hierher kommt, um Estella zu sehen. Das weißt du doch, oder? Hat Estella dir gesagt, wie sie ihn findet? Ich finde, er ist sehr, sehr nett. Und so gut aussehend. Findest du nicht auch, dass er gut aussieht? Und ich wette, dass er auch intelligent ist. Und immer so sauber und ordentlich. Ich mag Adam Stoner. Mag Estella ihn?« Mutter ließ die Rolle der fragilen und etwas dümmlichen Person fallen, was sie oft tat, wenn Mamu nicht dabei war. Es war eine ihrer Eigenschaften, die mich am meisten wütend machten. Irgendwann in ihrem Leben und aus welchem Grund auch immer war sie zu dem Schluss gekommen, dass sie am meisten Aufmerksamkeit auf sich zog, wenn sie zerstreut und oberflächlich war. Also war das die Rolle, die sie die meiste Zeit spielte. Aber sie war ebenso falsch wie ihre Perlen. In Wirklichkeit war sie ausgesprochen schlau, beeinflusste einen und wusste über alles genau Bescheid, was um sie herum passierte.

»Woher soll ich das wissen?« Ich wollte nicht über Adam und Estella reden. »Ich bin müde. Ich gehe ins Bett.

Kommst du alleine die Treppe rauf?« Ich sagte es so sarkastisch wie möglich, aber ich kannte Mutter gut genug, um zu wissen, dass sie ganz darauf konzentriert war, eine Ehe zu stiften, und meinen Sarkasmus vermutlich gar nicht bemerken würde. Sie stand gedankenverloren da und plante offensichtlich bereits die Hochzeit.

»Es geht mir gut, danke. Warte, bis er fort ist, und dann bring die Kanne und die Gläser rein. Wenn du das nicht tust, ist morgen alles voller Ameisen. Der viele Zucker. Mamu macht schreckliche Limonade. Ich könnte keinen Schluck davon runterkriegen.« Sie schaute durch das Fliegengitter und versuchte zu erkennen, was Adam und Estella machten. »Ich hasse Ameisen.«

»Das kann Estella machen.« Ich ging die Treppe hinauf.

»Ben, was ist los mit dir? Ist es zu viel verlangt, eine Kanne und ein paar Gläser ins Haus zu tragen? Lieber Gott!«

»Ich habe gesagt, das kann Estella machen.«

Mein Schlafzimmer war der einzige Raum im dritten Stock, der benutzt wurde, und daher war ich dort relativ ungestört. Aber es war nur deshalb mein Zimmer, weil ich darin schlief. Es gab nichts darin, was auf die Persönlichkeit seines Bewohners hätte schließen lassen. Es war funktionell, spärlich möbliert und düster wie eine Mönchszelle. Genau so, wie Mamu es haben wollte. Schmuck oder Dekoration waren so gut wie nicht vorhanden. Nur ein einziges Bild hing an der Wand über meinem Bett. Es war eine Landschaft mit einem idyllischen Wald, einem Schäfer und ein paar fetten Schafen, alles sehr dunkel und düster und 19. Jahrhundert. Ich hasste es. In einer kleinen Truhe aus Zedernholz hatte ich die Schätze untergebracht, die ich während meiner ganzen Kindheit gesammelt hatte. Ich hatte sie säuberlich weggepackt, damit niemand sie sehen konnte. Kieselsteine, die ich aus irgendeinem vergessenen Grund aufgehoben hatte, einen zwischen zwei zerkratzten Glasscherben gepressten Schmetterling, verschiedene Familienfotos, aus denen mein Vater säuberlich herausgeschnitten war, eine alte Medizinflasche, die im Uferschlamm des Baches gesteckt hatte, eine getrocknete Schlangenhaut und ein Kartenspiel, dem der Herzkönig fehlte. Die meisten Siebzehnjährigen hätten all diese Sachen weggeworfen, aber abgesehen von meiner Kleidung waren es die einzigen Dinge in der Welt, die ausschließlich mir gehörten, und so brachte ich es nicht übers Herz, mich von ihnen zu trennen.

Trotz seiner Kargheit liebte ich mein Zimmer, weil es eine Zufluchtsstätte war. Niemand, außer Mamu, betrat es jemals, ohne anzuklopfen. Ich war das einzige männliche Wesen im Haus und erfuhr deshalb eine gewisse Rücksichtnahme. Und im Sommer war es das kühlste von allen Schlafzimmern. Wenn ich alle Fenster öffnete, herrschte selbst in der heißesten Nacht gewöhnlich ein schwacher Luftzug.

Ich zog mich aus, ohne das Licht anzuknipsen, und streckte mich auf dem Bett aus. Dort lag ich eine Weile und starrte in die Dunkelheit, bevor ich bemerkte, dass ich Estella und Adam reden hören konnte. Ich ging zum Fenster und beobachtete sie. Aber so sehr ich mich auch bemühte, ich konnte nicht verstehen, was sie sagten. Nur hin und wieder ein einzelnes Wort und gelegentlich ein Lachen. Ich weiß noch, dass ich mich fragte, worüber sie wohl lachen mochten. Er hatte uns gerade die grausigen Einzelheiten eines Doppelmordes geschildert und von einem Jungen erzählt, der seine Mutter mit durchgeschnittener Kehle und abgeschnittener Brust gefunden hatte. ›Worüber, zum Teufel, können sie lachen‹, fragte ich mich. Verärgert, dass ich sie nicht verstehen konnte und nichts sah als die vagen Umrisse zweier Gestalten, die neben dem Auto standen, ging ich wieder ins Bett und versuchte zu begreifen, was ich empfand. Mein Gehirn war zu durcheinander, um klar zu denken, und es kann nur ein paar Minuten gedauert haben, bis ich eingeschlafen war. Schlaf war so unendlich viel verlockender als ein Versuch, mir über mein Leben Klarheit zu verschaffen. Wie nicht anders zu erwarten, hatte ich einen Albtraum von den Leichen.

Alle meine Albträume handelten von Clowns. Kein Dämon hat mich jemals so erschreckt wie ein Clown. Jeder Clown. Als Estella und ich noch klein waren, gingen Mamu und Mutter mit uns in den Zirkus im Madison Square Garden in New York. *Gebrüder Gingling und Barnum und Bailey's Zirkus. Die größte Schau der Welt.* Während der ganzen Eisenbahnfahrt zur Stadt erzählten sie uns ununterbrochen, wie wunderbar es werden würde, und als wir dort ankamen, waren Estella und ich ganz außer uns vor Erwartung. Es war das erste Mal, dass ich aus Millersburg herauskam, und ich hatte mir niemals vorgestellt, dass es an irgendeinem Ort so von Menschen wimmeln könnte. Bevor der Zirkus anfing, gingen wir herum und sahen uns die Tiere an, und es gefiel mir überhaupt nicht, wie wir herumgeschoben und -gestoßen wurden. Es gab Löwen und Tiger, die ärgerlich in ihren bunt bemalten und dennoch irritierend düsteren Zirkuswagen herumliefen. Irgendwie hatte ich das Gefühl, dass es unrecht war, sie anzuschauen, weil sie uns mit einer Mischung aus Wut und Verlegenheit anstarrten. Wir kamen zu den Elefanten, die eiserne Ringe an den Fußgelenken trugen, mit riesigen Ketten daran, die ihre Beine zusammenhielten, während sie von einem Fuß auf den anderen schaukelten, als ob sie irgendetwas tun wollten, nur nicht da herumstehen. Ich wollte so schnell wie möglich weg von ihnen, weil sie mich mit ihren kleinen, tränenden Augen mit einem Ausdruck anschauten, der entweder anklagend oder bittend war. Ich wusste nicht, was in ihren Köpfen vorging, aber ich war mir ganz sicher, dass das, was sie dachten, ganz entsetzlich sein musste.

»Ich will nach Hause«, sagte ich.

»Nach Hause? Wir sind doch gerade erst hier angekommen.« Mamu ergriff meine Hand und zog mich weiter. »Nach Hause! Quatsch! So einen Blödsinn habe ich ja noch nie gehört.«

»Ich muss auf die Toilette.« Ich musste gar nicht, aber ich wollte mit Mutter alleine sein – ein Trick, den ich angewendet hatte, solange ich denken kann –, damit ich sie bitten konnte, mich nach Hause zu bringen.

»Geh mit ihm auf die Damentoilette«, sagte Mamu.

»Ich weiß nicht, wo sie ist«, jammerte meine Mutter. »Das hier ist so riesig, und ich werde mich sicher verirren. Wie soll ich dich jemals wiederfinden?«

»Hier sind überall Wegweiser zu den Toiletten. Nun mach schon, geh mit ihm.« Sie beugte sich zu Estella hinunter. »Musst du auch pinkeln? Wenn ja, tu es jetzt. Wenn der Zirkus erst angefangen hat, kommen wir nicht mehr hinaus.«

»Ich muss nicht.«

»Also komm.« Mutter zog meine Hand aus der von Mamu, und wir machten uns auf die Suche nach einer Toilette. »Bleib du hier bei den Elefanten, Mamu, damit wir dich wiederfinden. Oh, wie ich das hasse!«

»Ich finde es hier scheußlich. Können wir jetzt nach Hause gehen? Wir haben den Zirkus gesehen.« Ich musste brüllen, um all die schreienden Kinder zu übertönen.

»Sei doch nicht so dumm, Ben.« Sie lachte. »Das war nicht der Zirkus. Der hat doch noch gar nicht angefangen.« Sie zog mich durch die Menschenmenge. »Lass meine Hand nicht los. Wenn ich dich in diesem Gewühl verliere, finde ich dich nie mehr wieder. Ich weiß nicht, was sie mit verloren gegangenen Jungen und Mädchen machen.« Ich geriet in Panik und drückte ihre Hand so fest ich konnte, aus lauter Angst, dass ich für immer verloren gehen könnte. »Ben, du tust mir weh.«

»Ich will nicht hier bleiben. Mir gefällt es hier nicht«, wiederholte ich. »Ich will nach Hause.« Ich wusste, dass meine Bitte auf taube Ohren stieß und dass all mein Betteln hoffnungslos war.

»Liebling, du bist dumm. Wirklich. Estella hat Spaß. Warum kannst du das nicht auch? Nun verdirb uns nicht allen die Freude. Warum machst du das? Mamu wird sehr wütend werden, und das wollen wir doch nicht, oder?

Wir haben viel Geld für die Eintrittskarten ausgegeben. Und wenn wir erst einmal drinnen sind, wird es dir ganz bestimmt gefallen. All die Tiere und die Kostüme und die Musik. Alle Kinder lieben den Zirkus. Lieber Gott, Ben, was ist los mit dir? Oh, da ist ja eine Damentoilette. Komm mit.« Sie stieß die Tür auf. Drinnen standen Schlangen von Frauen mit Kindern, die darauf warteten, in die Kabinen zu kommen. Als ich ihnen ins Gesicht sah, wusste ich, dass manche von den Kindern ebenso dringend von hier wegwollten wie ich.

»Lieber Gott, mit all diesen Leuten werden wir ja ewig warten müssen.«

»Ich muss gar nicht«, sagte ich.

»Ben! Was ist los mit dir. Manchmal führst du dich auf, als ob du ernsthaft gestört wärst. Erst musst du, und dann musst du nicht. Was stimmt denn nun wirklich?«

»Ich muss nicht. Können wir jetzt nach Hause fahren?«

»Nein. Wir fahren nicht nach Hause. Basta. Ich möchte kein Wort mehr darüber hören. Wir werden Spaß haben, ob es dir nun passt oder nicht, verdammt noch mal. Und jetzt komm!« Wir fanden Mamu und Estella, gingen in das Zirkuszelt und suchten unsere Plätze.

»Da wären wir«, sagte Mamu. »Gleich vorne, wo wir alles sehen können.« Für meinen Geschmack waren wir viel zu dicht dran an allem, was da kommen würde.

Als wir uns gesetzt hatten, ließ ich meine Augen über das Publikum wandern und wechselte Blicke mit mehreren Kindern in unserer unmittelbaren Umgebung, die offenbar ebenso verängstigt waren wie ich. Wir waren eine bemitleidenswerte Gesellschaft, eine Konföderation der Versteinerten, miteinander verbunden durch die Angst vor dem Unbekannten, und wir konnten nur hoffen, dass wir durch den Nachmittag kommen würden, ohne in die Hosen zu machen oder Schlimmeres. Ich sah zu den Verspannungen hinauf, den straff gespannten Seilen und den Trapezen, und ich konnte mir nicht vorstellen, was so hoch da droben passieren sollte. Ich hoffte, dem Entsetzen zu entkommen, wenn ich die Augen fest geschlossen hielt, aber Mamu sah es und fing an zu schimpfen.

»Mach die Augen auf, Ben, und sei kein Baby. Du machst dich ja lächerlich. Du bist so ein Feigling!« Ich öffnete die Augen und starrte geradeaus und fragte mich, was wohl als Nächstes passieren würde.

Plötzlich waren die drei Manegen von funkelndem, vielfarbigem Punktscheinwerferlicht erleuchtet, eine laute Blechmusik begann zu spielen, und die Zirkusparade bewegte sich um das Zirkuszelt. Ich erinnere mich an das alles in lauter kleinen Stücken und Einzelheiten, so wie ein Zeuge sich vielleicht an einen Unfall erinnert. Die Wagen mit den Löwen und Tigern, die wütend waren, weil sie in dieser Weise ausgestellt wurden, die Elefanten in Ballettröckchen oder hawaiischen Grasröcken, die entsetzlich verletzt und gedemütigt aussahen. Ponys mit dümmlichen Federbüschen schlichen mit gesenkten Köpfen vorbei, und Hunde in seltsamen kleinen Kostümen, Matrosenanzügen, Cowboyausrüstungen und Polizeiuniformen hüpften auf den Hinterbeinen und sahen dabei so aus, als ob sie Schmerzen hätten. Männer und Frauen in glänzenden Strumpfhosen und langen Capes stellten sich im Vorbeimarschieren zur Schau, aber am allerschlimmsten waren die Clowns. Große und kleine, dicke und dünne Clowns, alle in lächerlicher Kleidung mit großen Knollennasen, boshaftem Grinsen, riesigen Sommersprossen und aufgemalten Tränen. Ich hatte keine Ahnung, dass sie nur geschminkt waren. Ich hielt sie für wirkliche, schrecklich deformierte Menschen und konnte nicht verstehen, warum alle Leute ihnen zujubelten, wo sie doch ganz bestimmt entsetzlich traurig sein mussten. Plötzlich warfen die Leute ihre Capes ab, kletterten wie Spinnen an den Seilen empor, und bevor ich wusste, was geschah, schwangen sie sich durch die Luft oder liefen auf den Seilen entlang. Die Musik schien immer lauter zu werden, und es geschah so viel, gab so viel zu sehen, und alles war monströs und diabolisch. Auf mein kindliches Gemüt muss das alles so bizarr gewirkt haben wie die Gestalten in einem Gemälde von Hieronymus Bosch. Ich spürte, wie Panik in mir aufstieg. Ich wusste, dass ich unfähig war, noch länger sitzen zu bleiben. Schließlich waren es die Clowns, die mich schreiend die Flucht ergreifen ließen. Sie rannten ins Publikum, und ich glaubte, sie würden uns angreifen. Einer hielt sein Gesicht mit den wilden roten Haaren, den geschwärzten Zähnen und den kalten, gemeinen Augen ganz dicht an das meine, und ich hatte mich in meinem ganzen Leben noch nie so gefürchtet. Ich sprang auf und rannte auf den Ausgang zu, Mutter, Mamu und Estella hinterher. Ich war nicht das einzige Kind, das um sein Leben rannte. Es gab etliche, die auf der Flucht waren, gefolgt von zornigen Erwachsenen.

Als Mutter mich schließlich einholte, packte sie mich bei den Schultern und schüttelte mich. »Was soll das?«

»Wir gehen nach Hause. Und zwar sofort«, verkündete Mamu. »Und wir werden nie wieder mit euch irgendwo hingehen. Hörst du, Ben? Nie wieder!« Und sie marschierte los und zerrte Estella hinter sich her.

»Da siehst du, was du angerichtet hast«, sagte Mutter. Sie folgte ihnen und ließ mich tränenüberströmt hinterherlaufen. Kurz bevor wir den Park verließen, blieb Mamu an einem Verkaufsstand stehen und kaufte eine Puppe für Estella. Es war ein großer Clown, so grotesk und bedrohlich wie irgendeiner, der im Zirkuszelt herumgelaufen war.

»Ich will keine Puppe«, sagte Estella. »Wirklich nicht, Mamu.« Sie sah mich entschuldigend an, wie um mir zu signalisieren, dass die Puppe nicht ihre Idee gewesen war.

»Natürlich willst du. Jetzt nimm sie.« Mamu drückte sie ihr in die Arme, und Estella nahm sie zögernd entgegen. Im Zug nach Laurelwood und während der Busfahrt nach Millersburg sagte keiner ein Wort, und auch als wir von der Bushaltestelle zum Broadway gingen, wurde kein Wort gesprochen. Gerade als wir in den Broadway einbogen, begann es heftig zu donnern und zu blitzen, und wir schafften es gerade noch bis zum Haus, bevor die ersten Regentropfen fielen. Ich wurde sofort in mein Zimmer gebracht und ins Bett gesteckt. Mutter und Mamu stritten darüber, wer das erledigen sollte. Mamu siegte, und als ich im Bett lag, verließ sie das Zimmer für ein paar Augenblicke und kam mit dem Clown zurück. Mir begann übel zu werden. Sie zog einen Stuhl mit Sprossenlehne neben mein Bett und setzte die Puppe darauf. Dann ging sie hinaus und löschte das Licht.

»Ich will kein Wort mehr von dir hören. Nicht ein einziges Wort«, sagte sie noch, bevor sie die Tür schloss.

Es war stockdunkel im Zimmer, und ich stellte mir vor, dass der Clown vom Stuhl gesprungen war und im Zimmer umherlief. Ich glaubte zu hören, wie seine großen Clownsfüße über den Boden schlurften, wie er meine Zederntruhe öffnete und meine Sachen durchwühlte, und ich wollte ihm sagen, er solle sie in Ruhe lassen. Ich war gelähmt vor Entsetzen. Dann blitzte es, und ich sah, dass er immer noch auf dem Stuhl saß und mich mit starren, wilden Augen ansah. Ich drückte mich gegen die gegenüberliegende Wand, um möglichst weit von ihm wegzukommen, aber ich war gefangen. Jedes Mal, wenn der Raum von heißem, weißem Licht überflutet wurde und der Donner krachte, schien er größer und größer zu werden, bis ich ihn als ausgewachsenen Mann neben meinem Bett sitzen und mich bösartig anblicken sah. Offenbar wartete er nur auf den richtigen Augenblick, um mir das Entsetzliche anzutun, das er plante. Ich zog mir die Decke über den Kopf und wusste nicht, wie ich die Nacht überstehen sollte. Ich weiß nicht, wann und wie ich den Mut fasste, es zu tun, aber irgendwann sprang ich aus dem Bett, ergriff die Puppe und würgte sie mit aller Kraft. Sie grinste mich immer noch an. Schließlich riss ich ihr den Kopf ab und warf das enthauptete Ungeheuer samt seinem Kopf zum offenen Fenster hinaus in den Regen. Als ich die Puppe zum letzten Mal im blendenden Licht eines Blitzstrahls sah, lag der Körper etwa drei

Meter vom Kopf entfernt auf dem Rasen. Ich kann mich nicht erinnern, dass irgendjemand den Clown jemals wieder erwähnte. Als Mamu die Puppe mit abgerissenem Kopf daliegen sah, glaubte sie sicher, mir eine Lehre erteilt und mich gezwungen zu haben, mich meinen Ängsten zu stellen. Was sie nicht wusste, war, dass ich mir, als ich der Puppe den Kopf abriss, vorstellte, es sei der ihre.

In der Nacht, in der Adam uns von den Morden erzählt hatte, träumte ich, dass es nur ein Opfer gäbe, einen Clown mit aufgemaltem Lächeln, der seltsam verdreht wie eine weggeworfene Marionette mit abgeschnittenen Genitalien in seinem Blut lag. Der Clown war ich selbst. Und ich war auch der Mörder. Ich stand in einem Cape mit Pailletten mitten im Madison Square Garden und hielt ein blutiges Messer in der Hand. Ich war der Verstümmelnde und der Verstümmelte, der Täter und das Opfer. Voller Panik wachte ich auf, und ich glaube nicht, dass ich in dieser Nacht noch einmal einschlief.

Als ich so dalag und schwitzte und versuchte, einen Sinn in meinem Traum zu erkennen, versuchte, herauszufinden, wer ich war, und meinem nebelhaften Ich eine feste Form zu geben, fühlte ich mich allein und verängstigt und fast wie am Rand einer Katastrophe. Ich ahnte nicht, dass sich das Leben, das wir in Broadway Acres kannten, sich innerhalb eines einzigen kurzen Monats grundlegend verändern würde und dass alles, was wir in zehn langen, unglaublich harten Jahren der Arbeit, der Opfer, der Bitterkeit und des Schweißes geschaffen hatten, auseinander fallen und niemals wieder werden würde, was es einmal gewesen war.

Kapitel 4

Als mein Großvater verschwand und der Wirbel des Börsenkrachs sich legte, stellte Mamu fest, dass sie kein Geld mehr hatte. Er hatte mit ihrem Vermögen spekuliert und sich eingebildet, riesige Gewinne zu machen, und hatte jeden Pfennig, den sie besaßen, in Aktien investiert, die sich als wertlos erwiesen. Das Familienvermögen war dahin, und die Waylands waren ruiniert. Sie hatte niemals über Geld nachdenken müssen. Selbst vor ihrer Hochzeit hatte sie ein verhältnismäßig komfortables Leben gehabt. Ihr Vater war praktischer Arzt in Philadelphia, und obwohl sie nicht wirklich wohlhabend waren, war sie in einem bequemen Haus in einem guten Stadtviertel aufgewachsen, ihre Mutter hatte eine Haushaltshilfe gehabt, und Mamu hatte niemals Geldsorgen gekannt. Es war immer genug Geld da gewesen, und sie hatte angenommen, dass es immer so bleiben würde. Durch ihre Heirat mit Großvater hatte sie dafür gesorgt. Sie behauptete, dass das der Grund gewesen sei, warum sie ihn geheiratet hatte. Als sie ihn im September 1898 am Strand von Atlantic City zum ersten Mal sah, war sie nicht besonders beeindruckt. Er sah gut aus, aber er war für Mamus Geschmack ›viel zu sehr von sich überzeugt‹. Sie war fast dreißig Jahre alt, hatte sich bereits auf ein Leben als alte Jungfer eingestellt und war nicht auf der Suche nach einem Mann. Aber ihre Cousine Alice Pritchard, sommersprossig und immer rot vor Erregung, war verlobt. Wie viele glücklich verlobte Frauen hielt sie es für ihre Pflicht, Männer für alle ihre unverheirateten Freundinnen zu finden, und war fest entschlossen, einen Ehemann für Mamu aufzutreiben. Alices Verlobter, Thelonius Rigsby, ein junger, etwas pompöser Pfarrer an der Episkopalkirche St. Thomas in Lawneck, New Jersey, einer feinen und wohlhabenden Gemeinde, gleich gegenüber von New York City am Hudson River, kannte Byard Wayland aus seiner Zeit bei der Armee, wo er als Kaplan gedient hatte. Byard war gerade erst als Kriegsheld von den Philippinen zurückgekehrt. Er machte mit ein paar Freunden von der Armee Urlaub in Atlantic City, und er und Thelonius waren sich rein zufällig am Strand über den Weg gelaufen. Als Alice ihn kennen lernte und von Rev. Rigsby erfuhr, dass Byard Wayland einer von *den* Waylands aus New York City war, ›Reedereibesitzer, weißt du‹, beschloss sie, dass die zufällige Begegnung der beiden Männer die Antwort auf ihre Gebete für Mamu sei und dass der gut aussehende Junggeselle der Mann sei, den ihre Cousine heiraten würde. Estella und ich hatten immer wieder Teile und Stücke der Geschichte von Mamu und Eulalie und sogar von Onkel Josh gehört, der erst ein Kleinkind gewesen war, als sie heirateten. Aber wir waren überzeugt, dass seine Beiträge zu der Geschichte die objektivsten waren, weil er oftmals Großvaters Version des Ganzen zitierte. Und soweit wir unseren Großvater in Erinnerung hatten, der, selbst als er noch im Haus lebte, eine fast unsichtbare Gestalt in unserem Leben gewesen war, war er ein sehr vernünftiger Mann, der mit beiden Beinen fest auf dem Boden stand. Außer natürlich, als er auf dem Aktienmarkt spekulierte. Wir hatten das Gefühl, die wichtigsten Bestandteile ihrer Liebesgeschichte zu kennen, und verbrachten einen erheblichen Teil unseres jungen Lebens damit, sie zu einem ganzen Bild zusammenzusetzen. Es war eine jener Geschichten, die in einer Familie immer wieder und sogar mit Vergnügen erzählt werden können. Zum Beispiel, wie angetan Großvater von der energischen und sportlichen Adela war, die ihn drei Mal beim Tennis schlug. Mamu erzählte diesen Teil der Geschichte mit besonderer Vorliebe. Und dass er in dem Moment, als er sie zum ersten Mal sah, bereits beschloss, sie zu heiraten. Sie meinte, sie hätte auf der Stelle erkennen müssen, dass er kein gutes Urteilsvermögen besaß. Dass er fast fünf Jahre jünger war als sie und sein Leben lang niemals ihr wahres Alter erfuhr. Wenn Mamu die Geschichte erzählte, würzte sie sie mit historischen Tatsachen, die absolut nichts mit ihrem Verhältnis zu Großvater zu tun hatten. »Das war das Jahr, in dem die Untergrundbahn in Paris eröffnet wurde.« Oder: »Bismarck starb im gleichen Jahr, in dem ich euren Großvater kennen lernte. Und Gladstone auch. Und die Kaiserin Elisabeth von Österreich wurde von einem Italiener ermordet. Ermordet! Das waren Omen. Ich hätte wissen müssen, dass

ich ihn nicht hätte heiraten sollen. Es ging alles viel zu schnell.«
Am Ende jener Woche in Atlantic City war Mamu immer noch wenig beeindruckt von Großvater, aber überwältigt vom Ausmaß des Vermögens der Familie Wayland und dem Druck, den ihre Cousine Alice auf sie ausübte, endlich zu heiraten, und hatte beschlossen, seinen Heiratsantrag anzunehmen, sofern und wann auch immer er ihn machen würde. Mit Hilfe von Alice und dem zögernden Rev. Rigsby wurde in einem der privaten Speiseräume des Breakers Hotels, des elegantesten Hotels am Broadwalk, ein festliches Abendessen für den letzten Freitag geplant, bevor Byard Wayland seinen Urlaub beenden und zu seiner Einheit bei der Armee zurückkehren sollte. Alice durchstöberte Mamus Garderobe und stellte fest, dass sämtliche Kleider, die sie besaß, hoffnungslos langweilig waren, weil Mamu einen sehr schlichten Geschmack hatte. Schließlich lieh Alice ihr eines von ihren. Mamu erzählte auch diesen Teil mit besonderem Vergnügen. Das Kleid, das Alice für sie auswählte, war blassgrün und brachte Mamus Augen und ihr rotes Haar zur Geltung und betonte zugleich Mamus Schultern, die sie immer für besonders schön gehalten hatte. Es war sehr gewagt und ließ ihren üppigen Busen sehen. Rev. Rigsby konnte seine Augen nicht davon lassen und hatte, wie Mamu behauptete, offensichtlich sündige Gedanken. Alice bestand darauf, dass Mamu Make-up trug, was sie sonst nie tat, Lippenstift, Rouge, Puder und Parfum an allen richtigen Pulsstellen. Als sie für das Abendessen fertig hergerichtet war, mit einem Federfächer und einer

Gardenie im Haar, fühlte sie sich, wie sie sich ausdrückte, wie ein Köder. Die Geschichte wurde so oft und mit immer den gleichen Details erzählt, besonders wenn Mamu ihr Glas Sherry getrunken hatte, dass Estella und ich jede Einzelheit hinzufügen konnten, die beim Erzählen womöglich übersehen wurde. Der Tisch war mit Blumen und Kerzenlicht, glitzerndem Kristall und Silber prachtvoll gedeckt, und das Essen war superb. Coquille Saint-Jacques, Homard Americaine, Asperges étuvés à la crême und Gâteau de Noisette. Mamu hatte immer noch die kleine, vergilbte Karte mit dem von einem ausgezeichneten Kalligraphen gedruckten Menü. Sie tranken Champagner zum Essen, und nach dem Kaffee machten Alice und Rev. Rigsby einen Spaziergang auf dem Broadwalk und ließen Mamu und Großvater alleine. Sie hörten das Orchester aus dem Ballsaal, das *And The Band Played On* spielte, und sie tanzten in ihrem kleinen, privaten Speisezimmer. Dann führte er sie hinaus auf die Terrasse, küsste sie, und damit war's passiert. Er machte ihr einen Heiratsantrag. »Ich war froh, dass er endlich damit herausrückte«, pflegte Mamu an dieser Stelle zu sagen, »weil ich schon halb aufgefressen war von den Mücken, und plötzlich fing es auch noch an zu regnen, und meine Federn fielen zusammen.«

An Weihnachten, nachdem Großvater aus der Armee entlassen worden war, heirateten sie in der kleinen Kirche um die Ecke in New York. Hier warf Mamu immer ein, dass sie sich wie eine Heuchlerin vorgekommen war, in einer Kirche zu heiraten, weil sie nicht an Gott glaubte. Tatsächlich war ihr das Ganze viel zu aufwändig, aber die

Hochzeit war alles, was sich ihre Cousine Alice davon erhofft hatte. Dann pflegte Estella weiterzuerzählen, weil sie Hochzeiten so liebte. Mamu trug Weiß und die Brautjungfern, zu denen auch Alice als Ehrenjungfrau gehörte, waren in roten Samt gekleidet, mit Stechpalmen im Haar und in den Blumenarrangements, die sie in den Händen hielten. »Entsetzlich stachelige Sträuße«, fügte Mamu immer hinzu. Links vom Altar stand ein riesiger Christbaum, und überall hingen Girlanden aus Stechpalmen und Mistelzweigen. Mamu sagte, das Einzige, was gefehlt hätte, seien Santa Claus und seine Rentiere gewesen und jemand von der Heilsarmee, der für die Bedürftigen sammelte. Die Jungvermählten verbrachten ihre Flitterwochen im Stoneybrook Lodge in den Catskill-Bergen, und beide behielten diese Zeit als das Schlimmste in Erinnerung, was sie in ihrem Leben mitgemacht hatten. Soweit wir wussten, nicht etwa, weil sie sexuell nicht zusammengepasst hätten. Über diesen Teil ihres gemeinsamen Lebens redete Mamu nie, weil es zu weiteren Diskussionen über Intimitäten und ihre Beziehung zu Großvater hätte führen können. Die Tür zu diesem Thema war verschlossen. Sie begrüßten das neue Jahr »frierend vor einem Kamin, der nicht die geringste Wärme abgab«, und was zwei zauberhafte Wochen hätten werden sollen, entpuppte sich als Härtetest, der zu Erfrierungen führte und ihnen beinah bleibenden Schaden zugefügt hätte. Mamu erinnerte sich daran, dass ihre Hände und Füße noch den ganzen Winter über blau waren.

Als sie nach New York zurückkehrten, zogen sie in das Stadthaus am Gramercy Park zu seinen Eltern, angeblich, bis sie eine eigene Wohnung finden würden, und er arbeitete in der Reederei seines Vaters. Mamu und ihre Schwiegermutter erklärten sich am zweiten Tag, an dem sie unter einem Dach lebten, den Krieg. Es begann damit, dass Urgroßmutter Wayland entdeckte, dass Mamu Demokratin war, und fast einen Schlaganfall erlitt. Die Waylands hatten noch nie einen Demokraten im *Haus* gehabt, geschweige denn in der Familie. Catherine Abernathy Wayland war, wie Mamu sich ausdrückte, »eine Hexe ohne Besen«. Obwohl sie erst Anfang fünfzig war, hielt sie sich für den Doyen der New Yorker Gesellschaft. Sie hatte eine lange Liste junger Frauen, die sie für perfekte Kandidatinnen für die prestigeträchtige Rolle ihrer zukünftigen Schwiegertochter gehalten hatte, aber eine zügellose Woche in Atlantic City hatte genügt, und Byard kam nach Hause und verkündete, dass er Adela Pritchard heiraten würde, die Tochter irgendeines unbedeutenden Arztes. Und was noch schlimmer war, eines Arztes aus Philadelphia. Niemand hatte je von den Pritchards aus Philadelphia gehört. Sie legte sich eine Woche lang ins Bett und drohte, sich zu Tode zu hungern, wenn er seinen Entschluss nicht änderte, aber Mamu behauptete, dass das eine ziemlich leere Drohung gewesen sei, weil sie mindestens hundert Pfund Übergewicht hatte und es leicht sechs Monate lang ausgehalten hätte, ohne dass auch nur ein einziger Krümel Nahrung über ihre Lippen gekommen wäre.

Urgroßmutter Wayland und Mamu hassten sich mit einer Intensität, wie man sie nur von Schwiegermüttern und Schwiegertöchtern kennt. Mamu war nicht bereit, sich in die junge Dame der Gesellschaft verwandeln zu lassen, die Catherine für Byard vorgesehen hatte, ganz gleich wie sehr sie sich darum bemühte. Und Catherine probierte es mit allen Mitteln. Sie versuchte, ihr vorzuschreiben, welche Kleidung und welche Frisur sie tragen sollte, welche Leute sie kennen lernen und wohin sie gehen sollte und vieles mehr, wozu Mamu ihrer Meinung nach ihre Anleitung brauchte. Mamu nahm keinen ihrer Ratschläge an, selbst wenn sie vernünftig waren, weil sie wusste, dass sie Catherine damit zum Wahnsinn trieb, und das war einstweilen der befriedigendste Teil ihrer Ehe. Sie gab es offen zu. Nach drei Monaten legte Catherine sich wieder ins Bett und trat in einen Hungerstreik, und Großvater entschied, dass Mamu und er in das Haus in Millersburg ziehen sollten, bis sie eine Wohnung in der Stadt finden würden, die ihnen gefiel. Das Landleben fand Mamu sehr angenehm, nicht etwa, weil sie es besonders gemocht hätte, sondern weil sie dadurch genügend Abstand zwischen sich und Catherine legte, um sich das Leben als Mitglied der Familie Wayland erträglich zu gestalten. Bald entdeckte Mamu, dass sie schwanger war, und sie suchten niemals nach einer Wohnung in New York. Stattdessen ließen sie sich ganz in Millersburg nieder, und Großvater fuhr täglich zur Arbeit nach New York. Langsam und fast unmerklich begann jeder von ihnen, seine eigenen Wege zu gehen, und beide zogen sich in ihre eigene, ganz persönliche Welt zurück.

Damals kam Priddie zweimal die Woche zum Putzen ins Haus und kochte ein bisschen, aber meistens kümmerte sich Mamu selbst um das riesige Haus und das

Baby. Osceola hielt den Garten in Ordnung und mähte den Rasen, aber er und Priddie arbeiteten auch für andere Leute in der Stadt, besonders im Sommer zur Hochsaison. Erst nach dem Börsenkrach, als sie ihre Jobs verloren, weil alle zurückstecken mussten, verbrachten sie ihre gesamte Zeit im Haus am Broadway.

Als Mamu erfuhr, dass sie bankrott war, teilte sie ihnen mit, dass sie sie entlassen musste.

»Ich glaube nicht, dass Mr. Wayland wiederkommt. Ich bin mir sogar ganz sicher, dass er es nicht tun wird«, erklärte sie ihnen zwei Monate, nachdem Großvater verschwunden war. Nachdem die Polizei keine Spur von ihm gefunden hatte, hatte sie die Suche in der Überzeugung aufgegeben, dass er eine andere Identität angenommen und ein neues Leben angefangen hatte. »Ich weiß, dass die Zeiten schlimm für euch sind, aber es tut mir Leid. Ich muss euch entlassen. Mr. Waylands Familie hat mich wissen lassen, dass sie nicht für meinen Lebensunterhalt aufkommen wird. Ich habe selbst nichts mehr.« Sie suchte in ihrer Geldbörse herum, um ihnen ihren letzten Lohn auszuzahlen.

»Das Haus gehört Ihnen doch, oder? Und Sie haben den Grund und Boden. Und der ist frei und ledig, oder? Ich meine, er gehört nicht der Bank.« Osceola stand da und starrte Mamu mit eiserner Entschlossenheit an. Über das, was er zu sagen hatte, hatte er offenbar schon seit einiger Zeit nachgedacht.

»Ja, es gehört nicht der Bank. Es ist schuldenfrei.«

»Das ist mehr, als die meisten Leute haben. Es ist verdammt viel mehr, als Priddie und ich besitzen. Entschuldigen Sie meine Ausdrucksweise. Wir haben nur das kleine Häuschen in Brick Town mit kaum genug Platz dahinter, um reinzuspucken. Sie haben hier mehr als elf Hektar Land. Elf Hektar gutes Land. Mit elf Hektar kann man eine Menge anfangen. Man kann Nahrungsmittel anbauen, verstehen Sie, was ich meine?«

»Du meinst, es landwirtschaftlich nutzen? Ich habe keine Ahnung von der Landwirtschaft.« Sie hielt ihm ein paar Dollarnoten hin, aber er nahm sie nicht. Wir saßen um den Küchentisch herum beim Mittagessen, und ich erinnere mich, dass meine Mutter weinte. »Hör auf damit, Eulalie«, schnauzte Mamu.

»Was sollen wir machen? Wenn Devlin hier wäre, wüsste er, was zu tun ist.« Meine Mutter benützte jede Gelegenheit, Mamu unter die Nase zu reiben, um wie viel besser es uns ginge, wenn sie meinen Vater nicht aus dem Haus getrieben hätte. Sie vergrub das Gesicht in ihrem Taschentuch. »Wir brauchen einen Mann, der uns hilft«, murmelte sie.

»Wir brauchen niemanden. Jetzt hör auf zu heulen. Du machst alles nur noch schlimmer.« Mamu bohrte einen Finger in Mutters Schulter. »Schenk den Kindern Milch ein. Mach dich ausnahmsweise einmal nützlich.« Mutter war zu durcheinander, um irgendetwas zu tun, und so holte Priddie die Milch für Estella und mich.

»Ich kenn mich mit Landwirtschaft aus.« Osceola ließ sich von dem Streit zwischen Mamu und Mutter nicht davon abbringen, zu sagen, was er zu sagen hatte. »Ich weiß Bescheid. Ich glaube, ich weiß alles, was man über Landwirtschaft wissen muss. Ich will mich nicht selbst loben, aber ich bin auf einer Farm aufgewachsen, und mein Daddy war der beste Farmer, den ich je gekannt habe. Er hatte nie genug Land, aber aus dem, was er hatte, machte er das Allerbeste. Wir hatten immer zu essen. Und Sie müssen auch keinen Hunger leiden, Miz Adela.«

»Aber ich habe kein Geld. Kein bisschen.« Sie sah auf die wenigen Dollar in ihrer Hand hinunter. »Das ist alles.«

»Das Einzige, was wir brauchen, ist ein Maultier. Einen Pflug kann ich uns für 'nen Appel und 'n Ei besorgen. Ich kenne da einen Mann.« Osceola kannte immer ›einen Mann‹, jemanden, der ihm besorgen konnte, was er haben wollte oder brauchte. Wer diese Männer waren, erfuhren wir nie, weil wir nur selten einen von ihnen zu Gesicht bekamen.

»Ein Maultier!«, sagte Mamu mit dem gleichen Entsetzen, mit dem sie reagiert hätte, wenn er vorgeschlagen hätte, einen Drachen anzuschaffen.

»Und dann besorgen wir uns ein paar Hühner. Ich kenne niemanden, der eine Henne besser zum Brüten kriegen kann als Priddie. Sie hat eine gute Hand für Hennen.«

Mamu sah Priddie an, als erwartete sie irgendwelche Erklärungen über ihre Fähigkeiten im Umgang mit Geflügel, und das genügte, um Osceola zu zeigen, dass sie weich wurde. Er wusste aber auch, dass sie kaum eine andere Wahl hatte, und das war sein Vorteil. Sie hatte nicht die geringste Ahnung, was sie tun sollte, um aus ihrer Finanzmisere herauszukommen.

»Wir verstehen nichts von der Landwirtschaft«, jammerte meine Mutter, und Tränen liefen ihr über die Wangen.

Mamu warf ihr einen vernichtenden Blick zu. »Halt du den Mund, Eulalie. Das hat nichts mit dir zu tun.« Mutter stopfte sich das Taschentuch in den Mund und rannte aus der Küche. Wir hörten ihre schweren Schritte auf der Treppe, als sie sich in ihr sicheres Schlafzimmer zurückzog.

»Ich seh mal nach ihr«, sagte Priddie und ging auf die Tür zu.

»Nein, das tust du nicht. Lass sie in Ruhe. Sie versucht nur, Aufmerksamkeit zu erregen. Sie betreibt diesen Unsinn schon, seit sie zwei Jahre alt war. Wir haben über wichtigere Dinge nachzudenken als über sie.« Sie wandte sich an Estella und mich. »Wenn ihr zu eurer Mutter hinaufgehen wollt, dann geht.« Wir rührten uns nicht von der Stelle. Ich weiß nicht, was Estella dachte, aber ich war sehr aufgeregt über die Aussicht, ein Farmerjunge zu werden. Im Jahr zuvor war ich in die Schule gekommen, und die Kinder der Farmer schienen um so viel älter und schlauer als wir anderen zu sein. Und es war ein Problem für mich, zu meiner Mutter hinaufzugehen, ein Loyalitätskonflikt. Ich war immer hin- und hergerissen, wenn ich zwischen meiner Mutter und Mamu zu wählen hatte. Mamu wusste das und stellte Estella und mich ständig auf die Probe. Gewöhnlich ergriffen wir beide Partei für Mamu, und ich war mir niemals sicher, ob das daran lag, dass wir Angst hatten oder dass wir erkannten, wer das Heft in der Hand hatte. Als sie sicher war, dass sie wieder einmal gewonnen hatte, wandte sich Mamu wieder Osceola und dem gegenwärtigen Problem zu.

»Brauchst du dann nicht auch Futter und Heu …«

»Ich kenne einen Mann, der uns damit aushelfen kann, bis wir auf eigenen Füßen stehen. Sehen Sie, was ich meine?«

»Ein Maultier.« Sie dachte eine Weile nach. »Wie viel kostet ein Maultier?«

»Ich kann eins für einen Dreck bekommen. Ich kenne da einen Mann. Natürlich brauchen wir auch ein bisschen Saatgut. Nur ein bisschen Geld, Miz Adela. Nur ein kleines bisschen. Jetzt ist die richtige Zeit, ein Maultier zu kaufen.« Die Aussicht versetzte ihn in Erregung und er fing an zu drängen. »Draußen friert es, und die Leute haben nicht genug Geld, um ihre Tiere zu füttern. Ich kann eins für einen Dreck bekommen, ganz bestimmt.«

Mamu sah ihn endlos lange an, und ich saß da und wartete, was sie sagen würde, denn meine Zukunft als Farmerjunge hing davon ab.

»Warte hier«, sagte sie und verließ die Küche. Osceola drehte sich zu Priddie um, und sie zuckte die Achseln, als wollte sie sagen, dass sie keine Ahnung hätte, was passieren würde. Estella stieß mich unter dem Tisch mit dem Fuß an, und ich stieß zurück, und sie schrie, und Priddie begann gerade in dem Moment zu schimpfen, als Mamu zurückkam.

»Hier«, sagte sie und reichte Osceola ihre Diamantohrringe und ihren Verlobungsring. »Kannst du das verkaufen?«

»Ich glaube schon.« Der Schmuck funkelte und wirkte deplatziert in seiner rauen, schwieligen Hand. »Aber sind Sie sicher, dass Sie sie verkaufen wollen?«

»Du hast gesagt, dass du Geld brauchst. Und ich brauche keine Diamanten. Also verkauf sie.«

»Sie wissen, dass ich nicht so viel dafür bekommen würde, wie sie wert sind, so wie die Dinge im Augenblick stehen?«

»Das weiß ich. Aber wir brauchen alles, was du dafür bekommen kannst. Außerdem werde ich nicht einmal merken, dass sie nicht mehr da sind.« Mamu trug niemals Schmuck. Sie hatte nichts dafür übrig. »Wenn man Steine um seinen Hals hängt«, pflegte sie zu sagen, »könnte man genauso gut einen Knochen durch seine Nase bohren oder eine Platte in seine Lippe stecken. Wo ist da der Unterschied? Es ist alles primitiv.«

»Ich werde ein großartiges Maultier kriegen …«

»Und vielleicht eine Kuh. Was ist schon eine Farm ohne eine Kuh?« Mamu ging zum Fenster und sah zu, wie der Schnee fiel. Wenn sie Entscheidungen zu treffen hatte, stand sie immer am Fenster, eine Hand an der Hüfte, mit der anderen unbewusst auf ihr Brustbein klopfend. »Jedenfalls brauchen wir Milch für die Kinder.«

»Wegen einer Kuh weiß ich nicht recht.«

»Zu teuer?«

»Nein, das ist es nicht. Wir haben kein gutes Weideland.«

»Und Hühner? Wann bekommen wir die Hühner?« Mamus Augen leuchteten. Es würde einige Zeit dauern, aber es war eine mögliche Lösung ihrer Probleme.

»Im Frühling. Wir müssen auf den Frühling warten.«

Sie drehte sich zu Osceola um, der sich neben Priddie gestellt hatte. »Na gut, alles der Reihe nach. Dann verkauf erst einmal die Diamanten.«

»Ja, M'am. Es wird alles ganz wunderbar werden, Miz Adela. Ganz wunderbar, Sie werden sehen.«

»Ich habe kein Geld, um euch zu bezahlen. Jedenfalls nicht gleich.«

»Das weiß ich.« Er drehte sich zu Priddie um. »Das wissen wir, nicht wahr, Priddie?« Sie schüttelte zustimmend den Kopf und hatte es nun, da die wichtigsten Verhandlungen beendet waren, offensichtlich eilig, aus dem Haus zu kommen. »Wir haben nicht um Bezahlung gebeten.«

»Warum wollt ihr das für mich tun?«, fragte Mamu.

»Wir tun es ebenso für uns selbst. Wir haben kein Land. Wenn wir welches hätten, würden wir das für uns alleine tun. Dann würden wir Sie nicht brauchen. Aber für Farbige ist das anders. Verstehen Sie? Obwohl es für manche Weiße auch nicht gut werden kann, so schlimm wie die Dinge stehen. Weiße hungern genauso wie die Farbigen. Wenn die Zeiten hart werden, ist nichts mehr so, wie es war. Wir müssen neue Regeln aufstellen. So wie ich das sehe, brauchen Sie uns genau so, wie wir Sie brauchen. Sie kommen ohne uns nicht aus, und wir können ohne Sie nichts machen. Verstehen Sie, was ich meine?«

Mamu lächelte. Anscheinend wusste sie seine Offenheit zu schätzen. »Besorg uns ein gutes Maultier, oder ich will meine Diamanten wiederhaben.«

»Ja, M'am.« Und sie gingen über die ungepflasterte Terrasse hinaus.

Mamu wandte sich an Estella und mich. »Esst euer Mittagessen auf und hört auf, so zu gaffen.« Sie nahm eine Schüssel in die Hand und trat an den Ausguss. »Eure Mutter treibt mich noch in den Wahnsinn.«

Die folgenden Wochen vergingen mit dem Bau unserer neuen Scheune. Es herrschte eine solche Atmosphäre der Erregung und Erneuerung, dass selbst Mutter mithalf, sooft Mamu es zuließ. Estella und ich konnten es täglich kaum erwarten, von der Schule nach Hause zu kommen, und rannten von der Bushaltestelle durch den Schnee den Broadway hinunter, um zu sehen, was für Fortschritte gemacht worden waren. Osceola und Onkel Josh deckten in der bitteren Kälte das Dach und bauten in dem Gebäude, das in den Tagen des Reichtums als Garage für vier Fahrzeuge gedient hatte, einen Stall für unser zukünftiges Maultier. Das meiste Bauholz, das sie verwendeten, beschaffte Osceola aus zweiter Hand zu einem sehr guten Preis von ›einem Mann‹. Ich habe nie erfahren, was für einen Preis die Diamanten brachten. Nicht, dass das etwas ausgemacht hätte, denn in meinem Alter war ein Dollar noch ebenso viel wie eine Million, aber das Geld wurde sorgsam gehütet, und wenn mich meine Erinnerung nicht täuscht, reichte es durch den folgenden Frühling und Sommer. Die ehemalige Chauffeurswohnung über der Garage wurde zum Heuboden. An einem Ende des Erdgeschosses wurde Platz für das zukünftige, angebaute Hühnerhaus geschaffen. Offensichtlich hatten Osceola und Priddie das alles im Voraus geplant, denn es wurde wenig Zeit damit verschwendet, über Entscheidungen zu diskutieren. Onkel Josh konnte hart arbeiten, wenn man ihm genau sagte, was er machen sollte, und Osceola war sehr geschickt darin, uns allen klar zu machen, was er wollte. Mamu ließ ihm völlig freie Hand, solange er um Großvaters Cadillac Phaeton herumarbeitete, der seit neuestem, alles beherrschend und staubig wie ein Sarkophag im Grab eines Pharaos, aufgebockt stand. Während der folgenden Jahre wuchs die Scheune um das spektakuläre Auto herum. Immer wieder wurde hier und da ein zusätzlicher Raum angebaut, so wie es die Notwendigkeit erforderte. Aber ich war immer der Meinung, dass sie nicht wie ein architektonischer Mischmasch aussah, sondern einen ganz bestimmten, zweckmäßigen Charme besaß, und wenn sich ihre Silhouette vor dem Himmel abzeichnete, hatte sie aus jedem Blickwinkel die ganze Schönheit des urwüchsigen Amerika. Jedes Mal, wenn ein Anbau fertig geworden war, stellte sich Osceola in einiger Entfernung auf und sah sein Werk mit der Befriedigung eines Mannes an, der weiß, dass er langsam älter wird, und der endlich seinen Traum wahr werden sieht. Und das machte sie noch kostbarer. Mamu bezeichnete ihn als unseren privaten Frank Lloyd Wright, und getreu Mr. Wrights Gewohnheit, seinen Bauten Namen zu geben, wie ›The Willits House‹, ›The Coonley House‹, ›The Millard House‹, wollte Mamu unsere Scheune ›The Flowers House‹ nennen, aber davon wollte Osceola nichts wissen. »Das ist nicht richtig … klingt ziemlich überheblich.« Ich weiß nicht mehr, wer ihr schließlich ihren Namen gab, aber irgendwie wurde unser prachtvolles Bauwerk zur Schaheune.

Als unser Maultier endlich eintraf, zwei Wochen nachdem sein Stall fertig gestellt war, gab es keine Diskussionen über seinen Namen. Es hieß bereits Sinclair. Es war mager und ziemlich verwahrlost, aber im Gegensatz zu dem Ruf, der allen Maultieren voranging, war es sanft

und erwiderte unsere Zuneigung. Mamu hielt Sinclair für eine Katastrophe.
»Du hättest dafür bezahlt werden sollen, dass du ihnen dieses Vieh abgenommen hast. Es ist mein Geld, mit dem du hier herumspielst, vergiss das nicht. Er sieht so aus, als ob er jeden Augenblick tot umfallen würde.«
»Bis die Zeit zum Pflügen kommt, wird er wie ein Vollblüter aussehen, Miz Adela. Warten Sie nur ab.« Osceola klopfte dem Maultier den Hals. »Er ist ein guter alter Junge, nicht wahr, Sinclair.«
»Was für ein lächerlicher Name für einen Esel. Wie alt ist er überhaupt?«
»Er ist ein junger Bursche. Vielleicht sechs, hat der Mann gesagt.«
»Schon eher sechsundsechzig.« Mamu warf die Hände in die Luft und ging voller Abscheu fort. »Ich muss verrückt sein, dass ich mich auf diesen Unsinn einlasse«, sagte sie zu niemand Bestimmtem, schlug die Tür zur ungepflasterten Terrasse zu und verschwand im Haus.
»Macht euch nur keine Sorgen darum, Miz Adela wird den alten Jungen noch lieben. Das weiß ich ganz genau.«
Wenige Wochen später trafen die ersten Masha, Irina und Olga ein.
»Ich hab doch gesagt, dass ich eine Kuh haben will.« Als Mamu sah, wie Osceola und Onkel Josh die Ziegen vom Truck luden, regte sie sich noch mehr auf als über Sinclair.
»Und ich habe Ihnen doch gesagt, Miz Adela, dass wir keine Weide für eine Kuh haben. Kühe grasen, und das bedeutet, dass man eine Weide haben muss …«

»Ich weiß, was eine Weide ist. Red doch nicht mit mir, als ob ich ein Idiot wäre. Ich bin kein Kind.«

»Es sind drei Schwestern«, erklärte Onkel Josh und streichelte die Ziegen, um sie zu beruhigen. »Es ist sehr ungewöhnlich für eine Ziege, Drillinge zu haben.«

»Es ist für jedermann ungewöhnlich, Drillinge zu haben.« Sie sah ihn an, als ob er den Verstand verloren hätte.

»Ich versuche ja nur, zu erklären, warum ich die Ziegen gekauft habe«, kam Osceola wieder zur Sache. »Hören Sie erst mal zu, Miz Adela, okay? Ziegen grasen nicht. Sie fressen Blätter. Wir sparen uns eine Menge Futter, wenn wir sie im Gebüsch fressen lassen. Wir können sie das Unterholz fressen lassen, wenn wir Stellen roden wollen.«

Mamu sah die drei nervösen Ziegen angewidert an. »Sie haben gesagt, dass Sie Milch für die Kinder brauchen, oder?«

Mamu rümpfte die Nase. »Ziegenmilch ist zu stark. Ich mag den Geruch nicht, und den Geschmack auch nicht.«

»Hast du jemals die Augen einer Ziege angeschaut, Adela?«, fragte Onkel Josh. »Ihre Pupillen sind etwas ganz Besonderes. Fast länglich.«

»Die Augen dieser Ziegen sind mir vollkommen egal.«

»Diese Ladies«, fuhr Osceola fort und deutete auf die Ziegen, die in ihrer neuen Umgebung unglücklich meckerten, »sind reine Saanan-Ziegen. Das bedeutet, dass ihre Milch genauso schmeckt wie die von Holsteinern. Sie ist nicht so sahnig wie die von anderen Ziegen, wie den Nubiern, aber probieren Sie sie, und wenn Sie einen Unterschied zu Kuhmilch merken, dann geb ich Ihnen fünf Dollar.«

»Du hast keine fünf Dollar.«
»Ist ja auch nur so eine Redensart.«
»Und wer soll sie melken?«
»Ich dachte, vielleicht die Kinder und Miz Eulalie ... und vielleicht auch Sie, Miz Adela.«
»Ich denk nicht daran, die Ziegen zu melken!« Sie tat so, als hätte er sie aufgefordert, nackt die Hauptstraße entlangzugehen.
Onkel Josh musste über die Vorstellung lachen, dass Mamu sich neben eine Ziege kauern könnte.
»Sehen Sie, sie haben kleinere Titten als Kühe. Frauenhände sind kleiner als Männerhände, und deshalb ist es für Frauen und Kinder leichter, sie zu melken.«
Bei dem Wort ›Titten‹ fuhr Mamu auf und wandte sich zu Estella und mir um. Offensichtlich war sie der Meinung, dass wir solche Ausdrücke nicht hören sollten. »Habt ihr nichts Besseres zu tun, als dazustehen und zu gaffen, als ob ihr schwachsinnig wäret?«
»Kommt, Kinder.« Osceola kam uns zu Hilfe. »Helft mir, die drei Schwestern in die Scheune zu bringen. Wir werden einen richtig schönen Stall für sie zurechtmachen.« Und sosehr sie sich auch sträubten, wir führten sie in ihr neues Zuhause. »Sie werden diese Ladies noch lieben, Miz Adela. Warten Sie nur ab.«
»Sie sind wirklich nette kleine Tiere«, bestätigte Onkel Josh und half uns, sie weiterzutreiben. »Sie haben ganz weiche Lippen.«
»Ich hoffe, ihr erwartet nicht von mir, dass ich die Ziegen melke!« Mutters Stimme zitterte. Sie hatte sich in einiger Entfernung aufgestellt, für den Fall, dass von

den seltsamen neuen Tieren eine unmittelbare Gefahr drohte.

»Und was willst du tun, während alle anderen arbeiten?«, fragte Mamu und stellte sich in ihrer Kampfstellung mit vor der Brust verschränkten Armen auf. »Wenn ich lernen kann, die Ziegen zu melken, dann kannst du das auch.«

Mutter schnappte nach Luft bei dem Gedanken. »Ich könnte sie nicht mal anfassen. Mir würde übel werden.«

»Mir wird bei deinem Anblick übel«, fauchte Mamu.

Estella und ich blieben stehen, um zu sehen, wie es weitergehen würde, aber Osceola schnappte uns und beförderte uns in die Scheune.

»Wann werdet ihr zwei endlich schlau genug sein, aus der Schusslinie zu gehen? Lieber Gott, die Weißen werden wirklich ohne Hirn geboren.«

»Bevor du hingehst und Kamele oder Elefanten kaufst, Mr. Osceola Flowers«, brüllte Mamu, »möchte ich dich daran erinnern, dass ich keinen Schmuck mehr habe. Das Geld, das wir von den Diamanten haben, ist alles, was wir besitzen. Und ich bin nicht bereit, das Silber zu verkaufen. Hast du gehört?«

»Ich habe Sie nicht gebeten, das Silber zu verkaufen.« Osceola stand in der Tür und verteidigte sich.

»Ich halte dich auch dazu für fähig.« Sie drehte sich zu Mutter um. »Mach, dass du ins Haus kommst, Eulalie. Wenn du hier zu nichts taugst, solltest du dir lieber einen Job suchen.« Sie lief den Fußweg hinunter.

»Einen Job?«, jammerte Mutter. »Was für einen Job denn? Ich kann doch nichts.«

»Herbert Hoover kann auch nichts, und er ist der Präsident der Vereinigten Staaten.« Sie ging ins Haus, Mutter hinter ihr her.

Wir alle standen da und sahen ihnen nach, und die Ziegen zerrten an ihren Leinen. Als Mamu außer Hörweite war, sagte Osceola: »Diese Frau ist doch verrückt. Was zum Teufel sollte ich mit einem gottverdammten Kamel?«

Die Schaheune, Sinclair und die drei Schwestern waren nur der Anfang von dem, was in der ganzen Drei-Staaten-Region, New Jersey, New York und Pennsylvania, als ›Broadway Acres, Erzeuger von hervorragenden Gemüsen‹ bekannt werden sollte. Osceola und Mamu gerieten bei jedem Schritt auf dem Weg dorthin aneinander. Beide waren entschlossen, alles richtig zu machen, und natürlich war jeder von ihnen überzeugt, dass seine Methode die einzig richtige war. Meistens hatte Osceola Recht. Mamus Beitrag bestand jedoch darin, seinen Enthusiasmus im Zaum zu halten und dafür zu sorgen, dass er jedes Projekt zu Ende führte, bevor das nächste in Angriff genommen wurde. Osceolas Pläne neigten dazu, übereinander zu purzeln, und Mamu tat ihr Bestes, sie unter Kontrolle zu halten. Da sie diejenige war, die über die Geldausgaben bestimmte, geschahen die Dinge, wenn und wann sie davon überzeugt war, dass sie notwendig waren. Zum Glück war Osceola sehr gut darin, seine Sache zu vertreten, und gewöhnlich erreichte er, was er wollte. Ich bin sicher, dass ihnen niemals klar wurde, was für ein gutes Team sie waren, und wenn sie es bemerkt hätten, hätte keiner von ihnen es jemals zugegeben.

Gleich zu Beginn des Frühlings brachte Osceola hundert rote Rhode-Island-Küken, die er von ›einem Mann‹ bekommen hatte, der in einem Zuchtbetrieb bei Summerville arbeitete. Der Mann schuldete ihm einen Gefallen, und deshalb kosteten die Küken nichts. Das erzählte er jedenfalls Mamu, sodass sie nicht über die Geldausgabe klagen konnte. Wir bauten einen Brutkasten im Keller des Hauses auf, bis sie alt genug waren und genügend Federn bekommen hatten, um ins Hühnerhaus umzuziehen. Estella und ich pflegten sie, weil Osceola und Onkel Josh die Felder rodeten und zum Pflügen vorbereiteten und Priddie immer in der Küche beschäftigt war. Estella und ich empfanden diese Aufgabe kaum als Arbeit, weil wir all die neu angekommenen Tiere empfingen, als seien sie nur zu unserer Freude da. Wir hatten niemals auch nur einen Hund oder eine Katze gehabt, weil Mamu sie für überflüssig und schmutzig hielt, und plötzlich waren wir von Lebewesen umgeben, die unsere Pflege brauchten. Mit dem Sommer kamen Enten, Perlhühner und Gänse. Selbst Mamu streckte schließlich die Waffen vor dem Ansturm der Tiere. Zu unser aller Überraschung schloss sie die Ziegen tatsächlich ins Herz, obwohl sie immer behauptete, dass sie eine Belastung seien und mehr Mühe machten, als sie wert seien. Kaum hatte Priddie ihr gezeigt, wie man sie melken musste, ließ sie nicht mehr zu, dass irgendjemand anderer als sie selbst es tat, und sie war beim Melken ebenso pingelig wie mit ihrer Haushaltsführung. Jeden Morgen, noch vor Tagesanbruch, schrubbte sie die Eimer, trug sauberes, heißes Wasser zum Melkstand, wusch die Euter und trocknete sie ab, bevor sie mit dem Melken begann. Sie erledigte alles mit der Präzision eines Chirurgen. Dabei redete sie die ganze Zeit mit den Ziegen, zunächst beruhigend, doch als sie sich erst einmal an sie gewöhnt hatten und sich darauf freuten, gemolken zu werden, saß sie beim Melken auf ihrem kleinen Schemel, die Wange an die haarige Flanke gedrückt, und redete mit ihnen wie mit alten Freunden. Es war eine Art von Zuneigung und Intimität, zu der sie keinem menschlichen Wesen gegenüber fähig war. Und die Ziegen erwiderten ihre Liebe und wollten sich schließlich von niemand anderem mehr melken lassen. Wenn sie sie ausgemolken hatte, trug sie die Milch ins Haus, seihte sie ab und stellte sie ins Vorratshaus, damit der Rahm sich absetzen konnte. Anfangs klagte sie über Schmerzen in den Schultern und im Rücken, den Schultern und dem Rücken einer sechzigjährigen Frau, wie sie immer wieder betonte, aber sie hatte so viel Freude an den drei Schwestern, dass das Melken bald ein selbstverständlicher Bestandteil ihrer Tagesroutine wurde. Sie lernte alles, was sie über Ziegenhaltung und die Produkte, die man aus ihrer Milch machen konnte, in Erfahrung bringen konnte. Unter Mamus Aufsicht wurden Butter und Käse, Yoghurt und Eiscreme hergestellt. Ihr Interesse an den Ziegen wurde so lebhaft, dass sie eine Korrespondenz mit Mrs. Carl Sandburg eröffnete, der Frau des Dichters und Biographen, die eine Expertin in der Ziegenzucht war.

Da alles vorhandene Geld in die Tiere, das Land und alles andere gesteckt wurde, was nötig war, um das Geschäft in Gang zu bringen, veränderte sich unser Speiseplan drastisch. Mamu war niemals besonders großzügig mit

Ausgaben für Essen gewesen, und sie duldete nicht, dass irgendetwas verschwendet wurde, aber wir hatten die allgemein übliche Kost gegessen. Unser Fleisch kam vom Hampton's Fleischmarkt, unser Obst und Gemüse von O'Reilley's und die Grundnahrungsmittel vom Mercantile in Millersburg. All das änderte sich, und nur ab und an fuhren wir noch zum Mercantile, um Mehl, Zucker und alles andere zu kaufen, was wir nicht selbst produzieren oder anderweitig auftreiben konnten. Osceola und Priddie brachten uns bei, tatsächlich vom Land zu leben, und wir entdeckten bald, dass es wirklich eine Fundgrube war, wie Osceola immer wieder betonte. Wir begannen, für unseren Esstisch zu jagen und zu fischen. Rind- und Schweinefleisch wurden durch Kaninchen und Eichhörnchen, Hühnerfleisch durch Fasan, Wildhühner und Wachteln ersetzt. Und fast in jedem Jahr hatten wir Wildfleisch. Entweder Osceola oder Onkel Josh schossen ein Reh, oder ein Freund von Osceola schenkte uns Fleisch. Anfangs war ich noch zu klein, um auf die Jagd zu gehen, aber ich half beim Fallenstellen. Wir fingen Bisamratten am Ufer des Settlers Creek, für deren Pelze wir fünfzig Cent das Stück von ›einem Mann‹ bekamen, den Osceola kannte, und als Priddie ankündigte, dass wir sie auch essen würden, dachte ich, dass meine Mutter augenblicklich in Ohnmacht fallen würde.

»Ich denke nicht daran, Ratten zu essen!« Sie wandte sich an Mamu. »Mein Gott, Mutter, nimmt denn das nie ein Ende?«

Ich war auch nicht sonderlich begeistert von dem Gedanken, Ratten zu essen.

»Sie schmecken besser als Huhn«, versicherte Osceola. Wenn man ihm glauben wollte, schmeckte alles besser als Huhn. »Ihr esst doch Eichhörnchen, oder etwa nicht? Das ist ebenso ein Nagetier wie Mr. Bisam. Und Mr. Kaninchen auch. Ich habe noch nie bemerkt, dass ihr die Nase rümpft, wenn Priddie ein gutes Kaninchenragout auf den Tisch stellt.«

»Ich weiß, aber …«, wollte ich protestieren.

»Du ziehst ihnen doch das Fell ab, oder, Junge? Wenn du ihnen das Fell abziehen kannst, kannst du sie auch essen.« Ich war ebenso gut im Ausziehen des Wildes wie Osceola und Onkel Josh.

»Mir wird übel, das schwöre ich. Jeden Tag geht es hier mehr zu wie in einem Irrenhaus«, schrie Mutter und flüchtete sich in ihr Schlafzimmer.

»Ich glaube, es wäre sehr viel leichter, sie runterzukriegen, wenn du sie nicht als Mr. Bisam und Mr. Kaninchen bezeichnen würdest. Das wird sogar mir ein bisschen zu persönlich«, warf Onkel Josh ein.

»Ich verstehe, was Sie meinen.« Osceola lachte.

»Das Fleisch ist sehr gut. Und sie sind viel größer als die gewöhnlichen Ratten. Vergesst einfach, dass sie Bisam*ratten* heißen. Das ist nämlich das Einzige, was euch Schwierigkeiten macht. Sie sind vollkommen anders als Ratten.« Es war schwer, irgendetwas nicht zu glauben, was Priddie sagte. »Diese kleinen Tiere sind Vegetarier, genau wie Kaninchen. Und sie sind so sauber wie nur möglich. Schließlich sind sie doch immer im Wasser. Verglichen mit Hühnern, die einfach alles fressen … sogar andere Hühner … sind Bisamratten sehr anständige Tiere.«

Anständig war ein Wort, das Priddie sehr wichtig war. »Das Fleisch ist leicht und süß. Ich glaube, dass es euch gut schmecken wird. Versucht es. Das ist alles, worum ich euch bitte. Okay?«

»Besser als Hühnchen!«

An diesem Abend setzte uns Priddie die ersten Bisamratten unseres Lebens vor. Sie füllte sie genauso, wie sie es mit Geflügel tat, und als sie die Platte auf den Küchentisch stellte, ein köstlicher Duft nach gebratenen Zwiebeln, Salbei und Knoblauch von ihnen aufstieg und ich die mit glasierten Karotten, Kartoffeln und Pastinaken umlegten, perfekt gebräunten Tiere sah, begann mein Widerstand, sie zu essen, schnell dahinzuschwinden. Mutter weigerte sich, an den Tisch zu kommen, und saß die neue gastronomische Erfahrung in ihrem Zimmer aus. Wir alle saßen einige Augenblicke lang da, starrten die Tiere an und wussten nicht so recht, wie wir sie in Angriff nehmen sollten. Selbst Estella und Onkel Josh, die zu jedem Abenteuer bereit waren, schienen zu zögern. Schließlich war es Mamu, die nach der Platte griff, sich ein Hinterbein abschnitt und das Schweigen brach.

»Sie riechen köstlich, Priddie, wirklich.« Sie schaute in die Runde. »Worauf wartet ihr? Gebt mir eure Teller. Ben?«

Sie schmeckten wirklich köstlich, und von allem Wild, das wir aßen, mochte ich sie schließlich am liebsten. Osceola hatte Recht. Sie schmeckten besser als Huhn.

Als der Frühling kam, traten wir in die nächste Phase des Lebens vom Land, und Priddie war unsere Lehrerin. Wir sammelten die zarten jungen ›Fiedeln‹ der Farne, die Osceola mit Spargel verglich, ›nur besser‹, wir gruben Rohrkolbenwurzeln aus und pflückten Maiäpfel, die unter ihren kleinen, grünen Schirmen saßen. Estella pflückte jedes Mal einen kleinen Strauß von Porzellansternchen, zarten, kleinen weißen Blumen mit leuchtend rosafarbenen Streifen, aber selbst wenn sie sie sofort ins Wasser tauchte, waren sie verwelkt, bevor wir nach Hause kamen. An den Ufern mehrerer Bäche, die in den Settlers Creek mündeten, gab es wunderbar würzige Brunnenkresse. Priddie pflanzte ein paar Büschel davon an eine nasse Stelle unter einem Wasserhahn an der Außenseite des Hauses, den wir nie richtig abdrehen konnten, und so hatten wir den ganzen Sommer lang Brunnenkresse gleich vor der Haustür. Wir sammelten Pilze aus ihren Feenkreisen, was man, wie Priddie behauptete, nur in den frühen Morgenstunden tun konnte, weil die Feen faul seien und lange schliefen und uns auf diese Weise nicht erwischen konnten, wenn wir sie bestahlen. Ihre Tante Moll hatte ihr von den Feen und ihrem langen Schlaf erzählt. Estella und ich wussten natürlich, dass es keine Feen gab, aber wenn wir so taten, als gäbe es sie doch, machte das Pilzesammeln viel mehr Spaß. Und Priddie tat, was sie konnte, um uns die Arbeit zum Vergnügen zu machen. Sie wusste, was für eine Schufterei uns bevorstand. Es gab Löwenzahnblätter und Portulak, und wenn Priddie nichts anderes finden konnte, dämpfte sie junge Veilchenblätter, von denen sie behauptete, dass sie, wenn man sie regelmäßig aß, vor Krebs schützten. »Das sagt meine Tante Moll, und sie weiß alles über alles.« Das war nur eines ihrer unzähligen Hausrezepte. Süße

Kartoffeln waren gut für Blutkrankheiten, Holunderblüten und Minze senkten das Fieber, Zitronenöl half beim Einschlafen, Hagebutten gegen Erkältung, Schafgarbe war blutstillend und half bei Frauenleiden, und Knoblauch war gut für fast alle anderen Leiden. »Und vergesst die Petersilie nicht. Pflanzt viel Petersilie. Es gibt nichts Besseres für die Nerven, und sie sieht hübsch aus und schmeckt auch noch gut. Und Schmetterlinge legen ihre Eier auf die Petersilie, Eier, die nicht halb so groß sind wie ein Reiskorn. Ja, das tun sie.« Für sie waren die Wälder, die Felder und der Bach eine regelrechte Apotheke. Sie sammelte Kräuter, trocknete sie und bewahrte sie in geheimnisvollen kleinen Gefäßen ohne Aufschrift in der Speisekammer auf. Sie konnte sie alle nach Aussehen und Geruch und danach, wie sie sich anfühlten, voneinander unterscheiden. Wir lernten unendlich viel von ihr, und gleichzeitig erfuhren wir sehr viel über sie selbst. Bis Osceola und sie zu festen Bestandteilen unseres Haushalts wurden, war sie nur eine kleine Frau gewesen, die gelegentlich zum Putzen kam. Sie tat, was von ihr erwartet wurde, und ging weiter zum nächsten Arbeitgeber. Es gab keinen territorialen Imperativ. Aber seit sie täglich von Sonnenaufgang bis Sonnenuntergang bei uns war und Küche und Garten zu ihrem Reich machte, hatten wir Gelegenheit, zu sehen, wie unendlich viel sie wusste. Sie konnte weder lesen noch schreiben. Dennoch schien es nichts zu geben, was sie nicht wusste, und Estella und ich trieben sie mit unseren Fragen in den Wahnsinn. Es kam nur sehr selten vor, dass sie uns mit der Begründung fortschickte, sie hätte zu viel zu tun.

Als die Wildbeeren reif wurden, aßen wir Brombeeren und Himbeeren und wunderbare kleine Erdbeeren, die einen unbeschreiblich köstlichen Geschmack hatten. Und nicht allzu weit im Norden des Hauses kannte Osceola einen Platz, wo es so viele Heidelbeeren gab, wie wir nur essen konnten. Estella und ich füllten unsere Eimer mit den süßen, kleinen blauen Beeren mit ihrem mehlig silbrigen Belag. Priddie brachte sie frisch mit Milch und Zucker auf den Tisch oder in Pasteten, Pfannkuchen und Muffins. Sie kochte Marmelade, sodass wir den ganzen Winter mit dem Geschmack von Heidelbeeren verbrachten. Wir hatten auch Brombeer- und Himbeermarmelade und, was ich am allerliebsten aß, Erdbeermarmelade.

Auf dem Heimweg von einem unserer Ausflüge zu den Heidelbeeren, als wir alle blaue Finger und Münder hatten, weil wir so viele gegessen hatten, kündigte Osceola an, dass wir uns regelmäßig einen Tag freinehmen müssten, um ans Meer zu fahren. Damals erschien uns die Vorstellung, ans Meer zu fahren, so unmöglich wie eine Reise zu Onkel Joshs Tassili-Bergen.

»Ich sage ja nicht, dass irgendwas verkehrt ist an den Fischen aus dem Bach und dem See, aber da draußen wartet ein ganzer Ozean darauf, uns tausend köstliche Dinge zu schenken. Allmählich hab ich die Aale satt, ihr nicht? Wartet nur ab. Und es gibt nicht nur den Ozean, es gibt auch noch die Barneget-Bucht. Dort hab ich einmal eine Flunder gefangen, größer als der Wal, der Jonas verschlungen hat. Und Taschenkrebse. Hmmm. Allmächtiger Gott. Wir fangen uns eine Menge Taschenkrebse und werfen sie in einen Topf. Das ist was Köstliches.«

Mamu war nicht so überzeugt, dass Ausflüge ans Meer eine gute Idee seien, aber wie gewöhnlich brachte Osceola das Wunder zuwege, und wir begannen, etwa einmal im Monat hinzufahren. Wir fuhren immer an Sonntagen, weil Priddie am Tag des Herrn nicht arbeitete, vielmehr nur die Tiere versorgte, und weil Osceola, dessen Ehrfurcht vor dem Herrn nach Bedarf kam und ging, ihre Frömmigkeit dazu ausnutzte, sich Zeit für Dinge zu nehmen, die er entweder nur zum Vergnügen tun wollte oder zu denen er während der Woche nicht kam. Mamu und Eulalie kümmerten sich um den Stand. Die Sonntage waren die einzigen Tage, an denen Mamu sich an den Stand stellte, und das nur, weil wir Essen auf den Tisch brachten. Religion war für sie kein Thema, weil sie an nichts glaubte. Priester, Pfarrer und Rabbis waren in ihren Augen nichts als Scharlatane und gehörten in die gleiche Kategorie wie Rechtsanwälte und Ärzte. Obwohl ihr Vater Arzt gewesen war, traute sie keinem von ihnen. Ich glaube nicht, dass sie überhaupt irgendjemandem traute. Mamus Menschenfeindlichkeit erstreckte sich auf alle Ebenen.

Estella, ich und gelegentlich auch Onkel Josh quetschten uns noch vor Tagesanbruch in den Truck und machten uns auf den Weg zu dem von Osceola ausgewählten Ziel: Brielle, wo der Manasquan sich in den Ozean ergoss, weil Osceola dort ›einen Mann‹ kannte, der ein Boot hatte; Mantoloking auf einer Landzunge zwischen dem Ozean und der Bucht, weil dort ›ein Mann‹ wohnte, von dem er Köder bekam; oder Lavalette, einfach nur, weil dort ein einäugiger Mann lebte, der ihm Geld schuldete. Für uns klangen die Namen der Städte so märchenhaft, als kämen sie direkt aus Tausendundeiner Nacht. Millersburg war nicht einmal hundert Kilometer vom Meer entfernt, aber bevor wir begannen, unsere allmonatlichen Sonntagsausflüge zu machen, waren Estella und ich nur ein einziges Mal am Strand gewesen. Das war, bevor Großvater verschwand, als die ganze Familie eine gemütliche Fahrt nach Deal, dem exklusivsten Seeort in New Jersey, unternahm, um seinen neuen Cadillac Phaeton vorzuführen und um Freunde von ihm zu besuchen, die Mamu nicht ausstehen konnte. Mutter war sowohl auf dem Hin- als auch auf dem Rückweg ununterbrochen übel, und Mamu, die gerade erst ihren Führerschein gemacht hatte und wütend war, weil Großvater sie nicht fahren lassen wollte, schrie sie ständig an, sie sollte nicht in das neue Auto kotzen. Ich brachte diese kurze Fahrt immer mit dem Meer in Verbindung und wollte nie wieder hin. Aber das änderte sich mit unseren Ausflügen.

Die Fahrt zum Strand dauerte etwa eine Stunde, aber in dieser kurzen Zeit veränderte sich die Landschaft dramatisch. Wir hatten es immer sehr eilig, an unser Ziel zu kommen, und an der Farbe der Erde konnten wir erkennen, wann wir die Hälfte des Weges hinter uns hatten. Da, wo das Land flach wurde, wich das satte Braun, das wir von zu Hause kannten, einem noch satteren Rot, und an die Stelle der großen Laubbäume traten Kiefern und Buschwerk. Bis wir am Strand ankamen, war die Erde verblasst und hatte das sanfte Beige des Sandes angenommen. Ohne große Bäume, die uns den Blick verstellten, begann der Horizont sich langsam, aber unübersehbar auszudehnen, und je näher wir dem Meer kamen, desto mehr veränderte sich die Luft, sodass man es fast schmecken konnte. Ich weiß nicht, ob Estella, Osceola und Onkel Josh ebenso stark darauf reagierten wie ich, aber der Geschmack der salzigen Luft weckte irgendeinen urtümlichen Teil von mir, und ich empfand etwas, was ich an keinem anderen Ort empfand. Es war eine seltsame Gefühlsmischung, ein Gefühl der Einsamkeit und Bedeutungslosigkeit, aber zugleich auch ein Gefühl der Erneuerung. Und dann war da noch etwas Unfassbares, etwas, über das ich mir nicht klar werden konnte. Ich wusste nicht, was für ein Gefühl das war, bis ich Jahre später an einem frischen Herbsttag an der zerklüfteten Küste von Maine stand, auf den Ozean hinausblickte und mir plötzlich klar wurde, dass das, was ich immer empfunden hatte, eine Art Gefühl von Unsterblichkeit war. Da lag das Meer und schimmerte in der Weite und Zeitlosigkeit der Ewigkeit. Es nahm niemals ein Ende, und wenn ich dort war, hatte ich die Gewissheit, dass auch ich selbst niemals ein Ende nehmen würde. Ich würde immer ein Teil der Dünen sein, auf denen der Strandhafer raschelte, und die Möwen kreischten, die über meinem Kopf im Luftstrom segelten, während die Taschenkrebse eifrig seitwärts rannten, wie sie es seit Millionen von Jahren getan hatten. Die kräftigen Gerüche, diese Mischung aus Salzwasser und Meerestieren und Seetang und Düften, die der Wind von unbekannten, unvorstellbaren Orten herantrug, würden nur dann so berauschend sein, wenn ich da war, um mich an ihnen zu erfreuen. Die Strandläufer, die auf der Futtersuche so eifrig und präzise am Rand jeder hereinkommenden Welle entlangtanzten, taten es für mich und würden es immer tun. Ich hatte das Gefühl, ein Teil jedes Sonnenuntergangs und Sonnenaufgangs zu sein, ein Teil jeder Wolke und jeden Sturms, weil ich ein Teil von etwas war, das niemals enden würde. Es war das Versprechen der Unsterblichkeit, und es war so verführerisch und einladend, dass ich am Ende des Tages nie nach Hause wollte. Ich hätte leicht einer jener Menschen werden können, die glücklich, wenn auch gezwungenermaßen, alles für das Meer aufgeben, sogar das eigene Leben.

Im Sommer fingen wir Taschenkrebse und suchten Muscheln in der Bucht. Wir ruderten zu irgendeinem Platz hinaus, an dem Osceola es in den Knochen spürte, dass die Krebse dort auf uns warteten, versenkten unsere Krebsfallen und faulenzten in der Sonne, aßen die Sandwichs mit Eiersalat und tranken den Eistee, den Priddie für uns eingepackt hatte. An einem guten Tag konnten wir einen ganzen Weidenkorb mit den käferäugigen, blaubeinigen Kriechtieren füllen. Osceola achtete mit Sorgfalt darauf, dass alle, die er für zu klein hielt, ins Wasser zurückgeworfen wurden. »Wir holen dich nächstes Jahr«, sagte er dann, oder: »Glück gehabt, du hässlicher Krebs! Diesmal lassen wir dich laufen.« Wenn wir Muscheln suchten, wateten wir in die Bucht hinaus und zogen eine alte, zusammengestückelte Röhre hinter uns her, in die ein Jutesack hineingebunden war, und wenn wir die Muscheln mit den Zehen fühlten, tauchten wir, gruben sie mit den Fingern aus und warfen sie in den Sack. Nichts anderes, was wir auf unserer Suche nach

Nahrung unternahmen, war so köstlich und wunderbar erschöpfend. Wir nahmen mehr Muscheln mit, als wir jemals verbrauchen konnten, aber sie wanderten niemals auf den Müll. Bei uns wanderte niemals etwas auf den Müll. Am Ende des Tages auf dem Heimweg hielten wir an der ersten Baptistenkirche des Nazareners in Brick Town, und der Pfarrer, Rev. Hector Motherwell Box, der einer der magersten Menschen war, die ich jemals gesehen habe, mit einer Lücke zwischen den Vorderzähnen, die so groß war, dass ein weiterer Zahn hineingepasst hätte, nahm alles entgegen, was Osceola anzubieten hatte, und verteilte es nach Bedarf in seiner Gemeinde. Wir hielten auch am Haus der Flowers. Es waren die einzigen Gelegenheiten, bei denen wir die geheimnisvolle Frau zu sehen bekamen, die sich um die seltsame Camille kümmerte. Sie war eine hübsche, kaffeefarbene Frau, die, soweit ich mich erinnere, immer eine Menge Schmuck und Kleider in leuchtenden Farben trug. Sie kam niemals zum Truck heraus, und wir gingen niemals hinein. Sie winkte uns zu und lächelte, aber wenn Osceola ihr gegeben hatte, was er abzugeben hatte, verschwand sie im Haus und wir fuhren weiter. Wenn wir nach ihr fragten, wehrte Osceola unsere Fragen ab und sagte nur: »Sie ist einfach eine Frau, das ist alles.« Die Vorstellung, dass Priddie und Osceola, die so viel Zeit mit uns verbrachten, auch noch ein anderes Leben hatten, war sehr seltsam für uns – ein Leben, von dem wir nichts wussten und von dem uns klar war, dass wir niemals und unter keinen Umständen daran teilhaben würden. Sie waren schwarz und wir waren weiß. Sie wussten alles über uns, und wir wussten über sie nur so viel, wie sie uns vorsichtig anvertrauten. Die Gesellschaftsschicht, der sie angehörten, war verschwiegen.

Wir fischten auch Flundern in der Bucht. Manchmal, wenn das Wasser seicht genug war, sahen wir sie über den Boden gleiten, flach wie Pfannkuchen und mit ständig bewegtem, sich kräuselndem Flossenrand, mit dem sie sich in dem Schlamm antrieben. Wir fingen auch eine Art von Seebarsch, dessen Kiefer so schwach war, dass der Haken herausriss, und Flugfische, die ein komisches kleines Geräusch von sich gaben, das wie ein Zwischending zwischen einem Quaken und einem Zirpen klang. Sie hatten Flügel, und Osceola bezeichnete sie als ›Abfallfische‹. Estellas Lieblingsfische waren die Aufbläser, die wir immer zurückwarfen, nachdem Osceola sie gekitzelt hatte und sie sich aufbliesen wie ein Luftballon.

Nur sehr selten fuhren wir weit aufs Meer hinaus. Als wir es zum zweiten Mal taten, wurden die Wellen plötzlich so hoch, dass wir herumgeworfen wurden wie ein Korken und Osceola Mühe hatte, das Boot unter Kontrolle zu halten. Estella und ich fanden es aufregend, aber er wusste, wie gefährlich es war, und von diesem Tag an blieben wir ziemlich dicht am Ufer, wenn wir hinausruderten. Das Boot, das er sich borgte, gehörte einem Mann in Brielle, Eddie Neunzehen.

»Sein kleiner Zeh wurde ihm von einer Schnappschildkröte abgebissen, als er noch ein Kind war. Einfach abgebissen, mit Knochen und allem.« Osceola erzählte uns gewöhnlich alle möglichen Einzelheiten über die Leute, die wir kennen lernen sollten. »Netter Kerl, der Eddie. In Harlem geboren. Er ist ein Freund von einem Mann, den ich kenne. Der alte Eddie hat den größten Schwanz an der ganzen Ostküste. Das hab ich jedenfalls gehört. Dafür hat er nur ein Ei. Komisch, wie es manchmal geht, nicht? Ich hab immer gedacht, man muss ein bisschen was geben, um ein bisschen was zu bekommen, versteht ihr, was ich meine? Nur in seinem Fall hat er ein bisschen gegeben und viel bekommen. Manchmal sind die Wege des Herrn seltsam. Wenn ihr ihn fragt, zeigt er euch die Stelle, wo der kleine Zeh fehlt. Ich bin nicht sicher, ob er euch auch seinen Schwanz zeigt. Ich glaub aber eher nicht.«

Wir baten ihn nie, uns seinen Schwanz zu zeigen, aber er war sehr bereitwillig, wenn wir sehen wollten, wo der fehlende Zeh gewesen war.

»Dieser Teufel hat direkt durch meinen alten Schuh durchgebissen und meinen Zeh mitgenommen. Er war so groß, dass ich seinen Kopf für seinen Panzer gehalten hab.« Eddie Neunzehen war ein riesiger Mann mit rasiertem Schädel, der zu allem lächelte, was er sagte. »Ich hoffe, dass irgendjemand das Biest gefangen und Suppe aus ihm gemacht hat. Hinterhältiges Luder.« Während er die Geschichte erzählte, starrten Estella und ich die ganze Zeit seinen Schritt an, in der Hoffnung, ein bisschen was von seiner zweiten Deformation erkennen zu können.

Sein Boot war sechs Meter lang und sicher seetüchtig, aber bei schwerem Wellengang war es zu leicht und sehr schwer zu handhaben. Osceola wollte nichts mit uns riskieren, und beim geringsten Anzeichen eines Sturms steuerten wir in die Bucht und zum Anlegeplatz zurück. Je nach Jahreszeit und je nachdem, wie weit wir hinausfuhren, fingen wir gestreifte Barsche und Königsfische,

Dorsche, Makrelen und Haie. Ebenso wie das Land, versorgte das Meer uns gut.

In jenen Jahren nach dem Börsenkrach fand an den Sonntagnachmittagen noch eine weitere Suche statt, die nichts mit unserer Ernährung zu tun hatte, und wenn sie doch damit zu tun hatte, dann nur zufällig. Als Priddie und Osceola anfingen, ganztägig bei uns zu arbeiten, bestand unser Blumengarten nur aus ein paar Rosenbüschen und etlichen Tigerlilien, aber als aus Broadway Acres ein blühendes Geschäft geworden war, waren unsere Blumen ebenso beeindruckend wie unser Gemüse. Wir hatten unsere Pflanzen ganz umsonst bei heruntergekommenen und verlassenen Gehöften und Farmen gefunden. Bewaffnet mit Eimern, Säcken und einer Schaufel fuhren Osceola und Priddie die Landstraßen entlang und ›retteten‹ Pflanzen, die von Leuten zurückgelassen worden waren, die ihr Land entweder eingebüßt hatten oder in der Hoffnung auf ein besseres Leben fortgezogen waren. Estella und ich fuhren niemals mit, weil Mamu erklärte, es sei ihre Freizeit. Hätten wir jemals darum gebeten, mitgenommen zu werden, hätten sie das ganz bestimmt getan, aber weil sie uns niemals dazu aufforderten, wussten wir, dass diese Sonntage ihre Zeit waren, die sie zusammen verbringen wollten. Und die Auswahl von Pflanzen, die sie fanden, nahm kein Ende. Holzpfingstrosen und Iris in allen Farben, Astern, Chrysanthemen, Glyzinien und Rosen, Flieder und Sommerjasmin, Maiglöckchen und Maßliebchen. Für Pflanzen, die während ihrer Ruhephase ausgegraben werden mussten, stellte Priddie eine

Markierung auf, an der sie erkennen konnte, wo sie waren, oder sie zeichnete komplizierte Karten, die nur sie entziffern konnte, und wenn die richtige Zeit gekommen war, fuhr sie wieder hin und rettete die Pflanze. Was sie an den Blumen und Büschen, die sie sammelte, neben ihrer zukünftigen Schönheit am meisten bewunderte, war ihre Stärke. »Das sind Überlebenskünstler«, sagte sie. »Und aufs Überleben kommt es an. Solche Überlebenskünstler sind eine sehr gute Grundlage.« Ich wusste, dass sie nicht nur von Pflanzen sprach. Sie sammelte auch Samen, wickelte sie sorgfältig in kleine Papierquadrate und hob sie bis zur Pflanzzeit im folgenden Frühling auf. Am meisten liebte sie die geheimnisvollen Samen, Samen, von denen sie nicht ganz sicher war, was daraus werden würde, aber davon gab es nur sehr wenige. Allmählich usurpierte sie den Rasen zu beiden Seiten und vor dem Haus, düngte den Boden mit Kompost, pflanzte Staudenbeete und einen Rosengarten und ließ noch Platz für das, was sie ihre ›Tischblumen‹ nannte. Die Gartenwege waren säuberlich mit Steinen in genau der richtigen Größe eingefasst, die zutage traten, wenn die Felder gerodet und gepflügt wurden. Und wenn diese nicht ausreichten, brachten wir Steine vom Bach. Schon nach wenigen Jahren konnte Priddie, dank ihres angeborenen und unfehlbaren Sinns für Form und Farbe, mit ihren Gärten, wenn sie in voller Blüte standen, vielleicht nicht mit Giverny konkurrieren, aber wenn sie die Mittel gehabt hätte, hätte sie Monet einen Wettstreit geliefert.

Kapitel 5

Knapp ein Jahr nachdem wir begonnen hatten, Broadway Acres aufzubauen, bekam Mutter einen Job bei Schillers Holzhandlung in Laurelwood. Sie hatte die Stellenangebote in der Zeitung gelesen, aber weil sie keinerlei Erfahrung hatte, fand sie nichts darunter, von dem sie das Gefühl hatte, dass sie sich darum bewerben konnte. In der Anzeige der Holzhandlung hieß es ›keine Erfahrungen erforderlich‹ und ›Bitte bewerben Sie sich persönlich‹, und als sie Mamu mitteilte, dass sie sich um die Stelle bewerben wollte, gab es einen fürchterlichen Streit.

»Ich brauche das Fahrgeld für den Bus nach Laurelwood.«

»Das ist rausgeschmissenes Geld.«

»Du warst doch diejenige, die gesagt hat, ich soll mir einen Job suchen.«

»Du kriegst ja doch keinen.«

Mutter war den Tränen nahe. »Nur ein Mal«, flehte sie, und dann noch einmal mit erhobener Stimme: »Nur ein einziges Mal! Ich wünschte, du wärst ein einziges Mal auf meiner Seite. Habe ich dir jemals irgendetwas recht gemacht? Irgendetwas, mit dem du zufrieden warst? Sag's mir.«

»Mir fällt nichts ein. Darüber müsste ich erst nachdenken.« Mamu verschränkte die Arme vor der Brust.

»Ich wünschte, ich könnte hier weg. Ich wünschte mir wirklich, ich könnte so weit weggehen, dass ich nie mehr wiederkommen müsste.«

»Dann geh doch. Ich halte dich nicht auf.«

»Das kann ich nicht. Ich habe schließlich die Kinder.«

Mamus Augen verengten sich. »Die brauchen dich nicht.« Sie drehte sich zu uns um. »Ihr braucht eure Mutter doch nicht, oder? Was tut sie schon für euch?«

Ich wusste nicht, was ich sagen sollte, und Estella begann zu weinen.

»Du bist eine bösartige Frau, Mutter. Wie kannst du so grausam sein? Wie kannst du meinen Kindern so etwas sagen?«

Priddie nahm uns bei der Hand. »Kommt, Kinder, ich will euch draußen etwas zeigen.« Und sie ging mit uns in die Schaheune.

»Ich hör sie bis hierher brüllen«, sagte Osceola, der gerade Sinclairs Stall sauber machte.

Wir hörten sie mehrere Minuten lang aufeinander einschreien, bis Mutter aus der Hintertür trat, einen Geldschein zusammenfaltete und in ihre Geldbörse steckte. Dann begann sie, den Broadway hinunterzugehen.

»Soll ich Sie fahren, Miz Eulalie?«, rief Osceola ihr nach.

»Nein, danke. Ich möchte zu Fuß gehen.« Und sie fing an zu rennen. Manchmal knickten ihre Knöchel in den Wagenspuren der Straße um.

»Warum bringen sie's nicht hinter sich und schlagen sich gegenseitig tot?«, sagte Osceola mehr zu sich selbst als zu uns.
»Pass auf, was du da sagst!«, schimpfte Priddie.
An diesem Abend kam Mutter nach Hause und teilte uns schüchtern mit, dass sie eingestellt worden war.
»Ich habe die Stellung bei Schiller bekommen, Mutter.«
Mamu, die mit Priddie Wäsche zusammenlegte, drehte sich nicht einmal nach ihr um. »Und was sollst du da tun, wenn ich fragen darf?«
»Ich soll mich ums Büro kümmern. Bei Schillers Holzhandlung.«
Einen Augenblick lang schwieg Mamu. »Du kommst zu spät zum Abendessen.«
»Ich möchte nichts.« In Mutters Stimme schwang eine kaum merkliche Stärke mit.
»Ich mach Ihnen was zurecht, Miz Eulalie …«
»Sie hat gesagt, dass sie nichts will!« Mamu sah Priddie wütend an.
»Danke, Priddie. Ich bin wirklich nicht hungrig. Ich denke, ich gehe einfach hinauf und nehme ein Bad.«
»Herzlichen Glückwunsch!« Priddie flüsterte fast.
»Vielen Dank.« Mutter küsste Priddie auf die Wange und ging zur Tür. Priddie stand da, wie vom Donner gerührt, weil es in unserem Haus sonst niemals irgendwelche Demonstrationen von Zuneigung gab. Niemandem gegenüber.
»Wann fängst du an?« Mamu wandte sich immer noch nicht zu ihr um.
»Morgen.«

»Und womit bezahlst du den Bus?«

»Mein neuer Arbeitgeber, Mr. Cowles, hat mir einen Vorschuss gegeben. Aber danke für deine Fürsorge, Mutter.« Ihre Stimme klang unüberhörbar schneidend, und Mamu wurde steif. Mutter verließ die Küche und ging die Treppe hinauf. Es war nur ein kleines Geplänkel gewesen, aber für sie war es eine große Schlacht, und sie hatte gewonnen.

Das winzige bisschen Unabhängigkeit musste Mamu erbittert haben, denn sie stand wie angewurzelt neben dem Wäschekorb und wusste nicht, was sie tun sollte.

»Ich dachte, ihr beiden wolltet mit Onkel Josh Regenwürmer sammeln«, sagte sie endlich.

»Macht, dass ihr rauskommt. Sie sind schon draußen und warten auf euch. Es ist dunkel genug.« Priddie schob uns zur Tür hinaus. »Miz Adela, seien Sie nett zu Miz Eulalie ...«, hörten wir sie sagen, als sie in die Küche zurückging. »Sie tut ihr Bestes.«

Die Schwalben flogen ihre letzten Kurven auf der Suche nach Insekten, bevor es zu dunkel wurde und die Zeit der Fledermäuse kam. Als wir aus dem Haus traten, sahen wir die Silhouetten von Osceola und Onkel Josh, die im Garten standen und miteinander redeten. Es war ein perfekter Abend, um Regenwürmer zu sammeln, die unsere bevorzugten Köder waren. Am Nachmittag hatte es geregnet, und der Boden war weich genug, dass die großen Würmer mühelos herauskommen konnten. Wir brauchten sie nur aufzuheben und in eine Büchse zu werfen.

»Mama hat eine Stellung bekommen«, rief Estella und fing an, herumzutanzen, als ob es nicht genug sei, die

Neuigkeit nur mit Worten zu verkünden. Onkel Josh knipste seine Taschenlampe an, und Estellas Schatten erschien an der dunklen Rückwand des Hauses.

»Eine Stellung! Das ist gut. Das ist sogar großartig«, antwortete Osceola. »Miz Eulalie hat einen Job. Ich hätte nie gedacht, dass das einmal passieren würde. Nicht in Millionen Jahren. So ein Glück für sie.«

»Estella, komm auf mich zu und schau dir deinen Schatten an.« Sie tat es, und ihr Schatten wurde größer und größer. »Je weiter du dich vom Haus entfernst, desto größer wird dein Schatten.« Mutter erschien im Badezimmerfenster im oberen Stock und fing an zu lachen, als Estella vor und zurück tanzte und die Größe ihres Schattens veränderte.

»Hey, Miz Eulalie, wie schön für Sie.«

»Danke, Osceola. Vielen Dank. Morgen fange ich an. Ich bin eine berufstätige Frau. Wie findest du das?«

»Das ist wunderbar, Eulalie, wirklich.« Onkel Josh richtete den Strahl der Taschenlampe auf sie. »Du stehst im Rampenlicht.«

Mutter kicherte und verschwand vom Fenster. Wenige Augenblicke später hörten wir laute Musik. Von irgendwoher im Haus kam der Klang eines Orchesters, das einen Swing spielte. Mamu kam, von Priddie gefolgt, aus der Hintertür gestürmt.

»Was soll dieser Lärm?« Die Musik kam aus dem Badezimmerfenster.

»Das ist Musik, Mamu«, rief Mutter. »Weißt du, was Musik ist?« Mamu hatte für Musik nichts übrig. Für sie war sie nichts als Lärm, und wenn Mutter am Samstagabend die Opernübertragung aus dem Metropolitan Opera House hören wollte, erklärte Mamu, dass sie sich lieber einen Hahnenkampf anhören würde als dieses Gekreische.

»Tanze, Estella«, rief Onkel Josh. »Wir machen einen Schattentanz, Adela. Komm her.«

»Tanze, Liebling«, rief Mutter. »Du bist eine gute Tänzerin.«

»Wartet einen Augenblick. Wartet nur einen Augenblick, ich habe eine Idee.« Damit rannte Osceola um das Haus herum.

»Komm, Ben. Tanz mit.« Estella wirbelte herum, bewegte sich auf die Taschenlampe zu und dann wieder zum Haus zurück.

»Du bist in der Türkei. Du bist ein tanzender Derwisch«, rief Onkel Josh, und sie drehte sich schneller und schneller.

Ich konnte nicht widerstehen, begann nach der Musik zu tanzen und ließ meinen Schatten alle möglichen Verrenkungen machen. Selbst die sanfte Priddie konnte nicht still stehen und machte mit. Wir sahen Mutter im Badezimmerfenster stehen und hörten sie lachen.

»Okay«, brüllte Onkel Josh, »jetzt seid ihr in Australien … ihr seid Aborigines. Jetzt zeigt uns euren Aborigine-Tanz.« Estella begann, mit den Füßen zu stampfen, und ich folgte ihrem Beispiel.

»Hört sofort auf!« Mamu sah zum Fenster hinauf. »Eulalie, dreh das Radio aus. Lieber Gott, das hört man sicher bis ins Zentrum von Millersburg.«

In diesem Augenblick kam Osceola mit dem Truck um

die Ecke und parkte ihn so, dass die Scheinwerfer die Rückwand des Hauses anstrahlten.

»Das ist großartig«, rief Onkel Josh, knipste die Taschenlampe aus und begann ebenfalls zu tanzen. »Okay, jetzt machen wir einen Regentanz.«

Osceola, der anscheinend zu reserviert war, um zu tanzen, begann, Schattentiere zu machen. »Kommen Sie, Miz Adela. Machen Sie mit.«

Mamu stand mit gespreizten Beinen da und starrte uns an, als sähe sie den Fall von Gomorrha mit an. »So was Idiotisches habe ich noch nie gesehen. Hört sofort auf.«

»Adela!« Onkel Josh machte uns vor, wie er sich einen Regentanz vorstellte. »Komm und hilf uns. Wir brauchen so viel Regen, wie wir nur bekommen können.«

»Es hat den ganzen Tag geregnet. Was ist los mit dir?«

Onkel Josh und Mutter begannen unkontrolliert zu lachen, und Mamu war bereit, uns alle umzubringen.

Wir alle tanzten, Priddie und Estella, Onkel Josh und ich, und selbst Osceola fing an, sich hin- und herzuwiegen. Wir waren ganz von der Musik gefangen, drehten uns und sprangen, rannten vor und zurück und vergrößerten und verkleinerten unsere Schatten. Mamu brüllte uns ununterbrochen an, wir sollten aufhören, aber wir achteten nicht auf sie. Es war ein grandioser Augenblick der Rebellion. Mutters flüchtige Anwandlung von Unabhängigkeit hatte uns irgendwie elektrisiert, ein Taumel erfasste uns, und wir fürchteten uns nicht vor Mamu. Sie stand daneben, sah zu und schrie Befehle, und wir tanzten und tanzten, ohne auf sie zu achten. Aber ich erinnere mich ganz genau, dass wir einander nicht berührten. Unsere

Schatten sahen so aus, als ob wir miteinander tanzen würden, aber es war nur eine Illusion, denn es fanden keine Berührungen statt. Wir hielten uns nicht einmal bei den Händen. Manche Barrieren konnten wir einfach nicht überwinden, auch wenn die Situation noch so berauschend war. Endlich gab Mamu auf und ging ins Haus zurück. Wenige Minuten später brach die Musik ab und mit ihr der Rausch. Der Augenblick war vorbei, der Tanz beendet, und wir standen ebenso erstarrt da wie unsere Schatten, gefangen im grellen Scheinwerferlicht wie erschrockene Rehe.

Mamu hatte wieder einmal gesiegt, wie sie die nächsten zehn Jahre lang wieder und wieder siegen sollte, bis zu jenem schwülheißen Sommer, in dem die Welt in einen Krieg stürzte, ich siebzehn Jahre alt wurde und zwei Fremde am See ermordet wurden.

Kapitel 6

Die Welt reagierte mit Entsetzen und Trauer auf die Nachricht vom Tod Marius Dorfmans. So hieß es jedenfalls auf der ersten Seite des *Daily Reminder.* Sein Name bildete die Schlagzeile, aber das Bild Gloria Gardiners war ebenso groß wie das seine. Das ihre war ernst, eine offensichtlich aus gutem Hause stammende junge Dame der Gesellschaft, das blonde Haar makellos frisiert, ausgeprägte Lippen und große, sanfte, ein wenig verträumte Augen. Sein Bild war ein Publicityfoto, theatralisch und fesch, eine Zigarette in der Hand, mit Krawatte und zwanglos offenem Hemdkragen. Sie waren ein schönes Paar. Fast sämtliche Radiostationen sendeten abwechselnd Nachrichten über den Doppelmord und Ausschnitte aus Dorfmans Aufnahmen von berühmten Arien. Dann zuckte Mamu jedesmal zusammen und suchte nach einem Sender, der Nachrichten ohne Musik brachte. Ihr Lieblingssprecher, Mr. Gamling, erinnerte uns daran, dass wir trotz der schockierenden und unheimlichen Entdeckungen in Millersburg nicht vergessen sollten, dass die Situation in Europa kurz vor dem Überkochen war.

»Ich glaube, ich werde Klavierunterricht nehmen. Jeder sollte in seinem Leben in der Lage sein, wenigstens ein Stück von Mozart zu spielen.« Onkel Josh kam in die Küche gestürmt, um an unserem Frühstück teilzunehmen, was er nur selten tat, weil er es vorzog, seinen Kaffee am Bach zu trinken, ohne Radio hören zu müssen. Er behauptete, dass Nachrichten gleich zu Tagesbeginn, gute ebenso wie schlechte, unnatürlich, ungesund und sehr schlecht für die Verdauung seien. »Kann ich auf dem Klavier im Wohnzimmer üben, Adela? Wahrscheinlich müssen wir es erst einmal stimmen lassen.«

»Klavierunterricht in deinem Alter? Mach dich doch nicht lächerlich. Und halt den Mund. Ich versuche, Radio zu hören. Dieser Hitler hat nichts Gutes im Sinn.« Sie drehte das Radio lauter, um Onkel Joshs Unsinn nicht länger anhören zu müssen.

»Guten Morgen, Mr. Josh. Wie nett, Sie auch mal hier oben zu sehen.« Priddie mochte ihn sehr gerne, und jedes Mal, wenn er in ihre Küche kam, besserte ihre Stimmung sich merklich. »Möchten Sie Spiegeleier mit Speck?«, fragte sie und schenkte ihm eine Tasse Kaffee ein.

»Das wäre fein.«

»Ich meine, Sie sollten wirklich Klavierunterricht nehmen.« Sie ging zum Kühlschrank und entnahm ihm Eier und Speck. »Wär nett, wenn das alte Klavier zu etwas nütze wäre. Ich hätte auch nichts dagegen, es abzustauben, wenn manchmal jemand darauf spielen würde. Meinen Sie nicht auch, Miz Adela?« Sie blinzelte uns zu, weil sie wusste, dass Mamu Musik nicht ausstehen konnte.

»Ich habe gesagt, ihr sollt still sein. Ich möchte Radio hören.«

»Gestern Abend war Adam Stoner hier.« Ich wollte Onkel Josh die Einzelheiten der Morde erzählen.

»Er hat uns alles über die Leute erzählt, die erstochen worden sind.« Estella kam mir zuvor. »Ihre Bilder sind auf der Titelseite.« Sie blätterte in der Zeitung herum und suchte nach dem Nachrichtenteil.

»Jetzt fangt nicht schon wieder mit der hässlichen Geschichte an. Lieber Gott, der Mann hat noch nicht mal gefrühstückt.« Priddie wandte sich an Onkel Josh. »Sie haben den ganzen Morgen über nichts anderes geredet.«

»Einer von den Ermordeten ist Marius Dorfman«, platzte Estella heraus.

Onkel Josh, der gerade Zucker in seinen Kaffee tun wollte, erstarrte mitten in der Bewegung. »Marius Dorfman«, wiederholte er fast unhörbar. »Oh Jesus!«

»Und die Frau hieß Gloria Gardiner«, sagte ich schnell, bevor Estella es tun konnte. »Ihre linke Brust …«

»Jesus Christus!« Er ließ den Löffel fallen, und der Zucker verteilte sich über den ganzen Tisch. Estella reichte ihm die Zeitung. Er warf einen Blick darauf, und alle Farbe wich aus seinem Gesicht. Er schloss die Augen und gab fast unverständliche, gurgelnde Laute von sich, die in einem deutlich erkennbaren, lauten »Scheiße!« endeten.

»Pass auf, was du sagst«, schimpfte Mamu, »oder du verlässt dieses Haus. Was ist los mit dir?«

»Ist alles in Ordnung, Mr. Josh?« Priddie trat auf ihn zu. Keiner von uns hatte ihn jemals fluchen oder ein unanständiges Wort aussprechen gehört, aber als sie sah, wie fassungslos er war, sah Priddie über das Vergehen hinweg. »Sie sehen so aus, als ob Sie gleich umfallen würden.«

»Ich brauche kein Frühstück.« Er ließ die Zeitung fallen, schob seinen Stuhl zurück und sprang auf die Füße. »Ich … ich … bitte …« Er drehte sich um und rannte aus der Küche. Ich hinterher. Ich hörte noch, wie Mamu hinter mir herrief, ich sollte zu Ende frühstücken, und Estella befahl, sitzen zu bleiben. Er rannte an der Schaheune vorbei, den Fußweg entlang durch den Wald zu seiner Hütte. Ich blieb ihm dicht auf den Fersen. Auf halbem Weg blieb er stehen und fing an, sich zu erbrechen, aber weil er nichts im Magen hatte, würgte er nur ein paar Minuten lang krampfhaft.

»Onkel Josh …«

»Bitte, Ben, lass mich in Ruhe. Geh einfach zurück zum Haus und lass mich allein.« Er fing wieder an zu würgen.

»Aber es geht dir nicht gut. Lass dir doch helfen.«

»Ich komme schon zurecht. Geh bitte zurück …«

»Ich kann dich doch so nicht alleine lassen.«

»Verdammt, Ben, lass mich in Ruhe.« Ich hatte noch niemals so viel Schmerz und Wut in einem Gesicht gesehen. »Hau ab. Geh einfach. Geh!« Tränen stiegen in seine Augen. »Bitte, Ben, geh fort.« Er ging weiter den Pfad entlang, aber ich folgte ihm nicht mehr. Als er außer Sichtweite war, ging ich zum Haus zurück.

»Was in aller Welt war los mit ihm?« Mamu war verärgert. »Ich habe noch nie erlebt, dass er sich so verrückt aufführt und solche Ausdrücke benutzt. Sag mir, was los ist.«

»Ich weiß es nicht. Er hat es mir nicht gesagt.«

»All das Gerede von den Morden! Das muss doch jeden

aus der Fassung bringen. Kein Wunder, dass der arme Mann nicht frühstücken wollte.«

»Nun ja, ich nehme nicht an, dass er heute noch auf dem Feld auftauchen wird. Ben und Estella, ihr müsst den beiden Ungarn helfen.«

»Und wer kümmert sich dann um den Stand?«, fragte Estella.

»Das kann Priddie machen.«

»Nein, kann ich nicht. Ich mache heute Ketchup, und ich hab die Tomaten schon zerquetscht.«

»Dann tu ich es. Warum muss nur alles so schwierig sein?« Mamu griff nach ihrer Schürze und ging zur Hintertür hinaus.

Mittags machte Priddie ein Tablett für Onkel Josh zurecht, und ich trug es zu seiner Hütte hinunter. Wir mussten es hinter Mamus Rücken tun, weil sie wütend auf ihn war und nicht geduldet hätte, dass wir ihn, wie sie es genannt hätte, verhätschelten. In all den Jahren, seit er dort lebte, hatte ich niemals an seine Tür geklopft, weil ich immer das Gefühl gehabt hatte, einfach hineingehen zu können. Aber an diesem Tag klopfte ich aus irgendeinem Grund, und erhielt keine Antwort.

»Onkel Josh«, rief ich, nachdem ich mehrmals geklopft hatte, »bist du da drin?« Immer noch keine Antwort. »Priddie hat dir ein Sandwich gemacht.« Ich begann zu frösteln, weil ich nahe daran war, entsetzliche Schlüsse zu ziehen.

»Ich bin hier, Ben.« Seine Stimme kam von hinten. Ich drehte mich um und sah ihn in seinem Ruderboot sitzen, das am Landungssteg festgebunden war und etwa drei Meter vom Ufer entfernt in der Strömung trieb.

»Priddie hat dir etwas zum Mittagessen gemacht. Was machst du da?« Ich ging mit dem Tablett in der Hand auf den Steg, starrte ihn an und wusste nicht recht, was ich tun sollte.

»Ich hab keinen Hunger.« Er machte keine Anstalten, das Boot zum Steg zu ziehen.

»Aber du musst was essen.« Ich stellte das Tablett hin, setzte mich auf den Steg und ließ die Beine über dem Wasser baumeln. »Willst du mir nicht erzählen, was los ist? Bitte. Du kannst mir vertrauen. Ich werde nichts weitersagen. Es tut mir Leid, dass ich von den Morden angefangen habe, als du gerade frühstücken wolltest ...«

»Lieber Gott, das war nicht der Grund«, unterbrach er mich. »Du konntest nichts dafür.« Er sah mich, wie mir schien, eine ganze Minute lang an, bevor er sich entschloss, weiterzureden. »Ich habe sie gekannt.« Sonst sagte er nichts, er saß nur da und starrte mich an. Das Sonnenlicht fiel durch die Weidenzweige und tanzte auf seinem gequälten Gesicht.

Ich wusste nicht, was ich sagen sollte, und so sagte ich schließlich nur, dass es mir Leid tat.

»Ich habe sie gekannt, Ben«, wiederholte er. »Ich habe sie an einem Party-Wochenende in einem Haus in Princeton kennen gelernt. Damals hieß sie Gloria Fulton. Sie ging nach Vassar. Das war lange, bevor sie Claude Gardiner heiratete. Vor so langer Zeit. Oh Jesus.« Er holte tief Luft und wandte den Blick ab. »Ich möchte alleine sein. Ich hoffe, dass du das verstehst.«

»Ja, das verstehe ich.« Ich verstand es und verstand es auch wieder nicht. Ich wusste, dass wir niemals über unsere Gefühle redeten, nicht aussprachen, was uns bedrückte, und in schlimmen Situationen keine Hilfe voneinander erwarteten. Das war die Regel. Aber angesichts solcher Verzweiflung verstand ich nicht, warum es keine Ausnahme von der Regel geben sollte. Und das sagte ich ihm:
»Nein, ich verstehe es nicht. Warum willst du alleine sein, wenn du so verzweifelt bist?«
»Weil ich nachdenken muss. Ich muss eine Weile alleine sein, um nachzudenken. Ich weiß nicht, was ich machen soll.«
»Warum musst du überhaupt etwas tun?«
»Bitte, Ben, wenn du mir helfen willst, geh fort und lass mich allein.«
Dazu gab es nichts mehr zu sagen, und so ließ ich das Tablett auf dem Bootssteg und ging, um mit Estella und den Jungen auf dem Feld zu arbeiten.
»Wie geht es ihm?«, fragte sie.
»Unverändert. Er will nicht darüber reden.«
»Vielleicht würde er mit mir reden.«
»Ich glaube nicht. Er sagt, er will alleine sein, um nachzudenken.« Mehr sagte ich ihr nicht, weil ich auch nicht darüber reden wollte. Estella nahm ihren Korb und ging zur nächsten Tomatenreihe, und ich blieb meinen Gedanken überlassen. Ich konnte an nichts anderes denken als an den jungen Onkel Josh bei einem Party-Wochenende in Princeton. Ich hatte ihn mir noch nie in seiner Collegezeit vorgestellt. Ich hatte ihn mir noch nie in irgendeinem Zusammenhang vorgestellt, der nicht Teil unseres Lebens

in Millersburg war oder in das Reich der unvorstellbar romantischen und abenteuerlichen Orte seiner Phantasien gehörte, der Transsibirischen Eisenbahn, einer Insel, eines Gebirges oder eines Dschungels, die er auf einer seiner Karten mit einer Stecknadel markiert hatte und über die er nachdachte. Und was mir an diesem Tag, an dem ich Tomaten pflückte und zuhörte, wie Stash und Janos miteinander lachten und Ungarisch redeten, noch überraschender vorkam, war, dass ich ihn mir noch nie in irgendeiner Beziehung zu einer Frau vorgestellt hatte. Oder wenigstens mit einem Freund. Soweit ich wusste, verkehrte er mit niemandem außer unserer Familie, Priddie und Osceola. Wir alle waren Teile einer sehr kleinen Welt, in der wir lebten und in die niemals ein Außenseiter eindrang.

An diesem Abend feierten wir meinen Geburtstag. Priddie machte sehr viel Aufhebens darum und kochte alle meine Lieblingsspeisen, und so war es trotz aller Spannungen ziemlich festlich. Während des Abendessens machte jemand eine vage Anspielung auf die Fahrt zur Weltausstellung, die ich mir wünschte. Ich glaube, es war Estella, die darauf zu sprechen kam.
»Vielleicht wenn es kühler wird.« Mamu benützte die Hitze als Entschuldigung, um sich vor allem zu drücken, was sie nicht tun wollte. Nicht, dass sie der Meinung gewesen wäre, dass sie eine Entschuldigung brauchte. Ihr Wort war Gesetz, und daran war nicht zu rütteln.
»Dem König und der Königin von England hat das Wetter auch nichts ausgemacht. Sie sind zur Ausstellung

gekommen.« Estella wünschte sich den Ausflug zur Weltausstellung ebenso sehr wie ich, und deshalb drängte sie so.

»Ben ist nicht der König von England, und du bist nicht die Königin. Ich habe gesagt, wir werden sehen. Im Augenblick ist es zu heiß, um überhaupt an irgendetwas zu denken. Den Kuchen essen wir auf der Terrasse, vielleicht ist dort ein bisschen Wind. Wir werden nicht auf deine Mutter warten. Wer weiß, wann sie heimkommt. Und euer Onkel scheint inzwischen vollständig den Verstand verloren zu haben. Deshalb werden wir nicht einmal an ihn denken.« Bevor jemand zustimmen oder eine andere Meinung äußern konnte, stand Mamu vom Tisch auf und ging hinaus. Priddie und Estella trugen Kuchen und Kaffee auf die Terrasse, und Osceola brachte meine Geschenke, die alle, sicherlich von Priddie, in bunte Stoffreste aus Mamus Nähzimmer gewickelt waren. Das größte öffnete ich zuerst.

»Ich hoffe, die Farbe gefällt dir«, sagte Osceola.

»Das ist seine Art, dir zu sagen, dass er es gekauft hat.« Mamu schaukelte in ihrem Stuhl, ohne mich anzusehen.

Es war ein blau kariertes Flanellhemd und darunter eine dunkelbraune Kordhose.

»Die Farbe Blau magst du doch, oder?«, fragte Osceola.

»Ja. Das ist ein wunderbares Hemd. Und die Hose gefällt mir auch.«

»Zugegeben«, sagte Mamu, »es ist ein bisschen zu warm, um daran zu denken, Flanell und Kord zu tragen, aber die Sachen werden gut für die Schule sein.« Sie saß immer noch da und starrte geradeaus vor sich hin. Erst vor ein paar Wochen hatte sie mir gesagt, dass es für mich keinen Grund gäbe, noch länger zur Schule zu gehen. Aber irgendwie hatte Osceola sie überzeugen können, und dies war ihre Art, mir zu sagen, dass sie ihre Meinung geändert hatte.

»Magst du sie wirklich?«, fragte Osceola. Er blinzelte mir zu und nickte.

»Mach mein Päckchen als Nächstes auf.« Estella reichte mir eine kleine Schachtel, und als ich sie öffnete, waren drei Unterhosen darin.

»Unterwäsche! Wie kommst du auf die Idee, mir Unterwäsche zu schenken?«

»Priddie hat gesagt, dass du sie brauchst. Gib ihr die Schuld.«

»Du brauchst sie wirklich. An der Unterwäsche, die du hast, ist nichts mehr übrig, was man noch flicken könnte. Und wenn du sie nicht magst, wirst du das, was Osceola und ich für dich haben, auch nicht mögen. Taschentücher. Die brauchst du auch. Also.«

Eine kleine Schachtel hatte ich noch nicht geöffnet.

»Das ist von Miz Eulalie. Sie hat gesagt, ich soll dafür sorgen, dass du es mit den anderen Geschenken aufmachst.«

Es war ein Ring mit einem Katzenauge. Ich war erschrocken, als ich ihn sah, weil er für ein Mitglied unserer Familie ein so oberflächliches Geschenk war. Obwohl die Zeiten um so vieles besser geworden waren, lebten wir alle in der Mentalität der Depression weiter.

»Ich habe ihn schon gesehen«, sagte Estella. »Ist er nicht schön? Zieh in an. Ich habe Mutter gesagt, dass er passen würde. Sie hat befürchtet, er könnte dir zu groß sein.«

Ich streifte ihn über den Ringfinger meiner linken Hand, und das Gold hob sich wunderschön von meiner sonnengebräunten Haut ab.

»Der muss ein schönes Stück Geld gekostet haben«, meinte Mamu, die sich umgedreht hatte, um ihn zu betrachten. »Woher nimmt sie das Geld für so etwas?« Sie beugte sich vor, um den Ring genauer zu untersuchen. »Er sieht hübsch aus an deiner Hand.« Sie wandte sich ab und sah zum Mond auf, der gerade aufging. Ich war überrascht, wie freundlich sie reagierte, und hatte den Verdacht, dass sie auf dem Weg zur Terrasse einen Umweg über die Sherryflasche genommen hatte.

Der Ring mit dem Katzenauge ist, abgesehen von meiner Uhr, das einzige Schmuckstück, das ich je besessen habe, und ich trage ihn noch heute. Alter und Arthritis haben meine Finger knotig werden lassen, und ich trage ihn nun am kleinen Finger. Obwohl die Zeit das Feuer des Auges ein wenig getrübt hat, brauche ich ihn nur anzusehen, und alle Einzelheiten dieses Geburtstags überfluten mich wieder. Es war der letzte Geburtstag, den ich zu Hause verbringen sollte.

Nach den Geschenken, dem Kuchen und dem Kaffee erlahmte die Konversation, und Osceola, der für unbeschwerte Stimmung sorgen wollte, fing an, von Sinclair zu reden, der als Zugtier zum Pflügen wegen des wesentlich effizienteren Traktors halb in den Ruhestand geschickt worden war, aber immer noch jeden Morgen darauf wartete, zur Arbeit zu gehen.

»Wie die Menschen will dieses Maultier einfach noch nicht in den Ruhestand. Mein Daddy hat immer gesagt, dass der Ruhestand mehr Menschen umbringt als alle Kriege zusammen. Also, wegen dieser Krankheit brauchen sich die meisten Farbigen keine Sorgen zu machen. Wegen der Ruhestandskrankheit, meine ich.« Er wartete darauf, dass einer von uns etwas dazu sagte, aber niemand machte den Mund auf. »Ich spanne Sinclair immer noch hin und wieder ein, einfach, damit er sich gut fühlt, versteht ihr, was ich meine? Ich nehme an, ein Maultier möchte auch glauben, dass es sich seinen Lebensunterhalt verdient.«

Niemand interessierte sich besonders für Sinclairs Gemütszustand, obwohl er nach zehn Jahren ein geliebtes Familienmitglied war. Auch wenn niemand darüber redete, konnten wir alle an nichts anderes denken als an das beunruhigende Verhalten, das Onkel Josh an den Tag gelegt hatte, als er erfuhr, wer die Mordopfer waren. Osceola begann, von den Ziegen zu reden, in der Hoffnung, damit ein Gespräch in Gang zu bringen, besonders mit Mamu.

»Irina wird demnächst heiß. Wenn es so weit ist, werde ich sie sofort zum Bock bringen.«

»Ich werde sie hinfahren«, kündigte ich an. Ich stürzte mich auf jede Möglichkeit, selbstständig Auto zu fahren, weil das die größte Freiheit war, die ich kannte.

»Du bist jetzt ein legaler Fahrer«, sagte Osceola mit gespielter Begeisterung. »So viel ist sicher, dass du jetzt ein autofahrender Mann bist. Jetzt werden wir dich kaum noch zu Hause halten können, ohne dich festzubinden, Mr. Großkotz.«

»Es wäre sehr praktisch, wenn ich ein Auto hätte.« Mamu sah mich nicht einmal an. Sie saß nur da und schaukelte in ihrem Stuhl, als ob sie kein Wort von dem hören würde, was wir sagten, und konzentrierte sich auf den Mond. Ich wandte mich zu Osceola um.

»Bemüh dich nicht, Mr. Großkotz.« Er lachte.

»Kaum zu glauben, dass du schon siebzehn bist. Noch vier Jahre, und du darfst wählen.« Priddie schüttelte den Kopf. »Wo in aller Welt ist die Zeit geblieben? Tage können ewig dauern, aber die Jahre fliegen einfach vorbei. Ist das nicht so, Miz Adela?«

»Er kann Irina zum Bock fahren«, sagte Mamu, ohne mich anzusehen, und trank einen Schluck von ihrem Kaffee. Kaum galt es, eine Entscheidung zu treffen, die mich betraf, war ich wieder einmal auf die dritte Person reduziert. »Hier gibt es genug für Sie zu tun, Mr. Flowers.« Osceola mit seinem Familiennamen anzureden war Mamus Art, ihm wenigstens ein kleines bisschen Zuneigung zu zeigen. Trotz des Vorfalls während des Frühstücks war sie an diesem Abend gut aufgelegt. Es sah so aus, als würde sie sich nicht die geringsten Sorgen machen. Ich kam zu dem Schluss, dass sie mindestens zwei Gläser Sherry hinuntergestürzt haben musste.

Nachdem wir das Geschirr in die Küche getragen hatten, machten Estella und ich uns trotz Mamus Protest mit einem neuen Tablett auf den Weg zur Hütte. Es war schon fast dunkel, und ich ging mit einer Öllampe voran. Onkel Josh saß im Zwielicht am Ende des Bootssteges, und das Essen, das ich ihm mittags gebracht hatte, war schwarz von Insekten. Er hatte nichts davon angerührt.

Auf dem Weg zum Bach hatte ich Estella erzählt, dass die ermordete Frau mit ihm befreundet gewesen war.

»Wann?«, hatte sie gefragt.

»Im College. Er hat sie gekannt, als er in Princeton war.«

»Hat er sie seitdem gesehen? Er muss wohl, sonst hätte er sich nicht so aufgeregt«, beantwortete sie ihre Frage selbst. »Ich meine, wenn sie jemand wäre, den er vor zwanzig Jahren gekannt hat, hätte es ihn nicht so vollständig umgehauen, oder?«

»Er hat nichts davon gesagt, ob er sie seither noch mal gesehen hat. Er hat nur gesagt, dass er sie gekannt hat. Still, sonst hört er uns reden.«

»Ihr hättet nichts zu essen bringen sollen. Ich hab keinen Hunger«, sagte er, als er uns mit dem Tablett kommen sah. Das Licht unserer Laterne erleuchtete die Baumkronen über uns, und wir befanden uns in einer großen, gelblich grünen Höhle, die mit jeder Bewegung der Blätter schimmerte.

»Aber du hast den ganzen Tag noch nichts gegessen. Iss wenigstens ein paar Bissen von dem Sandwich.« Estella hielt ihm den Teller hin.

»Nein, ich kann nicht.«

»Ich hab dir ein Stück von meinem Geburtstagskuchen mitgebracht. Schokolade, dein Lieblingskuchen. Priddie hat ihn heute Nachmittag frisch gebacken.«

»Ja, richtig! Heute ist ja dein Geburtstag. Ich wünsche dir viel Glück, Ben, und noch viele, viele glückliche Jahre. Ich habe etwas für dich.« Er stand auf, ging in die Hütte und kam einen Augenblick später mit einem kleinen, dunklen Buch wieder heraus, das er mir überreichte. »Es ist ein Fremdenführer für Venedig. Es ist auch eine Karte darin. Sehr detailliert. Es ist keine Erstausgabe, sondern die siebente, und es wurde 1907 gedruckt. Vor zweiunddreißig Jahren. Aber ich glaube nicht, dass sich Venedig seitdem sehr verändert hat. Sieh nur.« Er öffnete das Buch und hielt es dicht an die Laterne. »*John T. Phelan, Hotel Daniele, Venedig, 4. Mai 1910.* Ich mag seine Handschrift. Ich wüsste gerne, wer er ist … oder war. Ich weiß nicht, wo ich dieses Buch herhabe. Und hier steht auch der Preis. Drei Schilling und Sixpence. Also wissen wir, dass Mr. Phelan dieses Buch vermutlich in England gekauft hat. Ich wüsste gern, ob er Amerikaner oder Engländer war. Wenn ich den Namen eines Menschen in einem alten Buch sehe, stelle ich mir alles Mögliche über ihn vor. Tust du das auch?« In seinem Gesicht erschien eine Spur seiner üblichen Begeisterung, ausgelöst von dem Gespräch über Bücher. Er wartete nicht auf eine Antwort auf seine Frage. »Eines Tages wirst du nach Venedig fahren. Da bin ich mir ganz sicher. Der Canale Grande, die Piazza San Marco, Murano …« Der Glanz in seinen Augen verblasste, und er hörte auf, zu reden.

»Vielen Dank, Onkel Josh.« Die Worte schienen mir nicht auszureichen. »Hab vielen, vielen Dank. Ich werde es lesen, ganz bestimmt.« Das Gespräch war beendet. »Wollen wir schwimmen?« Schon in dem Augenblick, in dem ich die Frage stellte, wusste ich, wie töricht sie war, aber ich versuchte, irgendwie wieder auf vertrauten Grund zu gelangen, eine Art von Normalität herzustellen.

»Das könnt ihr machen, wenn ihr wollt«, antwortete er, als sei meine Frage absolut vernünftig.

»Es ist schön, im Lampenlicht zu schwimmen.« Ich versuchte, ihn für irgendetwas zu begeistern.

»Ich glaube, ich geh hinein und leg mich hin.« Er stand auf und ging den Bootssteg entlang. »Ich habe Kopfschmerzen. Aber lasst euch nicht aufhalten und schwimmt. Es wird mich nicht stören. Wirklich, ich meine es ernst. Ich bin nur nicht in der richtigen Stimmung.« Er ging in seine Hütte und schloss die Tür. Estella und ich standen eine Weile da und kamen zu dem Schluss, dass es das Beste war, ihn in Ruhe zu lassen.

»Ich habe sowieso keine besondere Lust, zu schwimmen«, sagte sie.

»Ich auch nicht.«

»Komm, tragen wir das ganze Zeug hier zum Haus zurück.«

»Noch mal vielen Dank für das Buch«, rief ich.

Er antwortete nicht.

Später an diesem Abend wartete ich auf der Terrasse auf Mutter, um mich bei ihr für den Ring zu bedanken. Es war fast zehn Uhr, als sie langsam im hellen Mondlicht den Broadway entlanggelaufen kam. Sie lächelte, als sie auf die Terrasse zutrat, und ich stellte fest, dass ich vollständig vergessen hatte, was für eine hübsche Frau sie war, weil ich meistens wegen ihres dummen Betragens so wütend auf sie war.

»Mutter, der Ring gefällt mir …«

»Oh, das freut mich, Ben. Lass sehen. Oh ja, er sieht so aus, als ob er an deine Hand gehört. Passt er?«

»Ja, er passt genau. Er ist wunderschön.«

»Dieser Stein wird Katzenauge genannt, aber in Wirklichkeit ist er ein Chrysoberyll. Das hat jedenfalls der Juwelier gesagt. Ich hab es mir gemerkt. Vermutlich spreche ich es nicht richtig aus.«

»Ich mag ihn wirklich.«

»Das freut mich.« Sie war nahe daran, mich zu umarmen, aber dann besann sie sich und berührte nur den Ring an meiner Hand. »Ich gehe hinauf ins Bett. Ich bin erschöpft.« Sie begann zu singen. »Happy birthday to you, happy birthday to you, happy birthday, dear Ben …« Sie lachte und sang nicht weiter.

Ich wollte ihr alles erzählen, was an diesem Tag mit Onkel Josh passiert war, aber als sie ins Haus ging, wurde ich von dem alten, nagenden Loyalitätskonflikt zerrissen. Wenn ich ihr von seiner Reaktion auf die Morde erzählte, musste ich ihr dann nicht auch erzählen, dass er Gloria Gardiner gekannt hatte? Und wäre das nicht ein Verrat an Onkel Josh? Ich beschloss, dass er es ihr selbst erzählen sollte, wenn er wollte, dass sie es wusste. Außerdem würde sie es bald selbst herausfinden. Und so wünschte ich ihr nur eine gute Nacht.

Früh am nächsten Morgen erhielten wir in gewisser Weise die Antwort auf Estellas Frage, wann Onkel Josh Gloria Gardiner zum letzten Mal gesehen hatte. Priddie und ich waren gerade mit Hilfe der Gänse und einer kleinen gelben Zwerghenne, die eine so hingebungsvolle Mutter war, dass sie fast immer eine Schar frecher Küken um sich hatte, damit beschäftigt, den Blumengarten vom Unkraut zu befreien, als der Polizeiwagen mit Adam und Sheriff Anderson vorfuhr. Mutter war zur Arbeit gefahren, bevor einer von uns aufgestanden war, und Osceola war irgendwo auf den Feldern beim Pflügen, weil er Weidelgras als Erosionsschutz für den Winter aussäen wollte.

»Morgen, Ben. Morgen, Priddie. Ich glaube, heute wird es ein bisschen kühler.« Adam entfaltete seinen langen Körper und stieg aus dem Auto. Sheriff Anderson blieb noch ein Weilchen sitzen und studierte irgendwelche Papiere, und als er schließlich ausstieg, war Mamu auf der Veranda aufgetaucht.

»Was machen Sie hier so früh am Morgen?«, fragte sie.

»Mrs. Wayland«, der Sheriff tippte an seinen Hut, »wir würden gerne mit Ihrem Bruder reden.« Er war eine imponierende Gestalt in den Fünfzigern und trug eine dicke Brille und einen sorgfältig gestutzten und gewachsten Schnurrbart. Seine Haut war vorzeitig zerknittert und fleckig von zu viel Sonne.

»Weshalb?« Sie verschränkte die Arme vor der Brust und nahm ihre Kampfhaltung ein.

»Also … äh …« Er zögerte einen Augenblick. »Wir haben etwas mit ihm zu besprechen. Wo ist er?«

»Ben, geh und hol deinen Onkel.«

»Nein«, sagte der Sheriff. »Sagen Sie uns einfach, wo er ist.«

Estella, die am Stand gearbeitet hatte und den Wagen vorbeifahren sah, kam den Broadway entlanggerannt.

»Was ist los, Adam?«

Bevor er antworten konnte, sagte Mamu: »Er ist unten am Bach. Dort wohnt er. Ben wird Sie hinführen.«

»Das wird nicht nötig sein. Beschreiben Sie uns nur den Weg, bitte.«

Das ›bitte‹ klang sehr nachdrücklich und schien keinen

Widerspruch zuzulassen. Mamu starrte mich wütend an. Sie ließ sich die Kontrolle offenbar nur ungern aus der Hand nehmen. Es war etwas, woran sie nicht gewöhnt war.

»Folgen Sie einfach dem Fußweg links von der Scheune«, erklärte ich. »Er führt direkt zu seiner Hütte.«

»Danke.« Sie gingen los, und Adam wandte sich noch einmal zu uns um und hob entschuldigend die Hände.

Als sie außer Sicht waren, drehte sich Mamu zu mir um. »Weißt du, was das zu bedeuten hat?«

»Nein.« Ich wollte ihr nicht sagen, dass Onkel Josh ein Freund von Gloria Gardiner gewesen war. Es wäre zu umständlich gewesen, es ihr zu erklären, und es hätte sie erbost, dass wir ihr nicht bereits gesagt hatten, was wir wussten.

»Estella, weißt du, warum sie hier sind? Officer Stoner ist dein Freund. Du telefonierst manchmal mit ihm. Hat er dir etwas gesagt?«

»Ich telefoniere nicht mit ihm, Mamu. Ich habe ihn nur einmal angerufen, das ist alles. Und ich weiß nicht, warum sie hier sind.«

»Nun, es überrascht mich nicht.« Damit ging sie ins Haus und schlug die Tür hinter sich zu.

»Ich werde nach Osceola klingeln«, sagte Priddie. Sie ging auf die Schiffsglocke aus Messing auf der Veranda zu, mit der wir läuteten, wenn jemand aus irgendeinem Grund vom Feld zum Haus zurückgerufen werden musste.

Mamu erschien hinter dem Fliegengitter. »Hier wird nach niemandem geklingelt! Es gibt genug Arbeit. Estella, geh augenblicklich zum Stand zurück. Sofort!«

Es dauerte fast eine Stunde, bis der Sheriff und Adam zurückkamen. Onkel Josh ging zwischen ihnen. Priddie hatte mich beim Unkrautrupfen alleine gelassen und war ins Haus gegangen, um die Situation mit Mamu zu besprechen. Onkel Josh sah blass und elend aus, mit riesigen dunklen Ringen um die Augen. Er war unrasiert und in sich zusammengesunken wie ein vollkommen niedergeschlagener Mann. Er trug die schwere Bürde eines dunklen Geheimnisses, so viel war mir klar. Offensichtlich hatten Priddie und Mamu nach ihnen Ausschau gehalten, denn sowie Adam und der Sheriff mit Onkel Josh um das Haus bogen, tauchten sie auf der Veranda auf.

»Wo bringen Sie ihn hin?« Mamus Frage klang fast wie ein Befehl.

»Nur hinunter zur Polizeistation.«

»Erklären Sie mir augenblicklich, was hier vorgeht. Ich verlange eine Auskunft.« Mamu war auf alle wütend. »Josh, was geht hier vor?«

»Es ist in Ordnung, Adela, sie …«

»Er kommt mit uns«, unterbrach der Sheriff. »Wir wollen ihm nur ein paar Fragen stellen.«

»Ich werde in null Komma nichts zurück sein«, sagte Onkel Josh. Ich rannte den Fußweg hinunter und packte ihn beim Arm, aber er sagte nur ganz ruhig: »Es hätte mich treffen sollen, Ben.« Seine Augen waren die Augen eines Toten. Er kletterte auf den Rücksitz des Polizeiwagens, Adam und der Sheriff setzten sich vorne hinein, und sie fuhren ohne weitere Erklärungen fort. Onkel Josh sah uns nicht an, aber Adam lächelte traurig, als sie den Broadway hinunterfuhren.

Wir saßen den ganzen Vormittag am Telefon und warteten auf eine Nachricht, aber jedes Mal, wenn es klingelte, betraf es nur das Geschäft. Bestellungen für Tomaten und Mais und Warzenmelonen. Es war die Hauptgeschäftszeit des Jahres. Als wir um die Mittagszeit immer noch nichts gehört hatten, rief ich bei der Polizeistation an. Margaret Breedlove war am Telefon.

»Euer Onkel ist nicht hier, Ben. Adam und der Sheriff sind mit ihm nach Laurelwood gefahren. Dort ist die Bezirkszentrale.«

»Wann wird er zurück sein?«

»Das haben sie nicht gesagt. Wenn ich denke, dass euer Onkel in diese Sache verwickelt ist! Ich hatte ihn noch nie gesehen, nie. Die Leute in der Stadt reden von ihm nur als dem Eremiten, der am Bach lebt. Ich kann es kaum glauben, was für ein gut aussehender Mann er ist. Wenn er sich die Haare schneiden würde, würde er aussehen wie Tyrone Power, wirklich. Und dass er ein Verhältnis mit dieser Frau gehabt haben soll …«

»Was sagst du da?«

»Was sagen sie? Mit wem redest du?« Mamu versuchte, mir den Hörer aus der Hand zu reißen, aber ich ließ ihn nicht los.

»Ui, das hätte ich nicht sagen sollen.« Margaret kicherte. »Polizeiarbeit, weißt du? Es sieht so aus, als hätte er ein Verhältnis mit dieser Frau gehabt. Mit der toten Frau, dieser Mrs. Gardiner. Jedenfalls hab ich gehört, wie der Sheriff das zu Adam gesagt hat. Man kann nie wissen. Ich hatte gedacht, sie hätte ein Verhältnis mit diesem Musikmenschen, du weißt schon, mit diesem Sänger. Und dabei ist sie verheiratet und alles. Aber so gut aussehend wie euer Onkel ist, könnte er vermutlich jede Frau haben, die er haben will. Und sie war so schön. Hast du ihr Foto in der Zeitung gesehen? Wie eine Filmschauspielerin. Woher kommt es, dass so viele reiche Leute auch noch so gut aussehen? Man sollte meinen, so viel Geld zu haben sei genug.« Am liebsten hätte ich ihr gesagt, sie solle den Mund halten. »Ich mach ihr keinen Vorwurf, dass sie es mit deinem Onkel getrieben hat. Der könnte seine Schuhe jederzeit unter mein Bett stellen. Ich bin schrecklich, nicht?« Sie lachte wieder.

»Warum behaupten sie das?«

»Was behaupten sie? Gib mir das Telefon.« Wieder versuchte Mamu, mir den Hörer wegzunehmen, aber ich hielt ihn fest.

»Na ja.« Margaret verfiel wieder in ihren vertraulichen Tonfall. »Sie haben Zeugen, die gesehen haben, wie sein Ruderboot spät in der Nacht in das Bootshaus der Gardiners geschlüpft ist. Viele von den Sommerleuten haben das gesagt. Der Sheriff hat alle befragt, die Häuser am See haben. Ich nehme an, das Ruderboot war nicht das Einzige, was hineingeschlüpft ist, wenn du verstehst, was ich meine. Jedenfalls …«

Ich legte auf.

»Was soll das alles?«, wollte Mamu wissen.

»Er ist nicht dort. Sie haben ihn nach Laurelwood gebracht.« Ich war so überwältigt von dem, was Margaret mir erzählt hatte, dass ich kaum sprechen konnte.

»Mit wem hast du geredet?«

»Mit Margaret Breedlove.«

»Was hat sie sonst noch gesagt?«

»Nichts Wichtiges. Du kennst sie ja. Sie hört nicht mehr auf zu quasseln.« Ich hatte nicht die Absicht, ihr mehr zu sagen, als ich unbedingt musste.

»Sag Osceola, er soll den Truck holen«, befahl sie, ohne einen Augenblick zu zögern. »Wir fahren sofort nach Laurelwood. Es ist einfach lächerlich.« Sie betastete ihr Haar, um sich zu vergewissern, dass sich keine Haarsträhnen gelöst hatten. »Ich muss noch meine Handtasche holen.«

»Ich komme mit.« Estella wollte unbedingt herausfinden, was mit Onkel Josh geschehen war.

»Nein, das tust du nicht. Du und Priddie bleibt hier und kümmert euch um den Betrieb. Und du gehst zum Stand hinunter. Diese Ungarn können nicht mal bis zwei zählen, geschweige denn Englisch sprechen. Sag ihnen, dass sie den Komposthaufen umgraben sollen. Ich bin schon die ganze Woche hinter ihnen her, dass sie es endlich machen sollen. Und Priddie, wenn das Telefon klingelt, geh ran, aber wenn es geschäftlich ist … du weißt schon, Bestellungen, dann sag ihnen, sie sollen noch einmal anrufen. Lieber Gott, ich wünschte, du würdest Lesen und Schreiben lernen.« Sie ging, um ihre Handtasche zu holen, und ich lief los, um nach Osceola zu suchen.

Kapitel 7

Das kann ich einfach nicht glauben. Das ist doch ganz unmöglich, dass Mr. Josh in einen Mord verwickelt sein soll«, sagte Osceola während der Fahrt nach Laurelwood immer wieder.

»Ich wünschte, du würdest aufhören, so zu reden. Niemand behauptet, dass er in einen Mord verwickelt ist«, berichtigte Mamu. »Und schau, wo du hinfährst. Du bist der schlechteste Fahrer, den ich je erlebt habe. Du fährst wie ein Verrückter. Wirklich!«

»Ich fahre hervorragend. Außerdem hab ich nicht gesagt, dass er den Mord begangen hat. Ich meine nur, dass die Polizei glaubt, dass er was weiß, das er ihnen sagen kann. Warum sollten sie ihn sonst zur Befragung mitgenommen haben? Verstehen Sie? Das ist gemeint, wenn man sagt, er ist in den Mord verwickelt.«

Ich hatte ihnen immer noch nicht gesagt, was Margaret Breedlove mir erzählt hatte. Es erschien mir vollkommen unmöglich, dass Onkel Josh ein Verhältnis mit jemandem von den Sommerleuten gehabt haben sollte. Ich konnte es einfach nicht glauben. Andererseits hätte das seine

Reaktion auf die Nachricht erklärt, dass sie ermordet worden war. Aber zunächst war er aus der Fassung geraten, weil wir Marius Dorfman erwähnt hatten. Daraufhin hatte er den Zucker verstreut. Es war alles zu viel, als dass ich es so schnell hätte verdauen können, und ich wollte nicht derjenige sein, der Mamu davon erzählte. Also hielt ich einfach den Mund und beschloss, es Sheriff Anderson zu überlassen, ihr zu erklären, was los war. So wurden die Dinge in unserer Familie nun einmal gehandhabt. Wir alle hatten uns jahrelang darin geübt, zu schweigen.

Laurelwood war mit seinen rund neuntausend Einwohnern von Millersburg aus die nächstgelegene ›Stadt‹. Sie war stolz auf ihre koloniale Vergangenheit und war im späten siebzehnten Jahrhundert eine bedeutende Poststation gewesen. Später wurde sie wegen der Eisenbahn und einem viel befahrenen Kanal zu einem wichtigen Handelszentrum mit einem geschäftigen Markt und behielt diese Stellung bis ins frühe neunzehnte Jahrhundert. Der Marktplatz war 1939 in einen Park umgewandelt worden, in dem es nur eine Inschrift gab, die an die Bedeutung des ehemals regen Handels für die Entwicklung dieses Teils von New Jersey erinnerte. Im Zentrum des Parks befand sich das aus weißem Granit erbaute Amtsgerichtsgebäude, in dessen Keller die Polizeistation untergebracht war.

Osceola parkte den Truck auf einem der für den Polizeiverkehr reservierten Parkplätze, und wir drei gingen in die Station. Es war fast zwölf Uhr, als wir dort ankamen, und der Sergeant im Anmeldebüro, ein Mann mit beginnender Glatze und Knollennase, verzehrte gerade sein Mittagsbrot.

»Ja?«, fragte er mit vollem Mund. »Was kann ich für Sie tun?«
»Ich möchte mit jemandem über meinen Bruder sprechen. Soviel ich weiß, ist er hierher gebracht worden.«
»Sind Sie ein Familienmitglied?«
»Ich habe soeben gesagt, dass er mein Bruder ist. Hören Sie gefälligst zu.«
Der Sergeant wurde steif. »Na ja, Sie sind nicht alle Familienmitglieder.« Er deutete auf Osceola. »Er gehört doch wohl nicht zur Familie!«
»Man muss nicht blutsverwandt sein, um zur Familie zu gehören.«
»Hier schon.« Er legte sein Sandwich aus der Hand und wandte sich Mamu zu. »Wie heißt Ihr Bruder?«
»Pritchard. Joshua Pritchard.«
»Ach ja. Setzen Sie sich dort hin, und ich werde sehen, was ich feststellen kann. Ich weiß nicht, ob er Besucher empfangen darf.«
»Ich möchte den Polizeichef sehen … oder wer auch immer hierfür verantwortlich ist. Und zwar sofort.«
»Ich habe gesagt, Sie sollen sich hinsetzen. Hören Sie gefälligst zu.«
Ich dachte schon, dass Mamu ihn schlagen würde.
Osceola fasste sie beim Arm und zog sie vom Counter fort.
»Nur die Ruhe, Miz Adela. Der Mann hat gesagt, dass er versuchen will, festzustellen, was los ist.« Er flüsterte fast. »Regel Nummer eins, man bringt die Polizei nicht gegen sich auf. Haben Sie mich verstanden? Hören Sie ausnahmsweise einmal auf mich.« Er stieß Mamu fast auf die

Bank, wo sie dasaß und kochte. »Hier sind Sie nicht der Boss, verstehen Sie?«

Wir konnten nicht hören, was der Sergeant ins Telefon murmelte. Bevor er den Hörer aus der Hand legte, fragte er: »Wie war doch gleich Ihr Name?«

»Wayland, Adela Pritchard Wayland. Mein Bruder heißt Joshua Pritchard. Können Sie sich das merken?«

»Wayland«, sagte er und legte auf. »In ein paar Minuten wird jemand herunterkommen.« Er machte sich wieder über sein Sandwich her.

»Ich werde dafür sorgen, dass er seinen Job verliert.« Mamu beherzigte Osceolas Rat und sprach fast im Flüsterton.

Nach etwa zehn Minuten tauchte ein junger Polizist aus dem Hintergrund der Station auf.

»Es tut mir Leid, dass Sie warten mussten. Ich bin Officer Harling. Sind Sie Mrs. Wayland?«

Wir standen alle drei auf und gingen auf ihn zu.

»Was geht hier vor, das möchte ich gerne wissen. Wo sind Officer Stoner und Sheriff Anderson?«

»Ich glaube, sie sind nach Millersburg zurückgefahren.«

»Und sie haben Joshua hier gelassen?«

»Kommen Sie mit mir, und wir werden versuchen, alles zu klären.« Er wandte sich an Osceola. »Ich fürchte, Sie müssen hier warten. Es tut mir Leid.«

»Das ist lächerlich«, sagte Mamu.

»Nur Familienmitglieder. Das ist Vorschrift, Mrs. Wayland.«

Der Sergeant hinter dem Counter lächelte breit.

»Gehen Sie, Miz Adela. Ich warte draußen im Truck.«

Officer Harling fragte: »Sind Sie achtzehn? Sie müssen achtzehn Jahre alt sein.«
»Ja«, log ich. »Gestern war mein Geburtstag.«
»Schon achtzehn! Es ist kaum zu glauben.« Mamu lächelte.
»Bitte kommen Sie hier entlang.«
Officer Harling führte uns in einen schäbigen kleinen Raum mit einem zerschrammten Holztisch und vier wackeligen Stühlen. Eine welkende weiße Rose in einem halb mit Wasser gefüllten Glas in der Mitte des Tisches stand in seltsamem Gegensatz zu ihrer Umgebung. Das Zimmer stank nach abgestandenem Rauch und Kaffee. Wir warteten fast eine Stunde lang, bis ein älterer Mann in einem zerknüllten braunen Anzug hereinkam. Während der Wartezeit sagte Mamu sehr wenig. Die Ereignisse verursachten ihr offensichtlich Unbehagen, das konnte ich ihr ansehen. Dies war etwas, womit sie sich noch nie hatte auseinander setzen müssen, und trotz all ihres herrischen Gehabes befand sie sich auf sehr schwankendem Grund. Ich hatte sie noch nie in einer Situation erlebt, in der sie nicht wusste, was sie zu tun hatte, oder wenigstens den Eindruck vermittelte, dass sie es nicht wusste.
»Es tut mir Leid, dass Sie warten mussten«, sagte der Mann, als er eintrat. »Heute geht es hier ausgesprochen hektisch zu. Ich bin Detective Wilson. Hätten Sie gerne eine Tasse Kaffee?«
»Ich möchte wissen, warum mein Bruder hier festgehalten wird.«
»Also, um gleich zur Sache zu kommen, wir halten ihn fest, weil wir ihn zu den Morden am Millersee befragen wollen.«

»Joshua! Was soll der schon von den Morden wissen? Es ist vollkommen absurd.«
»Er wurde gesehen, wie er nachts in das Bootshaus der Gardiners fuhr.«
»In der Mordnacht?«, fragte Mamu.
»Da sind wir uns nicht ganz sicher. Aber es ist sehr gut möglich.«
Mir begann übel zu werden, weil plötzlich alles, was Margaret Breedlove gesagt hatte, sehr wahrscheinlich klang.
»Warum in aller Welt sollte Joshua in ihr Bootshaus fahren? Er kennt diese Leute doch nicht einmal.«
»Wir glauben, dass er sie doch kennt. Besonders die verstorbene Mrs. Gardiner. Wir glauben, dass er sie sehr gut gekannt hat. Aber er will uns nichts sagen.«
»Er kannte sie sehr gut? Wollen Sie damit sagen …?«
»Dass Ihr Bruder ein Verhältnis mit Mrs. Gardiner hatte. Ja, Mrs. Wayland. Das ist sehr gut möglich.«
»Alle diese Möglichkeiten«, sagte Mamu misstrauisch. »Hat mein Bruder sich dazu geäußert? Dass er diese Leute gekannt hat?«
»Nein. Wie ich Ihnen schon gesagt habe, will er nichts sagen. Darum halten wir ihn hier fest. Er hat etwas zu verbergen, so viel steht fest. Sonst würde er uns doch sagen, was er weiß. Wir wissen, dass er häufig im Gardiner-Haus gewesen ist. Dafür haben wir Zeugen.«
Mamu starrte eine Weile auf den Boden, dann sagte sie sehr ruhig: »Ich möchte ihn sehen.«
»Okay.«
Als er Anstalten machte, das Zimmer zu verlassen, fragte Mamu: »Wie lange wollen Sie ihn festhalten?«

»Das weiß ich nicht. Solange er uns nichts sagt, haben wir das Gefühl, dass wir Grund dazu haben. Wenn er ein Verhältnis mit der Verstorbenen hatte … na ja, es wurde auch noch ein anderer Mann ermordet. Nicht ihr Ehemann. Sehen Sie, was für Schlüsse das nahe legt? Eifersucht ist ein starkes Motiv.«

»Ja, ich danke Ihnen.« Ich konnte deutlich sehen, wie alle Farbe aus ihrem Gesicht wich.

»Wenn er mein Bruder wäre, würde ich ihm raten, mit der Polizei zu kooperieren. Im Endeffekt könnte das besser für ihn sein.«

»Ziehen Sie da keine voreiligen Schlüsse, Detective Wilson?«

»Vielleicht tue ich das, Mrs. Wayland. Vielleicht tue ich das.« Und er verließ den Raum.

Ich weiß nicht, was Mamu dachte, aber sie schwieg mehrere Minuten lang, und ich wusste, dass ich auch nichts sagen durfte. Endlich sah sie mich an. »Vielleicht sollte ich alleine mit ihm reden? Vielleicht wäre ihm das lieber? Wir werden ihn fragen. Verstehst du das, Ben?«

»Natürlich verstehe ich das. Wirklich.« Sie betrug sich so uncharakteristisch vernünftig, und ich hatte das Gefühl, dass ich das auch versuchen sollte. Außerdem wusste ich wirklich nicht, was ich sonst sagen sollte. Ich war schwerlich in der Position, darauf zu bestehen, dass ich dableiben und mit anhören durfte, was Onkel Josh zu sagen hatte. Aber da ich bereits wusste, dass Gloria Gardiner eine Freundin von ihm gewesen war, und nach allem, was Margaret erzählt hatte, wollte ich wirklich dableiben.

Wenige Minuten später führte Detective Wilson ihn ins Zimmer. Er sah noch schlimmer aus als am Morgen.

»Lassen Sie sich Zeit«, sagte der Detective, bevor er uns alleine ließ. »Bereden Sie alles miteinander.«

Onkel Josh saß uns gegenüber am Tisch und wandte den Blick ab.

»Wäre es dir lieber, mit mir alleine zu reden?«

»Nein. Ben kann mit anhören, was ich zu sagen habe.« Er holte tief Luft. »Das alles tut mir furchtbar Leid, Adela.«

»Ja … also … ich hätte gerne eine Erklärung.«

»Ich habe Gloria nicht umgebracht.«

»Gloria? Dann hat du sie also doch gekannt.«

»Oh ja.«

»Hattest du ein Verhältnis mit ihr?«

»Ich habe sie geliebt. Ich habe sie schon immer geliebt. Fast mein ganzes Leben lang.«

Mamu schüttelte ungläubig den Kopf. »Ich bin, gelinde gesagt, überrascht, Josh. Kannst du dir vorstellen, wie ungewöhnlich diese Mitteilung für mich ist?«

»Adela …«

»Sag mir alles, weil ich nicht weiß, was ich machen soll. Ich bin vollkommen ratlos. Ich weiß einfach nicht, was ich tun soll. Und ich meine wirklich alles, Josh.«

»Ja.« Er sah fast aus, als litte er an Atemnot, und ich hatte das Gefühl, dass er gleich nach Luft ringen würde, wenn er weiterredete. Er atmete mehrmals tief durch, bevor er zu sprechen begann. »Ich habe sie kennen gelernt, als ich im College war.« Er sah mich einen Augenblick lang an, und er musste gemerkt haben, dass ich Mamu nichts erzählt hatte. »Ich habe sie bei einem Party-Wochenende im Ivy-Club kennen gelernt. Sie war überwältigend … knabenhaft … modisch knabenhaft. Kurzes blondes Haar, praktisch keine Brüste, lange, sonnengebräunte Beine … Sie war wie vom Titelblatt einer Modezeitschrift.« Er wandte sich mir zu. »Gleichgültig, was andere dir erzählen, Ben, es gibt so etwas wie Liebe auf den ersten Blick.«

»Das hat nichts mit der Sache zu tun.« Mamu fühlte sich immer unwohl, wenn das Wort Liebe in einem Gespräch erwähnt wurde.

»Oh doch, Adela. Es hat sehr wohl etwas mit der Sache zu tun. Du hast gesagt, du willst alles wissen. Nun gut, wie und wann ich mich verliebt habe, ist ein Teil von dem, was ich zu sagen habe. Du musst begreifen, was wir einander bedeutet haben. Wie es war, ein einziges Mal in meinem Leben eine Hälfte eines vollkommenen Ganzen zu sein. So hat Whitman das genannt. Die Hälfte eines vollkommenen Ganzen zu sein. Das habe ich gehabt, Adela. Das habe ich gehabt!« Er war zornig auf Mamu. Seine Stimme verriet es, und während der nächsten Minuten richtete er alles, was er zu sagen hatte, an mich. »Du hast keine Ahnung, wie es ist, eine Hälfte eines vollkommenen Ganzen zu sein. Und dann, wenn die andere Hälfte fort ist …« Eine Weile konnte er nicht weiterreden, und seine Augen füllten sich mit Tränen. »Bei unserer ersten Begegnung wechselte ich nur ein paar Worte mit ihr. Tatsächlich lernten wir uns nicht richtig kennen. Ich meine, ich glaube nicht, dass uns jemand förmlich vorgestellt hat, aber wir fingen an zu reden, und wir wussten beide, dass etwas Besonderes geschah. Wir sprachen nur ein paar Augenblicke miteinander, weil mir nichts einfiel, was ich hätte sagen können. Und ihr fiel auch nichts ein. Ich erinnere mich, dass ich mir entsetzlich unbeholfen vorkam, bis wir beide merkten, dass wir eigentlich gar nichts zu sagen brauchten. Als sie dann etwas sagte, waren ihre Stimme und ihr Lachen genau so, wie ich es mir vorgestellt hatte. Während der nächsten Monate sind wir uns noch mehrmals begegnet. Sie befand sich immer in einer Gruppe von Mädchen aus Vassar. Die meisten ihrer Freundinnen konnte ich nicht ausstehen. Sie waren Snobs … du kennst diese Sorte … die Art von Leuten, die im Hinterhalt liegen, bis sie hören, dass jemand ein französisches Wort falsch ausspricht, damit sie sich auf den armen Ignoranten stürzen können. Solche Leute waren das. So seicht, dass sie Aussprache mit Intellekt verwechselten. Aber Gloria war nicht so, wirklich nicht. Habe ich dir gesagt, dass sie Musik studierte? Sie wollte komponieren.« Er sah mich an, und seine Augen leuchteten auf. »Gloria war diejenige, die mich mit Mozart und Beethoven und Franz Liszt bekannt machte. Du weißt schon, Ben, die *zweite ungarische Rhapsodie*. Ihr verdanken wir ›SchumannundseineClara‹. Ich habe ein paar von ihren Arbeiten gehört, und sie war sehr gut. Das war sie wirklich. Du hättest sie gemocht, Ben.« Er wandte sich an Mamu. »Sie war schön, Adela. *Ist* schön.« Er wandte den Blick ab und holte noch einmal tief Luft. »*War* schön. Lieber Gott!« Einen Augenblick lang senkte er den Kopf, und ich sah, wie sein ganzer Körper zitterte. Ich sah Mamu an, und sie saß da und zeigte keinerlei Empfindung. Sie starrte ihn nur an. Ich wünschte mir, dass sie die Hand ausstrecken und

ihn trösten würde, aber ich wusste, dass sie es nicht tun würde.
»Erzähl weiter«, sagte sie nach einer Weile.
»Wir begannen uns zu treffen … Wochenenden in New York im Astor.« Während er sprach, rieb er sich die Stirn, als ob er sich dadurch besser erinnern könnte. »Jene Jahre nach dem Krieg waren aufregend, weißt du noch, Adela? Der Beginn der Roaring Twenties. Sie waren wirklich berauschend. Alles hatte sich verändert. New York war wunderbar. Wunderbar und gefährlich. Berstend vor Energie. Wir gingen zu Musical Shows, danach zu einem späten Abendessen, und dann liefen wir durch den Central Park und tanzten und sangen alle Nummern durch, die wir gerade gesehen hatten. Es war wirklich eine herrliche Zeit.« Er sah uns eine Weile an, bevor er fortfuhr. »Gloria war aus Pittsburgh. Ihre Familie war in der Stahlproduktion. Fulton Steel. Und wegen ihres Vaters hatte sie eine Menge Beziehungen in New York. Bedeutende Leute. Die Fultons waren Kunstmäzene, und Gloria kannte schon in ihrer Jugend viele berühmte Künstler. Sie führte ein sehr privilegiertes Leben. Einmal gingen wir auf eine Party für F. Scott Fitzgerald. Das haben wir tatsächlich getan. Damals wurde gerade *This Side of Paradise* veröffentlicht. Ich wurde ihm vorgestellt.« Er wandte sich wieder an mich. »Ich habe dir niemals erzählt, dass ich Fitzgerald kennen gelernt habe, oder, Ben?«
»Nein, davon hast du nie etwas gesagt.« In seinen Augen leuchtete eine Spur des alten Glanzes auf, und es brach mir fast das Herz. »Du hast nie erzählt, dass du ihn getroffen hast.«

»Das hast du überhaupt niemandem erzählt«, sagte Mamu spitz. Nicht, dass es sie in irgendeiner Weise berührt hätte, ob er F. Scott Fitzgerald oder den Papst getroffen hatte oder nicht.

»Jedenfalls habe ich ihn kennen gelernt. Und natürlich Zelda. Und Dorothy Parker. Seltsame kleine Frau, fand ich. Sie blies mir Zigarettenrauch ins Gesicht. Ich weiß nicht, ob sie das mit Absicht gemacht hat oder nicht. Auf dieser Party waren so viele Leute ... sehr berühmte Leute ... Es war eine wunderbare Party.« Er stand auf, ging zum Fenster, blieb dort stehen und sah hinaus. »Gloria und ich waren so verliebt ... das kann man mit nichts vergleichen ... dieses Gefühl, ein Teil von jeder Zelle, jedem Teilchen, jedem Atom des anderen sein zu wollen. Niemals genug von dem anderen zu haben, niemals satt zu werden. Das ist mit nichts zu vergleichen. Aber als ihr Vater es herausfand, war alles zu Ende. Ich stamme aus einer unbedeutenden Familie und hatte keine besonders viel versprechende Zukunft vor mir.« Er sah Mamu an. »Oh, ich hatte eine Verbindung zum großen Geld, weil du mit Byard Wayland verheiratet warst. Aber ich war nicht, wie Dickens es ausdrückte, ›ein junger Mann mit großen Erwartungen‹. Ihr Vater nahm Gloria vom College und schickte sie auf die Grand Tour nach Europa, mit einer Tante als Anstandsdame. So hat man das damals gemacht, wenn man seine Kinder aus dem Land haben und von einem unerwünschten Liebhaber trennen wollte. Vielleicht machen sie es heute immer noch so? Eine Zeit lang schrieben wir uns noch, aber ich glaube, dass alle meine Briefe abgefangen wurden, weil sie niemals etwas erwähnte, was ich geschrieben hatte, und mich ständig bat, doch zu schreiben. Schließlich kamen keine Briefe mehr von ihr. Ein paar Jahre später lernte sie Claude Gardiner kennen. Der stammte aus einer guten Familie, aus dem alten Geldadel, und war genau das, was ihr Vater sich als Schwiegersohn wünschte. Es spielte keine Rolle, dass sie ihn nicht liebte. Also heirateten sie.«

»Du hast gesagt, dass du keine Verbindung mehr zu ihr hattest?«

»Hatte ich auch nicht, bis zum Frühling … ich meine nicht den vergangenen Frühling, sondern das Jahr davor. Ich bin ihr zufällig auf Little Sister über den Weg gelaufen.«

Im Millersee gab es zwei Inseln, die etwa 4000 Quadratmeter große Grand Sister und die ungefähr halb so große Little Sister. Wie und wann sie diese Namen bekommen hatten, wusste niemand mehr, aber im Sommer waren beide Inseln sehr beliebt, wenn die Leute zum Picknick dorthin fuhren, und im Winter entzündeten die Schlittschuhläufer dort Feuer, um sich daran zu wärmen.

»Ich hatte ein Stockentenpaar beobachtet, das regelmäßig zu der Insel flog, und deshalb ruderte ich hin, um zu sehen, ob ich ihr Nest finden konnte. Der Erpel ließ sich nicht stören, als ich näher kam, und so fand ich ihren Nistplatz, obwohl das Weibchen so perfekt getarnt war, dass ich sie niemals entdeckt hätte, wenn er sie nicht verraten hätte. Aber ich wollte sie nicht stören, und so setzte ich mich ein Weilchen hin und genoss die Wärme der Frühlingssonne, während das Männchen mich beschimpfte, weil ich in sein Territorium eingedrungen war. Und dann hörte ich sie lachen. Nach all den Jahren wusste ich sofort, dass es Gloria war. Ich glaubte fast, dass ich mir nur einbildete, sie gehört zu haben, weil ich in all den Jahren bei den seltsamsten Gelegenheiten und ohne erfindlichen Grund an sie hatte denken müssen.« Er atmete tief ein. »Beim Klang ihrer Stimme stürzten alle Erinnerungen auf mich ein. Ich ging am Strand entlang, und da war sie mit einem kleinen Jungen … ihrem Sohn. Sie hatten die Schuhe ausgezogen und versuchten, ihren Mut zusammenzunehmen und in das eiskalte Wasser hinauszuwaten. Sie war so schön wie eh und je.«

»Und seitdem hast du sie regelmäßig getroffen?«

»Immer, wenn sie am See war. Ja. Sie leben in New York. Ihr Mann mag den See nicht, deshalb ist er nur selten hier.« Er kam zum Tisch zurück und setzte sich wieder hin.

»Sie war eine verheiratete Frau«, sagte Mamu. »Wie konntest du so töricht sein?«

»Töricht! Adela, du erstaunst mich! Lieber Gott, ich habe sie geliebt. Daran war nichts Törichtes. Und ihre Ehe war trostlos. Trostlos! Sie war entsetzlich unglücklich. In dieser Ehe gab es keine Liebe. Keine. Du weißt, wie das ist, Adela. Wie schrecklich es ist, in einer Ehe ohne Liebe zu leben.« Mamu wurde steif. Ihr offensichtlicher Mangel an Verständnis erbitterte ihn. »Du hast dreißig Jahre lang in einer solchen Ehe gelebt.« Es war das erste Mal, dass ich Onkel Josh etwas anderes über Mamus Beziehung zu meinem Großvater äußern hörte als die oft erzählte, amüsante Geschichte ihrer Verlobung in Atlantic City.

Sie warf mir einen Blick zu, und ich wusste, dass es ihr unangenehm war, dass ich das mit anhörte.
»Es geht hier nicht um mich, sondern um dich, Josh. Was ist mit dem Tenor?«
»Sie kannte ihn kaum. Sie hatte ein paar Mal mit ihm telefoniert, und das war der einzige Kontakt, den sie bis zu jenem Abend mit ihm gehabt hatte. Sie sollten gemeinsam den Vorsitz bei einer Wohltätigkeitsgala zu Gunsten der Oper übernehmen. Es war das erste Mal, dass sie sich begegneten. Sie wollten sich treffen, um Pläne zu machen, das ist alles. Sie hatte mir gesagt, dass er von New York herüberfahren würde. Der arme Kerl. Oh Gott! Scheiße! Wenn ich daran denke …« Er vergrub das Gesicht in den Händen und sagte etwas, das wir nicht verstanden.
»Was hast du gesagt?«, fragte Mamu.
Er sah auf. »Niemand hat mich an dem Abend in das Bootshaus fahren sehen, weil ich nicht hingefahren bin. Ich war nicht dort. Ich wusste, dass sie sich mit Marius Dorfman treffen wollte, und bin zu Hause geblieben. Detective Wilson behauptet, dass es Zeugen gäbe. Das ist unmöglich, weil ich nicht dort war.« Er sagte dies nachdrücklich und lehnte sich in seinem Stuhl zurück. »Claude hat sie getötet. Jesus, wenn ich daran denke. So grauenhaft! Allein das Entsetzen dieser letzten Lebensminuten. Er hatte mich gemeint. Ich wünschte, ich wäre es gewesen.«
»Hör auf damit«, schnauzte Mamu. »Wir haben genügend Probleme. Wir brauchen nicht auch noch solche Reden. Wusste er von dir und seiner Frau?«

»Gloria sagte, dass er den Verdacht hatte, dass sie sich mit jemandem traf. Er hat es ihr vorgeworfen, aber sie hat es geleugnet. Um des Jungen willen. Wenn der Junge nicht gewesen wäre, hätte sie Claude verlassen. Sie hatten entsetzlichen Streit. Er war bösartig. Er wollte sie nicht, aber er wollte auch nicht, dass jemand anderer sie hatte.«
»Woher weißt du, dass ihr Mann der Mörder war? Wie kannst du da so sicher sein?«
»Aufgrund der Art, wie sie ermordet wurden. Claude Gardiner war oft in Afrika. Die Familie handelte mit Diamanten. Er machte Reisen in der ganzen Welt, aber Gloria hat mir gesagt, dass er Afrika besonders liebte, weil er so viel Zeit dort verbrachte. Ich habe viel über Afrika gelesen, und ich weiß, dass manche Stämme ihren Feinden, wenn sie sie töten, die Genitalien abschneiden und in den Mund stopfen. Es ist ein Ritual. So würde er das machen. So hat er es gemacht. Ich weiß, dass er sie getötet hat.«
»Warum hast du das alles Detective Wilson nicht erzählt?«
Das hätte ich auch gerne gewusst. »Sag es ihm! Sag es ihm sofort. Vielleicht lässt er dich dann mit uns nach Hause fahren.«
Mamu sah mich an, als ob ich etwas peinlich Idiotisches gesagt hätte, und mir wurde natürlich sofort klar, dass es tatsächlich so war.
»Ich möchte Glorias Namen nicht durch den Schmutz ziehen.«
Mamu verlor die Geduld. »Ist es dazu nicht ein bisschen zu spät? Das Radio und die Zeitungen bringen alle möglichen Vermutungen über die beiden. Diese Gardiner-Frau und den Tenor, meine ich.«

»Das wird in Kürze aufgeklärt werden. Zu viele Leute … sein Manager, die Leute an der Oper … seine Frau, sofern er eine hat … wissen, warum er an diesem Abend bei ihr war. Aber wenn ich etwas über unsere Beziehung sage … Das kann ich einfach nicht machen. Wenn ich an den Jungen denke … die Leichen zu finden … er muss nicht auch noch miterleben, wie seine Mutter durch den Schmutz gezogen wird. Das kann ich nicht machen, Adela. Das werde ich nicht tun.«

»Du bist ein Narr gewesen, Josh, aber es gibt keinen Grund, warum du weiter einer sein solltest.«

Onkel Josh lächelte. »Kannst du dir vorstellen, wie es ist, wenn man jemanden wirklich liebt, Adela?« Sie antwortete nicht. »Du weißt überhaupt nicht, was du versäumt hast.«

»Komm, Ben«, sagte sie und ging aus dem Zimmer. Onkel Josh streckte die Hand über den Tisch. Ich ergriff sie und hielt sie einen Augenblick lang fest, bevor ich Mamu folgte.

Detective Wilson stand im Gang und redete mit einem anderen Polizisten. »Nun?«, fragte er und trat seine Zigarette auf dem Fußboden aus.

»Nun was?«, fragte Mamu und ging, ohne stehen zu bleiben, an ihm vorbei.

Auf dem Weg aus dem Gerichtsgebäude schlug sie vor, dass ich fahren sollte, weil Osceola sich zu sehr aufregen würde, wenn sie ihm erzählte, was los war, und er neigte dazu, zu schnell zu fahren, wenn er sich über etwas Sorgen machte. Ich war wie immer froh, fahren zu dürfen, und auch froh, etwas zu haben, worauf ich mich konzentrieren musste. Mamu erzählte Osceola alles, was Onkel Josh gesagt hatte, außer natürlich, dass sie nicht wüsste, was Liebe sei. Ich achtete nicht besonders darauf, was sie redeten, weil mir der Kopf schwirrte von Diamantenminen und Tanzen im Central Park und F. Scott Fitzgerald und Wochenenden im Astor und am meisten natürlich von Mord. Die Bilder waren kaleidoskopisch und surreal. Fast hatte ich das Gefühl, eine von Onkel Joshs Geschichten gehört zu haben und nicht zu wissen, mit welcher Figur ich mich identifizieren sollte. Er war natürlich der Held. Er war immer der Held, ebenso wie Estella immer die Heldin war. Es machte keinen Unterschied, ob es Tatsachen oder Romane waren. Er war Heathcliff und Ahab, Lancelot und Dorian Gray, Jekyll und Hyde, Charles Lindbergh und Jesus Christus, und sie war Catherine Earnschaw und Emma Bovary, Amelia Earhart und Anna Karenina, Julia und die Jungfrau Maria. Ich kannte sie beide in ihrer nackten Vollkommenheit, ihn, wie einen einsamen, dunklen, geschmeidigen Heiligen von El Greco, und sie, wie eine Gestalt von Rodin, zart, komplex und makellos. Keine Gestalt in irgendeinem Buch, kein Nationalheld war mit ihnen zu vergleichen. Aber ich wollte mehr über Gloria Fulton Gardiner wissen, die tragische Heldin dieser einen Geschichte, und ihren mörderischen Ehemann. Und, als ob das noch nicht genug gewesen wäre, um meine Gedanken zu beschäftigen, waren da noch Mamus dreißig Jahre einer Ehe ohne Liebe. Gerade als wir uns dem Mercantile von Millersburg näherten, kam ich zu dem Schluss, dass es mehr als wahrscheinlich war, dass sie meinen Großvater umgebracht hatte. Und, so pervers das auch sein mochte, ich konnte fast verstehen, warum sie es getan hatte. Offenbar konnte Liebe oder das Fehlen von Liebe einen Menschen zu einem Mord bewegen. Das verstand ich und verstand es auch wieder nicht. Ich war siebzehn Jahre alt und hatte keine Vorstellung, was Liebe war, keine Ahnung, wie kompliziert und vielfältig sie sein konnte. Konnte es jemals eine Situation geben, in der Priddie Osceola töten würde? Es erschien möglich, obwohl ich es mir nicht vorstellen konnte. Oder dass Estella Adam töten würde? Ich musste diese ganze Verwirrung aus meinem Kopf verbannen, aber gleichzeitig wollte ich auch darüber nachdenken. Ich wollte das haben, was Onkel Josh mit Gloria Gardiner gehabt hatte. Darauf war ich eifersüchtig. Ich beneidete ihn. Da wurde er von der Polizei festgehalten, und ich beneidete ihn.

Aber noch etwas anderes war beunruhigend an meinem plötzlichen Wissen um Gloria Gardiner. Obwohl sie tot war, war sie ein neuer Faden im Gewebe unserer Existenz. Für den Rest meines Lebens würde ich immer an sie denken müssen, wenn ich an Onkel Josh dachte, und ich hatte keine Ahnung, was für ein Mensch sie gewesen war. Bisher hatte es nur Mamu, Mutter, Osceola und Priddie, Estella, Onkel Josh und mich gegeben, eine sehr kleine Zahl von Figuren im Drama und in der Komödie meines Lebens. Er hatte uns niemals von ihr erzählt, aber ich war mir sicher, dass er ihr von uns erzählt hatte. Ich wollte wissen, was er ihr gesagt hatte. Ich hatte das Gefühl eines ganz besonderen, unfairen Ungleichgewichts, weil die

verstorbene Gloria Gardiner uns gegenüber im Vorteil gewesen war. Sie war ein Eindringling, und ich wollte sie kennen und würde sie doch niemals kennen lernen.
Ich dachte darüber nach, wie es wohl gewesen sein musste, Jahre, nachdem er sich mit der Tatsache abgefunden hatte, dass er sie niemals wiedersehen würde, in der Sonne auf der winzigen Little Sister zu sitzen und sie plötzlich lachen zu hören. Sie hätten den Rest ihres Lebens weitermachen können, ohne zu ahnen, dass sie nur wenige Kilometer voneinander entfernt waren. Wenn sich die Stockenten nicht ausgerechnet diesen Ort als Nistplatz ausgesucht hätten, hätten sie es nie erfahren. War es möglich, dass alles im Leben auf etwas so Unsicherem wie dem Zufall basierte? Vermutlich würde es in seinem ganzen Leben niemals einen vergleichbaren Augenblick geben. Aber da ich wusste, wie lebhaft ich selbst grässliche Bilder in meiner Phantasie heraufbeschwören konnte, dachte ich auch daran, wie es für ihn sein musste, sie sich so verstümmelt und blutig vorzustellen. Mit diesen Extremen würde er leben müssen. Und um alles noch schlimmer zu machen, stand er unter dem Verdacht, den Menschen getötet zu haben, den er in all den Jahren geliebt hatte. Aber so verwirrt ich auch in jeder anderen Hinsicht gewesen sein mag, in dieser Hinsicht gab es nicht den geringsten Zweifel. Er hatte diese Leute nicht getötet. So viel war gewiss.
Ich hörte sie mehrfach das Wort ›Rechtsanwalt‹ aussprechen, aber ich war zu sehr mit Autofahren und meinen eigenen Gedanken beschäftigt, um darauf zu achten. Mamu und Osceola, die, ebenso wie in allen Dingen,

die Broadway Acres betrafen, so auch hier in ihren Entscheidungen voneinander abhängig waren, beschäftigten sich bereits mit der Frage, was geschehen müsse, während ich noch mit dem beschäftigt war, was bereits geschehen war.

Als wir in unsere Straße einbogen, sahen wir zu Mamus Ärger, dass die Ungarn den Stand betreuten. Sie saßen im Schatten der Markise und rauchten Zigaretten.

»Lieber Gott, sie werden alles verschenken«, stöhnte sie. »Schaut, dass ihr an die Arbeit kommt«, brüllte sie. »Sie wissen nicht einmal, was das Wort bedeutet!« Sie sah Osceola an. »Du hättest sie schon an dem Tag rausschmeißen sollen, an dem sie hier angefangen haben.«

Die Gänse und Perlhühner machten das übliche Geschrei, als sie den Truck den Broadway entlang kommen sahen, und Sinclair, der nie zur Ruhe kam, wenn irgendjemand nicht zu Hause war, wieherte uns von seiner Koppel entgegen. Priddie und Estella warteten auf der Veranda. Alles war so, wie es sein sollte, und ich ärgerte mich krank, dass sich nichts verändert hatte. Ich hatte erwartet, dass die Welt, besonders unsere Welt, in Trümmern liegen müsste. Aber die Sonne schien, das Haus leuchtete immer noch weiß, die kleine gelbe Henne schalt ihre Küken und die Blumen blühten. Es erschien mir alles so unfair.

»Kommt herein«, sagte Mamu zu Priddie und Estella, »dann erzähle ich euch alles. Ben, geh zum Stand und schick diese Idioten aufs Feld zurück.« Sie und Osceola gingen mit Priddie und Estella ins Haus, und ich ging den Broadway hinunter. Die beiden Schuppenhalstauben waren da, wo sie immer waren, und als ich näher kam, flogen sie auf und schossen mit pfeifenden Schwingen über die Bäume davon. Erst in diesem Augenblick dachte ich daran, was für ein Gefühl es für Onkel Josh sein musste, in eine Gefängniszelle gesperrt zu sein.

Kapitel 8

Am 3. September erklärte Hitler Polen den Krieg, aber die Schlagzeile im *Millersburg Daily Reminder* lautete: ›Verdächtiger im Mordfall vom Millersee in Polizeigewahrsam‹. Der Ausbruch des zweiten Weltkriegs wurde auf den zweiten Platz verdrängt, denn was auch immer im fernen Europa geschah, hatte nur wenig Einfluss auf die Ereignisse in New Jersey. Der Artikel über den Mordverdächtigen enthielt nur wenige Informationen und besagte lediglich, dass die Polizei auf die ihr zugänglichen Informationen hin rasch und effektiv gehandelt habe und einen Verdächtigen festhalte und dass sich wegen der Berühmtheit von Marius Dorfman das FBI eingeschaltet habe. Es wurde jedoch berichtet, dass Mr. Dorfman und Mrs. Gardiner nur Bekannte gewesen seien, die für einen wohltätigen Zweck zusammengearbeitet hatten. Das wurde klar zum Ausdruck gebracht. Und dass Mr. Claude Gardiner, der Ehemann der Verstorbenen, der sich in der Mordnacht in Tarrytown, New York, befunden habe, wo er sein Kindermädchen anlässlich ihres vierundachtzigsten Geburtstags besucht habe, untröstlich sei.

»Ich nehme an, dass er das wirklich ist«, sagte Mamu, als sie den Artikel gelesen hatte. »Dass er sein Kindermädchen besucht haben soll, so ein Quatsch!« Sie glaubte wirklich an Onkel Joshs Unschuld, und ich war erleichtert, das zu wissen.

»Wenigstens haben sie Onkel Joshs Namen nicht gebracht.« Estella nahm Mamu die Zeitung aus der Hand und begann noch einmal, den Artikel zu lesen.

»Das wird noch früh genug passieren«, sagte ich, »wenn Margaret Breedlove ihre Finger im Spiel hat. Wie kommt es, dass er auf einmal zum Verdächtigen avanciert ist, nachdem er gerade noch nur zur Befragung festgehalten wurde?«

»Sie brauchen einfach jemanden.« Mamu schüttelte voller Abscheu den Kopf.

»Ben, iss doch was«, drängte Priddie.

»Ich mag nichts.«

»Mr. Josh tut mir so entsetzlich Leid. Lieber Gott, wie schrecklich das für ihn sein muss. Wie kann man nur jemanden wie ihn verdächtigen, das verstehe ich einfach nicht.« Priddie war todunglücklich. »Dass die Frau, die er geliebt hat, so zugerichtet worden ist! Wie viel kann ein Mensch aushalten? Manchmal hab ich wirklich meine Zweifel an den Wegen des Herrn. Das hab ich wirklich. Und ich weiß, dass ich das nicht darf. Gott verzeih mir.«

»Also, ich habe ganz bestimmt meine Zweifel, das kann ich dir verraten. Wie irgendein vernünftiger Mensch glauben kann …«

»Fangen Sie nicht wieder damit an, dass Sie nicht an Gott glauben, Miz Adela. Jetzt ist nicht der richtige Augenblick dafür.« Das war eine Warnung, und Mamu nahm sie sich zu Herzen.

Osceola streckte den Kopf zur Hintertür herein. »Heute muss Irina zum Bock gebracht werden. Bringst du sie hin, Ben?«

»Warum stehst du in der Tür. Komm rein«, sagte Mamu.

»Ich hab Matsch an den Schuhen.«

»Dann bleib, wo du bist.« Priddie trat einen Schritt auf ihn zu. »Ich hab heut keine Lust, hinter dir oder sonst wem herzuputzen.«

»Kommst du, Ben? Ich helf dir, sie auf den Truck zu laden.«

»Mach schon, Ben«, drängte Mamu. »Egal, was passiert ist, die Arbeit muss getan werden. Das Leben geht weiter.«

Ich rührte mich nicht von der Stelle, weil ich mich zu nichts aufraffen konnte. Ich konnte nicht akzeptieren, dass das Leben einfach so weitergehen sollte. Warum, zum Teufel, sollte es das?

»Ich werde sie hinbringen«, erklärte Estella und stand vom Tisch auf.

»Nein, das wirst du nicht.« Mamu bedeutete ihr mit einer Handbewegung, sich wieder zu setzen. »Ich habe heute anderes mit dir vor. Wir müssen die Rechnungen durchgehen, und du kannst besser rechnen als alle anderen. Also immer mit der Ruhe, Miss.«

»Komm schon, Junge. Ich hab keine Zeit. Ich kann nicht den ganzen Tag hier warten, bis du dich mal entschließt.« Osceolas Stimme klang verärgert, aber ich war sicher, dass er versuchte, mich von Onkel Josh abzulenken. »Muss ich hier denn alles selber machen?«

»Also gut.«

»Du hast noch keinen Bissen gefrühstückt«, klagte Priddie, als ich aus der Küche ging, und zog das Fliegengitter zu, um die Insekten fern zu halten.

»Ich rufe Mr. Colson an und sage ihm, dass du unterwegs bist«, rief Mamu mir nach. »Und fahr vorsichtig. Ich möchte nicht, dass meiner Ziege was passiert. Hörst du?«

Wie die meisten Tiere sind Ziegen Gewohnheitstiere und mögen keine Veränderungen. Alle Ziegen, die wir je besessen haben, hassten es, auf den Truck geladen zu werden. Sie schrien, als ob sie zum Schlachten gefahren werden sollten, und die anderen Ziegen schrien zur Gesellschaft mit. Das rief Sinclair auf den Plan, und er versetzte die Gänse und Hühner in Aufruhr, und es klang, als würden alle ermordet. Osceola hob Irina hoch, trug sie auf die Ladefläche des Trucks und band sie sicher fest.

»Hast du Geld für die Deckgebühr?«

»Nein.«

»Du denkst doch wohl nicht, dass Billy, der alte Bock, es umsonst macht? Er ist nicht wie wir anderen. Er wird dafür bezahlt.« Er lachte und gab mir eine Hand voll Geldscheine. Ich fand das nicht besonders komisch und kletterte wortlos hinter das Steuer. »Und tank, wenn dir der Sprit ausgeht.« Er legte mir die Hand auf den Arm. »Hör mir zu, Junge. Es wird alles wieder gut. Mr. Josh wird nichts passieren. Das musst du glauben. Wir werden alles tun, was getan werden muss … einen Rechtsanwalt nehmen … den allerbesten … du wirst schon sehen. Es wird alles gut gehen.« Ich war mir nicht sicher, dass er das selbst glaubte. »Du bist doch kein Kind mehr. Du bist ein Mann, also mach weiter. Miz Adela hat Recht, wenn sie sagt, dass das Leben weitergeht. Das tut es wirklich, Ben, die Erde dreht sich weiter, und nichts kann sie aufhalten. Nichts auf dieser verdammten Welt kann sie aufhalten. Du musst deinen Mann stehen und weitermachen.«

Ich wollte nichts mehr über die Unaufhörlichkeit des Lebens und die Unverwüstlichkeit des Geistes hören, und so stieß ich rückwärts in den Hof und begann, den Broadway hinunterzufahren.

Osceola ging neben dem Truck her. »Und pass auf der Straße auf. Es sieht so aus, als ob es sich zuziehen und regnen wollte. Der Mann im Radio hat gesagt, dass es regnen wird, also pass auf dich auf. Was machen wir ohne den Truck? Was, zum Teufel, sollen wir machen, wenn wir keinen Truck haben?«

Ich drückte den Fuß auf den Gashebel, sodass er rennen musste, wenn er Schritt halten wollte.

»Jetzt fängst du an, gemein zu sein. Das mag ich kein bisschen, nicht ein bisschen. Versuch, dich wie ein Erwachsener zu benehmen, und denk an das, was ich dir gesagt habe. Das Leben geht weiter.«

»Das Leben mag weitergehen«, antwortete ich, gab Gas und ließ ihn mitten auf der Straße stehen. »Aber ich gebe einen Scheiß darauf.«

»Pass auf, was du sagst, Mr. Großkotz! Gemein! Einfach gemein, das bist du.« Seine Stimme verhallte, und ich fuhr auf den Highway zu.

Die Farm der Colsons lag auf halbem Weg zwischen Millersburg und Laurelwood, und so beschloss ich, Irina abzuliefern, nach Laurelwood weiterzufahren, Mutter während ihrer Mittagspause abzuholen und mit ihr Onkel Josh zu besuchen. Als ich die lange, holprige Zufahrt entlangfuhr, sah ich Mrs. Colson, eine umfangreiche, gemütliche Frau, die ihre Wäsche neben dem Haus aufhängte. Das strahlende Weiß der Wäsche stand in seltsamem Kontrast zu all dem Müll, der herumlag. Mr. Colson, ein drahtiger kleiner Mann, der mir immer wie eine Grille vorkam, liebte Autos ebenso wie Osceola und hatte Stücke und Teile von Dutzenden davon über den ganzen Hof verstreut. Das Haus war seit mindestens zwanzig Jahren nicht mehr gestrichen worden, und der Garten war vollständig außer Kontrolle geraten, aber sie schienen nichts davon zu bemerken. Offensichtlich waren sie immer so glücklich wie nur möglich, lachten, waren fröhlich und erkundigten sich nach der Familie.

»Also, Ben, du musst mich für verrückt halten«, sagte Mrs. Colson, als sie an den Truck trat und versuchte, ihr leuchtend rotes Haar aus dem Gesicht zu streichen. »Wäsche aufzuhängen, wenn ein Wolkenbruch bevorsteht. Aber ich finde es wunderbar, was das Regenwasser mit der Wäsche macht, ganz besonders mit den Laken. Es macht sie so weich.«

»Ben interessiert sich nicht für Wäsche, nicht wahr, Ben?«, unterbrach Mr. Colson sie gutmütig.

»Und wenn du Regenwasser in einem Kübel auffängst«, fuhr sie fort, ohne ihn zu beachten, »wasch deine Haare damit. Nichts ist besser für die Haare als Regenwasser. Meine Großmutter hat immer Regenwasser gesammelt.« Sie wartete nicht auf eine Reaktion auf ihren Regenwasservorschlag. »Ja sieh nur! Du fährst ja ganz alleine! Hab dich noch nie ohne Osceola gesehen. Und wie geht es deiner hübschen Schwester? Und deiner Großmama?«

»Gut, danke, Mrs. Colson.« Estella war mehrfach hier gewesen, aber Mamu nie, und ich dachte mir, dass Mamu, wenn sie die Farm gesehen hätte, niemals zulassen würde, dass ihre Ziegen hier gedeckt wurden.

»So, und Osceola und seine Frau? Geht es ihnen gut? Wie heißt sie doch gleich?«

»Priddie. Ihnen geht es auch gut.«

»Richtig, Priddie. So ein netter Name!«

Mr. Colson kletterte auf die Ladefläche des Trucks, um Irina loszubinden. »So, welches von den Mädchen ist es denn diesmal?« Ebenso wie Mrs. Colson fing er fast jeden Satz, den er sprach, mit ›so‹ an.

»Das ist Irina«, antwortete ich.

»Irene, so? So, ist sie Irene Nummer eins, zwei oder drei?«

»Nummer zwei.«

»So, Billy ist sicher schon ganz wild auf sie. Er hat schon seit einiger Zeit keine Freundin mehr gehabt.« Er blinzelte mir zu, um mich wissen zu lassen, dass wir uns hier in einer Männerwelt befanden und dass wir Anzüglichkeiten austauschen konnten, selbst wenn sie nur die Ziegen betrafen. Ich half ihm, Irina vom Truck herunterzuholen, und sie meckerte noch lauter als zuvor.

»Ich möchte nach Laurelwood weiterfahren. Wenn es Ihnen recht ist, hole ich sie am Nachmittag wieder ab. Ich möchte mit meiner Mutter zu Mittag essen.« Ich wusste selbst nicht, warum ich es für nötig hielt, ihnen zu erzählen, was ich vorhatte. Ich redete eigentlich nur weiter, weil ich Angst hatte, Mrs. Colson könnte auch noch nach Onkel Josh fragen, und ich wollte ihr nicht erzählen, dass er im Gefängnis saß.

»Ist sie nicht nett?« Mrs. Colson streichelte die Ziege und versuchte, sie zu beruhigen. »So ein hübsches Mädchen. Wir werden gut auf dich aufpassen, nicht wahr?«, flötete sie. »So, wie geht es deiner Mutter?« Sie hatte auch meine Mutter noch nie gesehen.

»Gut geht's ihr.«

»So, dann mach, dass du weiterkommst«, sagte Mr. Colson, »bevor Emily dir die Ohren abquasselt. Wenn sie erst mal angefangen hat, kann man sie nicht mehr abstellen.« Er lächelte und tätschelte ihre umfangreiche Kehrseite. »Viel Spaß mit deiner Mutter, und ich werde mich um Irene kümmern.«

Als ich den Zufahrtsweg zur Hauptstraße zurückfuhr, hatte ich Billys scharfen Moschusgeruch in der Nase, obwohl der Ziegenbock nirgends zu sehen war, und hörte Irina, die sich beim Anblick des fortfahrenden Trucks sicher gänzlich verlassen fühlte, noch lauter schreien.

Ich war seit einigen Jahren nicht mehr in der Holzhandlung Schiller gewesen, aber ich wusste, dass sie in der County Line Road im Westteil von Laurelwood lag. Sie war auch nicht zu übersehen, weil ihr Firmenschild ein riesiger, etwa sieben Meter hoher Zimmermann war, der einen gigantischen Hammer erhoben hatte, als ob er einen Nagel einschlagen wollte. Ich fuhr auf den Parkplatz und stellte den Truck dort ab. Als ich zum Büro ging, hörte ich tiefes Donnergrollen in der Ferne, und der

Himmel wurde von Minute zu Minute dunkler und bedrohlicher. Die Luftfeuchtigkeit war so hoch, dass die Luft sich fast flüssig anfühlte. Zwei Ventilatoren drehten sich träge an der Decke des Büros und trugen nicht das Geringste zur Abkühlung bei. Ebenso wie der Hof war das Büro vom würzigen Duft von Harz und Holz erfüllt. Auf dem Counter standen Aschenbecher voller Zigarettenstummel und verstaubte Proben verschiedener Holzarten herum, dazwischen lag eine handgeschriebene Liste von Werkzeugen, die gerade im Angebot waren. Auf der rechten Seite standen Behälter mit Nägeln und Probeexemplare von unterschiedlichen Ziegeln, und an der Wand waren mit Reiszwecken mehrere bedruckte Zettel mit Eselsohren befestigt. In der Mitte des Raumes jagten sich ein paar Fliegen, aber sie waren das einzig Lebendige weit und breit. Ich wartete ein paar Minuten, dann beschloss ich, die verchromte Glocke mit der Aufschrift ›Bitte läuten‹ zu betätigen.

»Ich habe nicht bemerkt, dass jemand hereingekommen ist«, sagte ein großer, dünner Mann mit dichtem grauem Haar, der aus einem Hinterzimmer kam und seine Brille mit einem Hemdzipfel putzte. »Hat es schon angefangen zu regnen?«

»Nein, Sir, aber es sieht so aus, als ob es jeden Augenblick losgehen würde.«

»Das ist okay. Wir brauchen den Regen. Das wird ein bisschen Kühlung bringen, bevor wir alle an der Hitze eingehen. Was kann ich für dich tun, mein Sohn?« Er setzte sich die Brille auf die Nase und lächelte mich an.

»Ich möchte gerne mit Mrs. Whyte sprechen.«

»Eulalie Whyte? Du meinst Eulalie? Oh, die arbeitet nicht mehr hier. Nein, nein, schon seit Jahren nicht mehr. Inzwischen müssen es so zwei, drei Jahre sein.«
Diese Eröffnung traf mich wie ein Schlag ins Gesicht. Ich starrte ihn eine Weile an, unfähig, den Mund zu öffnen, bis ich mich endlich so weit gefasst hatte, dass ich ihn fragen konnte: »Wissen Sie, wo sie ist?«
»Keine Ahnung. Eines Tages hat sie angerufen und gesagt, dass sie nicht kommen würde. Zuerst dachte ich, nur für einen Tag, aber dann sagte sie, dass sie überhaupt nicht mehr kommen würde. Sie dankte mir, entschuldigte sich, und das war alles. Sie kam noch einmal vorbei, um das Geld abzuholen, das wir ihr schuldeten, und dann haben wir nie wieder von ihr gehört.«
»Also …«, war alles, was ich hervorbrachte. Ich war so perplex, dass ich spürte, wie meine Kehle sich verengte.
»Ich kann dir ihre Telefonnummer in Millersburg geben. Sicher habe ich sie noch irgendwo. Glaube ich jedenfalls. Es wird ein bisschen dauern, bis ich sie finde. Sie wohnt nämlich in Millersburg, weißt du.«
»Ja, das weiß ich. Vielen Dank. Die Telefonnummer brauche ich nicht.«
»Kann *ich* irgendwas für dich tun?«
»Nein, nein, ich wollte nur … schon in Ordnung. Danke.«
Ich stolperte aus dem Büro hinaus und zum Truck zurück, kletterte hinein und saß eine ganze Weile vollkommen betäubt da. Ich weiß, dass ich meiner Sinne nicht mächtig war, dass ich weder fühlen noch schmecken, riechen, sehen oder hören konnte. Alles in mir war wie

abgestorben, und ich kann mich nicht erinnern, irgendeinen Gedanken gefasst zu haben. Als ich endlich wieder anfing, zu denken, war das Erste, was mir einfiel: ›Wo, zum Teufel, geht sie jeden Tag hin?‹ Einige Zeit später gelang es mir irgendwie, den Truck anzulassen und loszufahren, aber ich hatte keine Ahnung, wo ich hinfuhr. Ich weiß noch, dass ich die County Line Road hinunter und den Weg zurückfuhr, den ich gekommen war. Sonst erinnere ich mich an nichts, bis ich den Truck an der Kreuzung zwischen Laurel und Emmerson Street parkte, die das Zentrum der Stadt darstellte. Dort saß ich und starrte die Fremden an, die vorbeigingen, vermutlich in der Hoffnung, dass Mutter irgendwann vorbeigehen würde, wenn ich nur lange genug wartete, und dass sie mir alles erklären würde. ›Was kann sie in all den Jahren nur gemacht haben?‹, fragte ich mich. ›Und warum konnte sie uns nichts davon sagen? Oder warum *wollte* sie uns nichts sagen?‹ Es erschien mir vollkommen unverständlich.

Ich muss ungefähr eine Stunde lang dort gesessen haben, bevor ich beschloss, Onkel Josh zu besuchen. Auf der Fahrt zum Gerichtsgebäude dachte ich mir, dass ich ihm nichts von Mutter erzählen würde, sosehr ich auch darauf brannte, mit ihm oder sonst irgendeinem Menschen darüber zu reden, weil ich zum Bersten angefüllt war mit meiner ungewöhnlichen Entdeckung. Er hatte schließlich schon genug Sorgen. Aber es stellte sich heraus, dass ich gar nicht erst in Versuchung kam, weil man mir nicht gestattete, ihn zu sehen.

»Heute nicht«, sagte der junge Officer Harling, als er endlich zum Empfang hinunterkam, um mit mir zu reden.

Der gleiche knollennasige Polizist saß schweißtriefend hinter dem Counter und blätterte in einer Zeitschrift. »Das FBI ist da, und er darf heute keinen Besuch empfangen. Sag deiner Großmutter, dass sie morgen kommen soll.«

Als ich zum Truck zurückging, merkte ich, wie hungrig ich war. Ich hatte den ganzen Tag noch nichts gegessen. Bei allem, was geschehen war, war ich nicht auf die Idee gekommen, dass ich Hunger haben könnte. Osceolas und Mamus Versicherung, dass das Leben weiterging, schoss mir durch den Kopf. Statt nach einem neuen Parkplatz zu suchen, ließ ich den Truck beim Gerichtsgebäude stehen und ging durch den Park zum Rexall Drug Store, um mir ein Sandwich zu kaufen. Selbst die unverwüstlichen Geranien und Aurikeln, mit denen die Fußwege gesäumt waren, die aus allen Richtungen zum Gerichtsgebäude führten, sahen welk aus. Jede einzelne Bank im Park, die im Schatten stand, war besetzt. Mütter mit kleinen Kindern, Geschichten erzählende alte Männer und hemdsärmelige junge Männer, die offensichtlich gerade ihre Mittagspause hatten und mit Mädchen in dünnen Sommerkleidern flirteten. Niemand schien sich wegen der drohenden Gewitterwolken Sorgen zu machen.

Ich hätte die Male, an denen ich in einem Restaurant gegessen hatte, an meinen zehn Fingern abzählen können, und die meisten davon waren kleine Fischerkaschemmen gewesen, in die uns Osceola geführt hatte, wenn wir zum Strand fuhren, und die man kaum als Restaurants bezeichnen konnte. Es war mir unangenehm, in der Öffentlichkeit zu essen, und alleine zu essen, war eine neue und unerfreuliche Erfahrung. Es gab sechs Tische, und alle waren mit Leuten besetzt, die lachten und schwatzten, während sie ihre Mahlzeit verzehrten. Ich war froh, dass es keine freien Stühle gab, weil ich sowieso nicht in der Lage gewesen wäre, mich mit Fremden an einen Tisch zu setzen. Am Counter gab es noch einen freien Hocker zwischen einer hübschen jungen Frau in einem geblümten Kleid, die sich mit der Speisekarte Luft zufächelte, und einer älteren Frau in Schwesterntracht, die ständig damit beschäftigt war, ihr Kleid von ihrem Körper wegzuziehen, um ein bisschen Luft hereinzulassen. Beide waren parfümiert, und die elektrischen Ventilatoren an beiden Enden des Counters bliesen mir den überwältigenden Duft, gemischt mit dem Geruch feuchter Achselhöhlen, ins Gesicht, sodass eine leichte Übelkeit in mir aufstieg.

»Ja?«, fragte das Mädchen hinter dem Counter. Sie zog einen Bleistift aus der hässlichen braunen Haarspange, mit der ihre blonden Haare zurückgesteckt waren, und berührte die Spitze mit der Zunge, um meine Bestellung aufzuschreiben. Sie trug den rötesten Lippenstift, den ich je gesehen hatte. Sie war mit allen Anwesenden beschäftigt und sah mich kein einziges Mal an, während sie meine Bestellung aufnahm. »Weißt du, was du willst, oder brauchst du eine Speisekarte?«

»Ich nehme ein Sandwich mit Schinken, Salat und Tomate.«

»Einmal SST. Weiß oder Weizen?«

»Weiß oder Weizen?«

»Das Brot.«

»Oh. Weiß.«

»Toast?«

»Ja, Toast.«

»Etwas zu trinken?«

»Wasser bitte.« Ich war mir nicht sicher, ob ich genug Geld für die Deckgebühr, Benzin, mein Essen und ein Trinkgeld dabeihatte. Osceola hatte uns eingeschärft, immer ein Trinkgeld zu hinterlassen, weil die Kellner und Kellnerinnen für Hungerlöhne arbeiteten und für ihren Lebensunterhalt auf Trinkgelder angewiesen waren. Fast alle Gäste waren mit ihrem Essen beschäftigt, aber ich hatte das Gefühl, als würden mich alle ansehen und darauf warten, dass mir irgendein fürchterlicher Fauxpas unterlief. Als jedoch mein Sandwich endlich ankam, war ich so in Gedanken an Mutter vertieft, dass ich auf niemanden mehr achtete.

Wenn sie uns bisher nicht gesagt hatte, was sie machte und wo sie jeden Tag hinging, würde sie mir vermutlich auch nicht die Wahrheit sagen, wenn ich sie direkt darauf ansprach. Und solange ich nicht wusste, was los war, wusste ich auch nicht, ob es gut war, wenn ich jemandem davon erzählte. Das Problem war natürlich, dass ich das dringende Bedürfnis hatte, dies zu tun. Wenn ich ihr folgte, wenn sie am nächsten Tag angeblich zur Arbeit ging, würde ich wenigstens sehen, ob sie in den Bus stieg, und wenn sie das tat, wo sie wieder ausstieg. Aber ich wusste nicht, wie ich es anstellen sollte, den Truck noch einmal zu bekommen. Es sei denn, ich holte Irina erst am nächsten Morgen von den Colsons ab. Mamu würde einen Anfall bekommen, wenn Irina die Nacht über nicht zu Hause war, so viel war mir klar. Und mir fiel kein Grund ein, sie nicht abzuholen, aber dann hörte ich einen lauten Donnerschlag, und ich legte mir einen Plan zurecht. Ich bezahlte mein Sandwich, hinterließ zehn Cent als Trinkgeld und ging hinaus. Draußen stellte ich mich unter die Markise und beobachtete die Leute, die rannten, um sich vor dem Regen in Sicherheit zu bringen. Es schüttete wie aus Kübeln. Die Regentropfen schlugen auf dem Bürgersteig auf und sprangen herum wie Stücke von zerbrochenem Kristall. Die schwarzen, drohenden Wolken bewegten sich nur langsam, und daher wusste ich, dass uns ein schönes, langes Gewitter bevorstand.

»Das wird den ganzen Tag dauern«, jammerte ein stämmiger Mann in einem zerknitterten Sommeranzug und Strohhut, der ebenfalls unter der Markise Zuflucht gesucht hatte. Er hatte einen heruntergekommenen Koffer bei sich, und ich hielt ihn für einen Vertreter. »Den ganzen verdammten Tag«, wiederholte er und schüttelte den Regen von seinem Hut. »Den ganzen verdammten Tag. Das ist genau das, was ich brauche. Einen ganzen Regentag!« Kaum hatte er das ausgesprochen, als der Regen noch heftiger niederzuprasseln begann und wie eine Reihe silberner Bänder von der Markise herunterströmte.

»Hoffentlich«, sagte ich und ging in den Wolkenbruch hinaus. Ich wich den Autos auf der Laurel Street aus und schlenderte durch den Park zum Truck zurück. Ich war bis auf die Haut durchnässt und zitterte fast vor Kälte, aber nach der langen Hitze war das köstlich. Ich musste noch ein bisschen Zeit totschlagen, bevor ich zu Hause anrufen konnte, und so saß ich im Truck, hörte zu, wie der Regen auf das Autodach trommelte, und dachte über Mutter nach. Es regnete so heftig, dass die Gullys das Wasser nicht aufnehmen konnten, und für einige Zeit stand der Parkplatz unter Wasser. Das war Grund genug für meinen ersten Telefonanruf, den ich von der Polizeistation aus machte.

»Kann ich Ihr Telefon benutzen?«, fragte ich den Polizisten hinter dem Counter. »Ich hänge auf dem Parkplatz fest. Er steht unter Wasser.«

»Junge, du bist ja ganz durchnässt. Ich dachte, du wärst längst fort.«

»Ich habe mir etwas zu essen besorgt. Ich möchte zu Hause anrufen.«

Er sah mich eine Minute lang an und kämpfte mit sich, ob er mir gestatten sollte, das Telefon zu benutzen, oder nicht. »Eigentlich darf ich das nicht, aber … okay. Aber mach's kurz.«

Mamu kam ans Telefon, was sie sonst nie tat, wenn ein anderer in der Nähe war. Ich hatte erwartet, mit Estella oder Priddie zu reden, und war schockiert, ihre Stimme zu hören. Ich berichtete ihr, dass ich beim Amtsgericht vorbeigefahren sei, um Onkel Josh zu besuchen, und dass ich auf dem Parkplatz festhing. Sie begann, sich darüber aufzuregen, dass Irina die ganze Zeit bei den Colsons gewesen war, aber ich wechselte das Thema, indem ich ihr vom FBI erzählte und dass ich Onkel Josh nicht hatte sehen dürfen. Sie schimpfte noch ein bisschen weiter, und mir kam der Gedanke, dass ich jetzt gut daran tat, den Grund für das zu legen, was ich ihr später erzählen wollte.

»Weißt du, die Zufahrt zu den Colsons ist in so schlechtem Zustand, dass man schon kaum durchkommt, wenn es trocken ist. Ich weiß nicht …«

»Na hör mal, du kannst die arme Ziege doch nicht einfach dort lassen. Sie wird sterben vor Angst. Sie weiß doch nicht, was los ist.«

»Ich werde es versuchen, aber es ist ziemlich schlammig.«

»Mach nur keinen Blödsinn.« Es war sehr viel leichter, als ich erwartet hatte. Ich würde nicht einmal ein zweites Mal zu Hause anrufen müssen. »Osceola kriegt einen hysterischen Anfall, wenn dem Truck was passiert. Pass ja auf.«

»Dem Truck wird nichts passieren. Ich rufe dich später noch mal an, wenn es nötig sein sollte.« Ich legte auf und verließ die Polizeistation.

Als die Flut ein bisschen zurückgegangen war, fuhr ich aus meiner Parklücke heraus und machte mich auf den Weg zur Tankstelle an der Straße nach Millersburg. Zuvor kam ich an der Zufahrt der Colsons vorbei und sah, dass sie ein reißender, schlammiger Fluss war. Ich brauchte nicht einmal zu lügen, es wäre unmöglich gewesen, mit dem Truck bis zum Haus zu gelangen. Von der Tankstelle aus rief ich Mrs. Colson an und fragte, ob es ihr recht sei, wenn ich Irina erst am nächsten Tag abholte. Sie sagte, es sei in Ordnung und ich sollte mir keine Sorgen machen. Sie würden gut auf sie aufpassen. Dann redete und redete sie über das Unwetter, und ich musste ihr zuhören, bis mir die Münzen ausgingen. Ich füllte den Benzintank und fuhr nach Hause.

Am späten Nachmittag ließ der Regen ein wenig nach, aber es dauerte bis etwa halb neun Uhr abends, bis er endgültig aufhörte und ein weißer Mond hinter den Wolken hervorlugte. Mamu jammerte während des ganzen Abendessens wegen der Ziege, aber als wir unseren Kaffee tranken, hatte sie die Tatsache, dass Irina die Nacht über nicht zu Hause sein würde, als grausames Naturereignis akzeptiert. Ob grausam oder nicht, die Natur hatte dafür gesorgt, dass ich nicht lügen musste, um am nächsten Tag den Truck zu bekommen.

»Man kann nichts daran ändern«, gab Mamu zu, »und so ist es nun einmal.«

»Das Leben geht weiter«, murmelte ich. Sie reagierte nicht darauf, wohl aber Estella, die mich unter dem Tisch mit dem Fuß anstieß. Fußtritte waren schon immer unsere wichtigste Methode, um uns während der Mahlzeiten unserer Kameradschaft zu versichern.

Das zweite Gesprächsthema während des Abendessens war der Rechtsanwalt für Onkel Josh, oder genauer gesagt, die Suche nach einem solchen. Mamu hatte ihre Cousine Alice angerufen und mit ihrem Mann, der inzwischen Bischof Rigsby war, über mehrere prominente Rechtsanwälte in seiner wohlhabenden Gemeinde gesprochen. Er hatte ihr versichert, dass, sofern sie den Fall nicht selbst übernehmen konnten, der eine oder andere von ihnen den richtigen Mann kennen würde. Sie ließ keinen Zweifel daran, dass sie den Besten haben wollte. Sie versicherte ihm auch, dass Onkel Josh ganz bestimmt keinen Mord begangen und sich lediglich eines mangelnden Urteilsvermögens und unverzeihlicher Dummheit schuldig gemacht hatte. Offenbar hatte Bischof Rigsby einen Augenblick lang gezögert, als ihm klar wurde, dass er eines seiner Pfarrkinder würde bitten müssen, einen Ehebrecher zu verteidigen, aber dann sagte er etwas über das Werfen des ersten Steins, und Mamu brachte ihn mit den Worten zum Schweigen: »Machen Sie sich nicht lächerlich. Männer sind Männer. Sie sind vermutlich alle ebensolche Ehebrecher wie Josh.« Jedenfalls behauptete sie uns gegenüber, das gesagt zu haben.

»Die Colsons werden den Tag über nicht zu Hause sein und wollen frühzeitig aufbrechen.« Priddie und Osceola wollten gerade nach Hause gehen. »Deshalb brauche ich den Truck.« Für mich klang das sehr vernünftig, und Osceola muss es auch vernünftig erschienen sein, denn er versprach, zwischen halb sechs und sechs da zu sein, also zu der Zeit, zu der er gewöhnlich seinen Arbeitstag begann. Seiner Meinung nach war das früh genug. Ich hatte mir überlegt, dass ich auf der Straße sein musste, bevor Mutter das Haus verließ, damit ich weit genug entfernt parken konnte, dass sie mich nicht sehen würde, wenn sie aus dem Broadway in den Highway einbog und in Richtung Stadt ging.

An diesem Abend ging ich früh in mein Zimmer, um ihr nicht begegnen zu müssen, wenn sie nach Hause kam. Ich fürchtete, dass sie etwas bemerken und ich mich verraten könnte. Ich legte mich ins Bett, und weil ich noch kein bisschen müde war, griff ich nach meinem Fremdenführer für Venedig. Der erste Absatz lautete:

Der Bahnhof ist mit der Gondel etwa eine Stunde von der Piazza San Marco entfernt, die das Zentrum des venezianischen Lebens ist. Eine Gondel mit einem Gondoliere kostet eine Lira, jedes Gepäckstück weitere 20 Cent.

Ich erinnere mich so deutlich daran, als hätte ich diese Worte erst gestern gelesen, denn ich muss den Absatz mindestens hundert Mal gelesen haben, um mich zu zwingen, zwei einfache Sätze in mich aufzunehmen, aber es war mir unmöglich, mich zu konzentrieren. Alles Weitere überflog ich nur. Ich suchte nach den dick gedruckten Namen der Sehenswürdigkeiten, Hotels, Kirchen und Museen und las die seltsamen kleinen Notizen, die Mr. Phelan mit bräunlich grau verblasster Tinte an den Rand geschrieben hatte: ›*Grace erzählen*‹, ›*zu viel Salz*‹, ›*nur vor drei Uhr*‹ und ›*Ich bin verliebt*‹, was er an zwei verschiedenen Stellen geschrieben hatte. Ich hätte gerne gewusst, ob er von zwei verschiedenen Menschen sprach, und falls es so war, wie lange er sich in Venedig aufgehalten hatte. Natürlich konnte er auch in die Stadt selbst verliebt gewesen sein oder in irgendein bestimmtes Bauwerk oder ein Gemälde oder eine Statue. Wie Onkel Josh hätte ich gerne alles über John Phelan gewusst, der im Jahr 1910 im Hotel Danieli abgestiegen war.
Als ich in den frühen fünfziger Jahren endlich zum ersten Mal nach Venedig kam, benutzte ich einen kleinen, von Augustus J. C. Hare und St. Clair Baddeley verfassten Führer, zwei Namen, die ich nie vergessen werde. Inzwischen bin ich oft dort gewesen, und ich nehme ihn

immer mit. Es ist, als würde ich mit einem angenehmen und zuverlässigen alten Freund reisen. Das Buch ist nicht nur reichhaltig in seiner Beschreibung der Schätze, die die Stadt zu bieten hat, sondern es beinhaltet auch sehr brauchbare Ausschnitte aus den Werken Shakespeares, Shelleys, Goethes, Byrons und Ruskins, um nur einige Namen zu nennen. Und ich mag die Art, wie die Herren Hare und Baddeley bei ihren Lesern Weltgewandtheit voraussetzen und in einem englisch geschriebenen Buch lange Passagen und Teile von Gedichten auf Französisch und Italienisch zitieren, ohne sich die Mühe zu machen, sie zu übersetzen.

Als ich für diese Nacht genug von Mr. Phelan und Venedig hatte, legte ich das Buch zur Seite, löschte das Licht und starrte in die Dunkelheit. Ich wusste, dass ich nicht schlafen würde. Meine Gedanken rasten auf der Suche nach Erklärungen für das Verhalten meiner Mutter, aber das Einzige, was mir einfiel, war ein besser bezahlter Job. Und wenn das der Fall sein sollte, warum konnte sie uns das nicht sagen?

Es war fast zehn Uhr, als ich sie nach Hause kommen hörte. Sie sang *Shine on Harvest Moon*, eines ihrer Lieblingslieder, als sie den Fußweg zur Terrasse entlangging und das Haus betrat, wie sie es an so vielen Abenden getan hatte, wenn sie nach Hause kam. ›Von wo nach Hause kam?‹, fragte ich mich.

Als ich sicher war, dass alle schliefen – es muss etwa zwei Stunden später gewesen sein –, ging ich hinunter in Estellas Zimmer. Ich konnte meine unglaubliche Entdeckung nicht länger für mich behalten. Ich musste es einfach jemandem sagen. So leise wie möglich schlüpfte ich in ihr Zimmer und schüttelte sie sanft.

»Still, Estella, ich bin's.«

»Wer sollte es sonst sein?«, gab sie flüsternd zurück. »Was willst du?«

»Komm mit rauf in mein Zimmer. Ich muss dir was sagen.«

»Kannst du mir das nicht hier sagen?«

»Ich fürchte, dass sie uns hören könnten. Nun komm schon.«

»Wie spät ist es überhaupt?«

»Fast Mitternacht.«

»Ist Onkel Josh etwas passiert?«

»Nein, nein. Komm schon. Ich sag's dir oben.«

»Wehe, wenn's nichts Wichtiges ist«, sagte sie und kletterte aus dem Bett.

Wir hatten alle Kerzen im Zimmer, für den Fall, dass bei einem Gewitter der Strom ausfiel. Jetzt zündete ich meine Kerze an und stellte sie auf den Boden neben das Bett. Unsere Besprechung war streng geheim, und elektrische Beleuchtung erschien mir zu hell. Estella, die immer noch halb schlief, streckte sich auf dem Bett aus, und ich setzte mich dicht neben sie, sodass wir leise miteinander reden konnten. Mamu hatte Ohren wie eine Fledermaus. Als ich Estella erzählte, wie es mir mit dem Mann in der Holzhandlung ergangen war und was für eine Auskunft er mir gegeben hatte, quiekte sie unwillkürlich auf.

»Sei still«, ermahnte ich sie, »sonst hören sie uns.«

»Mein Gott!« Aus irgendeinem Grund vergrößerte das Kerzenlicht ihre Augen, die weiter aufgerissen waren, als mir menschenmöglich zu sein schien. »Ich kann es kaum glauben!« Sie stützte sich auf einen Ellenbogen. »Ich weiß nicht, was ich sagen soll. Mutter! Jesus! Wo, zum Teufel, ist sie jeden Tag hingegangen?«

»Ich habe keine Ahnung.«

»Ehrlich, ich glaube, die ganze Welt spielt verrückt. Erst Onkel Josh und jetzt Mutter!«

»Ich weiß nicht, wie es mit dem Rest der Welt ist, aber die unsere spielt wirklich verrückt. Morgen früh werde ich ihr folgen und sehen, wo sie hingeht.«

»Ich möchte mitkommen.«

»Das geht nicht. Wenn du das tust, wird Mamu misstrauisch. Sie glaubt, dass ich nur Irina hole.«

»Warum darfst du alles machen? Das ist nicht fair.« Sie redete wie eine Vierjährige, aber ich wusste, wie ihr zumute war.

»Ich erzähl dir alles, sobald ich zurück bin. Das verspreche ich.«

»Scheiße«, sagte sie. Sie wusste, dass es ausgeschlossen war, dass wir beide fuhren.

»Es tut mir Leid.«

Sie stieg vom Bett, ging zum Fenster und sah zum Mond auf. »Wo kann sie nur hingehen?« Sie drehte sich zu mir um. »Und warum hat Onkel Josh uns nichts von dieser Frau erzählt?«

»Ich weiß es nicht. Er muss das Gefühl gehabt haben, dass er das nicht könnte. Vielleicht, weil sie verheiratet war. Ich weiß es nicht.«

»Er hat sie all die Jahre lang geliebt. Und nun ist sie fort. Für immer fort. Es gibt keine Möglichkeit, sie zurückzubekommen. Er wird sie nie wieder sehen. Wie kann er das ertragen?« Wie sie es meistens tat, fuhr sie fort, ohne auf eine Antwort zu warten. »Mamu hat immer behauptet, dass er ein bisschen verrückt ist und dass er deshalb allein in der Hütte lebt. Dass er keinen Ehrgeiz hat. Aber ich habe darüber nachgedacht. Es hat daran gelegen, dass er sie so geliebt hat und nicht bekommen konnte ... er hat einfach allem den Rücken gekehrt. Ja, ich glaube schon, dass er ein bisschen verrückt ist, und ich kann das verstehen. Du nicht? Ich meine, stell dir vor, du würdest den einen Menschen in der Welt kennen lernen, von dem du denken würdest, dass er oder sie der einzige Mensch für dich sei, und du könntest diesen Menschen nicht bekommen.« Ich überlegte, ob sie wohl an Adam dachte. Den konnte sie jederzeit haben, wenn sie nur wollte. »Was würdest du machen? Ich glaube, ich würde mich umbringen. Glaubst du, dass Onkel Josh jemals an Selbstmord gedacht hat? Ich wette, ja.«

Ich dachte daran, wie er an dem Nachmittag, an dem ich ihm das Tablett brachte, in seinem Ruderboot mitten auf dem Bach gesessen hatte. Vielleicht hatte ich ihn daran gehindert, sich zu ertränken? Im Laufe der Jahre ist mir mehr als einmal der Gedanke gekommen, dass Priddies Sandwich vielleicht sein Leben gerettet hat.

»Es tut mir so Leid, dass er uns nie von ihr erzählt hat.«

Ich wusste nicht so genau, wie viel von dem, was Onkel Josh uns im Gefängnis erzählt hatte, Mamu an Estella und Priddie weitergegeben hatte, und so versuchte ich, mir alles wieder ins Gedächtnis zu rufen, was er gesagt hatte. Dass sie Musik studiert hatte, von den Treffen im Astor, von F. Scott Fitzgerald und wie schön sie war. Ich gab mir Mühe, alles so romantisch wie möglich zu schildern, weil ich wusste, dass das Estella gefallen würde. Und weil sie am nächsten Morgen nicht mit mir kommen konnte, hatte ich ein schlechtes Gewissen, und ich hoffte, wenn ich ihr alles erzählte, würde sie das Gefühl haben, mit dabei zu sein. Ich war versucht, ihr auch zu erzählen, dass Mamu in einer Ehe ohne Liebe gelebt hatte, aber das konnte auf eine andere Gelegenheit warten.

Sie begann zu weinen. Sie versuchte, es zu verbergen, aber ich hörte es an ihrer Stimme. »Denk nur, wie er in der Dunkelheit über den See gerudert ist und sie im Bootshaus auf ihn gewartet hat. Der Gedanke an sie bringt mich fast um. Und nun ist sie tot. Mein Gott!« Sie unterdrückte ein Schluchzen. »Er hätte uns wirklich von ihr erzählen sollen. Es muss wunderbar sein, über den geliebten Menschen reden zu können. Mit uns hätte er doch reden können. Meinst du nicht? Wir hätten es doch niemandem gesagt. Es hätte einen solchen Unterschied für ihn gemacht. Ich glaube, er hätte etwas sagen sollen. Stell dir nur vor, wie einsam er all die Jahre gewesen sein muss. Es ist so traurig. Meinst du nicht auch, dass er einsam war?«

Sie hörte auf zu reden. Die meisten ihrer Fragen konnte ich auch nicht beantworten, weil ich mir die gleichen Fragen stellte. Aber was seine Einsamkeit betraf, so war ich mir ganz sicher. »Ja, sehr einsam.« Und wie Einsamkeit sich anfühlte, das wusste ich.

»Lieber Gott«, seufzte sie. Dann ging sie zur Tür und schloss sie hinter sich, öffnete sie aber sofort wieder. »Du kannst nichts dafür, dass ich morgen nicht mit dir kommen kann. Das weiß ich. Wo in aller Welt geht sie nur hin? Es ist so verrückt. Vielleicht sind wir alle verrückt. Vielleicht liegt es in der Familie?« Damit ging sie die Treppe hinunter und in ihr Zimmer.

Es war ein wunderbares Gefühl gewesen, mit Estella über Mutter zu reden, und ich konnte mir ausmalen, wie sehr Onkel Josh das Bedürfnis gehabt haben musste, jemandem von Gloria Gardiner zu erzählen.

Kapitel 9

In dieser Nacht fand ich keinen Schlaf, weil ich Angst hatte, ich könnte nicht früh genug aufwachen, um auf der Straße zu sein, bevor Mutter das Haus verließ. Um halb sechs zog ich mich an und ging hinunter. Als ich am Badezimmer vorbeiging, hörte ich sie in der Badewanne plätschern und vor sich hin singen, und ich wusste, dass ich reichlich Zeit hatte, weil sie mindestens eine Stunde brauchte, um zu baden und ihr Make-up aufzulegen, ganz zu schweigen von ihrer Frisur. Diese Gewohnheit war schon immer ein Stein des Anstoßes in der Familie gewesen. Köstlicher Kaffeeduft stieg die dunkle Treppe hinauf in meine Nase, und ich konnte es kaum erwarten, eine Tasse zu bekommen. Trotz allem, was geschehen war, war es ein Morgen wie jeder andere, und das erschien mir lächerlich. Ich konnte das Gefühl nicht ertragen, dass sich nichts verändert hatte. Die Sternbilder hätten sich verschieben und die Sonne hätte zur Abwechslung im Norden aufgehen müssen. Wie konnte die Welt so gefühllos über das hinweggehen, was mit meinem Leben passierte?

Ich benutzte das Bad im unteren Stock, wusch mir das Gesicht und fuhr mir mit feuchten Händen durch die Haare. Mamu war in der Küche, hörte Radio und schrubbte den Milcheimer, um anschließend zu den Ziegen hinauszugehen. Sie schrien bereits ungeduldig nach ihr.

»Du bist heute früh auf.«

»Ja, ich konnte nicht schlafen. Steht heute irgendwas in der Zeitung?«

»Nichts über Onkel Josh. Sie liegt dort auf dem Tisch. Es sieht so aus, als ob England den Krieg erklären würde. Sie scheinen keine andere Wahl zu haben. Haben die Menschen denn wirklich nichts Besseres zu tun, als Kriege vom Zaun zu brechen? Ehrlich. So viele unschuldige Menschen werden umkommen. Dabei hatten wir doch gerade erst einen Krieg.« Mir fiel auf, dass Onkel Joshs Unglück menschliche Gefühle in Mamu zu wecken schien. Ich hatte noch nie erlebt, dass sie sich um die menschliche Rasse sorgte. Sie füllte einen Eimer mit warmem Wasser. »Lass dir nicht zu viel Zeit, wenn du Irina holst. Das arme Ding. Wahrscheinlich ist sie schon an einem Herzanfall gestorben, weil sie die ganze Nacht weg war. Außerdem gibt es heute eine Menge Arbeit, also beeil dich.«

»Und was ist mit Onkel Josh?«

»Darüber mach dir keine Sorgen. Ich kümmere mich um alles. Heute werde ich mit einem Rechtsanwalt reden. Sieh nur zu, dass du bald zurück bist, für den Fall, dass wir den Truck brauchen.«

»Ja.«

Sie ging mit ihren Eimern und sauberen Tüchern zur Tür hinaus. »Wenn Estella herunterkommt, sag ihr, dass sie die Eier einsammeln soll. Ich komme«, rief sie den Ziegen zu. »Macht doch nicht so einen Lärm.«
Ich drehte das Radio aus, schenkte mir eine Tasse Kaffee ein, ging über die ungepflasterte Terrasse hinaus und setzte mich auf einen alten Metallgartenstuhl, in dem Priddie sich gelegentlich ausruhte. Der Tag war kühl und frisch wie der erste Schöpfungstag, und nicht das winzigste Wölkchen zeigte sich am Morgenhimmel. Regen und Wind hatten die Luft gereinigt, und ausnahmsweise herrschte keine spürbare Luftfeuchtigkeit. Einen solchen Tag hätte Onkel Josh als ›Thomas-Hardy-Tag‹ bezeichnet, was mir niemals einleuchtete, weil die Bücher von Thomas Hardy, die er uns vorlas, so düster und hoffnungslos waren. Sinclair entdeckte mich und schnaubte ein paar Mal, und ich sah den Enten und Gänsen zu, die in Pfützen herumplanschten, die schon fast wieder ausgetrocknet waren. Warum sie das Bedürfnis hatten, sich mit Schlamm zu bedecken, wo sie doch einen wunderbaren Teich hinter dem Vorratshaus hatten, war mir ein Rätsel. Ich nahm den süßen Duft der altmodischen, rosafarbenen Kletterpflanzen am Gitterwerk der Veranda wahr, der mir normalerweise vollkommen selbstverständlich erschien, und ich hörte Mamu, die den Ziegen murmelnd von ihren Sorgen erzählte, während diese ihr mit zufriedenen kleinen Schnarchlauten antworteten.
Ich konnte mich nicht damit abfinden, wie normal alles war. Alles war auf seinem Platz, genau wie es sein sollte, trotz der bevorstehenden Katastrophe, die ich mit abso-

luter Sicherheit erwartete. Ich dachte darüber nach, wie quälend gegensätzlich das Leben war, und fragte mich, wie zum Teufel die Leute damit zurechtkamen. Gleichgültig, was für schreckliche Dinge geschahen, die Sonne ging auf und unter, und nichts konnte sie aufhalten.

Sosehr ich mir auch wünschte, von zu Hause fortzukommen und die Welt zu entdecken, so gab es doch immer wieder Zeiten, in denen ich mir nicht vorstellen konnte, an irgendeinem anderen Ort zu sein. Es gab zu viele zwingende Argumente, den Rest meines Lebens genau da zu verbringen, wo ich war. Das Haus und die Schaheune, die Felder, der Bach und die Tiere, die Wärme der Küchengerüche und das Gefühl frischer Wäsche, die wächserne, saubere Kühle der verbotenen Räume, das alles war so bequem wie meine eigene Haut. Ich hatte das Gefühl, in diese seltsame, isolierte Atmosphäre zu gehören. Estella und ich hatten keine Freunde. Wir nahmen niemals an irgendwelchen Schulaktivitäten teil, die nicht zum Lehrplan gehörten, und wir gehörten keinem der Clubs der Schule an, weil wir immer zu Hause sein und arbeiten mussten, und seit sie die Schule beendet hatte, hatte sie nicht einmal mehr die losen Bekanntschaften, die ich hatte, die Mitschüler, an denen man in den Gängen vorbeiging oder neben denen man in der Klasse saß. Folglich war unsere Welt von einem undurchdringlichen emotionellen Zaun umgeben. Unser Zuhause war das einzige, was wir kannten, der einzige Ort, zu dem wir uns zugehörig fühlten, und wenn ich daran dachte, ihn zu verlassen, hatte ich ein unheimliches Gefühl der Treulosigkeit, als ob ich eine unantastbare Einheit verraten wolle, den Gott des Heimes und des Herdes oder den Geist der Vertrautheit, der sich eines Tages fürchterlich rächen würde, indem er mir nie wieder gestatten würde, auf Dauer zurückzukehren, wenn ich erst einmal fortgegangen war. Das Gefühl trog nicht.

Als Priddie und Osceola wenige Minuten vor sechs eintrafen, wartete ich schon verzweifelt am Eingangstor darauf, dass sie auftauchten, bevor meine Mutter herunterkam und ich sie in die Stadt mitnehmen musste. Ich wusste nicht, wie ich mit ihrem Betrug umgehen sollte, und mit dem meinen auch nicht.

»Du bist wie ein Sprinter, der auf den Pistolenschuss wartet«, sagte Osceola. »Du hast Ameisen in der Hose, so viel ist verdammt sicher.«

»Hast du gefrühstückt?«, fragte Priddie.

»Mir geht's gut«, sagte ich und kletterte in den Truck.

»Bleib nicht zu lange weg, Junge. Ich brauche den Truck heute. Hörst du? Hier wird nicht als Mr. Großkotz herumgefahren und angegeben! Ich weiß, was ihr jungen Leute tut. So alt bin ich noch nicht.«

»Ich komme so schnell wie möglich zurück.« Ich konnte ihm nicht sagen, dass ich keine Ahnung hatte, wo ich hinfahren, was ich dort tun und wie lange ich dazu brauchen würde.

Am Ende des Broadways bog ich nach rechts ab und wartete so weit entfernt wie möglich in einem Gestrüpp aus wilden Karden neben der Straße, in der Hoffnung, dass Mutter nicht in diese Richtung schauen würde, wenn sie sich nach links wandte und auf die Stadt zuging. Ich hatte einen Knoten im Bauch und begann, trotz der Kühle des

Tages zu schwitzen. Ich glaube, ich hatte mich noch nie in meinem Leben so allein gefühlt.

»Ich hatte einen kleinen Ball …«, begann ich zu singen. Als Estella und ich noch klein waren, sang uns Osceola etwas vor, wenn wir während einer Autofahrt schlecht aufgelegt waren oder uns langweilten. Sein Repertoire beschränkte sich auf zwei Lieder. Eigentlich waren es gar keine richtigen Lieder, sondern nur ein paar Zeilen, die in einem Singsang gesungen wurden. Sie passten hervorragend zu seiner Stimme, weil er nämlich überhaupt nicht singen konnte und das auch unumwunden zugab. Gnädigerweise waren die Lieder sehr kurz. Eines hatte nur vierzehn Worte: *›Ich hatte einen kleinen Ball, ich steckte ihn in einen Wall* (kleine Pause, wegen des dramatischen Effekts), *und das ist alles.‹* Und: *›Ich nahm mein Mädchen mit zum Fischen und setzte sie auf einen Stumpf. Da kam eine Hummel geflogen und stach sie in den Rumpf da da dumm dumm da dumm.‹* Wenn er anfing zu singen, fielen Estella und ich mit ein und waren nicht mehr zu bremsen. Wir schmetterten die kleinen Liedchen immer noch einmal und so laut wir konnten, bis wir endlich am Strand ankamen. Und wenn wir auf dem Heimweg nicht einschliefen, sangen wir weiter, bis wir wieder zu Hause waren. Sie wurden zu unserem Mantra, wenn wir unterwegs waren, und sie waren sehr tröstlich. An diesem Morgen muss ich unsere Lieder mindestens hundert Mal gesungen haben, während ich darauf wartete, dass Mutter den Broadway herunterkam, und die vorbeifahrenden Autos in der festen Überzeugung beobachtete, dass jeder Fahrer wusste, dass ich bereitstand, um ihr heimlich zu folgen.

Es kam mir vor, als seien Stunden vergangen, aber tatsächlich dauerte es nur etwa eine viertel Stunde, bis sie auftauchte, sich nach links wandte, auf die Staatsstraße 13, und in Richtung Millersburg ging. Sie schien es nicht eilig zu haben. Sie schlenderte, oder besser gesagt, sie tänzelte. Das war das einzig treffende Wort dafür. Sie tanzte zu der Melodie, die sie mit Sicherheit vor sich hin summte, den Highway entlang. Sie trug ein leuchtend gelbweißes Kleid, das es mir leicht machte, sie nicht aus den Augen zu verlieren, selbst wenn sie ziemlich weit entfernt war. Sie winkte anderen Fußgängern zu und blieb unterwegs stehen, um mit ein paar Leuten zu reden; so bummelte sie am Straßenrand entlang und trieb mich zur Verzweiflung, weil ich es eilig hatte, herauszubekommen, wo sie hinging. Sie blieb stehen, um mit einem Jungen zu reden, dessen älterer Bruder, Ted Werfel, in meine Klasse ging. Der Junge führte einen jungen Hund an der Leine, den sie aufhob und einen Augenblick lang an sich drückte. Ich hatte in meinem ganzen Leben noch nie gesehen, dass sie irgendein Tier beachtete. Ein alter Mann, den sie offensichtlich kannte, bot ihr eine Zigarette an, die sie ablehnte, aber sie schüttelte ihm die Hand, bevor sie weiterging. Sie blieb stehen, um mit einer Frau zu reden, die in ihrem Garten arbeitete, und ich sah die beiden miteinander lachen. Was ich da zu sehen bekam, war ihre allmorgendliche Routine. Das war meine Mutter, wenn sie nicht zu Hause war, ein mir vollkommen unbekannter Mensch, jemand, der vertrauten Umgang mit Leuten hatte, von denen ich noch nie etwas gehört hatte.

Für den Rest meines Lebens musste ich an jenen Morgen denken, an dem ich meine Mutter beobachtet hatte, wann immer ich eine Frau sah, die ohne Eile eine Landstraße entlangging, sei es in Russland, Irland, Vietnam, Israel oder Afrika. Hautfarbe und Kleidung spielten keine Rolle. Sie alle waren meine Mutter, die auf der Staatsstraße 13 nach Millersburg lief, Teil eines Kontinuums, an jedem Tag, an jedem Ort der Welt, auf jeder sonnenüberfluteten Landstraße. Selbst in den am schlimmsten vom Krieg zerrütteten, gottverlassensten Ländern – und im Laufe der Zeit lernte ich so viele davon kennen – gab mir der Anblick einer Frau, die alleine auf einer ruhigen Straße ging, großen Trost. Ich glaube, es war eine Erinnerung an das Vermächtnis von Mamu und Osceola. Die Standhaftigkeit des Geistes. Das Leben geht weiter.

Ich blieb so weit hinter ihr zurück, wie es möglich war, ohne sie aus den Augen zu verlieren, und fuhr nur dann ein Stückchen weiter, wenn es absolut unvermeidlich war.

Es waren mehr Fahrzeuge auf der Straße, als ich zu dieser frühen Morgenstunde erwartet hatte. Während Mutter zur Bushaltestelle ging und mit den anderen Reisenden wartete, erwachte Millersburg zum Leben. Es ging sehr gesellig zu, weil sie seit Jahren mit diesen Leuten zusammen im gleichen Bus gefahren war. Leute mit Zeitungen, Brotzeittaschen und Regenschirmen für den Fall, dass es wieder zu regnen begann. Leute, die einen anderen Ort als ihr Zuhause hatten, wo sie hinwollten, die Geschichten zu erzählen hatten, die passiert waren, seit sie sich zuletzt gesehen hatten, die neue Kleider oder Frisuren trugen, die Kommentare hervorriefen, und die Ehemänner und Frauen und Kinder hatten, deren Namen Mutter vermutlich kannte, die sie uns gegenüber aber nie erwähnt hatte. In all den Jahren waren Ehen geschlossen, Kinder geboren worden und Menschen gestorben, von denen Mutter gewusst und über die sie dennoch niemals zu Hause geredet hatte. Vermutlich war sie an dem Leben dieser Menschen mehr beteiligt als an dem unseren. Für uns war sie eine Fremde, aber für all diese Fremden war sie eine Freundin. Ich fragte mich, ob ich sie wohl mehr lieben könnte, wenn ich sie so kennen würde, wie sie sie kannten. Und ich fragte mich auch, ob sie einen von ihnen ins Vertrauen gezogen und ihm gesagt hatte, wo sie jeden Tag hinging.

Die Fahrt nach Laurelwood zog sich endlos hin, weil der Bus fast an jeder Ecke hielt. Jedenfalls war das mein Eindruck, und bei all dem Halten und Wiederanfahren begann ich zu fürchten, der Truck könnte sich überhitzen. Als ich an der Zufahrt der Colsons vorbeifuhr, sah ich, dass sie noch immer ein schlammiges Chaos war, und ich bildete mir ein, Irina nach mir schreien zu hören, um endlich abgeholt zu werden. Mutter stieg an der Haltestelle im Zentrum aus und ging die Emmerson Street entlang, als hätte sie es eilig, zu ihrem Ziel zu kommen. Ich parkte den Truck am Straßenrand und ging zu Fuß hinter ihr her. Wir verließen das Geschäftsviertel und gingen durch eine Wohngegend, vorbei an gepflegten Häusern mit Veranden, die bis an den Bürgersteig reichten. Es war das übliche Stadtbild, das für so viele Orte mit kolonialen Wurzeln typisch ist. Es gab keine Vorgärten, aber die meisten Häuser hatten Blumenkästen an den Fenstern, die jetzt, am Ende des Sommers, ausgewachsen und abgeblüht waren. Fast auf jeder Veranda saß jemand beim Morgenkaffee und beobachtete den Verkehr. Manche sagten guten Morgen, andere nickten nur, und ich lächelte und eilte vorbei und hoffte, keinen Verdacht zu erregen. Ich fühlte mich sehr schuldig und war überzeugt, dass jeder, der mich sah, erkennen musste, dass ich etwas Ungehöriges und Heimliches tat. In der Dritten Straße wandte sich Mutter, die immer noch eilig ausschritt, nach links und kam in ein Stadtviertel, das ich nicht kannte. Alles sah schäbig und provisorisch aus, und ich begann, mich unbehaglich zu fühlen. Die Straßen wurden schmaler, die Asphaltdecke endete und machte dem ursprünglichen Kopfsteinpflaster Platz. Es gab nichts mehr, was man als Bürgersteig hätte bezeichnen können, nur noch einen ungepflasterten Fußweg, der neben dem Kopfsteinpflaster herlief. Gelegentlich kamen wir an einem unbebauten Grundstück vorbei, auf dem selbst ausgesamte Stockrosen, elegante wilde Möhren und Seidenpflanzen mit fast reifen Fruchtständen, die beinah wie lebende Geschöpfe aussahen, ihr Bestes taten, um die reizlose Gegend zu verschönen. Hier verliefen die Straßen weniger ordentlich. Sie machten plötzliche Kurven und unerwartete Wendungen, ohne Richtungssinn und Plan. Dies war mit Sicherheit einer der ältesten Teile von Laurelwood, entstanden während der Blütezeit des Marktes, mit Straßen, die für Pferdefuhrwerke gebaut waren. Je weiter wir gingen, desto baufälliger wurden die Häuser. Mutter bog in ein unbebautes Grundstück ein und ging einen Fußweg entlang, bis sie hinter den Häusern verschwand und ich rennen musste, um den Anschluss nicht zu verlieren. Hinter den Häusern lief der Kanal, und nach etwa fünfzehn Metern kam eine schmale Brücke, die sie überquerte, um auf dem Treidelpfad weiterzugehen. Wir gingen nun beide auf einer offenen Fläche, und ich fürchtete, sie könnte sich umdrehen und mich sehen. Mehrere Häuser standen in einer kleinen Gruppe beieinander. Vor einem davon, das mit grauen Schindeln gedeckt war und gepflegter aussah als die meisten, blieb sie stehen und suchte nach etwas in ihrer Handtasche. Inzwischen war ich überzeugt, dass sie mich sehen würde. Ich ließ mich zu Boden fallen und machte mich so flach, wie ich konnte. Als ich aufschaute, steckte sie gerade einen Schlüssel ins Schlüsselloch und war einen Augenblick später im Haus verschwunden. Ich wusste nicht, wann ich den Truck wieder bekommen würde und konnte mir deshalb den Luxus der Unschlüssigkeit nicht leisten. Ich ging zum Haus, blieb kurz stehen und betrachtete die saubere Veranda mit den frisch gestrichenen Gartenstühlen und den Töpfen mit gelben Tagetes und violetten Lobelien, dann klopfte ich mit heftig pochendem Herzen an die Tür. Ein Mann mittleren Alters mit Brille, Stirnglatze und beginnendem Bauch öffnete. Eine Narbe lief von seinem Mundwinkel gerade nach unten, wo sie unter seinem Kinn verschwand, fast wie der Schlitz am Mund der Puppe eines Bauchredners. Er war offensichtlich erschrocken, als er mich vor der Tür stehen sah.

»Komm herein«, sagte er, als er sich wieder gefasst hatte.

Ich hatte noch kein Wort gesprochen. Er hielt mir die Tür auf und ich ging ins Haus.

»Wer ist da?«, rief Mutter, als er die Tür geschlossen hatte. Sie trat ins Zimmer und band eine Schürze um ihre Taille. »Ben! Oh mein Gott!«, rief sie aus. Den Bruchteil einer Sekunde wollte sie wieder in ihre Hilfloses-kleines-Mädchen-Rolle verfallen, eine unwillkürliche Reaktion in Stresssituationen, aber dann riss sie sich zusammen, weil ihr klar wurde, dass es sinnlos war. »Ich wusste, dass das früher oder später passieren musste.« Sie ging zu dem Mann und stellte sich sehr dicht neben ihn. »Ben, dies ist dein Vater.«

Kapitel 10

Es war bereits nach zwölf Uhr mittags, als ich endlich nach Hause kam. Mamu hatte mehrfach bei den Colsons angerufen, weil sie sich nicht vorstellen konnte, was mich aufgehalten hatte. Es erwies sich als unmöglich, mit dem Truck bis zu ihrer Farm durchzukommen, und ich musste mich zu Fuß durch den Schlamm kämpfen, um Irina abzuholen. Bis wir wieder an der Hauptstraße ankamen, waren wir beide mehr als einmal ausgerutscht und hingefallen und waren schlammbedeckt.

Ich kann mich kaum noch daran erinnern, was geschah, nachdem ich das Haus meiner Eltern verlassen hatte, außer, dass ich zum Truck zurückrannte, weil ich so lange von zu Hause fortgewesen war. Ich bin nicht einmal sicher, dass ich die Deckgebühr bezahlte, als ich Irina abholte. Mrs. Colson redete wie üblich auf mich ein, aber ich glaube nicht, dass ich auch nur ein Wort davon wahrnahm. Aber ich erinnere mich an die Fahrt von den Colsons nach Hause. Der Wind trocknete den Schlamm an meinen Armen und Beinen, und ich wünschte mir, Estella wäre bei mir gewesen, als ich meinen Vater kennen lernte, weil ich wollte, dass sie den Mann sah, den sie all die Jahre so verherrlicht hatte. Ihr gut aussehender, großer, talentierter, künstlerischer, Polo spielender Bonvivant. Der nach Rum riechende, Pfeife rauchende, gut angezogene, vollkommene Mann, der in Wirklichkeit unbeschreiblich gewöhnlich war. Das also war der Mann, der die zerstreuten Teile meiner selbst zusammenfügen und etwas Ganzes aus mir machen sollte. ›Schwerlich‹, dachte ich.

Als ich vom Highway abbog und den Truck auf den Broadway lenkte, war ich mit neuen Erkenntnissen bewaffnet, die meine Gefühle gegenüber allen außer Estella veränderten. Priddie und Osceola waren nicht mehr so verlässlich und gehörten nicht mehr so ausschließlich zu mir, wie ich mir das eingebildet hatte. Selbst meine Gefühle für Onkel Josh hatten sich geändert. Und auch Mamu kam nicht ungeschoren davon. Sie war der gleiche, herrschsüchtige und fordernde Tyrann, der sie immer gewesen war, nur noch schlimmer.

Ich brauchte nicht viel zu erklären, als Mamu und Osceola sahen, wie schlammverkrustet Irina und ich waren. Mamu war sogar ausgesprochen fürsorglich. Sie eilte mit Irina in die Schaheune, um sie zu baden, und Osceola fuhr den Truck hinter das Haus, um den festgebackenen Dreck abzuspritzen. Zum Glück rettete ihre Geschäftigkeit mich vor der Notwendigkeit, mir eine Geschichte auszudenken, denn inzwischen war ich so betäubt, dass ich kaum in der Lage gewesen wäre, irgendetwas Überzeugendes vorzubringen.

Da ich wusste, wie sehr Estella darauf brannte, zu erfahren, was ich herausgefunden hatte, fragte ich Priddie, wo sie sei.

»Sie ist draußen auf dem Feld. Miz Adela hat sie losgeschickt, dafür zu sorgen, dass die Jungen auch arbeiten. Und du gehst jetzt rauf und lässt dir ein Bad ein, bevor du den Dreck in meinem ganzen sauberen Haus verteilst. Du siehst aus, als ob du Matschkuchen gebacken hättest.«

»Ich muss erst noch mit Estella reden.«

»Nein, das musst du nicht. Erst wäschst du dich. Du weißt nicht, was für scheußliche Bazillen in diesem Schlamm leben. Und die Kleider ziehst du gleich hier aus, damit ich sie einweichen kann.«

Ich wusste, dass es sinnlos war, sich mit ihr herumzustreiten, und so zog ich mich bis auf die Unterwäsche aus und gab ihr meine Kleider.

»Gib mir die Unterhose auch. Sie ist genauso dreckig wie die anderen Sachen.«

»Ich bring sie runter, wenn ich gebadet habe.«

»Na, du bist aber schamhaft! Ich will diese dreckigen Sachen nicht in meinem Badezimmer haben. Dreh mir einfach den Rücken zu. Es ist nicht das erste Mal, dass ich deinen nackten Arsch sehe.« Es kam nur selten vor und war immer verblüffend, dass Priddie ein unanständiges Wort aussprach, und sie tat es unfehlbar immer dann, wenn sie komisch sein wollte.

Ich warf meine Unterwäsche von mir und rannte nackt durch die Eingangshalle und das Treppenhaus.

»Du bist wirklich süß«, rief sie mir nach und fing an zu lachen. »So lange ist es noch nicht her, dass ich dein kleines Hinterteil gepudert habe. Für mich bist du immer noch mein kleiner Junge, gleichgültig, wie erwachsen du wirst.«

»Jetzt nicht mehr«, gab ich zurück. In diesem Augenblick hätte ich ihr gerne gesagt, dass ich alles wusste und ihr nicht mehr so uneingeschränkt traute wie bisher, aber ich dachte mir, dass ich zuerst mit Estella reden sollte.

Am Ende des Tages war es wieder feucht und stickig. Priddie bereitete ein kaltes Abendessen für uns vor und ging mit Osceola frühzeitig nach Hause. Wir aßen auf der seitlichen Veranda beim Schein einer Zitronellakerze zur Abschreckung der Mücken, die, wie Priddie behauptete, nach einem Gewitter noch drei Tage lang blutgieriger waren als gewöhnlich. Der Duft der Prachtwinden, der so süß und schwer war wie der Duft einer fein parfümierten Seife, wetteiferte mit dem scharfen Geruch der Zitronella.

Ich hatte Estella noch nichts von Mutter erzählt, weil wir noch keine Gelegenheit gehabt hatten, miteinander alleine zu sein, außer im Vorbeigehen, und ich wollte nicht damit anfangen, bevor ich ihr nicht alles erzählen konnte. Sie konnte die Ungewissheit kaum noch ertragen und aß fast nichts.

»Heute habe ich mit einem Rechtsanwalt geredet. Er heißt Mason. J. Leonhard Mason.« Mamu nahm sich eine Scheibe Schinken und reichte die Platte weiter. »Ich hasse diese Angewohnheit, nur Anfangsbuchstaben statt eines Vornamens zu verwenden. J. Leonhard! Leonhard J. würde ja noch gehen, aber J. Leonhard! Wie anmaßend! Aber was kann man schon von einem Rechtsanwalt erwarten.

Gib mir die gefüllten Eier, Estella. Und warum isst du nichts?«

»Ich habe keinen rechten Hunger.«

»Man muss keinen Hunger haben, um zu essen. Wenn du dir Essen auf den Teller legst, wird der Hunger schon kommen. Der Kartoffelsalat ist köstlich. Ich mag es, wenn Priddie ihn mit grünen Paprikaschoten und Gurken macht.«

»Was hat er gesagt?« Ich schenkte uns allen Eistee ein.

»Was hat wer gesagt?«

»J. Leonhard, der anmaßende Rechtsanwalt.«

»Er hatte gute Nachrichten. Wird auch langsam Zeit, findet ihr nicht? Er sagte, dass die Polizei Josh vermutlich nicht länger im Gefängnis festhalten kann. Wenn sie keinen Beweis und keinen Zeugen haben, der ihn in der Mordnacht dort gesehen hat, haben sie nichts in der Hand, womit sie ihn mit dem Mord in Verbindung bringen können und was für eine Anklage ausreicht. Sie haben in seiner Hütte keinen Beweis wie Blut oder eine Waffe oder dergleichen gefunden. Natürlich hat J. Leonhard fast den ganzen Vormittag dazu gebraucht, mir das zu sagen. Deshalb berechnen sie ihr Honorar nach Arbeitsstunden.«

»Wann werden wir Genaueres erfahren?«, fragte ich.

»J. Leonhard kommt morgen nach Laurelwood. Sein Büro ist in New York. Nach dem, was Alices Mann mir gesagt hat, ist er ein Staranwalt.« Aus irgendeinem Grund weigerte sich Mamu, Rev. Rigsby als *Bischof* zu bezeichnen. Sie redete niemals anders von ihm als ›Alices Mann‹. »Ich werde mich im Gerichtsgebäude mit ihm treffen. Gib mir die Tomaten.«

»Ich fahr dich hin«, bot Estella ihre Dienste an, bevor ich Gelegenheit hatte, etwas zu sagen.

»Schön. Und jetzt nimm dir was und iss. Du bist schließlich kein Kind mehr, dem man sagen muss, wann es essen soll. Wirklich!«

Estella war diejenige, die sich etwas einfallen ließ, damit wir alleine sein konnten. Als wir unseren Nachtisch gegessen hatten, fragte sie: »Hast du Lust, zu sehen, ob wir heute Abend ein paar Frösche fangen können, Ben?«

Sie wandte sich an Mamu. »Du hättest doch sicher gerne wieder mal ein paar Froschschenkel?«

»Ich finde es nicht gut, wenn ihr nachts draußen am Bach seid. Es ist etwas anderes, wenn Onkel Josh dabei ist. Was ist, wenn dieser Mörder immer noch hier unterwegs ist? Was ist, nur um sich das mal vorzustellen, wenn es nicht dieser Gardiner war? Ihr wisst schon, der Ehemann. Was ist, wenn es irgendein anderer Irrer war?«

»Sind wir nun erwachsen oder nicht?« Nichts konnte mich mehr aufbringen als das. »Einmal sagst du uns, wir wären erwachsen, und in der nächsten Minute behandelst du uns wie Kinder. Und du weißt genauso gut wie wir, dass es der Gardiner war. Du benutzt das nur als Ausrede, um uns hier festzuhalten.«

»Dann geht doch. Es ist mir vollkommen egal, was ihr tut. Warum sollte ich euch hier festhalten wollen? Ich will, dass ihr geht. Dann hab ich hier wenigstens ein bisschen Ruhe und Frieden. Na geht schon. Geht. Ich werde hier aufräumen und einen Teller für eure Mutter vorbereiten. Wer weiß, wann sie nach Hause kommt.«

»Ja, wer weiß«, sagte ich und musste fast lachen.

Estella und ich zogen uns um, nahmen die Laterne und machten uns auf den Weg zu Onkel Joshs Hütte, angeblich um das Ruderboot zu holen. Als wir den Weg zur Hälfte zurückgelegt hatten, platzte sie los: »Verdammt noch mal, jetzt sag es mir endlich. Mamu kann uns nicht mehr hören. Ich bin nahe am Explodieren.«

»Okay. Jetzt halt dich fest. Sie kümmert sich täglich um keinen anderen als Devlin Whyte.«

»Wer ist Devlin Whyte? … Oh mein Gott! Oh mein Gott!« Sie hüpfte ein paar Mal auf und nieder, dann fing sie an, in kleinen Kreisen um mich herumzulaufen. »Er ist am Leben? Oh mein Gott! Oh mein Gott! Ich kann es kaum glauben.« Sie gab komische kleine Geräusche von sich, und ich wusste nicht, ob sie lachte oder weinte. »Hast du ihn gesehen? Hast du mit ihm geredet?«

»Komm weiter. Wir gehen zum Bootssteg, und dort erzähle ich dir alles.«

»Tu doch nicht so geheimnisvoll. Lieber Gott, du treibst mich noch zum Wahnsinn.«

»Ich möchte nichts auslassen. Ich will mir alles, was heute passiert ist, ganz genau im Kopf zurechtlegen.«

»Moment mal. Warum muss sie sich um ihn kümmern? Ist er krank oder ein Krüppel oder was?«

»Nein, er ist nicht krank. Jetzt warte halt noch ein paar Minuten, dann erzähle ich dir alles.«

»Ich hasse dich.«

»Komm weiter.« Ich begann wieder, den Fußweg entlangzugehen.

»Eins noch. Sind wir ihm irgendwie ähnlich?«

»Nicht wirklich … außer vielleicht die Augen. Seine

Augen sind nicht blau, aber sie sind so geformt wie unsere. Und seine Nase ist so wie unsere.«

»Was für eine Farbe haben seine Augen?«

»Ich glaube grün. Oder grau. Ich weiß, dass sie nicht blau und nicht braun sind. Da bin ich mir ganz sicher.«

Als wir endlich auf dem Bootssteg saßen, berichtete ich von Anfang an, von dem Augenblick an, an dem ich Mutter in die Stadt zur Bushaltestelle gefolgt war. Estella hörte mir zu, aber offensichtlich brannte sie darauf, endlich zu dem Teil über unseren Vater zu kommen, obwohl sie mich nicht unterbrach, bis ich ihr das Haus am Kanal beschrieb.

»Das klingt ja schrecklich. Ist es so eine Art Slum? Ich wusste gar nicht, dass Laurelwood Slums hat. Warum wohnen sie dort?«

»Etwas Besseres können sie sich nicht leisten. Er muss ihr das Geld geben, dass sie jede Woche nach Hause bringt. Du weißt schon, ihren Lohn von der Holzhandlung.«

»Ich habe noch gar nicht darüber nachgedacht, wo sie das Geld herhat. Wie war das Haus?«

»Besser als die meisten in der Gegend. Und es ist eigentlich ganz nett, weil es direkt am Kanal liegt. Auf dem Treidelweg waren viele Leute beim Angeln. Viele Farbige mit Bambusruten …«

»Die Angler sind mir vollkommen egal! Wie sieht das Haus aus?«

»Innen war es sauber und ordentlich. Ob du es glaubst oder nicht, aber Mutter ist eine gute Hausfrau. Die Möbel sind alt, aber im Wohnzimmer ist eine hübsche Tapete, und sie haben Bilder an den Wänden, auch Bilder von uns, überall im Haus. Zuerst sind sie mir gar nicht aufgefallen. Ja, von innen ist das Haus nicht schlecht. Mutter hat mir Frühstück gemacht.«

»Du hast mit ihnen gegessen?«

»Ja. Die ersten Minuten waren peinlich. Mehr als peinlich. Ich war … ach, ich weiß nicht so genau, was ich war … wütend … verletzt … ich weiß es nicht.«

»Du hast dich hingesetzt und mit unserem Vater gefrühstückt! Mein Gott! Das würde ich auch gerne tun. Was hat er gesagt? Was hast du gesagt? Hat Mutter einfach gesagt, setzt dich hin, ich mache Frühstück? Einfach so? Hier macht sie das nie.«

»Wenn sie mit ihm zusammen ist, ist sie anders. Wirklich. Sie ist ein völlig anderer Mensch. Sie ist … erinnerst du dich an den Abend, an dem wir mit unseren Schatten getanzt haben? Du weißt schon, der Abend, an dem sie den Job bei der Holzhandlung bekommen hatte und wir Regenwürmer fangen wollten. Die Nacht der Schattenrebellion, als wir alle einfach weitertanzten, obwohl Mamu sagte, wir sollten aufhören. Erinnerst du dich noch, wie sie in dieser Nacht war? Gelassen und selbstbewusst, wie sie sich aus dem Badezimmerfenster lehnte und lachte? Ganz ohne den Kleines-Mädchen-Scheiß. So ist sie, wenn sie von hier fort ist, und nicht nur, wenn sie mit unserem Vater zusammen ist. Ich habe sie beobachtet, wie sie die Straße entlanggegangen ist und wie sie an der Bushaltestelle stand, wie sie selbstbewusst und zwanglos mit den Leuten geredet und gelacht hat. Du würdest sie nicht wiedererkennen, Estella, das schwöre ich dir. Wirklich.

Sie ist so anders. Ohne Mamu ist sie ein anderer Mensch. Sie sieht sogar jünger und hübscher aus. Ehrlich.«

»Dann bist du also zur Tür gegangen und hast geklopft, und sie hat dir gesagt, dass das dein Vater ist, und was dann? Mein Gott, ich kann es kaum glauben.«

Ich versuchte, mich genau zu erinnern, wie alles gewesen war.

»Ich wollte nicht, dass du es auf diese Weise herausfinden solltest«, sagte Mutter, nachdem sie mich mit meinem Vater bekannt gemacht hatte. »Ich wollte es dir selbst sagen. Ehrlich, das hatte ich vor.«

Es war eine scheußliche Situation, und es war mir peinlich für sie und für mich. Ich fühlte mich, als hätte ich sie bei etwas ertappt, das ich nicht sehen sollte. Ich geriet in Panik und wollte so schnell wie möglich wieder weg. Vor meinem geistigen Auge blitzte ein Bild von ihnen auf, wie sie nackt und verschwitzt, keuchend und quiekend aufeinander herumrutschten, und es war abstoßend. Als ich von Onkel Josh und Gloria erfuhr und mir ausmalte, wie sie sich liebten, war es ganz anders gewesen. Sie waren im Bootshaus genauso, wie Estella sie sich vorgestellt hatte. Ihre Körper waren wie weiße Statuen im Mondlicht, und als ich mir vorstellte, wie sie sich in den Armen hielten, er in ihr und ihre Beine um seine Taille geschlungen, war es aufregend. Aber Mutter mit diesem Fremden verursachte mir Übelkeit. Ich ging auf die Tür zu.

»Ben, geh jetzt nicht. Lass uns alles erklären. Um Himmels willen, lass uns einen Augenblick Zeit.« Und dann, als moralischen Fingerzeig, fügte er hinzu: »Wir sind niemals geschieden worden, wenn es das ist, worüber du dich aufregst.«

»Was soll das heißen, wenn es das ist, worüber du dich aufregst? Bist du verrückt? Meinst du nicht, dass ich vielleicht einen Grund habe, mich aufzuregen?«

»Entschuldige, das war sehr dumm. Ich wollte nur, dass du weißt, dass wir immer miteinander verheiratet gewesen sind.«

»Und davon wird alles wieder gut, nicht wahr?«

Mutter stellte sich zwischen mich und die Tür. »Ben, ich flehe dich an, du kannst nicht einfach so gehen. Bitte hör uns erst einmal zu. Gib uns zehn Minuten Zeit. Ist das zu viel verlangt?«

»Warum hast du uns nichts gesagt, Mutter?«

»Das wollte ich immer tun, wirklich, aber ich habe auf den richtigen Zeitpunkt gewartet.«

»Und wann sollte der richtige Zeitpunkt kommen? Wie lange dauert das jetzt schon? Zwei Jahre?«

»Ich weiß, wie du dich fühlen musst.« Mein Vater ging einen Schritt auf mich zu und ich wich zurück. Der Gedanke, dass er mich berühren könnte, versetzte mich in Schrecken.

»Bleib mir vom Leibe. Du hast keine Ahnung, wie ich mich fühle. Wie solltest du auch. Du kennst mich doch gar nicht. Wie solltest du wissen, wie ich mich fühle?« Meine Augen begannen zu brennen, und ich fürchtete, ich könnte weinen. »Du hast mich seit fünfzehn Jahren nicht gesehen. Ich hatte gerade meinen siebzehnten Geburtstag. Danke für die Karte. Ach ja, ich habe ja gar keine Karte von dir bekommen. Natürlich, ich habe nie eine Karte bekommen.« Ich hatte das Gefühl, als müsste ich ersticken, und ich hätte ihn am liebsten ins Gesicht geschlagen.

»Dein Vater hat den Ring mit dem Katzenauge ausgesucht.«

»Ach wirklich! Und das gleicht alles aus, was er in den letzten fünfzehn Jahren versäumt hat?«

Ich zog den Ring vom Finger und warf ihn nach ihm. »Hier, ich will ihn nicht mehr.«

»Ben, hör auf damit«, rief Mutter und hob den Ring vom Boden auf. »Er ist dein Vater.«

»Nein, das ist er nicht. Er bedeutet mir nichts. Gar nichts.«

»Ich weiß, dass ich das verdient habe.« Er atmete tief ein und presste alle Luft wieder aus der Lunge heraus. »Was soll ich dir sagen? Es tut mir Leid. Ich weiß, dass das nicht genug ist, aber es tut mir Leid.«

Es gab so vieles, was ich ihm sagen wollte. Solange er nur die Erinnerung mit der Pfeife war, war es leicht, ihn zu verehren. Es gab immer die Möglichkeit, dass er tot war und deshalb nicht zu uns zurückkommen konnte, und das machte ihn geheimnisvoll und auf seltsame Weise heroisch. Der Tod kann einen Menschen so ungemein adeln. Er hatte alles verkörpert, was Estella von ihm behauptete, und schon der Gedanke an ihn rief eine gewisse Verehrung hervor. Aber nun stand er leibhaftig vor mir, lebendig und beschämt, roch nach Zigaretten und Schweiß, mit beginnender Glatze, blass und jämmerlich, und ich hatte das Bedürfnis, ihn anzuklagen und zu beschimpfen und ihn für alles verantwortlich zu machen, was jemals in meinem Leben schief gelaufen war oder noch schief gehen würde. Und mehr als alles andere hatte ich das Bedürfnis, ihn zu verletzen.

»Warst du niemals neugierig auf Estella und mich? Wir sind deine Kinder, verdammt noch mal! Wolltest du niemals wissen, wie wir aussehen?«

»Ich wusste, wie ihr aussaht. Ich habe immer gewusst, wie ihr aussaht. Eure Mutter hat mir immer Bilder geschickt, während ihr heranwuchst. Sieh dich doch mal hier um.« Erst jetzt bemerkte ich all die Fotos. »Und ihr beide habt mich am Gemüsestand bedient. Mehrere Male.«

Estella fuhr auf. »Ich habe ihn bedient? Warum hat er nichts gesagt? Der Teufel soll sie alle miteinander holen! Hast du ihn erkannt, als er die Tür aufmachte?«

»Nein. Überleg doch mal, wie viele Leute wir bedient haben. Bei den meisten erinnere ich mich nicht, wie sie aussehen, wenn sie nicht Stammkunden sind.«

»Mutter hat ihm Fotos geschickt? Wohin? Wo, zum Teufel, ist er die ganze Zeit gewesen?«

Mutter war immer in Verbindung mit ihm geblieben, obwohl er, nachdem er das Haus verlassen hatte, im ganzen Land herumzog und sich in den unterschiedlichsten Jobs versuchte. Nach dem, was sie mir an diesem Morgen erzählt hatten, war er ein Außenseiter, nicht so sehr ein Träumer, der über seine eigenen Träume stolperte, wie Onkel Josh ihn uns beschrieben hatte. Er arbeitete auf den Ölfeldern in Texas und auf Krabbenkuttern in Louisiana, er pflückte Kirschen in Oregon und arbeitete in einer Schweinemästerei in Iowa. Wenn man ihn reden hörte, gab es keinen Ort, an dem er nicht gewesen war, und keine Arbeit, die er nicht gemacht hatte. Sie schrieben sich jede Woche, und Mutter erhielt ihre Briefe über die Flowers, die sie ihr heimlich zusteckten, wenn sie ins Haus kamen. Sowohl Priddie als auch Osceola hatten gewusst, dass Mutter ihre Stellung bei der Holzhandlung gekündigt hatte und für meinen Vater den Haushalt führte. Und Onkel Josh wusste es auch. Nur Mamu, Estella und ich wussten nichts von ihrer Beziehung, und Mutter versicherte mir, dass es im Fall von Estella und mir nur daran lag, dass wir noch so jung waren und uns zu einer gewissen Loyalität gegenüber Mamu verpflichtet fühlten. Sie konnten einfach kein Risiko eingehen, und so waren alle gezwungen, sich gegen uns zu verschwören. Man konnte uns nicht trauen.

»Für sie sind wir immer nur Kinder gewesen. Wir sind nur erwachsen, wenn es ihnen gerade in den Kram passt. Lieber Gott, ich hasse sie alle. Alle haben es gewusst, nur wir nicht. Und Priddie hat niemals etwas gesagt. Und Osceola auch nicht. Ich kann es kaum glauben, dass sie dazu fähig waren. Immer wenn wir nach ihm gefragt haben, haben sie gewusst, wo er war, und haben niemals etwas gesagt.« Sie stand auf und ging auf dem Bootssteg hin und her. Dann setzte sie sich wieder hin. »Haben sie auch alle über Onkel Josh und Gloria Gardiner Bescheid gewusst? Ich möchte wetten, ja.«

»Ich habe Mutter danach gefragt, und sie sagt, dass sie nichts gewusst hat. Ich glaube ihr. Sie sagt, dass sie genau so schockiert war wie wir, als sie davon erfuhr.«

Estella schwenkte die Laterne über dem Bach. Im Wechsel von Licht und Schatten sah die Umgebung fast so aus, als ob die Erde sich neu ordnen wolle. Wir sahen die Elritzen im flachen Wasser, die an die Wasseroberfläche schwammen und kleine Ringe erzeugten, die aneinander stießen. Eine Zeit lang sagten weder Estella noch ich ein Wort. Ich hatte den ganzen Tag Zeit gehabt, über Mutter und Devlin Whyte nachzudenken, aber für sie war alles neu, und es gab so viel zu verdauen, dass sie offensichtlich innerlich in Aufruhr war. Ich hatte keine Ahnung, was sie dachte, aber ich hatte den Verdacht, dass ihre erste Reaktion, ebenso wie die meine, unversöhnliche Wut war. Da wir nichts sagten, drang das Zirpen der Grillen und Zikaden und das Quaken der Baumfrösche in mein Bewusstsein, aber im Gegensatz zu sonst empfand ich diese Geräusche nicht als tröstlich und fast betäubend, sondern als störend.

»Wir sind Außenseiter in dieser Familie, ist dir das klar? Was wissen wir schon von den anderen?« Sie wandte sich zu mir um. »Ich kenne ja nicht einmal dich. Lieber Gott, Ben, ich kenne nicht einmal dich. Und du kennst mich genauso wenig.«

Es stimmte. Estella und ich kannten einander nicht. Wir lebten im gleichen Haus, aßen miteinander, arbeiteten miteinander und schwammen sogar nackt miteinander, ohne uns zu schämen, aber wir kannten einander nicht. Wir redeten nur selten miteinander und hatten keine Vorstellung, was der andere sich wünschte oder vom Leben erwartete. Das bisschen Kameradschaft, das uns verband, war das Ergebnis der vereinigten Front gegen Mamu und Mutter. Wie es bei den meisten Kindern in den meisten Familien der Fall ist. Vielleicht ist das für alle Geschwister normal, aber ich wollte mehr. Diese Kameradschaft war schwerlich ein Fundament für eine feste und dauerhafte Beziehung. Ich weiß nicht, ob ich Estella jemals als Schwester geliebt habe, denn bis zu diesem Zeitpunkt war sie wenig mehr als eine nicht besonders enge Freundin für mich gewesen. Aber, sosehr ich mich auch schämte, es vor mir selbst zuzugeben, sie spielte eine Rolle in meinen sexuellen Phantasien. Sie und Onkel Josh.

»Na ja, ich kann dir noch eine ganze Menge über unsere Eltern erzählen.« Ich war nicht dazu aufgelegt, irgendwelche Fragen zu beantworten, die sie womöglich stellen könnte, damit wir uns endlich kennen lernten. Dazu war jetzt nicht die richtige Zeit. Aber würde die richtige Zeit jemals kommen? Der Umstand jedoch, dass unsere Eltern endlich zusammenlebten, das Geheimnis, das wir miteinander teilten, schuf eine gewisse Intimität zwischen uns. Ich spürte, wie sie zu wachsen begann, und sie verursachte mir Unbehagen. Ich wechselte das Thema. »Kannst du dich an Mrs. Amberhurst erinnern?«

»Ja, natürlich.« Ihre Stimmung schlug um. »Sie war meine Lehrerin in der ersten Klasse. Sie hatte einen Dutt mitten auf dem Kopf und einen Anflug von Bartwuchs. Sie lachte immer. Und sie steckte sich Bleistifte in ihren Dutt. Ich mochte sie. Sie war eine von meinen Lieblingslehrerinnen.«

»Ich hatte sie auch in der ersten Klasse. Und Mutter und unser Vater auch. Kannst du dir das vorstellen? Sie haben sich am ersten Schultag in der ersten Klasse in der Volksschule von Millersburg kennen gelernt. Mrs. Amberhurst setzte die Kinder in alphabetischer Reihenfolge, und er saß direkt hinter ihr in der letzten Reihe. Sie redeten davon, als ob es erst gestern gewesen wäre. Er sagt, dass er sich augenblicklich in sie verliebte. Mutter hat fast den ganzen Tag geweint und in die Hose gemacht, weil sie sich nicht traute, zu fragen, ob sie auf die Toilette gehen dürfte, aber das war ihm egal. Am Abend erzählte er seinen Eltern beim Abendessen, dass er das Mädchen kennen gelernt hätte, das er einmal heiraten würde. Du solltest sie darüber reden hören, Estella. Sie haben gelacht und geweint, und was einer nicht erzählte, erzählte der andere. Es ist unglaublich. Da saß Mutter mit einem Mann, den ich noch nie bewusst gesehen hatte, und sie wussten alles übereinander. Hast du gewusst, dass sein Vater, unser Großvater Whyte, Bürgermeister von Millersburg war? Das war er, als sie noch in die Schule gingen. Warum hat uns das nie jemand erzählt? Und er war Versicherungskaufmann.«

Estella hatte Tränen in den Augen. »Sie haben sich in der ersten Klasse kennen gelernt? Und Mutter hat uns nichts davon erzählt? Lieber Gott, ich fühle mich so betrogen.«

»In der ersten Klasse!« Und alles, was sie mir erzählt hatten, war aus ihnen herausgesprudelt. Wie mein Großvater Wayland Mutter in Miss Goodman's Academy for Young Ladies schicken wollte und Mamu behauptete, sie sei nicht intelligent genug, um etwas Besseres als eine ganz normale Schülerin zu sein, und dass die Academy eine Geldverschwendung wäre. Aber so, wie die Dinge liefen, war das eines der wenigen Dinge, für die Mutter Mamu dankbar war, denn wenn sie in die Academy gegangen wäre, wäre sie meinem Vater vermutlich nie begegnet. Sie erzählten von ihrem Geburtstag, als sie in der vierten Klasse war, dem einzigen Jahr, in dem eine Party mit ihren Klassenkameraden für sie geplant war. Sie wollte das Kleid nicht anziehen, das Mamu für sie bereitgelegt hatte, und Mamu schimpfte, und als die Kinder eintrafen, schickte sie sie alle nach Hause und sagte, Mutter sei krank und es würde keine Party geben. Und als sie in der Highschool waren, ließ Mamu Mutter nicht mit ihm zu den Schulbällen gehen. Sie ließ sie überhaupt nicht zum Tanzen gehen.

»Na ja, wir durften auch nie zum Tanzen gehen. Daran hat sich nichts geändert. Mir war das egal, aber Mutter war es ganz bestimmt nicht egal.«

»Mamu hasste Devlin Whyte, daran gibt es gar keinen Zweifel.«

»Warum hat sie ihn denn so sehr gehasst?«

»Warum sie ihn gehasst hat? Du kennst sie doch. Braucht sie einen Grund? Sie mag überhaupt niemanden.«

»Wie hat Mutter es geschafft, Vater zu heiraten?«, wollte Estella wissen.

»Ich mag ihn nicht Vater nennen.« Es tat mir weh, das Wort auszusprechen. »Jetzt, wo ich ihn kenne, ist es vollkommen sinnlos. Ich habe nicht das Gefühl, dass er mein Vater ist. Er ist einfach Devlin Whyte, ein Mann, mit dem Mutter verheiratet ist.«

»Okay. Also, wie hat sie es geschafft, Devlin Whyte zu heiraten? Ist dir das lieber?«

»Sie wurde schwanger. Mit dir. Absichtlich.«

Es war das erste Mal, dass Estella hörte, dass sie außerhalb der Ehe gezeugt worden war. Sie war sprachlos. »Nein!«

»Das haben sie mir gesagt. Als er aus dem Krieg nach Hause kam … er war nach Frankreich geschickt worden … jedenfalls, als er aus der Armee entlassen wurde, hat er Mutter gebeten, ihn zu heiraten.«

Ich erzählte Estella von der langen Narbe in seinem Gesicht, wo er verwundet worden war, und an ihrer Reaktion war zu erkennen, dass sie sich immer noch an Teile des grandiosen Vaterbilds klammerte, das sie sich all die Jahre zusammenphantasiert hatte. Die Armee, die Verwundung und die Tatsache, dass er Mutter geschwängert hatte, machten ihn nur noch romantischer.

»Sie wurde schwanger, bevor sie verheiratet war? Und mit Absicht? Ich kann mir kaum vorstellen, dass sie jemals den Mut hatte, so etwas zu tun.«

»Ich habe dir doch gesagt, dass sie ein anderer Mensch ist, wenn sie mit ihm zusammen ist.«

Als er aus Frankreich zurückkam, begann er, im Versicherungsbüro seines Vaters zu arbeiten, und versagte kläglich. Er ging von einem Job zum anderen, aber er hielt es nirgends lange aus. In Mamus Augen war er ein Taugenichts, aber Mutter war schwanger und weigerte sich, ihr Baby abtreiben zu lassen, und so heirateten sie.

»Mamu wollte mich abtreiben lassen! Verdammt noch mal! Verdammt noch mal!« Es klang, als ob sie am Ersticken sei. »Sicher haben Priddie und Osceola das alles auch gewusst. Verdammt, das bringt mich wirklich in Rage. Wenn Mamu ihren Willen durchgesetzt hätte, würde es mich nicht geben.«

»Mich auch nicht. Sie hätten vermutlich niemals heiraten dürfen.«

Aber sie heirateten doch, und ihre Ehe wurde in einer schnellen, peinlichen Zeremonie auf der seitlichen Veranda des Hauses geschlossen. Die einzigen Personen, die anwesend waren, waren Mamu, Devlins Eltern und sein Bruder, der als Trauzeuge fungierte, und ein Friedensrichter, den keiner von ihnen kannte, der die Zeremonie durchführte. Großvater Wayland konnte nicht dabei sein, weil er geschäftlich in der Stadt zu tun hatte. Es fand keine irgendwie geartete Feier statt. Keine Blumen, keine Fotos, kein Hochzeitskuchen. Als die Zeremonie vorbei war, schickte Mamu alle Anwesenden nach Hause und ließ keinen Zweifel daran, dass sie darauf bestehen würde, dass die beiden sich wieder scheiden ließen, sowie das Baby geboren war. Sie wohnten im dritten Stock in dem Raum, der später mein Zimmer wurde, und Mamu machte ihnen beiden das Leben zur Hölle. Großvater Wayland war nicht oft genug zu Hause, um sich dafür zu interessieren. Er hatte eine Frau, oder mehrere davon, das wusste Mutter nicht so genau, in New York und verbrachte die meisten Nächte außerhalb von Millersburg. Mutter behauptete, dass sie sich nicht an ein einziges Gespräch zwischen Mamu und Großvater erinnern könne. Sie hatten aufgehört, miteinander zu kommunizieren, noch bevor Mutter geboren wurde, und Mamu schien damit zufrieden zu sein. Sie waren wenig mehr als Fremde füreinander. So jedenfalls hatte es Mutter in Erinnerung. Sie konnte sich nicht einmal daran erinnern, jemals mit beiden zusammen zu Abend gegessen zu haben.

Devlin schaffte es, sich viereinhalb Jahre lang im Haus zu halten, obwohl die Spannungen seismische Ausmaße annahmen und das Leben für alle unerträglich wurde. Er konnte Mamu nichts recht machen. Schließlich nahm Mamu einen lächerlichen Streit über die Frage, wie viel Butter er auf seinen Toast strich, zum Anlass, ihn aus dem Haus zu werfen.

»Du solltest sie darüber reden hören, Estella. Es ist, als ob das alles erst gestern passiert wäre. Und wenn du meinst, dass wir es schlecht hatten, unser Leben war ein Picknick im Vergleich zu dem, was sie durchgemacht haben.«

»Warum sind wir nicht mit ihm gegangen? Wie konnte er seine Frau und seine Kinder zurücklassen?«

»Geld. Er hatte keins. Was hätten sie mit zwei kleinen Kindern und ohne Geld machen sollen? Ich suche nicht nach einer Entschuldigung für ihn, aber ich kann ihn ein bisschen verstehen. Und Mutter konnte nicht weg, weil Mamu damit drohte, sie zu enterben. Vergiss nicht, dass die Familie Wayland damals noch eine Menge Geld besaß.«

»Das Geld wäre mir vollkommen egal, wenn mein Mann fortgehen müsste. Ich würde mit ihm gehen. Ich weiß, dass ich das tun würde. Ich finde, sie hätte das auch tun müssen. Verdammt.«

Wir schwiegen eine Zeit lang. Sie ging zum Ende des

Bootsstegs und setzte sich alleine dorthin. Gelegentlich stellte sie eine Frage, die ihr gerade einfiel.
»Wie groß ist er?«
»Etwa so groß wie ich. Vielleicht bin ich ein paar Zentimeter größer.«
»Raucht er?«
»Zigaretten.«
»Trinkt er?«
»Das weiß ich nicht. Wir haben ja erst gefrühstückt.«
»Was habt ihr gegessen?«
»Rühreier und Würstchen. Und Toast.«
»Mit ganz viel Butter?«
»Mit ganz viel Butter.«
»Was macht er? Ich meine, was hat er für einen Beruf.«
»Er arbeitet bei der RCA-Victor-Fabrik drüben in Hockney.«
»Und was macht er da?«
»Weiß ich nicht so genau.«
»Ist er nett zu Mutter?«
»Ich glaube, ja. Sieht jedenfalls so aus.«
»Wie nennt er sie?«
»Eulalie. Manchmal Euey. Manchmal Liebling.«
»Wie nennt sie ihn?«
»Dev oder Schatz.«
»Hast du gesehen, dass sie sich geküsst haben?«
»Nein. Aber er hat ihre Hand gehalten.«
Wir schwiegen wieder, und dann fiel mir etwas ein, das ich ihr noch nicht gesagt hatte. »Wir haben eine Halbschwester irgendwo in Pennsylvania.«
»Wirklich? Oh nein. Sieht er sie manchmal? Oder ist es

das Gleiche wie mit uns? Ich glaube, ich fange an, ihn zu hassen.«

»Nein, er sieht sie nie. Die Frau hat geheiratet, und ihr Mann hat das Baby adoptiert.«

»Oh Gott, wir haben eine Schwester!« Ein paar Minuten lang sagte sie nichts mehr. »Wahrscheinlich hat er im ganzen Land Babys verteilt.«

»Er sagt, es war das einzige Mal, dass er Mutter betrogen hat.«

»Sagt er das! Und sie glaubt ihm? Sie ist so dumm.«

»Na ja, es ist mehr so, dass sie ihm glauben will.«

Wieder Schweigen. »Mochtest du ihn?«, fragte sie.

»Ich weiß es nicht.« Ich musste einen Augenblick darüber nachdenken. Zuerst hatte ich ihn gehasst, aber nachdem sie mir erzählt hatten, was für ein Leben sie gehabt hatten, war ich mir nicht mehr so sicher. »Ich weiß es nicht, aber ich glaube nicht.«

Estella kam zurück und setzte sich wieder neben mich. Die Laterne wurde immer trüber, weil der Docht gekürzt werden musste und der Kamin schwarz wurde.

»Ich erwarte immer noch jeden Augenblick, dass Onkel Josh aus der Hütte kommt«, sagte sie und griff nach meiner Hand. Es war eine so automatische und selbstverständliche Bewegung, als ob sie das immer täte. Meine erste Reaktion war, die Hand wegzuziehen, weil ich mich sehr unbehaglich fühlte, aber ich unterdrückte den Impuls, und so saßen wir da und hielten uns bei den Händen und lauschten auf die Geräusche der Nacht.

»Was wird jetzt passieren?«

»Mutter wird fortgehen. Jetzt, wo wir alles wissen, gibt es wohl keinen Grund mehr für sie, hier zu bleiben.«
»Dann wird sie die ganze Nacht mit ihm verbringen können. Mit ihm schlafen können. Sie wird die ganze Zeit mit ihm zusammen sein.«
»Sie wird mit dir darüber reden. Und dann wird sie es Mamu sagen.«
»Was glaubst du, wie sie reagieren wird?« Ihre Stimme klang erschöpft, als ob das Gewicht des Wissens zu viel für sie sei und sie niedergedrückte. Sie redete wie ein müdes Kind, das mit dem Schlaf kämpft.
»Sie wird ihr sagen, dass sie gehen soll. Das weißt du doch. Sonst wird sie vermutlich nicht viel sagen.«
»Es macht mich ganz krank, auch nur daran zu denken.«
»Ich weiß, was du meinst. Ich nehme an, dass sie in den nächsten Tagen gehen wird.«
»Es wird seltsam sein, wenn sie geht. Meinst du nicht auch?«
»Ich weiß nicht. Ich glaube nicht, dass es sehr viel Unterschied macht.«
Sie dachte eine Weile nach. »Du hast Recht. Wahrscheinlich macht es überhaupt keinen Unterschied.« Einen Augenblick lang legte sie den Kopf auf meine Schulter, dann küsste sie mich auf die Wange. Ich sah sie an, und als ich ihr den Kopf zuwandte, küsste sie mich flüchtig auf den Mund. Ich hatte noch nie jemanden auf den Mund geküsst und war erschrocken, zu spüren, wie weich und elektrisierend zugleich der Kuss war. Sie rückte ein Stück weit von mir ab und sah mich an, als versuchte sie, sich darüber klar zu werden, was sie nun tun sollte,

und dann küssten wir uns wieder, diesmal mit offenem Mund und forschender Zunge. Der Kuss dauerte nur ein paar Sekunden, aber jede Faser von mir reagierte. Als sie sich zurückzog, sagte sie: »Das möchte ich mit Adam machen. Ich liebe ihn.«

»Das weiß ich.«

»Komm.« Sie hob die Laterne hoch und machte sich auf den Heimweg. Wir sprachen kein Wort mehr.

Kapitel 11

Mutter verließ das Haus am gleichen Tag, an dem Onkel Josh nach Hause kam. Als er ankam, war sie schon nicht mehr da.

J. Leonhard Mason hatte Recht gehabt, als er sagte, dass die Polizei nicht genug Beweise habe, um ihn festzuhalten. Offensichtlich waren die Provinzjuristen in Laurelwood keine Gegner für den großstädtischen Staranwalt. Estella und ich wollten beide fahren, um Onkel Josh abzuholen, aber wie immer gab es zu viel Arbeit, und nachdem ich so lange dazu gebraucht hatte, Irina zu holen, traute Mamu uns nicht mehr. Also nahm Osceola den Truck und wartete beim Gerichtsgebäude auf seine Entlassung. Mamu wollte nicht mitkommen, weil sie schon nach einer einzigen Besprechung eine Abneigung gegen Mr. Mason gefasst hatte. Es dauerte endlos, bis er und die Polizei sich durch die Aktenberge gearbeitet hatten, und es war später Nachmittag, als Osceola und Onkel Josh endlich in Broadway Acres eintrafen.

Am Abend zuvor war Mutter früher als gewöhnlich nach Hause gekommen. Ich weiß nicht, ob der Zeitpunkt, den sie gewählt hatte, gut oder schlecht war, aber wir hatten gerade unser Abendessen auf der Veranda beendet und befanden uns mitten in einem heftigen Streit, als sie die Zufahrt entlangkam. Priddie und Osceola waren bereits nach Hause gegangen. Unsere Gespräche beim Abendessen hatten sich vorwiegend um Onkel Joshs Heimkehr gedreht, und an der Art, wie Mamu über alles schimpfte, was er je getan hatte, konnte ich erkennen, dass jedes Mitleid, das sie vielleicht für ihn empfunden hatte, während er im Gefängnis saß, sich rapide in nichts auflöste.

»Es ist höchste Zeit, dass sich die Dinge hier wieder normalisieren«, sagte sie und schenkte sich eine Tasse Kaffee ein. »Nicht, dass es je wieder normal werden kann, nach dem, was er getan hat. Er ist ein solcher Narr!«

Estella sah mich an und fragte sich offensichtlich, ob ich etwas zu seiner Verteidigung vorbringen würde, aber so, wie Mamu aufgelegt war, wussten wir beide, dass es nur Zeitverschwendung gewesen wäre.

»Ich hoffe, nach allem, was passiert ist, könnt ihr ihn auch endlich als den Narren sehen, der er ist.« Sie suchte Streit, bekam keine Reaktion und war offensichtlich enttäuscht.

»Ich räume den Tisch ab«, sagte Estella und stand auf.

»Nein, das tust du nicht. Es ist ungehörig, den Tisch abzuräumen, bevor alle fertig sind. Ich bin noch nicht fertig.«

»Du machst das ständig«, gab ich zurück und wusste dabei, dass ich mein Leben riskierte.

»Warum bist du so streitsüchtig, Ben? Warum musst du dich immer auf die Seite deines Onkels stellen?«

»Ich habe nichts über ihn gesagt.«
»Mamu, bitte …«, sagte Estella.
»Setz dich hin.«
»Mir ist ein bisschen übel.«
»Du redest wie deine Mutter. Willst du auch noch in Ohnmacht fallen? Ich habe gedacht, du stündest über solchem Unfug, Estella. Hör sofort damit auf und setz dich hin.«
Sie setzte sich mit abgewandtem Blick an den Tisch und begann, mit den Salz- und Pfefferstreuern zu spielen.
»Ich habe eine Entscheidung getroffen, und ich möchte euch beiden mitteilen, worum es sich handelt. Ich weiß, dass ihr meine Meinung nicht teilen werdet, aber nach allem, was passiert ist, meine ich, dass euer Onkel fortgehen sollte, wenn sich die Lage wieder beruhigt hat, falls das jemals der Fall sein wird.«
»Fortgehen!« Estella richtete sich senkrecht im Stuhl auf und warf den Salzstreuer um. »Warum? Er hat doch nichts getan. Er hat diese Leute nicht ermordet. Warum sollte er gehen?«
Ich konnte es kaum glauben, dass Mamu tatsächlich erwog, ihn fortzuschicken. »Er hat doch nichts getan!«
Mamus Mund wurde zu einer harten Linie. »Er hat ein Verhältnis mit einer verheirateten Frau gehabt.« Sie brachte die Anschuldigung mit mehr Zorn vor, als sie empfunden hätte, wenn sie ihn des Mordes bezichtigt hätte. »Was soll das heißen, er hätte nichts getan? Er ist schwach, und er hat kein moralisches Empfinden. Er ist abscheulich, und er hat Schande über uns alle gebracht.«

»Ich habe nicht das Gefühl, dass er Schande über mich gebracht hat. Niemand weiß etwas davon.« Damit lieferte ich ihr genau das Argument, auf das sie gewartet hatte.

»Früher oder später wird es die ganze Stadt wissen. Diese ganze schmutzige Angelegenheit wird in der Öffentlichkeit breitgetreten werden. Und nicht nur hier in Millersburg. Lieber Gott, es war ein Doppelmord. Ein Doppelmord, über den die Zeitungen in der ganzen Welt berichtet haben. Wenn du nicht wahrhaben willst, dass jede Einzelheit über jede Bekanntschaft der Opfer ihren Weg in die Zeitungen finden wird, bist du ganz einfach dumm. Und ich werde nichts riskieren. Wir haben so hart gearbeitet, um dieses Geschäft zu einem Erfolg zu machen …«

»Du kannst ihn doch nicht einfach im Stich lassen, nach allem, was er durchgemacht hat.« Estella hatte Tränen in den Augen.

»Mein Gott noch mal, er ist dein Bruder.«

»Und wo soll er hingehen? Er hat immer hier gelebt.« Sie wischte sich die Tränen vom Gesicht. »Wo, zum Teufel, soll er hingehen?«

»Ihr beide seid mit euren Loyalitäten dermaßen idiotisch.«

In diesem Augenblick bog Mutter vom Broadway auf den Fußweg ab und kam auf die Veranda. Estella und ich wussten, dass sie heute die Auseinandersetzung mit Mamu hinter sich bringen wollte, und wechselten Blicke, als wir sie sahen. Mir war bereits übel von dem, was Mamu gesagt hatte, und ich sah, wie Estella sich zusammenkrümmte.

»Man konnte euch drei den halben Broadway hinunter hören.« Offensichtlich hatte sie sich auf diese Situation vorbereitet und sich gestählt. Von ihrer Kleines-Mädchen-Masche war keine Spur zu sehen, obwohl sie nervös war und sichtbar zitterte.

»Du kommst heute früh nach Hause«, sagte Mamu, ohne sie anzusehen.

»Geht es bei diesem ganzen Lärm um mich?«, fragte Mutter. Ihre Stimme war dünn und angespannt.

»Warum in aller Welt sollte es um dich gehen?« Mamu stellte ihre Kaffeetasse ab. »Warum um dich?«

Mutter drehte sich zu mir um. »Du hast also noch nichts gesagt?«

»Ich habe es Estella gesagt. Du hast gewusst, dass ich das tun würde.«

Mutter berührte Estellas Wange. »Es tut mir Leid. Ich wollte es dir sagen. Ich hoffe, du wirst eines Tages in der Lage sein, mir zu verzeihen.«

»Was hast du ihr gesagt?«, wollte Mamu wissen. »Was geht hier vor?«

Mutter sah Mamu einen Augenblick lang an, dann lächelte sie und sagte: »Devlin hat mich gerade bis zum Ende der Auffahrt gebracht.« Mamu wurde bleich. »Morgen verlasse ich das Haus. Ich werde mit meinem Mann zusammenleben.«

Mamus Gesicht zog sich zusammen, und ihre Augen wurden schmal. Ich hatte das so oft an ihr beobachtet, wenn irgendetwas nicht ganz so lief, wie sie es haben wollte. Nach einigen Sekunden sagte sie nur: »Gut.«

»Er kommt morgen früh, um mich abzuholen.«

Mamu dachte einen Augenblick lang nach, dann wandte sie sich an mich. »Du hast das gewusst?«

»Ja.«
»Aha.«
Mutter hatte sich überlegt, was sie sagen wollte, und als sie es tat, klang es fast, als ob sie es auswendig gelernt hätte. »Du hast mir einmal gesagt, dass meine Kinder mich nicht brauchen. Nun gut, so ungern ich das auch zugebe, du hattest Recht.« Sie zitterte immer noch und bemühte sich, ihre Stimme in der Gewalt zu behalten. »Sie brauchten dich, um für sie zu sorgen, und das hast du getan. Dafür bin ich dir dankbar. Das bin ich wirklich und werde es immer sein. Jedenfalls, aus welchem Grund ich auch immer geglaubt habe, hier sein zu müssen …«
»Und jetzt hältst du es nicht mehr für nötig, hier zu sein? Ist es das?«
»Sie sind keine Kinder mehr. Und sie brauchen mich ganz bestimmt nicht. Und ich möchte nicht mehr heucheln.«
»Und was hast du geheuchelt?«
»Alles, Mutter! Alles! Wie kannst du das fragen? Aber es ist egal.« Sie wandte sich an Estella. »Kann ich alleine mit dir reden? Würdest du heraufkommen und mir beim Packen helfen?«
»Wenn sie mir geholfen hat, den Tisch abzuräumen und das Geschirr zu spülen.«
»Wann auch immer«, sagte Mutter und machte Anstalten zu gehen.
»Und wo willst du mit deinem Ehemann leben, wenn ich fragen darf?«
»Natürlich, frag nur, was immer du möchtest. Ich ziehe zu ihm nach Laurelwood. Tatsächlich habe ich schon seit mehr als zwei Jahren mit ihm zusammengelebt. Jedenfalls

fast. Wir haben zusammen gefrühstückt und zu Abend gegessen und haben einen großen Teil des Abends miteinander verbracht. Ich habe ihm den Haushalt geführt.«

»Wie rührend. Du hast ihm den Haushalt geführt.«

»Ich war jeden Augenblick glücklich darüber.«

»So. Dann hast du uns also angelogen. Zwei Jahre lang. Du warst nicht in der Holzhandlung. Du bist eine Lügnerin, Eulalie.«

»Ja, das bin ich. Ich bin eine Lügnerin.«

Mamu schnaubte. »Wie lächerlich du bist. Du warst schon immer unerträglich lächerlich.«

»Ja, das war ich. Wehleidig, schwach und, wie du sagst, lächerlich. Ich habe mich immer zum Narren gemacht. Ich war genau so, wie du mich haben wolltest. Auf diese Weise habe ich überlebt. Dummheit war meine einzige Verteidigung. Und es war eine Möglichkeit, beachtet zu werden. Zorn ist immer noch besser als gar nichts. Du ahnst ja gar nicht, wie demütigend das war. Aber alles, um dir zu gefallen, Mamu. Alles. Ich habe dir zu danken für das, was aus mir geworden ist.« Ihre Stimme klang nun stärker und beherrschter.

»Das sieht dir ähnlich, nicht selbst die Verantwortung zu übernehmen. Jemand anderen für dein Versagen verantwortlich zu machen. Ich habe nichts anderes von dir erwartet.«

»Auf eins bin ich neugierig, Mutter. Ich will dich nicht fragen, ob du mich je geliebt hast. So dumm bin ich nicht. Aber hast du mich jemals gemocht? Einfach gemocht? Ich bin wirklich neugierig.«

Mamu sah Mutter einen Augenblick lang an, dann wandte sie den Blick ab. Sie fühlte sich unbehaglich. »An dem Tag, an dem du geboren wurdest, hat irgend so eine idiotische fette, verschwitzte, ewig lächelnde Hebamme dich in meine Arme gelegt. Ich habe dich angesehen und … und habe nichts empfunden.« Sie hatte soeben etwas zugegeben, über das zu reden selbst ihr Schwierigkeiten bereitete. »Die Wahrheit ist, dass ich es versucht habe. Ich habe es wirklich versucht, aber ich hatte keine Ahnung, wie ich das machen sollte. Von Müttern wird erwartet, dass sie ihre Kinder lieben. Es ist etwas Automatisches, oder jedenfalls sollte es das sein. Das weiß ich. Ich habe es versucht, aber ich konnte es nicht.«

»Wie kannst du so etwas über dein eigenes Kind sagen?« Liebe, Heirat und Babys waren Estellas romantischer Traum. Es war ihr unbegreiflich, wie eine Mutter ihr Kind nicht lieben konnte. »Mein Gott, Mamu, sie war doch dein Kind. Dein winziges kleines Baby.«

»Du warst kein sonderlich liebenswertes Kind, Eulalie. Und du sahst genauso aus wie dein Vater. Als du geboren wurdest, hatte ich bereits angefangen, ihn zu hassen. Wenn du es schon wissen willst, ich wollte kein Kind. Ich hatte niemals eines gewollt. Du warst ein Missgeschick.«

»Ein Missgeschick!« Mutter konnte das Wort kaum aussprechen.

Ich musste tief durchatmen, um mich nicht zu übergeben, und Estella, die schwach und zerbrechlich und aschfarben aussah, legte den Kopf auf den Tisch.

»Du wolltest die Wahrheit wissen.«

»Ja. Vielen Dank.« Mutter hatte aufgehört zu zittern. Sie stand einfach da und lächelte Mamu an. »Das erklärt alles.

Nichts davon verletzt mich auch nur im Geringsten.« Es war offensichtlich, dass sie log. »Nichts, was du sagen kannst, kann auch nur annähernd so schmerzlich für mich sein, wie das, was ich mir all die Jahre lang eingebildet habe … wenn ich mich fragte, was ich denn so falsch gemacht hatte. Dabei bestand meine einzige Sünde darin, so auszusehen wie mein Vater. Wie unverzeihlich von mir!«

»Ich habe mein Bestes getan.« Mamu stand auf und begann, den Tisch abzuräumen. »Wenn du morgen früh gehst, sieh zu, dass deine Taschen fertig gepackt auf der Terrasse stehen. Ich will diesen Mann nicht in meinem Haus haben.«

»Gut.« Mutter machte zum zweiten Mal Anstalten, ins Haus zu gehen. »Du machst mir den Abschied sehr leicht«, sagte sie über die Schulter.

Mamu unterbrach ihre Arbeit. »Kannst du so einfach deine Kinder verlassen?« Die Frage war in böser Absicht gestellt, ein Versuch, das Gespräch noch nicht enden zu lassen und Schuldgefühle in Mutter zu wecken, weil sie fort wollte.

»Ben weiß, wo wir wohnen. Sie sind jederzeit willkommen, wenn sie uns besuchen wollen, und auch jederzeit, wenn sie ganz bei uns bleiben wollen.«

»Du wirst wiederkommen«, sagte Mamu. »So wie ich deinen *Ehemann* kenne« – sie sprach das Wort aus, als sei es ein Schimpfwort –, »wirst du wiederkommen.«

»Nein, Mutter, das werde ich nicht. Niemals. Nicht in einer Million Jahren.« Sie ging hinein und schloss die Fliegengittertür hinter sich. »Estella«, rief sie, »wann immer du Zeit hast.« Einen Augenblick lang blieb sie hinter

dem Fliegengitter stehen. »Noch etwas, Mamu. Ich hatte Angst, es dir zu sagen, aber jetzt habe ich keine mehr. Ich bin schwanger. Und ich wünsche mir dieses Baby mehr, als du dir vorstellen kannst.« Sie ging die Halle hinunter.
»Sie ist schwanger«, flüsterte Estella mir zu. »Das ist ja wunderbar.« Sie hatten es mir nicht gesagt, aber ich war nicht sonderlich überrascht.
»Ist es das?«, fragte Mamu. »Was für eine Närrin sie ist. Und jetzt lasst uns den Tisch abräumen.«
Estella nahm einen Stapel Geschirr und ging damit in die Küche. »Mamu, wie konntest du solche Sachen sagen?«, fragte sie im Gehen.
Mamu starrte mich an und tat ihr Bestes, ein schlechtes Gefühl in mir zu wecken, bevor sie fragte: »Du weißt, wo sie wohnen? Bist du dort gewesen?«
Ohne zu antworten, stand ich vom Tisch auf, ging über die Veranda und den Fußweg hinunter zur Schaheune.
»Geh nicht einfach fort, wenn ich mir dir rede.« Aber in ihrer Stimme schwang ein ganz kleines bisschen das Gefühl der Niederlage mit, und ich wusste, obwohl Mutter den Kampf geführt hatte, hatten wir alle eine Schlacht gewonnen. Der eisenharte Griff, mit dem Mamu uns gehalten hatte, begann sich aufgrund der Dinge, die sie zu Mutter gesagt hatte, zu lockern, und sie wusste es.
Sinclair wieherte mir zu, und ich blieb stehen, um ihm die samtige Nase zu streicheln. Die Ziegen stießen kleine, entrüstete Laute aus, weil ich sie nicht beachtete. Sie kamen aus ihrem Stall heraus, richteten sich mit den Vorderbeinen am Zaun auf und reckten die Hälse so weit sie konnten, um sich streicheln zu lassen. Ich ging den

Fußweg entlang zum Bach, wo ich mich im kühlen, weißen Mondlicht auf den Bootssteg setzte. Ich hörte die Fische springen, und etwas, vermutlich ein Waschbär, planschte irgendwo am Ufer herum. Ich dachte daran, wie Mamu zugegeben hatte, dass sie Mutter nie gemocht hatte, und wie sie das Wort ›Missgeschick‹ gebraucht hatte. Ohne jede Vorwarnung übergab ich mich in den Bach. Schweißtropfen sammelten sich auf meiner Stirn, und ich lag würgend da. Als das krampfhafte Würgen aufhörte, ging ich über den Bootssteg und einen Fußpfad hinunter, der zum Ufer führte. Ich zog die Kleider aus und watete ins Wasser, bis es mir ans Kinn reichte. Ich füllte mir den Mund mit dem Wasser, um den üblen Geschmack herauszuspülen. Das Wasser war kühl und reinigend. Ich ließ mich unter die Oberfläche sinken und mit der Strömung treiben und überlegte, ob ich den Mund öffnen und mir die Lungen mit Wasser füllen sollte. Es erschien mir fast als die selbstverständlichste und einzige Lösung. Ich hatte einmal einen Bericht über einen Mann gelesen, der fast ertrunken, aber noch rechtzeitig wiederbelebt worden war. Das Einzige, woran er sich erinnern konnte, war, dass er Musik gehört hatte, bevor er das Bewusstsein verlor. Mozart? Liszt? Armstrong? Ich überlegte, was für eine Musik ich wohl hören würde. Aber dann schaffte ich es doch nicht, sondern durchstieß die Oberfläche und sog mir die Lungen voll Luft. Ich weiß nicht, wie lange ich den Bach hinunter trieb, denn bevor ich mir dessen bewusst wurde, hatte ich fast die Stelle erreicht, wo der Bach sich erweiterte, bevor er sich in den See ergoss, und diese Stelle war fast fünf Kilometer von unserem Bootssteg entfernt. Ich sah bereits die Lichter der ersten Häuser am Seeufer und die Silhouetten von Menschen, die auf der Brücke standen, die sich über die Mündung des Baches spannte. Ich schwamm ans Ufer und blieb dort eine Zeit lang sitzen, bevor ich über Baumwurzeln, durch Gestrüpp und Farnkraut zur Hütte zurückging. Brombeerranken zerrten an mir, aber ich spürte sie kaum, obwohl ich kleine Bäche von dunklem Blut an meinen Beinen herunterlaufen sah. Als ich am Bootssteg ankam, war ich mehrfach gestolpert und gefallen und hatte mir Blutergüsse zugezogen, sodass ich noch einmal ins Wasser musste, um Schmutz, Blut und Schweiß abzuwaschen. Als ich wieder herauskam, stand ich fröstelnd im Mondlicht und betrachtete das Spiegelbild des Mondes auf der Wasserfläche. Eine Eule flog vorbei, und ihre großen Schwingen bewegten sich so leise wie fallender Schnee. Ich ging in die Hütte, zündete die Öllampe an, zog das Grammophon auf und beschloss, Chopin aufzulegen. *Andante Spianato* und *Grand Polonaise, Op. 22*. Onkel Josh bezeichnete dieses Stück als Musik zum Nachdenken. Ich fühlte mich leer, und mir war kalt, also drehte ich die Lampe aus und kroch in sein Bett. Die Laken rochen immer noch nach ihm, und das war tröstlich. Wenn er fortging, würde ich auch fortgehen. Ich wollte so weit weg, dass ich nie wieder zurückfinden würde. Ich wollte alle Erinnerungen auslöschen und ganz von vorne anfangen. Ich hätte gerne geweint und die große Erleichterung gespürt, die ich als Kind immer empfunden hatte, wenn ich mich in den Schlaf geweint hatte. Aber etwas hatte sich verändert, und ich wusste, dass Tränen zu einem seltenen Luxus geworden waren. Das war der unvermeidliche Kompromiss, den das Erwachsenwerden erforderte. Die Kratzer und Blutergüsse machten mir meinen Körper bewusst. Ich warf die Decke von mir, um zu sehen, ob ich noch blutete, aber es hatte aufgehört. Als ich so auf meine Nacktheit herunterschaute, so blass und geisterhaft im Mondlicht, das durch das Fenster strömte, so blass und geisterhaft, wie ich mir Onkel Josh und Gloria Gardiner im Bootshaus vorgestellt hatte, in einem Bett, in dem ich noch nie gelegen hatte, wurde mein Körper zum Körper eines Fremden. Der Schmerz war ein neues Gefühl, und er war irgendwie erregend. Ich betastete mein Gesicht und erwartete fast, dass es sich fremd anfühlen würde, meine Augen, die Nase, die Lippen, und ich dachte an Estella und unseren Kuss. Ich rieb über die Stoppeln an meinem Kinn, ließ die Hände an meinem Hals hinunter zur Brust gleiten und auf den Brustwarzen liegen. Ich begann, hart zu werden und ließ die Hände langsam zum Nabel gleiten. Ich fühlte die feine Linie von Haaren, die hinunter zu dem dichten Büschel führte, und als ich nach mir griff, war es, obwohl ich das schon unzählige Male getan hatte, etwas ganz Neues und Erregendes. Es hatte immer hinter einer geschlossenen Tür stattgefunden, in der Angst, dabei entdeckt zu werden, und voller Hast, es hinter mich zu bringen. Aber hier waren Tür und Fenster weit für die Nacht geöffnet. Es war alles so neu und frei, als würde ich einen anderen Menschen berühren. Reibung und Phantasie. Mutter war jung und weich, die bleichen Schenkel einladend und empfangsbereit geöffnet, und Devlin war schlank und drahtig, die Narbe

in seinem Gesicht erst wenige Jahre alt, noch rot und entzündet und pochend. Er war auf ihr und in ihr und stieß mit durchgebogenem Rücken hart zu, um ein Baby zu zeugen, damit sie immer zusammen sein konnten, zwei Hälften eines vollkommenen Ganzen. Reibung und Phantasie. Und dann waren da Estella und Adam und Onkel Josh, alle nackt und glänzend. Einer fing da an, wo der andere aufgehört hatte, sie berührten sich, küssten sich, Lippen und Zungen suchend, saugend, alle miteinander verschlungen und willig. Und dann war ich da, der Fremde, der nicht weinen konnte, einer, der berührt werden musste und wollte, ohne Schuld und Scham, einer, der drängte und forderte und doch etwas geben und für die anderen da sein wollte. Reibung und Phantasie.
Als ich fertig war, erschöpft und verschwitzt, war ich vollkommen gedankenleer und fiel in einen tiefen, erfrischenden Schlaf.
Es war fast acht Uhr, als ich am nächsten Morgen zum Haus zurückkam. Mutter wartete mit gepackten Taschen auf der Veranda und konnte es kaum erwarten, fortzukommen. Estella und Priddie waren bei ihr, aber Mamu war nirgends zu sehen. Osceola war nach Laurelwood gefahren, um Onkel Josh abzuholen.
Estella kam zu mir, als sie mich über den Rasen gehen sah.
»Wo ist Mamu?«, fragte ich.
»Im Nähzimmer. Sie hat die Ziegen gemolken, ihren Kaffee getrunken, und dann ist sie hinaufgegangen und hat die Tür zugemacht. Sie hat mit niemandem ein Wort gesprochen, nicht einmal mit Priddie. Wo bist du heute Nacht gewesen?«

»Ich war in der Hütte. Hast du mit Mutter geredet?«

»Stundenlang. Es war ein gutes Gespräch.« Sie berührte meinen Arm, und ich konnte ihre Spannung und Erwartung fast fühlen. »Ich bin richtig nervös, dass ich ihn gleich sehen werde. Ich weiß nicht, was ich zu ihm sagen soll.«

Als wir die Veranda erreichten, kam Priddie die Treppe herunter. »Ich mach dir Frühstück. Sieht so aus, als hätten sich gestern Abend hier alle so richtig Appetit gemacht.« Sie flüsterte fast, aus Angst, dass Mamu zuhörte. Dann beugte sie sich vor und sagte: »Ihr werdet einen kleinen Bruder oder eine Schwester bekommen. Wie findest du das?«

»Ja, wie finde ich das?«

»Komm, ich mach dir ein paar Waffeln. Du magst doch Waffeln.«

»Ich will überhaupt nichts.«

»Du musst was essen. Damit du bei Kräften bleibst.« Für Priddie war Essen das große Heilmittel für alles. Sie führte mich auf die Veranda, als ob ich ein Invalide sei. »Ich bin nur froh, dass jetzt alles herausgekommen ist. Eine schreckliche Bürde, so ein Geheimnis zu wahren. Lieber Gott.« Ich sah tief in ihre gelben Augen und fragte mich, ob sie wohl wusste, wie betrogen ich mich fühlte. »Sieh mich nicht so an, Ben. Ich habe getan, was getan werden musste. Manchmal muss man ein Kind vor den Dingen bewahren, vor schlechten und vor guten Dingen. So ist es nun mal. Darum mach Osceola und mir jetzt keinen Vorwurf. Wir haben getan, was wir für richtig hielten.«

»Ich habe doch gar nichts gesagt.«

»Glaub nicht, dass ich nicht wüsste, was in dir vorgeht. Ich habe immer gewusst, was du denkst. Bilde dir nicht ein, dass du mich zum Narren halten kannst, das wäre ein großer Fehler.«

»Guten Morgen, Ben«, sagte Mutter. »Estella und ich hatten ein gutes Gespräch miteinander, nicht wahr?« Sie wartete nicht auf eine Antwort. »Du bist gestern Abend nicht nach Hause gekommen. Wir haben uns Sorgen gemacht. Ist alles in Ordnung mit dir?«

»Ja, ich bin okay.«

»Darf ich fragen, wo du warst?«

»Nein. Es ist egal.« Ich hatte ihr die Lüge, die sie während der letzten zwei Jahre gelebt hatte, noch nicht verziehen, aber nachdem ich gesehen hatte, wie sie sich gegen Mamu behauptet hatte, schwächte sich mein Zorn langsam ab.

In diesem Augenblick wirbelte Devlin eine Staubwolke auf dem Broadway auf und löste einen Aufruhr bei den Tieren aus. Er parkte seine verblasste, alte, blaue Fordlimousine vor dem Haus, und noch bevor er aussteigen konnte, lief Estella den Fußweg hinunter. Sie trafen sich am Gartentor, und ohne länger als einen Augenblick zu zögern, fielen sie sich in die Arme. Ich überlegte, ob Mamu wohl hinter dem Spitzenvorhang im Nähzimmer stand und zusah.

Die Tatsache, dass Estella ihn trotz aller Verfehlungen ganz einfach akzeptierte, enttäuschte mich, und ich hatte das Gefühl, eine Verbündete verloren zu haben. Es war ein schreckliches Gefühl der Leere und Isolation, und weil ich nicht mit ihm reden oder ihn auch nur ansehen wollte, ging ich ins Haus und in die Küche, um mir Kaffee zu holen. Mutter kam hinter mir her.

»Hier«, sagte sie und hielt mir den Ring mit dem Katzenauge entgegen. »Wir sind nicht so schlecht, wie du denkst. Vielleicht wirst du das eines Tages wissen. Man tut viel, um zu überleben, alle möglichen Dinge. Und ein Geheimnis zu bewahren, ist nicht das Schlechteste davon. Bitte nimm den Ring. Ich weiß, dass du ihn mögen wirst. Du weißt es heute noch nicht, aber eines Tages wird er eine besondere Bedeutung für dich haben. Glaub mir.«

Ich zögerte einen Augenblick, aber ich nahm ihn und streifte ihn über meinen Finger.

»Er sieht hübsch aus.« Sie berührte den Stein, lächelte und ging ohne ein weiteres Wort. Ich goss mir eine Tasse Kaffee ein, setzte mich an den Tisch und überlegte, was Estella und Devlin wohl miteinander redeten.

Die Morgenzeitung lag aufgeschlagen da. Ein Artikel trug die Überschrift: ›Leichen für Familien freigegeben‹. Das Büro des Coroners hatte die Leichen von Gloria Gardiner und Marius Dorfman freigegeben. Die seine sollte nach Deutschland geflogen werden, wo ein Trauergottesdienst im Ulmer Münster, in seiner Heimatstadt, stattfinden und er im Familiengrab beigesetzt werden sollte. In der Metropolitan Opera in New York war eine Feier zur Würdigung seines Lebens und seines Beitrags zur Musik unserer Zeit geplant. Das Datum sollte noch bekannt gegeben werden. Zur Beerdigung Gloria Gardiners brachte das Blatt keine Einzelheiten, abgesehen davon, dass sie in Pittsburg und nur im engsten Familienkreis stattfinden sollte. Wie unfair, dachte ich, dass Onkel Josh nicht anwesend sein würde, um ihr die letzte Ehre zu erweisen, wohl aber ihr Mörder. Ich wollte nicht, dass Onkel Josh die Zeitung sah, wenn er nach Hause kam. Deshalb zerriss ich sie und stopfte sie in den Mülleimer.

Jahre später befand ich mich in Deutschland auf der Fahrt von Stuttgart nach Augsburg, um einen Freund zu besuchen, einen Schriftsteller, der dort lebte. Ich kam auch durch Ulm, das als Geburtsort Albert Einsteins und letzter Ruheplatz des Feldmarschalls Erwin Rommel berühmt ist. Ich dachte an Marius Dorfman, und so hielt ich, um das Münster zu besichtigen. Es ist die zweitgrößte gotische Kathedrale in Deutschland und hat einen der höchsten Kirchtürme der Welt. Ich beschloss, nach seinem Grab zu suchen, und als ich es fand, war der Grabstein zwar überladen, aber doch eindrucksvoll, und es war nicht zu übersehen, dass dies die letzte Ruhestätte eines bedeutenden Mannes war. Der Stein trug eine deutsche Inschrift, die ich nicht lesen konnte, und war mit Engeln und Notenlinien geschmückt. Ich fragte einen alten Mann, der seinen Hund spazieren führte, nach Rommels Grab, und er beschrieb mir den Weg, ohne einen Augenblick zu zögern. Das war in den frühen fünfziger Jahren, und wenn Dorfmans Grab protzig war, so stand auf Rommels letzter Ruhestätte, dem Grab des brillanten, allgemein respektierten Wüstenfuchses, ein fast peinlich unauffälliger kleiner Stein.

Ich trank meinen Kaffee, ging in den Flur, blieb weit genug von der Fliegengittertür entfernt stehen, dass man mich von draußen nicht sehen konnte, und sah Estella und Devlin zu. Sie schienen so vertraut miteinander zu sein wie zwei Menschen, von denen jeder schon immer zum Leben des anderen gehört hatte. Mutter und Priddie hatten sich zu ihnen gesellt und luden das Gepäck ins Auto. Sie verließ das Haus, um niemals wiederzukommen, aber es war eine ganz normale Familienszene. Alle lachten und plauderten, fast als wollten Mutter und Devlin eine kurze Reise machen, und Priddie und Estella verabschiedeten sie. So hätte es während der vergangenen vierzehn Jahre sein sollen, und ich ertrug es nicht länger, dort zu stehen und zuzusehen.

Ich ging in die Küche zurück und hinaus über die ungepflasterte Terrasse, durch den hinteren Garten und weiter durch die Tomatenfelder zu Janos und Stash, die die Warzenmelonen ernteten. Ich bewegte mich unbewusst und roboterhaft und tat genau das, was ich ohne nachzudenken jeden Tag tat. So automatisch wie atmen. Aber ich wäre am liebsten weitergegangen, endlich weg von dieser engen kleinen Welt, in der ich lebte, der Küche, der Schaheune, den Feldern, dem Bach, meinem Zimmer. Fast alles, was in meinem Leben geschah, fand hier statt, und ich war gefangen. Es war erdrückend. Aber ich wusste nicht, wo ich hingehen sollte.

Die Jungen unterhielten sich wie immer auf Ungarisch, machten ihre privaten Scherze und brachten sich gegenseitig zum Lachen, vermutlich auf meine Kosten, obwohl ich wusste, dass sie mich eigentlich gerne mochten.

»Hallo, Ben«, rief mir Stash zu. »Du wollen Zigarette?« Er war breitschultrig und bullig und sah so aus, als stünde er mit beiden Beinen fest auf der Erde. Obwohl er mit Janos scherzte, hatte er auch eine ernsthafte, eine standhafte und zuverlässige Seite. Janos hingegen war drahtig und lebhaft und fast unfähig, stillzustehen oder zwei Worte zu sagen, ohne zu lachen. Beide waren älter als ich, Anfang zwanzig, dennoch bezeichnete ich sie immer als ›die Jungen‹.

Stash hielt mir seine Packung Wings-Zigaretten hin.

»Nein, danke.«

»Ich möchte«, sagte Janos. Er hüpfte vor und zurück, nahm eine Zigarette und zündete sie an. Er sog den Rauch tief in seine Lunge, blies ihn wieder in die Luft, sah mich an und lachte. Lachen war sein Ersatz für seine mangelnden Englischkenntnisse. Stash nickte zustimmend zu allem, worüber Janos gerade lachen mochte.

Alles erschien mir verkehrt. Mutter ging fort, und ob es mir gefiel oder nicht, Devlin war in unser Leben zurückgekehrt und war für Estella der Vater, den sie sich immer gewünscht hatte, obwohl er weit von dem Idealbild entfernt war, das sie sich erträumt hatte. Aber Fleisch und Blut konnte man anfassen, und deshalb waren sie um so vieles besser als ein künstliches Ideal. Er war ganz bestimmt nicht das, was ich brauchte. Onkel Josh kam gramgebeugt und gedemütigt nach Hause, und Mamu würde ihn auffordern zu gehen. Sie würde uns allen das Leben zur Hölle machen, auch Priddie und Osceola, weil Mutter sich gegen sie aufgelehnt und wir alle uns gegen sie verbündet hatten. Aber Janos und Stash rauchten, die Melonen reiften an den Ranken und mussten gepflückt werden. Alles war anders, und nichts hatte sich verändert.

Kapitel 12

Während der nächsten Tage war die Stimmung so gespannt, als warteten wir auf die Explosion einer Zeitbombe. Würde Mamu Onkel Josh wirklich auffordern zu gehen, und wenn ja, wann? Osceola hatte mehrere hitzige Auseinandersetzungen mit ihr, von denen Estella und ich nur Bruchstücke hörten, als er sie eines Tages in der Schaheune zur Rede stellte.

»Es gibt keinen Grund, den Mann wegzuschicken.«

»… meine Entscheidung, nicht deine.«

»Das werden Sie noch bereuen. Sie werden es sehen.«

»… geht dich nichts an.«

»Und wie mich das was angeht.«

»… habe zu hart gearbeitet für das, was wir haben. Ich werde nicht daneben stehen und zuschauen, wie alles zusammenbricht.«

»Hier wird nichts zusammenbrechen, wenn wir es nicht zulassen. Was ist los mit Ihnen, Frau? Und falls Sie es nicht bemerkt haben sollten, er hat genauso hart gearbeitet wie wir. Er hat den gleichen Anspruch auf dies alles.«

»… für seinen Lebensunterhalt hat er gearbeitet, mehr

nicht. Wenn es nach dir ginge, würden wir den Ungarn auch noch einen Teil des Geschäfts übergeben.«

»Ja, das würde ich tun. Dieser Stash ist ein hart arbeitender Mann. Ich verstehe Sie nicht. Wie kann eine einzelne kleine Frau so gemein sein?«

»Du hast ja keine Ahnung.« Mamu ging zum Haus zurück und die Diskussion war beendet.

Die Mahlzeiten waren quälend, weil sie kaum ein Wort sprach und Estella und ich in unseren Gesprächsthemen so eingeschränkt waren. Alles, worüber wir wirklich reden wollten, Onkel Josh, Mutter und Devlin, kam nicht in Frage. Mutters Abreise wurde mit keinem Wort mehr erwähnt. An einem Tag war sie noch da gewesen, und am nächsten war sie fort, wie es in meiner kindlichen Vorstellung vom Tod gewesen war, als Tod und Verschwinden noch austauschbare Begriffe waren. Es war, als habe sie niemals existiert. In Mamus Augen hatte Mutter mit dem Entschluss, zu gehen, offenbar eine Grenze überschritten, und sie würde ihr niemals verzeihen. Traurig war, dass Estella und ich Recht gehabt hatten, als wir sagten, dass ihr Fortgang wenig Unterschied in unserem Leben machen würde.

Der *Reminder* berichtete gelegentlich über die Ermittlungen in der Mordsache, hatte aber wenig mehr mitzuteilen, als dass die Polizei an der Sache arbeite und viel versprechende Spuren habe. Natürlich wurde nie dazugesagt, was für Spuren das sein sollten. Claude Gardiner stand immer noch nicht unter Verdacht. Aber wir konnten nicht einmal über die Morde reden, weil das zu Gesprächen über Onkel Josh geführt hätte.

Seine Heimkehr war eine Mischung aus Freude und Trauer. Wir waren glücklich, ihn wieder zu Hause zu haben, aber er war so in seinen Kummer versponnen, dass er kaum anwesend war. Estella und ich mussten uns ständig selbst darauf hinweisen, dass er die einzige Frau verloren hatte, die er je geliebt hatte. Wieder waren die Themen, über die wir mit ihm reden konnten, begrenzt. Selbstverständlich durften die Morde und seine Zeit im Gefängnis nicht erwähnt werden. Osceola hatte entschieden, dass wir warten würden, bis er das Thema selbst ansprach. Priddie hatte jedes Mal Tränen in den Augen, wenn sie ihn ansah, aber sie sagte niemals etwas, wenn er in der Nähe war. Wir taten alles, was nur möglich war, um es ihm leichter zu machen, aber wie Priddie sagte: »Vielleicht wird er es nie verwinden. Es ist ja schon das zweite Mal, dass er diese Frau verloren hat. Wie viele Leute gibt es, die zweimal in ihrem Leben um den gleichen Menschen trauern müssen? Es ist ein Wunder, dass er selbst nicht schon tot ist. Wie soll einer das aushalten? Lieber Gott!«
»Wisst ihr, was wir den ganzen Sommer noch nicht getan haben?« Osceola versuchte, sich etwas auszudenken, womit er ihn aufheitern konnte. »Wir waren kein einziges Mal am Meer. Es wäre nicht schlecht, zur Abwechslung mal wieder guten Fisch zu haben. Vielleicht sollten wir fahren und den alten Eddie Neunzehen besuchen. Haltet ihr das für eine gute Idee? Meint ihr, wir können Mr. Josh von seiner Hütte weglocken, wenn wir ihn fragen, ob er mit zum Fischen kommt?«
Er wusste das Angebot zu schätzen, aber er war nicht interessiert. Nichts interessierte ihn. Estella erzählte ihm

viele Male von Mutter und Devlin und versuchte, ihn in ein Gespräch zu ziehen, aber das Äußerste, was sie erreichte, war, dass er lächelte und sagte, es freue ihn, dass sie nun endlich zusammen seien. Er blieb in seiner Hütte oder saß auf dem Bootssteg und sah zu, wie der Bach vorbeifloss, aber er fuhr niemals mit dem Boot hinaus und kam nur selten zum Haus. Wir wussten nicht, wann er badete und sich rasierte, aber er war immer sauber, fast als ob er erwartete, irgendwohin zu gehen.

»Glaubst du, dass er sich etwas antun will«, fragte Estella, »und dass er nicht will, dass seine Leiche verdreckt ist, wenn sie gefunden wird? Hältst du das für möglich?«

»Nein, die Idee ist mir noch nicht gekommen, aber jetzt, wo du es sagst, halte ich es für ziemlich sicher, dass er daran denkt.« Ohne dass wir es eigens verabredeten, verbrachten sie und ich abwechselnd möglichst viel Zeit bei der Hütte, damit Onkel Josh nichts passierte.

Egal wie köstlich wir ihm die Abendessen schilderten – Priddie kochte alle seine Lieblingsgerichte –, er wollte nicht zum Haus kommen. Ich glaube, er wollte Mamu aus dem Weg gehen, und ich konnte ihm deshalb keinen Vorwurf machen. Er fühlte sich gedemütigt, weil er im Gefängnis gewesen und seine Affäre mit Gloria Gardiner ans Tageslicht gekommen war, und er spürte vermutlich, dass Mamu ihn auffordern würde zu gehen. Estella und ich brachten ihm sein Essen, aber er aß kaum genug, um zu überleben, und seine Kräfte schwanden sichtbar. Wir fürchteten, dass er sterben würde.

»Niemand stirbt an gebrochenem Herzen«, sagte Priddie, als wir ihr von unseren Sorgen erzählten. »Jedenfalls wird das behauptet. Ich weiß nicht, ob ich das glauben soll oder nicht. Mir erscheint es als ein ebenso guter Grund zu sterben wie jeder andere.«

Nach mehreren Wochen war schließlich Osceola derjenige, der ihn ins Leben zurückholte. Er ging zur Hütte, was er nur selten tat, und stellte Onkel Josh zur Rede. Er sagte ihm ganz einfach, dass Trauer eine Sache sei und wir alle seinen Kummer respektierten, aber es sei Herbst, und Herbst bedeutete, dass alles geerntet werden müsse und jede Hand gebraucht würde, um mit der Arbeit fertig zu werden. Wenn Essen Priddies Allheilmittel war, dann war Arbeit das Allheilmittel für Osceola. Es war das erste Mal, dass Onkel Josh wirklich auf jemanden reagierte. Er begann noch am gleichen Tag mit der Arbeit. Die Arbeit machte ihm Appetit und er begann wieder zu essen. Aber er kam immer noch nicht zum Abendessen zum Haus.

Eines Morgens, als alles wieder seinen gewohnten Gang ging, kam ich früher herunter als gewöhnlich, bevor Priddie und Osceola eintrafen und Estella aufgestanden war. Mamu hatte die Ziegen bereits gemolken und seihte die Milch ab, bevor sie sie ins Vorratshaus trug. Der Kaffee duftete, und auf dem Tisch lag ein Laib Brot auf dem Schneidbrett und wartete darauf, geschnitten zu werden. Es war ein grauer, bedeckter Tag, und es sah nach Regen aus. Die Küche war dunkel und düster.

»Guten Morgen«, sagte ich und drehte das Licht an.

»Um diese Tageszeit brauchen wir kein Licht.« Sie wandte sich nicht zu mir um. »Das Elektrizitätswerk kriegt schon genug Geld von uns.«

»Gut«, sagte ich und drehte das Licht wieder aus. »Es sieht nach Regen aus.«
»Vielleicht. Wir könnten es brauchen.«
»Ja, vermutlich.« Nachdem wir das Wetter abgehakt hatten, schien das Gespräch beendet zu sein. Sie ging ihrer Arbeit nach, ohne noch etwas zu sagen. Ich fühlte mich unbehaglich, weil ich nicht mehr mit ihr alleine gewesen war seit dem Abend auf der Veranda, an dem Mutter angekündigt hatte, dass sie gehen würde, und ich mich weigerte, ihr zu antworten, und einfach zur Hütte gegangen war. Das Schweigen ging mir auf die Nerven. »Kein Radio heute Morgen? Du sparst aber wirklich am Strom.«
»Mach keine dummen Witze. Die Nachrichten sind ja doch nur schlecht, und ich mag sie mir nicht anhören. Deutschland und Polen … und England und Frankreich … aber sie scheinen keine andere Wahl zu haben. Es ist entsetzlich. Nichts als Krieg. Es macht mich ganz krank.« Sie drehte sich um und sah mich an. »Warum bist du so früh auf?«
»Ich konnte nicht schlafen. Und ich habe Hunger.«
»Schneid das Brot, wenn du Toast möchtest. Das bringt dich über die Runden, bis Priddie kommt. Vielleicht musst du das Brotmesser schärfen.«
Ich schnitt den Anschnitt herunter, und das Messer schnitt schnell und sauber durch das Brot.
»Das Messer ist in Ordnung. Möchtest du auch Toast?«
»Ich nehme mir welchen, wenn ich aus dem Vorratshaus zurückkomme.« Sie war kühl, aber wenigstens redete sie überhaupt mit mir. »Ich möchte zwei Scheiben.«
Sie ging mit dem Milcheimer zur Tür hinaus. Die Milch

war sorgfältig mit Gaze abgedeckt, damit die Fliegen nicht daran kamen, während die Sahne sich absetzte. Ich schnitt vier Scheiben Brot ab und legte zwei davon auf das Toastgitter auf dem Herd. Ich drehte das Gas auf und regulierte die Flamme, damit der Toast nicht verbrannte, während ich Butter und Erdbeermarmelade aus dem Kühlschrank holte.

Als sie zurückkam, frühstückten wir miteinander. Die wenigen Worte, die wir miteinander wechselten, betrafen die Ziegen, die ›Jungen‹ oder die Ernte, aber wir berührten nichts, was für das, was mit unserem Leben geschah, irgendeine Bedeutung hatte. Ich wusste, dass es vieles über Mutter und Devlin geben musste, das sie mich gerne gefragt hätte, und ich hätte es ihr nur zu gerne erzählt, aber ich wusste nicht, wie ich es anstellen sollte, das Thema zur Sprache zu bringen. Endlich, als selbst der Austausch von Belanglosigkeiten erstarb, brach es aus mir heraus.

»Sie wohnen in einem Haus am Kanal.« Sie hörte auf zu essen, die Hand mit dem Toast auf halbem Weg zwischen dem Teller und ihrem Mund, aber sie sagte nichts. »Es ist ein altes Haus, aber sie haben es sehr nett hergerichtet.«

»Nett?«

»Ja, nett.« Und ich erzählte ihr, wie ich herausgefunden hatte, dass Mutter nicht mehr bei der Holzhandlung arbeitete, und wie ich ihr an dem Tag nachgefahren war, an dem ich Irina von den Colsons abholte. Ich erzählte ihr alles, und es war ein Gefühl großer Erleichterung.

»Warum hast du mir das nicht schon früher erzählt?«

»Ich konnte nicht.«

»Und Priddie und Osceola wussten das?«

»Ja, sie haben's gewusst.«

Sie schüttelte wissend den Kopf.

»Was hältst du von deinem Vater?«

Ich musste mit meiner Antwort sehr vorsichtig sein. Sie suchte nach einem Verbündeten. »Er ist nicht so, wie ich ihn mir vorgestellt hatte.«

»Darauf hätte ich wetten können!«

»Ich meine nicht, dass irgendwas verkehrt wäre mit ihm.«

»Was weißt du schon!«

»Mamu, bist du je auf die Idee gekommen, dass du vielleicht zu viel von den Leuten erwartest? Hast du jemals darüber nachgedacht?«

»Von Männern erwarte ich überhaupt nichts.« Ich hatte nicht speziell von Männern geredet. »Nichts! Ich soll zu viel erwarten! Wenn das nicht dem Fass den Boden ausschlägt! So dumm bin ich nicht. Ich habe schon vor langer Zeit gelernt, nichts zu erwarten. Mein Vater hat ein Mädchen geheiratet, das jung genug war, um seine Tochter zu sein. Das ist wirklich wahr. Joshs Mutter war jünger als ich. Und sie war meine Stiefmutter!«

»Das habe ich gewusst.«

»Hast du auch gewusst, dass meine Mutter nicht einmal sechs Monate tot war, als er sie heiratete? Das habe ich dir nie erzählt, oder? Mutter war noch nicht einmal kalt. Keine sechs Monate. Jenny war eine seiner Patientinnen. Armes, dummes Mädchen. Wahrscheinlich hatte er schon ein Verhältnis mit ihr, als Mutter noch lebte. Da bin ich mir sogar ganz sicher. Der Gedanke macht mich ganz krank. Du hättest deine Urgroßmutter kennen sollen. Sie war eine wunderbare Frau. So intelligent und so freundlich. Und all die Jahre krank. Aber das hast du ihr niemals angesehen. Sie war ein Engel. Du hättest sie geliebt, Ben.« Diese Seite von Mamu hatte ich noch nie gesehen. Sie hatte nie über ihre Mutter geredet, aber die Erinnerung an sie machte nicht nur ihre Stimme weich, sondern auch ihr Gesicht. Einen Augenblick lang war sie verwandelt, aber die Härte kam wieder. »Und diese arme, dumme Jenny! Ich nehme an, dass sie ein nettes Mädchen war. Ich habe sie nie richtig kennen gelernt. Ich wollte nicht in der Nähe meines Vaters sein. Ich ertrug es nicht, ihn anzusehen. Wie du weißt, musste er auch Jenny begraben. Die Grippe. Sie starb an einer Grippe, als Josh noch ein Kind war.« Das meiste von dem, was sie mir da erzählte, hatte ich schon einmal gehört. »Und Josh!« Sie schüttelte den Kopf. »Was für eine Karikatur von einem Mann er ist!«

»Fang nicht mit Onkel Josh an.«

Sie drehte sich zu mir um. »Und du widersprich mir nicht. Ich kenne deine Gefühle für ihn, aber er ist die reine Zeitverschwendung. Warum wirst du nicht endlich gescheit und siehst ihn als das, was er ist? Gut, er hatte Pech in der Liebe. Na und? Ein Haufen Leute haben Pech in der Liebe, aber sie gehen doch nicht alle hin und verstecken sich für den Rest ihres Lebens in einer Hütte und tun gar nichts mehr. Sein eigentliches Verbrechen besteht darin, dass er einen guten Kopf auf den Schultern hat. Er hätte alles werden können, was er wollte, aber er wollte nichts, als sich selbst bemitleiden. Das kann er am allerbesten. Also, *ich* bemitleide ihn nicht. Er hat keinen

Mumm. Überhaupt keinen. Was hat er je geleistet? Das sag mir mal. Ich halte ihn für einen faulen Taugenichts, und ich werde es bis ans Ende meiner Tage bereuen, ihn aufgenommen zu haben.«

Sie trank einen Schluck Kaffee, und ich wollte die Pause in ihrem Redestrom dazu benutzen, Onkel Josh zu verteidigen, aber es war sinnlos.

»Und dann nach all den Jahren wieder was mit dieser Frau anzufangen. Sie war verheiratet. Sie hatte einen Mann und ein Kind. Lieber Gott, sie war eine verheiratete Frau, aber das spielte für ihn keine Rolle. Nicht, solange er bekam, was er wollte. Sex! Das ist das Einzige, woran sie denken können. Es stößt mich ab. Er stößt mich ab. In der Nacht so herumzuschleichen. Wenn man weiß, dass das, was man tut, richtig ist, braucht man nicht herumzuschleichen. Das kannst du mir glauben. Und dann diese Sache mit der Polizei. Der Polizei! Es war ganz einfach demütigend. Leute wie wir gehen in keine Polizeistation. Bis zu diesem Tag hatte ich noch nie eine Polizeistation von innen gesehen, und dass ich jetzt in einer war, verdanke ich ihm.«

»Er hat die Morde nicht begangen.« Irgendetwas musste ich einfach sagen.

»Er hätte es genauso gut tun können. Er ist der Grund, dass diese beiden Menschen tot sind. Wenn er kein Verhältnis mit der Frau gehabt hätte, hätte ihr Mann nicht …«

»Du kannst ihm doch die Morde nicht zum Vorwurf machen!«

»Er ist genauso daran schuld wie irgendein anderer. Er musste diese Frau ja haben. Genau wie dein Vater und deine Mutter. Das ist auch ein Mann, auf den man stolz sein kann! Hast du gewusst, dass er deine Mutter geschwängert hat, bevor sie verheiratet waren?«

»Ja, das haben sie mir gesagt.«

»Wirklich?« Sie war überrascht. »Eine schöne Bescherung war das. Wenn das nicht passiert wäre, hätte sie ihn niemals geheiratet, das kann ich dir versichern.«

»Sie haben mir gesagt, dass sie es mit Absicht getan haben, damit sie heiraten mussten. Damit du ihnen erlauben musstest, zu heiraten.«

Darüber musste Mamu einen Augenblick lang nachdenken. »Das würde ich ihnen durchaus zutrauen. Dann hat sie bekommen, was sie verdient hat. Und jetzt ist sie wieder schwanger. In ihrem Alter! Es ist obszön. Das Kind tut mir jetzt schon Leid. Was für ein Leben wird es haben? Ich glaube nicht, dass er es jemals länger als zwei Wochen bei einem Job ausgehalten hat. So etwas nennt man einen Taugenichts.«

»Jetzt hat er einen Job. Bei der RCA-Victor-Fabrik in Hockney.«

»Was machen die?«

»Radios.«

»Wenn dein Vater was damit zu tun hat, kann an dem Job nicht viel dran sein.«

»Ich hatte nicht gewusst, dass mein Großvater Whyte Bürgermeister von Millersburg war.«

»Das ist aber auch das Einzige, womit er angeben kann!« Sie lächelte. »Sein Vater, der Bürgermeister. Also, er war ein Schurke … ein bestechlicher Politiker … nicht besser als dein Vater. Schlechtes Blut ist das. Seine Versicherungsgesellschaft hat die halbe Bevölkerung von Millersburg ausgeplündert. Soweit ich gehört habe, hatte *er* auch ein Verhältnis mit einer anderen Frau.«

Ein sanfter, nebelartiger Regen setzte ein, und Mamu ging zum Fenster über dem Ausguss hinüber und sah hinaus. »Das werden die Jungen als Ausrede benutzen, nicht zur Arbeit zu kommen. Ein Regentropfen genügt, und sie lassen sich nicht blicken. Man könnte meinen, sie wären aus Zucker. So was Unnützes.«

Und dann stellte ich ihr die Frage, die ich ihr schon so lange hatte stellen wollen. Ich wusste, dass ich niemals eine bessere Gelegenheit dazu haben würde.

»Was ist mit Großvater passiert?«

»Dein Großvater Wayland?«

»Hast du ihn getötet?«

»Natürlich nicht.«

»Ich glaube dir nicht.« Etwas Derartiges hatte ich noch nie zu ihr gesagt. »Es tut mir Leid, aber ich glaube dir nicht.«

Sie wandte sich nicht einmal um, um mich anzusehen. Sie kicherte und sagte: »Nein, ich habe deinen Großvater nicht getötet. Wie leichtgläubig du bist, Ben. Leichtgläubigkeit ist der Fluch des ehrlichen Mannes. Oder Dummheit. Vielleicht beides. Wirklich! Ich wünschte, ich *hätte* ihn umgebracht, aber ich habe es nicht getan. Du willst die Wahrheit wissen. Also gut. Ich werde dir erzählen, was passiert ist.« Sie drehte sich zu mir um, lehnte sich an den Ausguss und fuhr fort: »Es gab da eine Frau … Charlotte Campbell … dein Großvater kannte sie schon, bevor wir uns begegneten. Sie war ein paar Jahre älter als

Bayard, und sie war mit einem Immobilienmakler verheiratet, einem sehr angesehenen Mann. Er kaufte und verkaufte halb Manhattan. Also, dein Großvater und Charlotte Campbell hatten eine Affäre. Ich weiß nicht, wann oder wo das anfing, es war, wie gesagt, bevor er mich kennen lernte. Es war ein Skandal. Oh ja, ein Skandal, und als seine Eltern es herausfanden, stellten sie ihm ein Ultimatum, die Affäre abzubrechen, zu heiraten und sich niederzulassen, oder er würde enterbt. Seine Mutter hatte eine lange Liste von jungen Frauen, die für ihn in Frage kamen, aber aus lauter Trotz suchte er nach einer, von der er wusste, dass sie sie nicht akzeptieren würde. Und das war ich. Er heiratete mich aus Trotz gegen seine Eltern. Das ist die Wahrheit. Ich bilde mir das nicht nur ein, denn er hat es mir gesagt.« Sie nickte ein paarmal bekräftigend mit dem Kopf. »Ich habe immer gesagt, dass ich ihn nur geheiratet habe, weil ich wusste, dass er für mich sorgen konnte. Du weißt schon, was ich meine. Das Wayland-Geld. Aber das ist nicht wahr. Als wir heirateten, war sehr viel mehr an der Sache. Er war ein sehr charmanter Mann, dein Großvater, daran ist nicht zu zweifeln. Wie gut kannst du dich an ihn erinnern?«

»Ich kann mich an ihn erinnern, aber er war niemals wirklich hier. Er kam und ging, aber ich kann mich nicht erinnern, jemals besonders viel mit ihm zu tun gehabt zu haben. Ich weiß noch, wie er uns ans Meer fuhr, um seine Freunde zu besuchen. Mutter wurde übel, und du wolltest fahren. Ja. Aber ich war erst sechs, als er verschwand.«

»Nur wenige Wochen nachdem wir von diesen lächerlichen Flitterwochen zurückgekommen waren, fing er wieder an, sich mit ihr zu treffen. Charlotte Campbell. Er behauptete, er müsste aus geschäftlichen Gründen in der Stadt bleiben. Na ja, und dumm wie ich war, glaubte ich ihm. Er blieb manchmal eine ganze Woche in New York, und mir blieb es überlassen, das Haus in Ordnung zu halten. Priddie kam damals nur ein- oder zweimal die Woche, und so war ich die meiste Zeit alleine. Damals gab es noch kein Geschäft, um das man sich kümmern musste, und ich hatte nichts zu tun, als das Haus zu pflegen und mich zu fragen, was mein Mann trieb. Und als ich schwanger wurde, blieb er länger und länger fort. Ich weiß nicht mehr, wann ich anfing, zwei und zwei zusammenzuzählen, und als ich ihn zur Rede stellte und ihm sagte, dass ich der Meinung sei, dass er eine andere Frau habe, gab er alles zu. Er erzählte mir alles über Charlotte Campbell, die schöne Charlotte Campbell, und wie sehr er sie liebte und was für eine schreckliche Ehe sie hatte. Und als dann dein Onkel Josh im Gefängnis saß und über seine verlorene Liebe und ihre fürchterliche Ehe weinte … da war das alles Schnee von gestern für mich. Ich hatte das alles schon einmal gehört.«

Mamu kam zum Tisch zurück und setzte sich wieder hin. Es musste wohl Mutters Auszug sein, der sie dermaßen aufgewühlt hatte, dass sie mir dies alles erzählte. Ich glaube, dass sie merkte, dass ihre Herrschaft über die Familie nicht so unangefochten war, wie sie sich das eingebildet hatte, und vielleicht versuchte sie, zu begründen, warum sie so war, wie sie war. Aber vielleicht erklärte sie mir auch nur, warum sie alle Männer hasste. Im Laufe der Jahre habe ich sehr oft über jenen Morgen nachgedacht, aber ich konnte mir niemals erklären, warum sie mir ausgerechnet an diesem Tag all diese Dinge anvertraute.

»Er sagte mir, dass er fest entschlossen sei, sich auch weiterhin mit Charlotte zu treffen, und dass ich nichts dagegen tun könnte. Wenn ich mich scheiden lassen wollte, so würde er dem zustimmen. Er würde allem zustimmen. Es sei an mir, mich zu entscheiden. Er war außerordentlich liebenswürdig. Natürlich, dein Großvater war immer liebenswürdig. Jedermann liebte ihn. Ich dachte lange über alles nach und ich wusste nicht, was ich machen sollte. Ich ertrug es nicht, mit meinem Vater zusammen in einem Raum zu sein, und ich wäre eher gestorben, als ihn um etwas zu bitten. Und vergiss nicht, ich war schwanger. Na ja, und inzwischen fühlte ich mich in diesem Haus sehr wohl. Es war mein Zuhause, und ich liebte es sehr. Ich liebe es immer noch. Dein Großvater und ich trafen eine geschäftliche Abmachung. Er würde für alles sorgen, was ich brauchte, und nach seinem Tod sollten unser Kind und ich sein Vermögen erben. Nach außen hin lebten wir in einer Ehe, aber in Wirklichkeit war es eine geschäftliche Vereinbarung. Er hatte sein Leben in New York, und das meine war hier in Millersburg.« Sie faltete die Hände auf dem Tisch wie ein braves Schulmädchen. »Schenk mir noch eine Tasse Kaffee ein, Ben.«

Ich holte die Kanne und füllte unsere beiden Tassen.

»Was ich dir jetzt erzählen werde, darfst du niemals weitersagen. Du darfst es niemandem sagen. Nicht Estella, nicht deiner Mutter … niemandem. Niemals. Versprichst du das?«

»Ja, das verspreche ich.« Ich setzte mich hin und wartete aufgeregt, was sie mir nun wohl erzählen würde.

»In der Nacht, in der dein Großvater starb, kam er ein paar Stunden nach dem Abendessen aus New York. Ich weiß es noch genau, weil ich das Geschirr schon gespült und aufgeräumt hatte. Du und Estella wart schon im Bett, und eure Mutter las euch eine Geschichte vor. Ich hörte den Phaeton den Broadway entlangkommen und überlegte mir, warum er mitten in der Woche nach Hause kam. Das Motorengeräusch dieses Wagens konnte man mit keinem anderen verwechseln. Ich ging auf die Veranda hinaus, und er stand lächelnd da, charmant, wie er immer war. ›Komm, Adela, ich möchte eine Fahrt mit dir unternehmen‹, sagte er. Ich hatte keine Lust dazu. ›Ich muss dir etwas erzählen. Komm schon. Eine kleine Autofahrt, ist das zu viel verlangt?‹ Ich wusste, dass es sich nicht um Charlotte handeln konnte, weil sie ein paar Jahre zuvor gestorben war. Ein Bootsunfall im Long Island Sound. Das war 1929, vergiss das nicht. Ich glaube, als sie starb, hatten sie schon aufgehört, sich zu treffen, und er hatte eine neue Frau. Aber es war mir ziemlich gleichgültig, und ich konnte mir nicht vorstellen, warum er das Bedürfnis haben sollte, mir von *ihr* zu erzählen. Jedenfalls erklärte ich mich bereit, mit ihm zu fahren, einfach um herauszufinden, worum es sich handelte, und ich ging hinauf, um eurer Mutter Bescheid zu sagen, aber ich fand sie schlafend im Bett mit dir und Estella, das offene Buch noch auf dem Schoß. Es war eine kühle Nacht, und so lief ich noch in mein Zimmer und holte mir einen dicken, weißen Pullover, den ich mir um die Schultern legte, ging hinunter und stieg ins Auto. Er bog vom Broadway nach links ab und wir fuhren in Richtung Meer. Ich glaube nicht, dass wir viel miteinander redeten, und wenn wir es taten, kann ich mich nicht mehr daran erinnern. Ich kann mich nicht einmal erinnern, ihn gefragt zu haben, was er mir sagen wollte. Vermutlich habe ich angenommen, dass er schon damit anfangen würde, wenn er so weit war. In der Hinsicht trieb er immer seine Spielchen. Er hatte immer seine kleinen Spielchen. Nachdem wir etwa eine Stunde lang gefahren und in der Gegend waren, wo die Kiefern standen, bog er vom Highway ab und fuhr im Zickzack durch die Kiefernwälder, auf gewundenen, kleinen, ungepflasterten Waldwegen, die kaum noch als Straßen zu erkennen waren. Endlich hielt er den Wagen am Ufer eines kleinen Sees an, kurbelte das Fenster herunter und zündete sich eine Zigarre an.

›Ist es dir zu kalt mit offenem Fenster?‹

›Nein, mir ist nicht kalt. Was soll das Ganze?‹

›Ich weiß nicht, ob dieser kleine See einen Namen hat oder nicht‹, begann er. ›Als ich noch ein Junge war, kam ich manchmal hierher zum Zelten. Ich hatte zwei Freunde, deren Familien Häuser am Millersee hatten. Lionel Greshon und John Day. Lionel musste einen Spezialschuh tragen, weil sein eines Bein drei Zentimeter kürzer war als das andere. Er war der beste Schwimmer, den ich je gekannt habe. Der Beste, wie ein gottverdammter Fisch. Und John, also, der war der gescheiteste Junge, den ich je gekannt habe, schlank wie ein Windhund und gescheit wie der Teufel. Er und ich haben zusammen auf den Philippinen gedient. Wir nannten diesen See Geistersee, weil es hier draußen so unheimlich war. Wenn wir am Abend am Lagerfeuer saßen, erfanden wir alle möglichen phantastischen Geistergeschichten über die Gespenster, die am See umgingen. Meistens waren es die Geister von Indianern, die von weißen Männern ermordet worden waren. Sie waren unsere liebsten Gespenster, weil sie so rachsüchtig und erbarmungslos waren. Wirklich zum Fürchten.‹ Er füllte sich den Mund mit Rauch und blies ihn langsam mit geschürzten Lippen in die Luft. ›Ich war so gerne hier, weil nie jemand hierher kam. Wir haben hier niemals auch nur einen einzigen Menschen getroffen. Wir taten immer so, als hätten wir den See entdeckt. Und vielleicht war es wirklich so, wer weiß?‹ Er sog an seiner Zigarre. ›Wenn man hier schwimmt, findet man Skelette von toten Bäumen auf dem Grund. Und der See ist voller Aale, und sie machen alles noch viel unheimlicher. Und ein paar alte Autos sind auch dort unten, damals waren sie jedenfalls da. Wir hielten den Atem an und setzten uns auf den Fahrersitz. Ich bin wirklich gerne zum Zelten hierher gekommen. Es war wie das Ende der Welt. Das Ende unserer privaten Welt.‹ Ich hatte die ganze Zeit kein Wort gesprochen, und er saß da und erinnerte sich an die guten alten Zeiten. ›Wir sind bankrott, Adela. Restlos bankrott. Es ist meine Schuld. Ich habe an der Börse spekuliert und alles in wertlose Aktien investiert. Alles ist weg. Mehr kann ich nicht dazu sagen. Es tut mir Leid.‹

›Und es ist nichts mehr übrig?‹, fragte ich. ›Wie ist das möglich?‹

›Nichts außer dem Haus und dem Wagen. Das ist alles. Es

tut mir Leid‹, wiederholte er. ›Es gibt sehr vieles, das mir Leid tut, und ich entschuldige mich.‹

›Dafür ist es jetzt ein bisschen zu spät, findest du nicht? Bist du bis hierher mit mir gefahren, um mir das zu eröffnen? Das hättest du mir auch auf der Veranda sagen können, und dann hättest du dich umdrehen und wieder nach New York fahren können. Lass uns nach Hause fahren.‹

›Nein, das werde ich nicht tun. Das ist dein Zuhause und nicht meins.‹ Und er griff unter den Sitz, zog einen Revolver hervor, hielt ihn sich ohne ein weiteres Wort an die Schläfe und drückte ab.«

»Mein Gott, Mamu, was hast du dann gemacht?«

»Ich saß entsetzt da und konnte nicht glauben, dass er sich umgebracht hatte. Es war so absurd. Einen Augenblick lang glaubte ich sogar, dass er einen schrecklichen Scherz mit mir trieb. Aber dann sah ich das Blut und fing so laut zu schreien an, dass mir die Kehle wehtat. Und dann ergriff ich die brennende Zigarre, die zwischen seine Beine gefallen war, und warf sie über seinen zusammengesunkenen Körper hinweg zum Fenster hinaus. Er blutete erstaunlich wenig. Ein bisschen Blut war auf meinem Pullover und meinem Kleid, und ein bisschen auf dem Sitz, aber nicht so viel, wie man denken sollte. Sein Kopf lag auf dem Lenkrad und er sah mit einem erstaunten Ausdruck in den Augen an mir vorbei. Diesen fast unschuldigen Ausdruck des Erstaunens werde ich nie vergessen. Es war das letzte Mal, dass ich ihm ins Gesicht sah. Seltsam, dass es so kindlich war und … ja, unschuldig ist das einzig treffende Wort, das mir dafür einfällt. Ich weiß nicht, wie lange ich dasaß und darüber nachdachte, was ich nun machen sollte. Und dann fing ich an, wütend zu werden. Wirklich wütend. Wenn er sich umbringen wollte, war das seine Sache, aber warum musste er mich mit hineinziehen? Hielt er es für eine edle Sache, sich das Hirn herauszublasen, und wollte dafür sorgen, dass ich es auch mit ansah? In meinen Augen war überhaupt nichts Edles daran. Es war absolut verächtlich. Wie musste er mich gehasst haben, dass er so etwas Entsetzliches tun konnte? Ich griff über ihn hinweg, öffnete die Tür und schob mit aller Kraft, bis seine Leiche aus dem Auto fiel. Ich glaube, dass ich ihn dabei die ganze Zeit anschrie. Er fiel einfach auf den Boden, und ich kann mich noch an das Geräusch der brechenden Zweige erinnern, als er aufschlug. Dann saß ich da, entsetzt über das, was ich soeben getan hatte, und glaubte, dass er jeden Augenblick aufstehen und mit blutendem Kopf anklagend am Fenster stehen würde. Es war wirklich fürchterlich, das kann ich dir sagen. Dann tat ich das Tapferste, was ich je in meinem Leben getan habe. Ich stieg aus dem Wagen, ging auf die Fahrerseite hinüber, stieg über seine Leiche und setzte mich hinein. Ich zitterte so sehr, dass ich kaum den Zündschlüssel umdrehen konnte. Dann fuhr ich los, ohne mich noch einmal umzusehen und ohne auch nur das Geringste darum zu geben, was mit seiner Leiche passierte – mochten ihn doch irgendwelche Tiere über Nacht in Stücke reißen und Bussarde am nächsten Tag auf ihn einhacken. Ich fuhr eine Ewigkeit die gewundenen kleinen Straßen entlang, in der Hoffnung, den Highway zu finden, und als ich ihn endlich fand, fuhr ich nach Hause.«

Ich war wie gelähmt. So gelähmt und betäubt, dass

ich kein Wort hervorbrachte. Wie hatte sie es überlebt, neben einem Mann zu sitzen, der sich in den Kopf schoss?

»Ich parkte den Wagen in der damaligen Garage und ging ins Haus, holte einen Eimer Wasser und wusch das Blut vom Sitz. Die Flecken gingen nicht ganz heraus. Wenn du genau hinsiehst, kannst du nach all den Jahren noch immer ein paar dunkle Schatten sehen. Ich versuchte, das Blut aus meinem Kleid und meinem Pullover zu waschen, aber es war auf dem Heimweg getrocknet, und die Flecken hatten sich hineingefressen. Also verbrannte ich sie. Ich musste auch meine Schuhe verbrennen. Wenn ich mich des Wagens hätte entledigen können, hätte ich es getan. So beschloss ich, dass er in der Garage bleiben und das Tageslicht nie wieder sehen würde. Nicht, so lange ich am Leben bin. Also sperrte ich ihn ab, und da steht er nun.« Sie spielte mit den Toastkrümeln auf ihrem Teller. »Ich war fest überzeugt, dass jemand die Leiche finden würde, und ich fühlte mich fast so schuldig, als hätte ich ihn ermordet. Außerdem wusste ich nicht, wie ich erklären sollte, wie der Wagen in die Garage gekommen war. Deine Mutter schlief noch, und so brauchte ich mir um ihretwillen keine Sorgen zu machen. Etwa eine Woche später, nachdem sein Büro mehrfach angerufen und nach ihm gefragt hatte, meldete ich ihn als vermisst, und als die Polizei ins Haus kam, sagte ich einfach, dass er das Auto dort hinterlassen hätte, und niemand fragte mehr danach. Aus Wochen wurden Monate und aus Monaten Jahre, und immer wartete ich darauf, dass seine Leiche gefunden wurde. Aber sie wurde nie entdeckt, und als schließlich, wie du dich sicher erinnerst, sein Skelett gefunden wurde, kann ich nur sagen, dass es eine große Erleichterung war. Ich musste nicht mehr mit der Ungewissheit leben, was aus seinen sterblichen Überresten geworden war. Es hat viel für sich, die Dinge zu wissen. Ja, ich war froh zu wissen, dass das gefunden worden war, was von ihm noch übrig war, aber keine zehn Pferde hätten mich dazu bewegen können, auf den Friedhof zu gehen, um sein Andenken zu ehren. Eher hätte ich mich selbst erschossen.«

Ich hörte, wie hinter dem Haus der Truck vorfuhr.

»Priddie und Osceola sind da. Denk daran, Ben, kein Wort von alldem zu irgendjemandem. Nicht ein einziges Wort!«

»Ehrenwort!« Es war eine so umwerfende Eröffnung, dass ich niemandem begegnen konnte, und so beschloss ich zu behaupten, dass ich Kopfschmerzen hätte und eine Weile in mein Zimmer zurückginge.

»Kopfschmerzen? So früh am Morgen? So was hab ich ja noch nie gehört. Soviel ich weiß, hast du in deinem ganzen Leben noch nie Kopfschmerzen gehabt. Du bist doch nicht krank?« Priddie war bereits auf dem Weg zu ihren Kräutern, um mich zu pflegen.

»Nein, nicht krank. Es ist nur ein Kopfschmerz. Ich leg mich einfach noch ein bisschen hin.«

»Ich bring dir eine Tasse Salbeitee. Das wird dich gleich wieder kurieren.« Sie stellte den Wasserkessel auf den Herd. »Ich hoffe nur, dass du nicht irgendwas ausbrütest. Für die Grippe ist es noch zu früh.«

»Wir reden später, Ben.« Mamu wusste, dass ich allein

sein musste, um über alles nachzudenken. Aber wir hatten nie wieder Gelegenheit, über Großvater zu sprechen. Während der nächsten Tage hatten Mamu und ich ein Abkommen miteinander. Sie hatte mich für würdig befunden, mir etwas zu erzählen, was sie noch keiner Menschenseele gesagt hatte, und aus diesem Grund kam ich überhaupt nicht in Versuchung, ihr Geheimnis irgendjemandem gegenüber preiszugeben. Die Folge des Gesprächs war, dass alle sich zu entspannen schienen, obwohl die anderen nichts davon wussten. Es lag daran, dass Mamu sich verändert hatte. Sie hatte endlich nach all den Jahren jemandem ihr dunkles Geheimnis anvertraut. Plötzlich sah es so aus, als bestünde keinerlei Gefahr, dass Onkel Josh nicht bei uns bleiben dürfte. Entgegen ihren sonstigen Gewohnheiten bat sie ihn sogar, zum Abendessen ins Haus zu kommen. Ich hoffte, dass es vielleicht daran lag, dass ich ihr vorgeworfen hatte, zu viel von den Leuten zu verlangen. Am nächsten Nachmittag, am Tag, nachdem sie mir die Sache mit Großvater erzählt hatte, fragte sie Osceola, wo Onkel Josh arbeitete, und als er es ihr sagte, ging sie aufs Feld hinaus, um mit ihm zu reden. Die Sonne schien grell, und Mamu, die den Großteil ihrer Arbeit außerhalb des Hauses vor und nach der größten Tageshitze erledigte, nahm einen Schirm mit, um sich zu schützen. Es war das erste Gespräch, das sie miteinander führten, seit er aus dem Gefängnis nach Hause gekommen war. Er war gerade dabei, Auberginen zu ernten, und obwohl wir nicht hören konnten, was sie sprachen, sahen wir, dass er mitten in der Bewegung erstarrte, als sie auf ihn zukam. Sie sahen so aus, als stünden sie für einen der bukolischen Impressionisten Modell, oder vielleicht für Millet oder Corot, sie mit ihrem Sonnenschirm und er mit einer violetten Aubergine in jeder Hand, mitten in einem reifenden Feld. Selbst das Licht stimmte. Das tiefe Gelb der Sonne eines Tages im Frühherbst. Sie redeten nur ein paar Minuten lang, aber als sie zum Haus zurückging, konnten wir deutlich erkennen, dass sein ganzer Körper sich entspannte. An diesem Abend kam er, angetan mit seiner besten Kleidung, zum Abendessen. Priddie freute sich so sehr, dass sie ein Essen kochte, das eines Feiertags würdig war. Ihr wunderbares gebratenes Huhn, geröstete Kartoffeln mit Knoblauch und Rosmarin, Maiskolben, Krautsalat, süßsaure Gurken, Buttermilchbiskuits und Pfirsichkuchen mit frischer Schlagsahne. Und sie ließ sich auch beim Decken des Tisches nicht lumpen. Das Sèvre-Porzellan, das Silber mit den Perlmuttgriffen, eine Damasttischdecke, Waterford-Kristall und Kerzen zu beiden Seiten eines Rosenstraußes. Es war ihr gleichgültig, ob Mamu sich darüber ärgern würde, aber Mamu war klug genug, kein Wort zu sagen. Es wurde eine der unvergesslichsten Mahlzeiten, die wir jemals hatten, und das nicht nur, weil das Essen so hervorragend war. Onkel Josh war endlich nach Hause gekommen, und das war ein denkwürdigeres Ereignis als Weihnachen oder das Erntedankfest. Und es war unsere letzte gemeinsame Mahlzeit. Am Tag darauf brach die Hölle los.

KAPITEL 13

Das anhaltende Schrillen des Telefons weckte mich, und als ich die Augen öffnete, war es noch dunkel. Ich knipste das Licht an und sah auf die Uhr. Es war kurz vor fünf Uhr morgens.

»Geht jemand ran?«, rief Mamu. »Estella, geh runter ans Telefon. Wer kann um diese Zeit anrufen? Das kann nur Ärger bedeuten.«

Ich fuhr in meine Hose und rannte die Treppe hinunter. Auf dem Treppenabsatz kam ich an Mamu vorbei. »Ist Estella schon dran?«, fragte ich. »Es hat aufgehört zu klingeln.«

»Vermutlich. Sie ist jedenfalls unten.« Mamu war im Nachthemd. Sie hatte ihren alten Lieblingsmorgenrock aus Chenille um die Schultern geworfen und ihr langer, grauroter Zopf hing ihr den Rücken hinunter. »Ich kann mir nicht vorstellen, wer das sein kann. Es ist unhöflich, um diese Zeit anzurufen. Vielleicht ist es eure Mutter. Ich würde mich nicht wundern, wenn sie irgendein Problem hätten. Habe ich ihr nicht gesagt, dass sie wiederkommen würde?« Ihre Stimme klang hoffnungsvoll.

Estella war am Telefon. »Oh nein«, sagte sie. »Oh mein Gott.«
»Wer ist das?«, fragte ich.
Sie legte die Hand über die Sprechmuschel und flüsterte: »Osceola. Du wirst es kaum glauben, was passiert ist.« Sie redete weiter mit ihm. »Oje … ach … ja … also, ich weiß nicht. Ich weiß nicht, was ich ihr sagen soll … Oh Gott, ist das entsetzlich … Aber wie können sie so was machen? … Oh … also gut. Nein, wir lassen niemanden rein. Natürlich nicht … ja gut, bis bald.« Sie legte den Hörer auf.
»Was ist los?« Ich knipste das Licht in der Halle an.
»Wer war das?«, rief Mamu.
»Osceola. Es gibt Ärger. Im Lokalblatt von Laurelwood steht ein Artikel darüber, dass Onkel Josh von der Polizei zur Befragung festgehalten worden ist.«
»Das ist wirklich genau das, was wir brauchen«, sagte Mamu. »Das ist *genau* das, was wir brauchen.« Sie ging in ihr Schlafzimmer und warf die Tür hinter sich zu.
Estella zog mich von der Treppe fort in die Halle. »Das ist noch nicht das Schlimmste. Ein Mann in Osceolas und Priddies Kirche arbeitet für den *Laurelwood Register*, und er hat den Flowers ein Exemplar der heutigen Morgenzeitung gebracht. Er hat sie aufgeweckt. Oh mein Gott. Es ist unglaublich.«
»Ja was denn?«
»In der Zeitung ist ein Artikel über Onkel Josh mit einem Bild von uns dreien, wie wir im Bach schwimmen.«
»Nackt?«
»Natürlich nackt. Wann hatten wir jemals Badeanzüge

an. Osceola hat gesagt, wir sollen Mamu noch nichts von dem Bild sagen, bis er hier ist. Er hat auch gesagt, dass es hier von Reportern wimmeln wird, sobald es hell wird. Er und Priddie fahren gerade los. Er hat angerufen, um uns zu sagen, dass wir mit niemandem von den Zeitungen reden sollen, wenn sie kommen.«

»Sie können keine Bilder von nackten Leuten in der Zeitung abdrucken.«

»Ich habe auch gefragt, wie sie das machen können, und er hat gesagt, dass kleine schwarze Dreiecke auf dem Bild sind, die gerade so viel verdecken, dass es nicht anstößig ist. Wer könnte uns fotografiert haben?«

»Woher, zum Teufel, soll ich das wissen. Scheiße! Ob man wirklich erkennen kann, dass wir das sind?«

Das Telefon klingelte, und ich griff danach, bevor es ein zweites Mal klingeln konnte. »Hallo?«

»Ich kann nichts dafür!« Ich brauchte eine Weile, bis ich Margaret Breedloves Stimme erkannte. Sie weinte so heftig, dass ich kaum verstehen konnte, was sie sagte. »Er hat geschworen, dass er kein Reporter ist. Er hat mich im Restaurant angesprochen. Ich hatte den Schinken spezial. So ein netter junger Kerl … Er heißt Hare … Ach, ich weiß nicht, was ich machen soll. Ich hab ihn gefragt, ob er von der Presse ist, und er hat nein gesagt. Das schwöre ich. Ich verliere meinen Job, das weiß ich. Ich wollte deinem Onkel nichts Böses tun. Das schwöre ich. Wir haben uns nur unterhalten. Er hat versprochen, dass er nichts weitersagen würde. Er hat auch den Schinken gegessen.«

»Wer ist es diesmal?«, rief Mamu.

»Geh wieder ins Bett. Ich erzähl's dir später.« Estella flüsterte ich zu: »Es ist Margaret.«

»Wieso sollte ich wieder ins Bett gehen? Denk doch mal nach.« Mamus Stimme klang scharf. »Ich muss sowieso aufstehen. Ich zieh mich jetzt an.« Wieder hörten wir ihre Schlafzimmertür krachend zufallen.

»Was hast du ihm gesagt, Margaret?«

Sie machte keine Anstalten, mir zu antworten. »Sheriff Anderson ist fuchsteufelswild. Er hat mich angerufen. Stell dir vor, um diese Zeit. Irgendein Verrückter hat ihn angerufen und ihn angebrüllt, weil er einen Mörder frei in Millersburg herumlaufen lässt. Die Zeitung schildert ihn als einen Verrückten. Deinen Onkel, meine ich, nicht den Sheriff. Sie deuten an, dass er vielleicht der Killer sein könnte. Ein Mörder! Der Sheriff hat mich jedenfalls zur Schnecke gemacht. Wieso meint er, dass ich das getan haben könnte, das möchte ich mal wissen. Ich habe ihm gesagt, dass ich keine Ahnung hatte, dass der Kerl ein Reporter war. Er wird mich rausschmeißen, ganz bestimmt.« Und sie fing wieder an zu heulen.

»Wo kommt das Bild her?«, fragte ich. Estella hatte das Ohr mit mir zusammen an den Hörer gedrückt.

»Das stammt nicht von mir. Das schwöre ich bei Gott. Ich habe ihm kein Bild gegeben, Ben. Das schwöre ich beim Grab meiner Mutter. Ich würde niemals jemandem ein Bild von euch geben, auf dem ihr keine Kleider anhabt. Wo sollte ich so was herbekommen? Aber ich weiß, wer es ihm gegeben hat. Sie waren hier und haben versucht, von Sheriff Anderson Geld für ein paar Bilder zu kriegen, aber er hat ihnen gesagt, dass er sie nicht mit der Zange anfassen würde. Über den Sheriff kann man sagen was man will, aber er ist ein Ehrenmann. Er hat gesagt, dass die verdammten Bilder niemanden was angehen. Eigentlich hat er ›gottverdammt‹ gesagt, aber ich mag nicht fluchen.«

»Und wer war's?«

»Diese McElway-Brüder. Sie sind bohnenstrohdumm. Sie haben nicht mal gemeinsam ein Hirn. Sie machen mich ganz krank.«

›Die niederträchtigen McElways‹ zahlten uns heim, dass wir Fallen für Moschusratten am Bach ausgelegt hatten, was sie für ihr alleiniges Recht gehalten hatten. Dass sie unsere Fallen gestohlen hatten, war ihnen nicht genug. Dabei hatten wir seit Jahren schon keine Fallen mehr ausgelegt. Wenn es um Rache ging, waren sie zäh wie Pitbullterrier.

»Diese Mistkerle«, flüsterte Estella.

»Sie müssen euch am Bachufer nachspioniert haben, wenn ihr beim Schwimmen wart. Das hat jedenfalls Sheriff Anderson gesagt, als sie ihm die Bilder zeigten. Könnt ihr euch das vorstellen? Sie wollten Geld. Wahrscheinlich haben sie nichts Besseres zu tun. Sie sollten lieber versuchen, Arbeit zu finden, und sich um ihre eigenen Angelegenheiten kümmern. Das hab ich zum Sheriff gesagt.« Ich versuchte, ihren Redestrom zu beenden, aber es gelang mir nicht. »Eins muss ich euch sagen, ihr braucht euch nicht zu schämen. Ihr seht nackt alle drei wirklich schön aus. Ich wünschte, ich würde so gut aussehen. Und die Bilder sind nicht unanständig, da braucht ihr euch keine Sorgen zu machen. Diese kleinen schwarzen Streifen verdecken alles, worauf es ankommt. Außerdem ist es schwer zu erkennen, wer auf dem Bild ist. Es ist aus großer Entfernung fotografiert und ziemlich körnig, verstehst du?«

Ich legte den Hörer auf.

»Was sollen wir machen? Mamu bringt uns um.« Estella ging in die Küche und drehte das Licht an.

»Na ja, wenn man nicht wirklich erkennen kann, dass wir es sind …«

»Was macht das für einen Unterschied? Wenn in der Zeitung steht, dass wir es sind und ein Bild abgedruckt ist …«

»Wir müssen abwarten und es erst mal anschauen.«

»Aber wir sind es. Du weißt, dass wir es sind.«

»Ich zieh mich jetzt an.« Ich ging die Halle hinunter und wollte gerade die Treppe hinaufgehen, als Mamu aus ihrem Zimmer kam.

»Was ist los? Einen so früh am Morgen anzurufen! Was steht in dem Zeitungsartikel?«

Das Telefon begann zu klingeln.

»Estella, rede mit niemandem«, brüllte ich zu ihr hinunter. »Heb ab und leg wieder auf. Und dann leg den Hörer neben das Telefon. Osceola hat gesagt, wir sollen mit niemandem reden.«

»Wirst du mir jetzt endlich sagen, was in der Zeitung steht?« Mamu packte mich am Arm und drehte mich zu sich um.

»Ich muss mich erst mal anziehen. Osceola ist schon unterwegs. Er bringt die Zeitung mit. Ich weiß wirklich nicht, was drinsteht. Du kannst es lesen, wenn er da ist.«

Mamus Tür war offen, und die Zimmerdecke wurde

von den Scheinwerfern eines Autos angestrahlt, das den Broadway entlangkam und Gänse und Perlhühner in Aufruhr versetzte. Ich wusste, dass es noch nicht die Flowers sein konnten. So schnell schaffte man es nicht, von der Stadt bis zu uns herauszufahren, egal wie schnell Osceola fuhr. »Oh, Scheiße.«

»Gebrauch keine solchen Ausdrücke.«

»Estella, schließ die Tür ab. Wer auch immer es ist, lass sie nicht rein. Ich komm runter, sowie ich Schuhe und ein Hemd anhabe.«

»Ich möchte wissen, was hier vorgeht.« Sie steckte die letzten Haarnadeln in ihren Knoten und eilte die Treppe hinunter.

Als ich nur wenige Minuten später angezogen hinunterkam, standen Mamu und Estella in der offenen Vordertür und sprachen mit einem dunkelhaarigen jungen Mann, der nicht viel älter aussah als ich.

»Ich hab dir doch gesagt, dass du nicht aufmachen sollst.«

»Ich habe die Tür geöffnet.« Mamu sah mich wütend an. »Ich nehme an, dass es mir gestattet ist, meine eigene Haustür zu öffnen.«

»Ich heiße Thomas. Carl Thomas. Ich komme vom *Reminder.* Warum haben Sie die Geschichte dem *Laurelwood Register* gegeben und nicht uns? Warum haben Sie das getan?«

»Wir haben die Geschichte überhaupt niemandem gegeben«, sagte Estella.

»Ich möchte mit Joshua Pritchard sprechen.«

»Er ist nicht da. Wissen Sie, wie spät es ist? Was, zum Teufel, ist in Sie gefahren? Wir haben nichts zu sagen,

weder zu Ihnen noch zu sonst irgendjemandem.« Ich machte Anstalten, die Tür zuzuschlagen.
»Aber ich habe eine Menge zu sagen«, mischte Mamu sich ein. »Und als Erstes sage ich Ihnen, machen Sie, dass Sie von meinem Grund und Boden herunterkommen. Sofort, oder ich hole die Polizei.«
»Sie sind doch das Mädchen auf dem Bild«, sagte er zu Estella. »Und Sie sind der andere. Was haben Sie zu dem Foto zu sagen?«
»Nichts. Machen Sie, dass Sie fortkommen.« Ich schlug die Tür zu und sperrte sie ab.
»Von was für einem Bild redet er?«, wollte Mamu wissen.
»Warte, bis Osceola kommt.«
»Ich mache Kaffee«, verkündete Estella.
»Was traut ihr euch nicht zu sagen? Da ist doch irgendwas, was ihr euch nicht zu sagen traut!«
»Mamu, warum gehst du nicht und kümmerst dich um die Ziegen. Bis du mit dem Melken fertig bist, ist Osceola hier.«
»Du fängst ja ganz schön an, mich herumzukommandieren.«
Sie war draußen in der Schaheune, als Osceola und Priddie ankamen. Estella und ich überflogen den Artikel in der Hoffnung, irgendetwas zu finden, das wir zu unserer Verteidigung vorbringen konnten, wenn Mamu ihn erst einmal in die Finger bekam. Wie Margaret gesagt hatte, war die Fotografie aus ziemlich weiter Entfernung aufgenommen, und unsere Gesichter waren nicht zu erkennen. Aber im Text waren unsere Namen genannt, und unser Bootssteg und die Santa Maria waren nicht zu verkennen.

Und, was besonders schlimm war, Broadway Acres wurde mehrfach erwähnt. Der Artikel war von Lyle Hare verfasst, Margarets nettem jungem Mann mit dem Schinken aus dem Lokal. Er berichtete, dass Onkel Josh als möglicher Verdächtiger von der Polizei in Laurelwood festgehalten worden sei. Es gebe Hinweise auf eine Beziehung sexueller Natur mit der verstorbenen Mrs. Gardiner, aber nicht genügend Beweise dafür, dass er in die Morde verwickelt sei, dass die Polizei ihn weiter festhalten könne. Er werde von J. Leonhard Mason von der Anwaltskanzlei Bernstein, Mason und Brewer in New York vertreten. Onkel Josh wurde als exzentrischer Einsiedler dargestellt, als ein sehr gut aussehender Exzentriker, der eine gewisse Ähnlichkeit mit Tyrone Power habe. Das waren haargenau Margarets Worte. Er sollte auch höchstwahrscheinlich Vegetarier und Buddhist, mit Sicherheit jedoch Sozialist und Nudist sein, was durch das nebenstehende Foto bewiesen sei. Das Foto sei von einer nicht genannten Quelle aufgenommen worden und stelle Mr. Pritchard beim Schwimmen mit seiner Nichte und seinem Neffen, Stella und Ben Whyte, dar. Er hatte das ›E‹ von Estellas Namen weggelassen, etwas, das sie nicht ausstehen konnte. Er fuhr fort, dass möglicherweise eine Verbindung zwischen Onkel Josh und der deutschen Nacktkultur bestünde, einer holistischen Philosophie einer gesunden Lebensweise, die in Deutschland nach dem Ersten Weltkrieg aufgekommen sei und aus gemeinschaftlicher körperlicher Ertüchtigung, einer bestimmten Diät, Meditation und Nudismus bestünde. Die Tatsache, dass Hitler und Deutschland die Nachrichten beherrschten, gaben unseren Bädern im Bach plötzlich etwas Bedrohliches, fast als sei Onkel Josh neben allem anderen auch noch unamerikanisch. Und um die Dinge abzurunden, wurde auch noch dezent auf die Möglichkeit eines Inzests hingewiesen. Warum sonst sollten wir drei, Bruder und Schwester, Onkel, Nichte und Neffe nackt im Bach schwimmen? Weil Estella und Onkel Josh manchmal in meinen sexuellen Phantasien eine Rolle spielten, spürte ich, wie ich errötete, als ich die Sache mit dem Inzest las.

»Wie lange seid ihr wie Adam und Eva miteinander geschwommen?« Priddie stellte lediglich eine Frage. In ihrer Stimme schwang nicht die Spur eines Vorwurfs mit.

»Das haben wir immer gemacht«, sagte Estella und blickte von der Zeitung auf. »Ist dieser Kerl verrückt? Wie kommt er auf den Blödsinn mit dem Vegetariertum und dem Buddhismus?« Das erschien ihr offenbar noch unglaublicher als der Hinweis auf einen möglichen Inzest. »Und Onkel Josh soll ein Sozialist sein? Unglaublich!«

»Ich fürchte, wir werden gleich den Ausbruch eines neuen Weltkriegs erleben, wenn die Fliegengittertür aufgeht und ihr-wisst-schon-wer hereinkommt.« Osceola saß am Tisch und hielt den Kopf in den Händen. »Jetzt ist uns ein Riesenschlamassel gewiss, das kann ich euch verraten. Und der arme Mr. Josh. Ich möchte nicht in seiner Haut stecken.«

»Vielleicht können wir die Zeitung verstecken und verhindern, dass sie sie sieht?« Es war das erste Mal, dass ich Priddie auch nur den winzigsten Betrug vorschlagen hörte, und ich wartete jeden Augenblick darauf, dass sie ›Gott steh uns bei‹ hinzufügte.

»Früher oder später findet sie es ja doch heraus. Verstecken! Was bildest du dir ein, Frau? Das verdammte Radio wird es doch auch bringen.«

Mamu kam ohne ihren Milcheimer in die Küche. Sie hatte es so eilig, die Zeitung zu sehen, dass sie das Melken unterbrochen hatte, etwas, was sie noch nie getan hatte.

»Jetzt lasst mich mal sehen, was dieses ganze Theater soll.« Sie setzte sich an den Tisch und las den Artikel. Estella und ich standen am Ausguss und warteten auf ihre Reaktion. Als sie gelesen hatte, sah sie uns wortlos an.

»Jetzt schütten Sie nicht gleich das Kind mit dem Bad aus …«

»Das geht dich nichts an«, gab sie zurück, ohne Osceola anzusehen.

»Das soll mich nichts angehen? Was, zum Teufel, reden Sie da. Seit wann geht es mich nichts an, was den beiden passiert? Das sagen Sie mir mal.«

»Das ist eine Sache zwischen mir und meinen Enkelkindern. Es wäre besser, wenn du und Priddie hinausgehen würdet.«

»So schlimm ist das doch nicht«, sagte er. »Lieber Gott, viele Leute schwimmen nackt. Das soll sehr gesund sein.«

»Adam und Eva hatten auch keine Kleider an.« In ihrem Wunsch, uns zu verteidigen, griff Priddie nach jedem Strohhalm, so lächerlich er auch war.

»Hinaus, bitte.«

»Seien Sie nicht hart gegen die Kinder, Miz Adela. Sie haben nichts getan, was so schrecklich wäre. Gott weiß, dass wir uns alle vorstellen können, was wir unter unseren Kleidern haben, also warum machen alle so eine Riesensache daraus, wenn einer nackt ist? Böse ist derjenige, der danach sucht. Das hat meine Tante Moll immer gesagt. Und wenn Sie hier etwas Böses sehen, dann bedeutet das, dass Sie mal über sich selbst nachdenken sollten.« Priddie öffnete die Fliegengittertür. »Denken Sie darüber mal nach.«

»Noch eins, Osceola.« Es war das erste Mal, dass sie die Augen von uns abwandte und Osceola ansah. »Ich will, dass du zur Hütte gehst und Josh sagst, dass er dieses Anwesen noch heute verlassen muss. Sag ihm, er soll seine Sachen packen und machen, dass er fortkommt.«

»Das kann er nicht. Die Polizei hat gesagt, dass er hier bleiben muss, solange die Ermittlungen noch nicht abgeschlossen sind.«

»Dann soll er gehen und in der Polizeistation bleiben. Ich will ihn nie wieder sehen. Wenn er bis heute Abend nicht weg ist, rufe ich die Polizei und lasse ihn wegen Verführung Minderjähriger verhaften.«

»Das kannst du nicht machen«, sagte ich.

»Er hat niemanden verführt.« Osceola stand unbeirrt in der Tür. »Herr Jesus!«

»Ich rufe die Polizei und lasse ihn wieder ins Gefängnis bringen. Und verlass dich drauf, das ist keine leere Drohung.«

»Also, ich gehe nicht hin und sag ihm das. Nein, Ma'am. Erledigen Sie Ihr schmutziges Geschäft alleine. Komm, Priddie. Hier gefällt es mir nicht. Lass uns rausgehen, damit wir ein bisschen frische Luft bekommen.«

Als sie gegangen waren, kam Mamu mit zornrotem Gesicht auf uns zu. Ich hatte sie noch nie so wütend gesehen.

»Was habt ihr zu eurer Verteidigung zu sagen?«
»Es war nichts, worüber man sich aufregen müsste. Du machst zu viel daraus.« Ich dachte mir, dass es die beste Taktik sei, die Sache zu bagatellisieren.
»Hat er dich jemals angefasst?«, fragte sie Estella.
»Nein, natürlich hat er mich nicht angefasst, Mamu …«
»Das glaube ich dir nicht.«
»Er hat es nicht getan. Lieber Gott!«
»Und dich?« Sie drehte sich zu mir um.
»Nein. Niemals. So war das nicht. Der Reporter hat sich das alles aus den Fingern gesogen. War dir je etwas davon bekannt, dass er ein Vegetarier ist?«
»Oder Buddhist?«, fügte Estella hinzu.
»Das Einzige, was wir getan haben, war, nackt zu schwimmen. Das ist alles. Es ist keine so schreckliche Sache.«
»Es ist schrecklich. Es ist nicht normal. Er hat euch dazu überredet. Ich meine, ohne Badeanzüge zu schwimmen. Habt ihr denn gar kein Schamgefühl?«
»Niemand hat irgendjemanden zu irgendetwas überredet.« Plötzlich hatte ich das Gefühl, dass sie nicht das Recht hatte, mir zu sagen, ob ich schwimmen konnte, wie ich wollte, oder nicht. »Wir haben es einfach getan, das ist alles. Und ich habe mich nicht geschämt. Und jetzt schäme ich mich auch nicht. Wir haben das immer gemacht.«
»Estella, wie konntest du nur?«
»Mamu, wir haben damit angefangen, als wir noch kleine Kinder waren. Viele Kinder schwimmen ohne Badeanzug. Wir haben es immer gemacht. Es kam uns ganz natürlich vor. Einfach … ja, natürlich.«
»Das ist es aber nicht. Ein erwachsener Mann, der mit

Kindern nackt herumläuft. Das ist überhaupt nicht natürlich.«

»Ich habe nie darüber nachgedacht. Und es war ja auch niemand da, der uns hätte sehen können.« Estella sah mich an. »Jedenfalls haben wir geglaubt, dass keiner da wäre.«

»Warum habt ihr mir nichts davon gesagt? Wenn es nichts war, wegen dem man sich schämen müsste, warum habt ihr mir dann nichts gesagt?«

»Weil wir gewusst haben, dass du genau so reagieren würdest, wie du es jetzt tust. Onkel Josh hat gesagt ...«

»So, er hat euch also gesagt, dass ihr den Mund halten sollt.«

»Nein, das hat er nicht. Aber wir wissen alle, wie du dich aufregst. Es ist einfach lächerlich.« Ich hatte kein schlechtes Gewissen. Ich war nur wütend. »Wir können sagen, was wir wollen, es macht keinen Unterschied. Du wirst es nie verstehen, weil du es nicht verstehen willst. Es ist reine Zeitverschwendung. Deswegen können wir uns die Mühe sparen und dieses Gespräch beenden. Glaub doch, was du willst. Aber ich sage dir, es ist nichts passiert. Oder, Estella?«

»Ihr beiden macht mich krank. Ich kann euch alle beide nicht respektieren.«

»Das glaube ich gerne. Aber weißt du, du hast uns noch nie respektiert.«

»Was soll das heißen?«

»›Tu dies, Ben. Tu das, Estella. Setz dich! Steh auf! Arbeite! Schlaf!‹ Wo bleibt da der Respekt? Und so hast du uns unser ganzes Leben lang behandelt.«

»Ben, lass das.« Das war zu viel für Estella. Sicher wäre es ihr am liebsten gewesen, wenn alle fortgegangen wären und die ganze Angelegenheit vergessen hätten.
»Es tut mir Leid, wenn ich euch nicht richtig behandelt habe. Aber denk daran, wenn ich nicht gewesen wäre, hätte niemand für euch gesorgt. Eure Mutter und euer Vater ganz bestimmt nicht.«
»Das weiß ich, Mamu. Das hast du uns hundertmal gesagt. Danke, danke, danke. In Ordnung?«
»So ein schmutziges Geheimnis mit sich herumzutragen! Ihr habt das Blut eures Vaters, das steht fest.«
»Wir haben alle unsere Geheimnisse, Mamu, nicht wahr?« Es war die einzige Munition, die ich hatte, und ich gebrauchte sie, und der Schuss saß.
»Das hätte ich nicht von dir erwartet, Ben.«
»Ich auch nicht.« Ich dachte an das, was Mutter mir an dem Tag gesagt hatte, an dem sie fortgegangen war: »Man tut vieles, um zu überleben, und ein Geheimnis zu bewahren ist nicht das Schlechteste davon. Gerade du solltest das wissen.«
Ich erpresste sie, und sie wusste es und war offensichtlich enttäuscht. »Es tut mir Leid, dass ich dir etwas gesagt habe.«
»Was hast du ihm gesagt?« Estella war restlos verwirrt.
Aber bevor Mamu antworten konnte, kam Osceola in die Küche gerannt.
»Ihr werdet später weiterreden müssen. Draußen sind Autos und ein Truck von einem verdammten Radiosender. WNEX. Neuigkeiten verbreiten sich wirklich schnell, besonders wenn's ein Skandal ist.« Er marschierte

durch die Küche und die Eingangshalle zur Vordertür hinaus. Wir alle liefen hinter ihm her.

»Macht, dass ihr von diesem Anwesen herunterkommt. Sofort.« Als er so auf der Veranda stand und den Reportern die Stirn bot, die sich drängten, um irgendeine Neuigkeit aufzuschnappen, wirkte er größer, als ich ihn je gesehen hatte.

»Wer bist denn du, Nigger?«, fragte der dunkelhaarige Carl Thomas, der als Erster angekommen war.

»Ich will dir sagen, wer ich bin. Ich bin der Nigger, der den Axtgriff nehmen und das andere Ende auf deinem Schädel platzieren wird, wenn du nicht schleunigst machst, dass du hier wegkommst. Der bin ich. Und jetzt fahrt auf den Highway zurück und wagt es nicht, auch nur einen Fuß auf diesen Privatgrund zu setzen, sonst komm ich runter und schneide ihn ab. Habt ihr mich verstanden oder muss ich noch deutlicher werden?«

Sie fingen alle gleichzeitig an, uns Fragen zuzubrüllen, aber sie entfernten sich langsam vom Haus.

»Seht zu, dass ihr die Autos und diesen Truck hier wegbringt.« Mamu trat einen Schritt vor. »Ich habe hier ein Geschäft zu führen.«

»Ben«, sagte Osceola, »hol die Sägeböcke aus der Schaheune, nimm den Truck, treib sie zum Highway runter und bau eine Barriere. Anders kann man diese Kerle nicht zurückhalten, und wahrscheinlich reicht auch das nicht.« Er drehte sich wieder zu ihnen um. »Los jetzt. Raus hier, bevor ich das Gewehr hole.« Als sie sich zu ihren Autos zurückzogen, schob er uns ins Haus. »Estella, geh zum Bach und sag Mr. Josh, was los ist. Ich würde es diesen

Reportern zutrauen, in einem Boot den Bach raufzufahren. Und er hat noch keine Ahnung, was los ist.«

Jeder Streit, den wir mit Mamu hatten, würde also warten müssen. Estella eilte zum Bach, und ich holte die Sägeböcke, fuhr zum Highway hinunter und drängte die Reporter von unserem Grund und Boden. Sie alle brüllten gleichzeitig irgendwelche Fragen, aber ich konnte nur gelegentlich ein Wort oder einen Satz verstehen: *Sexuelle Beziehungen, verschrobener Kerl, deine eigene Schwester, Messer, anmaßender Nigger, Mord.* Ich sagte kein Wort. Sie waren total verrückt, rasend, wie die Hühner, wenn sie das erste Futter des Tages bekommen. Ich stieg wieder in den Truck und fuhr den Broadway hinauf.

Als ich zum Haus zurückkam, saß Onkel Josh in der Küche und las die Zeitung. Mamu war offenbar damit beschäftigt, die Ziegen fertig zu melken, oder sie hatte sich im Nähzimmer eingeschlossen. Priddie tat, was sie immer tat, wenn sie außer Fassung war. Sie kochte.

»Ich möchte wissen, wie oft die McElways sich im Gebüsch versteckt und uns beobachtet haben. Glaubst du, dass der *Register* ihnen wirklich Geld für diese Bilder gegeben hat?« Estella las über seine Schulter mit.

»Ich kann Adela keinen Vorwurf machen, wenn sie wütend ist.« Onkel Josh legte die Zeitung auf den Tisch.

»Ich weiß, aber sie will, dass du deine Sachen packst und gehst. Wir sind genauso daran schuld wie du.« Sie beugte sich vor, um das Foto noch einmal genau anzusehen. »Da, sieh mich nur an!«

»Ich kann ihr auch keinen Vorwurf machen, dass sie will, dass ich gehe.«

»Ihr geht jetzt alle drei einfach raus aufs Feld und fangt an zu arbeiten. Ihr dürft nicht mal hierher kommen, um eure Körbe zu holen. Wartet, bis die Jungen kommen, und lasst sie das für euch tun. Es wird sich alles wieder einrenken.« Ich glaube nicht, dass Osceola selber glaubte, was er da sagte. »Ihr kennt Miz Adela. Erst plustert sie sich auf, aber nach einer Weile beruhigt sie sich auch wieder. Das habt ihr eine Million Mal bei ihr erlebt. Lasst mir ein bisschen Zeit mit ihr. Haut erst mal ab, damit sie euch jetzt nicht sieht. Jetzt ist nicht die richtige Zeit, die Dinge zu besprechen. Geht zur Vordertür raus, damit sie euch nicht sieht, wenn sie von den Ziegen kommt.«

»Früher oder später sieht sie mich ja doch«, meinte Onkel Josh.

»Mann, haben Sie mir nicht zugehört? *Jetzt* ist nicht die richtige Zeit. Früher ist bei weitem nicht so gut wie später. Also macht endlich, dass ihr hier rauskommt.«

Estella, Onkel Josh und ich liefen durch die Eingangshalle und zur Vordertür hinaus. Als wir aus dem Gartentor traten und den Broadway überquerten, sahen wir eine Menschenmenge hinter der Barriere stehen, die ich aus den Sägeböcken gebaut hatte. Als sie uns sahen, fingen sie an zu brüllen, aber sie waren zu weit entfernt, als dass wir hätten verstehen können, was sie sagten. Wir gingen einfach weiter, ohne Notiz von ihnen zu nehmen.

Kapitel 14

Es sieht nach Regen aus«, sagte ich. Am Morgenhimmel war nicht der leiseste Schimmer der Sonne zu entdecken. »Gut, dann werden alle diese Reporter nass.«

»Aber wir werden auch nass«, wandte Estella ein. »Ich habe keine Lust, hier draußen im Regen herumzustehen, bis Mamu sich so weit abgekühlt hat, dass wir nach Hause kommen können.«

»Onkel Josh war ganz in Gedanken. Das Wetter war das geringste seiner Probleme.

Die Jungen waren noch nicht da, und wir hatten keine Körbe, also begannen wir halbherzig, Melonen zu pflücken und am Ende der Reihen aufzustapeln.

»Wenn ich noch jünger wäre, würde ich nach Europa gehen. Versuchen, in England oder Frankreich eingesetzt zu werden. Ich weiß nicht, ob sie mich nehmen würden bei der Armee, aber ich würde es ganz bestimmt versuchen.« Onkel Josh hörte auf, Melonen zu pflücken, und starrte in die Ferne. »Aber ich bin zu alt. Und selbst wenn ich jünger wäre, würden sie mich nicht nehmen, weil ich Tbc hatte.« Er betrachtete seine Hände, als sähe er sie zum ersten Mal. »Ich glaube nicht, dass Adela ihren Entschluss noch ändern wird. Ich wüsste nicht, warum sie das tun sollte. Und ich kann ihr keinen Vorwurf machen. Ich hätte schon vor Jahren hier fortgehen sollen. Das Problem ist, dass ich nicht weiß, wohin. Ich wusste noch nie, wohin ich gehen sollte. Für manche Menschen ist es schwer, etwas zu verändern. Ich weiß nicht, woran das liegt. Wahrscheinlich setzen wir uns irgendwo fest, und dann wissen wir nicht, wie wir es anstellen sollen, etwas zu ändern. Wir sind gelähmt durch unsere eigene Unentschlossenheit. Und ich glaube, dass es leichter ist, wenn man irgendeinen Ort hat, wo man hingehen kann. Ich glaube, das ist bei mir der Grund. Ich habe keinen Platz, wo ich hingehen könnte. Keinen Platz, wo ich hingehen *möchte.*«

Ich dachte an all die Stecknadeln auf seinen Landkarten und an sein ewiges ›eines Tages‹. Überall wollte er ›eines Tages‹ hinreisen.

»Du musst nirgends hingehen. Osceola hat Recht, wenn wieder Ruhe eintritt und sich alles normalisiert, wird Mamu schon zur Vernunft kommen, ganz bestimmt. Warum sollte sich irgendwas verändern müssen?« Der Gedanke an Veränderungen aller Art war Estella verhasst. Sie wollte immer, dass alles genau so blieb, wie es war.

»Es ist unvermeidlich«, sagte Onkel Josh. »Das wissen wir doch alle. Wir haben es alle gewusst, seit Gloria ermordet worden ist.« Er ging zum anderen Ende der Reihe, und eine Zeit lang schwiegen wir alle drei. Ich hätte gerne etwas Tröstliches gesagt, aber Onkel Josh hatte Recht. Es war unvermeidlich, dass er ging. Ich glaube, ich hatte es schon seit dem Tag gewusst, an dem Mamu und ich bei ihm im Gefängnis von Laurelwood saßen.

»He, Ben«, rief Estella nach etwa einer viertel Stunde. »Findest du, dass ich auf dem Bild fett aussehe?« Das war genau das, was wir brauchten, damit die Spannung sich löste. Ich fing an, so unmäßig zu lachen, dass ich mich kaum noch auf den Beinen halten konnte, und Onkel Josh versuchte es gar nicht erst und ließ sich einfach auf den Boden fallen. »Was ist daran so komisch?«, fragte Estella. »Ich sehe wirklich fett aus, oder?« Darüber mussten wir nur noch mehr lachen. Estella, die niemals ernst bleiben konnte, wenn jemand lachte, begann mit uns zu lachen und konnte kaum noch sprechen. »Worüber lachen wir eigentlich? Ich meine es ernst.« Schließlich wälzten wir uns alle drei in den Warzenmelonen. »Das ist nicht lustig. Ich sehe wirklich fett aus.« Es war so befreiend wie die Nacht der Schattentänze.

Als Stash und Janos eintrafen, lachten wir immer noch, und sie lachten natürlich mit, obwohl sie keine Ahnung hatten, worum es ging.

»Ihr okay?«, fragte Stash. »Ihr wollt Zigarette?«

»Nein, danke. Ich bin okay.«

»Okay«, sagte Janos und nahm sich eine Zigarette.

»Ein Haufen Leute auf dem Highway.« Stash entzündete ein Streichholz und hielt es Janos hin, bevor er seine eigene Zigarette anzündete.

»Ja, ein Haufen Leute.« Ich hatte keine Lust, zu erklären, was los war. »Könnt ihr uns ein paar Körbe bringen?«

»Ja, natürlich. Okay«, antwortete Janos, und sie machten sich auf den Weg zur Schaheune.

»Sie zeigen Foto«, teilte uns Stash über die Schulter mit.
»Oh mein Gott«, rief Estella aus. »Sie haben dieses fette Bild von mir gesehen! Dieses nackte, fette Bild.«
»Nicht fett«, gab Janos ernster zurück, als ich ihn je gesehen hatte. »Nein, nein, nicht fett. Hübsch.« Und aus irgendeinem Grund erschien uns das komischer als alles, was vorher jemand gesagt hatte, und wir alle fingen wieder an zu lachen.

Es war fast zwölf Uhr mittags, als wir die Schiffsglocke hörten. Obwohl der Himmel bedeckt war, hatte ich einen Sonnenbrand im Gesicht. Wir hatten den ganzen Vormittag ohne Hüte gearbeitet. Als wir die Glocke hörten, glaubten wir zuerst, dass Osceola uns rief, weil Mamu sich beruhigt und ihren Entschluss geändert hatte, aber das Läuten war frenetisch und anhaltend.
»Irgendwas ist nicht in Ordnung«, meinte Onkel Josh. »Kommt, schnell.« Wir waren mehrere hundert Meter entfernt und rannten alle drei gemeinsam mit Stash und Janos zum Haus. Wir hatten ein bestimmtes Signal für die Mahlzeiten. Drei Glockenschläge, mehr nicht. Aber dieses Läuten war anhaltend, fordernd und bedrohlich.
Als Erstes sah ich Mamu, Priddie und Osceola auf der Veranda stehen, und so wusste ich, dass ihnen nichts passiert war. Priddie stand neben der Glocke, und daher nahm ich an, dass sie geläutet hatte. Vor ihnen stand eine doppelt so große Menschenmenge wie die, die sich am Morgen versammelt hatte, als ich die Barriere baute. Der Radiotruck stand da, und vor dem Gartentor war ein langes, teuer aussehendes Kabriolett geparkt, dessen Tür auf der Fah-

rerseite geöffnet war. Aller Augen schienen auf etwas auf dem Rasen gerichtet zu sein. Als die Reporter uns sahen, wandten sie uns ihre Aufmerksamkeit zu und begannen, Fragen zu brüllen, und als sich die Menge teilte, um uns durchzulassen, sah ich einen blonden, aristokratisch aussehenden Mann mittleren Alters zwischen dem Gartentor und der Veranda stehen. Ich erkannte ihn von den Fotos, die ich von ihm in der Zeitung gesehen hatte. Obwohl seine Haare windzerzaust waren und er verschwitzt und mit offenem Hemd dastand, sah er wie der blonde Phantasievater aus, von dem Estella geredet hatte, als wir noch Kinder waren. Jedenfalls wirkte er, als ob er sich auf einem Polopony vollkommen zu Hause fühlen würde.

»Ich habe die Polizei angerufen, Mr. Gardiner. Sie sind auf dem Weg hierher. Also täten Sie besser daran, von hier zu verschwinden.« Mamu versuchte, in ihrem besten Befehlston zu reden, aber es klang nicht besonders überzeugend. »Ihr alle, macht dass ihr hier wegkommt. Dies ist Privatgrund.«

»Mr. Josh, Sie halten sich besser im Hintergrund«, sagte Osceola warnend. »Dieser Mann ist nicht ganz richtig im Kopf.«

Gardiner drehte sich um, um zu sehen, mit wem Osceola sprach, und entdeckte Onkel Josh. Die Menge verstummte und wartete gespannt, was nun geschehen würde.

»Sie sind also der Mann, der es mit meiner Frau getrieben hat. Sie wollte ich gerne sehen.« Seine Augen waren weit aufgerissen und wild. »Was, zum Teufel, hat sie je an solchem Abschaum gefunden, wie Sie es sind?«

»Halten Sie den Mund«, sagte Estella und ging auf ihn zu,

aber Stash, der direkt hinter ihr stand, fasste sie an den Armen und hielt sie zurück.

»Estella, du hältst dich da raus.« Osceola kam die Stufen der Veranda herunter. »Hören Sie mir zu, Mr. Gardiner, was Sie hier tun, kann für niemanden gut sein. Es wäre besser für Sie, wenn Sie einfach machen würden, dass Sie hier fortkommen, bevor es Ärger gibt.«

»Sie war meine Frau, verdammt noch mal!«, kreischte er. »Meine Frau!«

»Ich habe sie geliebt«, sagte Onkel Josh.

»Dann haben Sie eine Hure geliebt.« Er begann zu weinen. Es waren keine Tränen der Trauer, sondern unverkennbar Zornestränen.

In diesem Augenblick hörte ich die Polizeisirene, und der Streifenwagen kam den Broadway entlanggerast. Mit quietschenden Bremsen kam er in einer Staubwolke zum Stehen, und Sheriff Anderson und Adam sprangen heraus.

»Was geht hier vor«, rief der Sheriff und drängte sich durch die Menge.

Claude Gardiner beachtete ihn nicht. »Sie war eine Hure und sie hat es verdient, zu sterben. Mein Sohn hasst mich um ihretwillen. Er hasst mich! Selbst wenn sie keine Hure gewesen wäre, hätte sie den Tod verdient. Aber der Mann nicht. Wegen Ihnen habe ich einen Unschuldigen getötet.« Alle Reporter begannen durcheinander zu reden und Fragen zu brüllen, und ihre Kameras klickten. Claude Gardiner hatte soeben vor der Polizei und der Welt bekannt, dass er seine Frau und Marius Dorfman getötet hatte.

»Maul halten«, brüllte er die Reporter an. »Maul halten, verdammt noch mal!« Er hatte nun nichts mehr zu verlieren. Als sie verstummten, forderte er sie auf: »Schreibt auf, was ich jetzt sage.« Er trat einen Schritt auf Onkel Josh zu. »Auch er hat einen unschuldigen Mann getötet. Er hat ihn genauso getötet wie ich. Es war alles seine Schuld.«

»Sie haben Recht«, sagte Onkel Josh. »Ich habe ihn getötet. Ich habe ihn getötet, weil ich in jener Nacht nicht dort war. Ich hätte das Opfer sein sollen.«

Später behauptete Adam, dass Gardiners nächste Bewegung ein Selbstmordversuch gewesen sei. Er zog ein Jagdmesser unter seinem Hemd hervor und erhob es drohend gegen Onkel Josh. Im ersten Sekundenbruchteil herrschte entsetztes Schweigen, aber dann begannen alle zu schreien. Er machte keine Anstalten, Onkel Josh anzugreifen, er stand nur da, das Messer in der Hand. Adam und der Sheriff griffen nach ihren Pistolen, aber noch bevor sie zielen konnten, stürzten Osceola, die Jungen und ich uns auf Claude Gardiner und rangen ihn zu Boden. Er wehrte sich nicht, aber Osceola und Stash wurden bei dem Handgemenge verletzt, und alles war voller Blut. Im ersten Augenblick dachten wir alle, wir seien verwundet.

An die nächsten Minuten kann ich mich nicht sehr deutlich erinnern. Es wurde viel geschrien, viele Fotos wurden geschossen, Adam und der Sheriff legten Gardiner Handschellen an, packten ihn auf den Rücksitz des Polizeiwagens und fuhren davon. Er leistete nicht den geringsten Widerstand. Ich erinnere mich jedoch, dass Adam Estellas Arm berührte und ihr etwas sagte, bevor sie fortfuhren. Die meisten Reporter rannten den Broadway hinunter zum Highway, um zu ihren Autos zu gelangen. Einige versuchten, mit uns zu reden, aber ein wütender

Osceola, der sich den blutenden Arm hielt, bedrohte sie und schlug sie endlich in die Flucht. Wir alle gingen ins Haus, gleichermaßen erschüttert, erschöpft und erregt, um zu sehen, wie ernst die Wunden waren, und nachdem Priddie entschieden hatte, dass sie nicht genäht werden mussten, legten sie und Estella den beiden Verletzten Verbände an.

»Anderthalb Zentimeter, und er hätte dir die Halsschlagader durchschnitten und du wärst verblutet«, sagte Priddie, als sie ihre spezielle Kräutersalbe auf Stashs Hals strich. Estella reichte ihr die Binde. »Und sieh zu, dass du diesen Verband nicht schmutzig machst. Morgen werde ich ihn dir wechseln. Und dann, wenn die Wunde anfängt, sich zu schließen, überlassen wir es der frischen Luft, die restliche Arbeit zu tun.«

»Ihr Jungen geht jetzt nach Hause«, sagte Osceola, als er verbunden worden war. »Heute wird hier nicht mehr gearbeitet.«

Stash sah Mamu an. »Ja?«

Sie antwortete nicht. Stattdessen drehte sie sich um und sah zum Fenster hinaus. Onkel Josh stand an der ungepflasterten Terrasse und beobachtete sie.

»Los«, sagte Osceola zu den Jungen. »Jetzt macht, dass ihr fortkommt. Und wenn dein Hals sich morgen nicht gut anfühlt, kommst du nicht zur Arbeit. Es wird sowieso kein normaler Tag, und das Bücken wird deinem Hals nicht gut tun.«

»Das ist richtig«, bestätigte Priddie. »Wenn du dich bückst, könnte die Wunde wieder aufplatzen, und was dann?«

»Außerdem«, Osceola rollte seinen Ärmel wieder herunter, »werden die Kerle von den verdammten Zeitungen überall herumwimmeln.«

»Okay, okay.« Die beiden gingen über die ungepflasterte Terrasse hinaus, und ich hörte Janos lachen, als sie durch den Garten gingen.

Wir standen alle unter Schock, und eine Zeit lang sprach keiner von uns.

»Es ist vorbei.« Osceola zog sein Taschentuch aus der Tasche und wischte sich über die Stirn. »Aber für die Reporter ist es erst der Anfang. Wir werden alle noch weltberühmt. Kann man das übertreffen? Lieber Gott, wir werden Gemüsebestellungen von China und Timbuktu bekommen. Wie ich immer gesagt habe, Reklame lohnt sich.« Er lachte, aber niemand stimmte ein. »Die Leute von den Zeitungen und Zeitschriften werden überall herumkriechen und versuchen, uns zum Reden zu bringen.« Das Telefon klingelte. »Seht ihr, es fängt schon an.«

Ich ging in die Halle und hob den Hörer ab. Es war Adam, der wissen wollte, wie es Stash und Osceola ging.

»Es geht ihnen gut. Priddie hat sie versorgt.«

»Und sie müssen nicht zum Arzt?«

»Nein, sie werden bald wieder in Ordnung sein. Nur Fleischwunden. Was passiert jetzt mit Mr. Gardiner?«

»Er sitzt in der Zelle wie in Trance oder so was Ähnliches. Wir warten darauf, dass er abgeholt und ins Bezirksgefängnis gebracht wird. Ich sehe ihn an und denke mir, das ist ein Mann, der alles hatte, was man sich nur wünschen kann. Und jetzt sitzt er hier und wartet darauf, ins Bezirksgefängnis gebracht zu werden. Manchmal ergeben die Dinge einfach keinen Sinn. Ich glaube, er ist ebenso erleichtert wie wir, dass wir jetzt die Wahrheit wissen. Er sieht ziemlich traurig aus … es ist nicht richtig, so was über einen Mörder zu sagen, oder? Aber er ist richtig traurig, wenn du weißt, was ich meine.«

»Ja, ich verstehe dich.« Er hatte sogar traurig ausgesehen, als er das Messer zog. Als ob es sein Schicksal sei, dies zu tun, doch zugleich viel zu viel Mühsal bedeutete.

»Kann ich mit Estella reden?«

»Einen Moment.« Ich legte den Hörer hin und ging in die Küche. »Estella, es ist für dich.«

»Für mich? Ein Reporter?«

»Nein, es ist Adam.« Die Situation hatte sich verändert. Noch einen Tag vorher hätte ich nicht einfach sagen können, dass Adam mit Estella reden wollte. Ich hätte Angst gehabt, wie Mamu reagieren würde. Aber nach all dem, was passiert war, machte es keinen Unterschied mehr. »Wenn du fertig bist, leg den Hörer neben die Gabel.«

»Das mache ich.« Sie ging zum Telefon.

Wieder herrschte beklommene Stille. Ich weiß nicht, ob sie alle in Gedanken waren oder ob sie sich ebenso wie ich fragten, wie es zwischen Onkel Josh und Mamu weitergehen würde. Er machte den Anfang.

»Adela …« Er ging einen Schritt auf sie zu, und sie wandte sich zu ihm um.

»Geh fort.« Sie sagte es sehr ruhig und wusste dabei ganz genau, dass er darauf gewartet hatte, dass sie es sagte.

»Ich wollte dir gerade sagen, dass ich gehe.« Seine Stimme klang resigniert. »Es tut mir alles sehr Leid.«

»Deine Entschuldigungen bedeuten mir nichts. Geh einfach.«

Priddie und Osceola sagten nichts. Ich glaube, dass sie ebenso wie Onkel Josh wussten, dass es unvermeidlich war, und einfach resignierten. Ich wusste es auch, aber ich hasste blindes Sichfügen ebenso, wie ich es hasste, dass das Leben weiterging, wenn meine ganze Welt zusammenbrach.

»Wenn Onkel Josh geht, dann gehe ich auch.«

»Ben …«, sagte er

»Es ist mein Ernst, Mamu. Ich gehe. Ich schwör dir's.« Sie sah mich an und lächelte beinah. »Ich tue es wirklich. Ich gehe. Wenn Onkel Josh geht, dann gehe ich mit ihm. Du brauchst nichts zu tun, als ihm zu sagen, dass er bleiben soll. Er hat nichts getan, was so schrecklich wäre. Sag ihm, er soll bleiben. Bitte. Ein kleines Wort. Bleib.«

»Nein.«

»Warum muss er gehen?«

»Weil ich ihn nicht mehr hier haben will. Ich traue ihm nicht mehr.«

»Mamu, du verstehst nicht.«

»Es ist gut, Ben«, sagte Onkel Josh.

»Dann gehe ich.«

»Das ist deine Sache.« Sie ging durch die Halle und die Treppe hinauf in ihr Zimmer. Priddie hatte die Schürze an ihren Mund gepresst und Osceola schüttelte den Kopf.

»Das ist nicht richtig, Ben.« Onkel Josh wandte sich an Osceola, aber dieser sagte nichts. »Was, zum Teufel, habe ich angerichtet?« Er ging über die ungepflasterte Terrasse hinaus.

»Ich habe keinen Koffer.« Mir fiel nichts anderes ein, das ich sagen konnte.

»Du willst wirklich gehen, Ben? Es ist noch nicht zu spät, deinen Entschluss zu ändern.« Priddie ging zu Osceola hinüber und stellte sich neben ihn. Ich hörte Estella lachen und mit Adam reden.

Wollte ich wirklich fort? Ich hatte Angst, aber ich hatte das Gefühl, dass es zu spät war, meinen Entschluss zu ändern. Ich hatte Mamu gesagt, dass ich gehen würde, und es gab kein Zurück. »Ja, das will ich.«

»Dann bringe ich dir morgen einen Koffer. Ich dränge dich nicht. Es ist deine Sache, zu gehen, wann immer du willst. Aber ein Mann muss einen Koffer haben, für den Fall, dass er das Gefühl hat, dass er weiter muss.« So hatte er mit mir geredet, als ich noch ein Kind war ... Ein Mann muss dies tun und ein Mann muss das tun. Es war die leichteste Methode, mich zu allem zu bewegen.

»Morgen früh bringe ich dir einen mit. Erinnere mich daran, Priddie. Den Koffer, den mein Daddy mir besorgt hat, als ich in den Norden kam. Du weißt, welchen ich meine.«

»Ja, ich weiß.« Priddie kam zu mir und drückte mich an sich. Menschlicher Kontakt war ein seltener Luxus, und ich hatte ihn niemals mehr gebraucht als in diesem Augenblick. Die Berührung ihres warmen, kleinen Körpers war fast mehr, als ich ertragen konnte.

»Ich gehe jetzt und wasche mich.« Ich war immer noch über und über voller Blut. »Ich weiß nicht, ob es dein Blut ist oder das von Stash.«

»Das macht keinen großen Unterschied.« Osceola lächelte. »Solange es nicht dein eigenes ist.«

»Ich dachte, dass ihr alle verletzt seid«, meinte Priddie.

»Ich hab noch nie so viel Blut aus so kleinen Wunden kommen sehen.«

Ich ging durch die Halle, und als ich an Estella vorbeiging, legte sie die Hand auf die Sprechmuschel.

»Geht es dir gut?«

»Ja.«

»Was ist los?«

»Erzähl ich dir später.«

»Gut.« Sie wandte sich wieder dem Telefon zu. »Hallo … Nein, ich habe nur mit Ben geredet. Also, was hast du gesagt?«

Mamus Tür war geschlossen. Ich lauschte einen Augenblick, aber es war nichts zu hören. Ich ging ins Badezimmer und ließ mir ein Bad ein, und als ich mich in das beruhigende, heiße Wasser sinken ließ, traf mich die Erkenntnis mit voller Wucht. Es gab keinen Ausweg. Ich würde Broadway Acres verlassen.

Den Rest des Tages verbrachten wir so isoliert voneinander, als säßen wir alle in Einzelhaft. Osceola parkte den Truck am Ende des Broadways gleich neben dem Highway, sodass der Eingang blockiert war und die Reporter nicht zu uns gelangen konnten. Unterdessen wurden unsere Namen um die ganze Welt telegraphiert. Es war unglaublich. Ich saß den Nachmittag über in meinem Zimmer, dachte darüber nach, wie es sein würde, fortzugehen, und überlegte, wo wir wohl hingehen würden. Da ich nicht sehr viele Kleider hatte, waren sie sehr schnell zusammengefaltet und lagen bereit, wenn Osceola den Koffer brachte. Ich durchstöberte meine Schatztruhe und kam zu dem Schluss, dass es Zeit war, alles wegzuwerfen. Die einzigen Dinge, die ich außer meiner Kleidung mitnehmen wollte, waren mein Reiseführer für Venedig und das Kartenspiel mit dem fehlenden Herzkönig. Ich habe keine Ahnung, warum ich die Spielkarten mitnahm, aber sie sind nach wie vor in meinem Besitz, und der Herzkönig fehlt immer noch.

Die Sonne ließ sich den ganzen Tag nicht blicken, aber es regnete nicht, und der Nachmittag war kühl und träge. Ich lag auf meinem Bett, dachte über die Ereignisse des Tages nach und war mir zeitweise nicht mehr sicher, dass das alles wirklich passiert war.

Am frühen Abend kam Estella in mein Zimmer. Priddie hatte ihr gesagt, dass ich fortwollte.

»Willst du wirklich weg?«

»Ja, ich muss.«

»Ich wusste, dass das passieren würde. Ich will nicht, dass du gehst.«

»Komm mit uns.«

»Wo wollt ihr hin?«

»Ich weiß es nicht. Ich habe noch nicht mit Onkel Josh geredet.«

»Ich kann doch nicht einfach gehen. Ich kann nicht einfach meine Sachen packen und fortgehen.«

»Genau das werde ich tun. Komm mit. Du warst doch immer die Abenteuerlustigere von uns beiden. Jedenfalls hast du das immer gesagt.«

»Und Mamu hier alleine lassen? Dann wäre nachts außer ihr niemand im Haus. Das kann ich nicht machen.« Sie hatte eine Stunde lang mit Adam telefoniert. Sie würde nicht mit Onkel Josh und mir davonlaufen. Für sie hatte sich alles verändert.

»Ja, du hast Recht. Jemand muss bei ihr bleiben. Hast du mit ihr geredet?«

»Nein. Sie ist nicht mehr aus ihrem Zimmer gekommen. Ich wette, sie wird sich nicht vor morgen früh blicken lassen, wenn es Zeit für die Ziegen ist.« Sie ging zur Kommode und sah die Kleidungsstücke an, die sauber zusammengefaltet darauf lagen. »Was meinst du, wann ihr aufbrechen werdet?«

»Ich weiß es nicht. Bald, nehme ich an. Möchtest du mit mir zu Hütte gehen und mit Onkel Josh reden?«

»Ich habe Priddie versprochen, ihr mit dem Abendessen zu helfen.«

Wir gingen zusammen die Treppe hinunter, und ich verließ das Haus über die ungepflasterte Terrasse.

»Wo willst du hin?«, fragte Priddie.

»Zur Hütte.«

»Sag Mr. Josh, dass es in etwa einer Stunde Abendessen gibt.« Dann hörte ich sie noch zu Estella sagen: »Ich glaube nicht, dass einer von den beiden allzu viel Appetit hat. Lieber Gott, was geschieht nur mit dieser Familie?«

Er war nicht in der Hütte. Alles war wie immer aufgeräumt, aber seine Kleidung fehlte, und als ich mich umsah, bemerkte ich, dass einige der Schallplatten verschwunden waren. Ich hatte ein krankes, leeres Gefühl im Bauch. Ich ging hinaus auf den Bootssteg und stellte fest, dass er das Ruderboot genommen hatte. An seinem Aufbruch war nichts Geheimnisvolles. Er war gegangen, ohne mir Bescheid zu sagen, damit ich mich nicht verpflichtet fühlen sollte, ebenfalls zu gehen. Er musste geglaubt haben, dass dies der richtige Entschluss sei. Das wusste ich, aber ich fühlte mich im Stich gelassen, gezwungen, eine Entscheidung zu treffen, von der ich nicht wusste, ob ich ihr gewachsen war. Ich wusste auch, dass ich das Boot finden würde, wenn ich den Bach entlangging. Es war der gleiche überwucherte und trügerische Pfad, den ich in jener Nacht in meiner Nacktheit gegangen und zur Hütte zurückgestolpert war und auf dem ich mir an den Brombeerranken die Haut aufgerissen hatte. Das Ruderboot war kurz vor dem See in der Nähe der Brücke an einem Zweig festgebunden. Er musste es dort befestigt haben und zur Brücke hinaufgegangen sein, um per Anhalter seinem Ziel entgegenzufahren. Stücke einer zerbrochenen Schallplatte lagen auf dem Boden des Bootes. Liszts *zweite Ungarische Rhapsodie*. Eines unserer Lieblingsstücke. Ich stieg ins Boot, ruderte es zum Steg zurück, und als ich dort ankam, wartete Estella auf mich.

»Ich habe mich gefragt, was zum Teufel mit dir passiert ist. Das Abendessen ist fertig. Wo ist Onkel Josh?«

»Weg.«

»Er ist ohne dich gegangen? Wie konnte er das tun? Was hat er gesagt? Hat er dir aufgetragen, für ihn auf Wiedersehen zu sagen?«

»Ich habe ihn gar nicht mehr angetroffen. Ich habe das Ruderboot an der Brücke gefunden.« Ich band es an einen Pfosten.

»Oh Gott! Glaubst du, dass er sich umgebracht hat?«

»Nein, er hat sich nicht umgebracht. Er hat seine Kleider und ein paar Schallplatten mitgenommen. Man nimmt keine Kleidung und Schallplatten mit, wenn man Selbstmord begehen will.« Ich ging den Fußpfad zum Bootssteg hinauf. »Er hat mich alleine gelassen. Verdammt. Was soll ich jetzt machen?«

»Jetzt musst du nicht fortgehen.«

»Natürlich muss ich gehen. Himmel, du begreifst aber auch gar nichts.«

»Schrei mich nicht an. Ich habe dir nichts getan.«

»Für dich ist alles so leicht!« Selbst während ich sie anbrüllte, wusste ich, dass mein Zorn nichts mit Estella zu tun hatte. »Du musst nirgendwo hingehen und nichts machen. Für dich ergibt sich alles von selbst. Du hast Adam und du hast deine ganze Zukunft schon geplant. Worüber solltest du dir Sorgen machen?«

»Mein Gott! Ich hab doch nur gesagt, dass du nicht gehen musst.«

»Muss ich aber, das weißt du doch. Ich muss gehen, daran gibt es nichts zu deuteln.« Sie lief hinter mir her in die Hütte.

»Und was ist, wenn Mamu wieder gewinnt?«

»Halt den Mund, Estella. Tu mir den einen Gefallen und halt den Mund.« Ich saß auf der Bettkante, und eine Weile sagten wir nichts.

»Er hat keine Bücher mitgenommen.« Estellas Stimme klang dünn und schuldbewusst. »Es scheint kein einziges Buch zu fehlen. Vielleicht sollte ich sie in Schachteln verpacken und warten, bis er uns sagt, was wir damit machen sollen. Er wird seine Bücher sicher haben wollen, meinst du nicht?«

»Vermutlich.«

»Vielleicht kommt er in ein paar Tagen wieder … oder vielleicht in ein paar Wochen.«
»Das glaube ich nicht.«
»Und seine ganzen übrigen Karten sind auch noch da.«
»Lass mich sehen.« Sie reichte mir einen großen Stapel Landkarten, die entweder Zweitexemplare von denen waren, die bereits an den Wänden hingen, oder solche, die er noch aufhängen wollte. »Vielleicht hat er noch eine Karte von New Jersey?«
Ich fand eine sehr bunte, phantasievolle Weltkarte und, fast zuunterst in dem Stapel, eine Rand-McNally-Karte von New Jersey. ›New Jersey, *der Gartenstaat*, war eine der ursprünglichen dreizehn Kolonien …‹, hieß es in einer Informationsbox auf dem Deckel. Ich las Estella den Text vor, und sie kam und setzte sich neben mich auf das Bett.
»Es tut mir Leid, Ben.« Sie fing an zu weinen, und ich schloss sie in die Arme.
»Nein, ich muss mich entschuldigen. Ich bin nur wütend, dass er mich hier zurückgelassen hat, und habe meine Wut an dir ausgelassen. Ich weiß nicht, was ich machen soll.« Sie wollte etwas sagen, aber ich schnitt ihr das Wort ab. »Aber ich weiß, dass ich fort muss.« Wir hielten uns in den Armen und schaukelten hin und her. »Vielleicht bin ich einer von den Menschen, von denen Onkel Josh geredet hat. Einer von denen, die nicht wissen, wie sie etwas verändern sollen. Gelähmt durch ihre eigene Unentschlossenheit. Erinnerst du dich, wie er das heute Morgen gesagt hat? Lieber Gott, war das erst heute Morgen?«
»Du wirst mir fehlen.«

»Es wird nicht ewig dauern.«
»Nein, das wird es nicht.« Sie küsste mich auf den Mund, aber diesmal war es anders. Beim ersten Mal, als wir uns geküsst hatten, hatte sie sich nach Adam gesehnt und nicht gewusst, ob sie ihn je bekommen würde. Damals war ich ein momentaner Ersatz gewesen. Die Situation hatte sich geändert. »Gehen wir. Priddie wird wütend auf uns sein, weil wir so spät kommen.«
Als wir zum Haus zurückkamen, erzählten wir Priddie und Osceola, dass Onkel Josh fort war.
»Das wird ein Festessen für die Presse«, meinte Osceola. »Es kann doch nichts Besseres geben als einen Exliebhaber und Mordverdächtigen, der plötzlich verschwindet. Wirklich ein fetter Brocken.«
»Ich kann es kaum glauben, dass er einfach auf und davon ist, ohne einen Ton zu sagen.« Ich glaube, Priddie war verletzt, weil er sich nicht von ihr verabschiedet hatte. »Das ist doch nicht recht.«
»Er konnte nichts anderes machen«, sagte Osceola. »Es überrascht mich überhaupt nicht. Nein, Sir, überhaupt nicht.«

Als ich am nächsten Morgen herunterkam, saßen Priddie und Osceola beim Kaffee. Wie versprochen hatten sie den Koffer mitgebracht. Er war alt, aber in sehr gutem Zustand, aus braunem Leder und selbst in leerem Zustand bleischwer.
»Wo ist Mamu?«
»Draußen bei den Ziegen. Sie ist mit dem Melken fertig und hat die Milch ins Vorratshaus gebracht, aber sie ist

wieder rausgegangen. Sie war heute Morgen nicht gerade gesprächig. Und Estella ist runtergekommen, hat sich ein Glas Orangensaft geholt und ist wieder in ihr Zimmer.«

»Alles ist verkehrt«, jammerte Priddie. »Das ist das einzige Wort dafür. Verkehrt. Ein schreckliches Gefühl.«

»Du musst nicht sofort zusammenpacken und gehen, weißt du? Aber jetzt hast du deinen eigenen Koffer, wenn du gehen willst.« Osceola griff nach der Zeitung und tat so, als ob er lesen würde.

»Ich will heute Vormittag weg. Kannst du mich nach Laurelwood fahren? Ich möchte zum Zug.«

»Wo willst du hin?«, fragte Priddie. »Jetzt, wo Mr. Josh fort ist, bist du ganz allein. Wo willst du denn hin?«

Ich hatte den größten Teil der Nacht damit zugebracht, die Karten zu studieren. Die Karte von New Jersey war für mich fast so überwältigend wie die Weltkarte. Auf der Weltkarte gab es Djakarta, Kathmandu, Zaragoza und Marakaibo, und in New Jersey gab es Weehawken, Parsippany, Wanamassa und Piscataway. Sie alle erschienen mir gleich geheimnisvoll und verführerisch, aber ebenso weit entfernt und unerreichbar wie der Mond. In der einzigen Welt, die ich gekannt hatte, war die Küche das Epizentrum gewesen, und alles, was sie erschüttert hatte, rührte von dort her. Ich brauchte einen Ort mit einem so einfachen und soliden Namen wie Millersburg, aber dennoch eine Stadt, die alles zu bieten hatte, was ich von einer Stadt erwartete. Ich hatte daran gedacht, nach New York zu gehen, aber ich hatte das Zirkuserlebnis nie ganz verwunden und mir die Stadt immer ebenso erschreckend und grotesk vorgestellt. Und sie lag in einem anderen Staat. Philadelphia schloss ich aus dem gleichen Grund aus. Ich reagierte, als hätte ich die Vorstellung, dass ich einen Pass und Unterricht in einer fremden Sprache brauchen würde, wenn ich New Jersey verlassen wollte.

»Ich weiß immer noch nicht, wo ich hinwill. Aber ich möchte zum Bahnhof. Ich werde mich dort entscheiden. Ich habe eine Liste von Städten, ich bin mir nur noch nicht ganz sicher.«

»Du kannst doch nicht einfach losfahren …« Priddie wollte protestieren, aber Osceola brachte sie zum Schweigen.

»Das reicht. Er weiß, was er tun will, und du halt dich da raus.«

»Ist ja schon gut. Gib ihm das Geld«, gab sie zurück.

»Ich habe Geld. Ich brauche keins.«

»Wie viel?«, wollte Osceola wissen.

»Ungefähr hundert Dollar.« Es erschien mir wie ein Vermögen.

»Das ist ein guter Anfang, aber es reicht nicht. Hier.« Er reichte mir einen Stoß Geldscheine. »Das sind fünfhundert Dollar. Das hält dich eine Weile über Wasser. Bis du Arbeit findest. Wir haben es für den Fall mitgebracht, dass du dich entschließen solltest, zu gehen.«

»Ich kann euer Geld nicht nehmen …«

»Du nimmst nicht unser Geld. Wir leihen es dir. Wenn du irgendwo Fuß gefasst hast, zahlst du es zurück.«

»Es ist doch nur Geld, Ben. Und jetzt kein Wort mehr darüber«, sagte Priddie. Sie wandte sich ab und machte sich wieder daran, den Tisch zu decken. »Wenn du fortgehst, brauchst du ein gutes Frühstück. Und erzähl mir nicht, dass du nichts willst, weil ich mir das gar nicht erst anhöre.«

»Was ist mit der Schule? Hast du daran gedacht?« Osceola fixierte mich mit den Augen. »Die Ferien sind fast zu Ende. Nur noch dieses eine Jahr, und du hast die Highschool hinter dir. Eine Ausbildung ist ungeheuer wichtig.«

Ich hatte an die Schule gedacht und war zu dem Ergebnis gekommen, dass ich vermutlich nie gehen würde, wenn ich meinen Aufbruch jetzt aufschob. Und ich wusste nicht, wie ich ein weiteres Jahr mit Mamu überstehen sollte. Nicht nach all dem, was passiert war. »Ich mache die Schule später fertig. Ich kann jederzeit wieder hingehen.«

»Das sagen die Leute immer, aber dann tun sie es doch nie.« Priddie beneidete jeden, der die Chance hatte, sich Bildung zu erwerben. »Das ist etwas, worüber du wirklich nachdenken solltest, Ben.«

»Ich muss weg, und zwar jetzt.«

»Und du willst dich wirklich nicht davon abbringen lassen?« Sie nahm meine Hand und drückte sie an ihre Brust. »Du willst uns wirklich verlassen?«

»Ja, das will ich.«

Sie küsste meinen Handrücken. »Ja, dann musst du eben gehen.«

»Dann geh rauf und pack den Koffer, wenn du willst, dass ich dich zum Bahnhof fahre. Heute gibt es hier eine Menge Arbeit für mich.«

Auf dem Weg in mein Zimmer klopfte ich an Estellas Tür.

»Komm rein.«

»Kommst du zum Frühstück runter?«

»Nein. Ich möchte nicht. Ich bleibe hier oben, bis du gehst. Macht es dir was aus?«
Sie saß, immer noch im Nachthemd, auf dem Bettrand, und ihr dickes Haar, das so schwarz war, dass es blau schimmerte, hing über ihre Schultern herunter. Sie war schön. »Ich glaube, Immaculata DeLago muss genauso ausgesehen haben wie du.«
»Willst du damit sagen, dass ich wie eine Hure aussehe?« Sie lachte. »Wirst du zurechtkommen?«
»Das hoffe ich. Ich weiß es nicht. Im Augenblick weiß ich, glaube ich, überhaupt nichts.«
»Aber du lässt mich doch wissen, wo du bist?«
»Wenn ich selber weiß, wo ich bin, wirst du es auch wissen.«
»Okay.«
»Meinst du, dass ich dich im Stich lasse?«
»Nein. Aber selbst wenn ich das meinen würde, würde es keine Rolle spielen. Ich weiß, dass du fortmusst. Pass gut auf dich auf.«
Sie machte keine Anstalten, zu mir zu kommen, und so blieb ich in der Tür stehen.
»Bis bald.«
»Ja, bis bald.«
Ich schloss die Tür, ging hinauf und packte meine Sachen. Ich legte die Karten oben auf die Kleider, damit ich jederzeit einen kurzen Blick darauf werfen konnte.
Das Frühstück, das Priddie für mich zubereitete, hätte für eine ganze Kompanie gereicht. Wir drei aßen schweigend. Selbst Osceola, der selten um Worte verlegen war, wusste nichts zu sagen, um die Stille zu verscheuchen.

»Ich gehe und sage Mamu auf Wiedersehen«, kündigte ich an, als ich so viel gegessen hatte, wie ich in mich hineinstopfen konnte.

»Ich lasse schon mal den Truck an.«

Ich ging in die Schaheune und suchte nach ihr. Sie stand im Halbdunkel und streichelte die Ziegen. Sie hatte ihren Zopf nicht zu einem Knoten gewunden. Er hing über ihre rechte Schulter herunter und gab ihr ein seltsam verletzliches Aussehen.

»Ich gehe jetzt, Mamu.« Sie antwortete nicht. »Es tut mir Leid …«

»Ja. Allen tut alles Leid, und es ändert überhaupt nichts. Gehst du zu deiner Mutter und deinem Vater? Soviel ich gehört habe, ist Joshua dir davongelaufen.«

»Er ist fort, aber ich möchte nicht sagen, dass er mir davongelaufen ist. Ich glaube, dass er gegangen ist, damit ich nicht das Gefühl haben sollte, dass ich auch gehen müsste.«

»Er ist gegangen, weil er dich nicht mitschleppen wollte.«

»Das ist nicht wahr.«

»Du wärst ja eine Verantwortung gewesen. Er würde durch alle Höllenfeuer gehen, um sich vor jeder Verantwortung zu drücken. Warum siehst du das nicht ein?«

»Ich glaube es nicht.«

»Wie lange willst du ihn noch verteidigen? Nichts ist trauriger als fehlgeleitete Loyalität. Es ist wie eine Krankheit.«

»Nun ja, es ist meine Krankheit und nicht deine.« Ich hatte keine Lust, mich mit ihr über Onkel Josh zu streiten. »Und ich werde nicht bei Mutter wohnen. Ich weiß nicht so genau, wo ich hingehe.«

»Da bist du ja ein richtiger Abenteurer.« Sie sammelte ein paar Heuhalme aus Maschas Fell. »Und was ist mit der Schule? Du warst doch so erpicht darauf, die Schule fertig zu machen?«

»Das werde ich auch tun … eines Tages.«

»Aha. Dann hattest du das alles also geplant.«

»Nein, das hatte ich nicht. Wie gesagt, weiß ich nicht mal, wohin ich gehe. Mamu …« Ich wollte ihr sagen, dass eines Tages alles zwischen uns wieder in Ordnung sein würde, dass ich eine Weile fortgehen und dann wiederkommen würde, aber sie fiel mir ins Wort.

»Dann gehst du jetzt am besten.«

»Ja. Also … auf Wiedersehen.« Ich wandte mich ab, blieb aber noch einmal stehen und drehte mich wieder zu ihr um. »Noch was. Ich werde niemals jemandem erzählen, was du mir gesagt hast. Du weißt schon, das von Großvater.«

Sie sah mich einen Augenblick lang an. »Das bezweifle ich.« Sie drehte sich um und ging tiefer in die dunkle Schaheune hinein, und ich ging zum Haus zurück.

Mein Koffer war bereits im Truck, und Priddie stand bereit, um mir auf Wiedersehen zu sagen. Sie hatte ein Essenspaket für mich zurechtgemacht.

»Mach schnell, Junge. Lass uns zusehen, dass wir auf der Straße sind, eh die Reporter hier auftauchen und wir im Haus festsitzen.«

»Du wirst uns fehlen, Ben.« Sie drückte mich an sich und flüsterte mir ins Ohr: »Wir lieben dich. Das weißt du doch, nicht wahr?«

»Ja. Und ich liebe euch.«

Ich hatte diese Worte noch nie ausgesprochen. Es war leichter, als ich gedacht hatte.

»Genug davon. Machen wir, dass wir weiterkommen. Wer fährt? Du oder ich?«

»Fahr du.« Ich kletterte in den Truck.

»Das ist das erste Mal, dass ich dich das sagen höre. Allmächtiger Gott! Endlich hast du begriffen, wer von uns beiden der bessere Fahrer ist. Du bist doch nicht so dumm, wie du aussiehst.«

»Lass uns wissen, wo du bist, hörst du?«, rief Priddie. »Wir werden dich schrecklich vermissen. Es ist verkehrt. Das ist alles, was ich dazu sagen kann. Es ist einfach verkehrt, dass du so fortgehst.«

Und Osceola fuhr los. Als er den Broadway entlangfuhr, fingen die Perlhühner und Gänse an zu schnattern, und Sinclair rannte in seiner Koppel hin und her, als wollte er unbedingt mitkommen. Ich sah auf und sah Estella am Fenster der Eingangshalle stehen. Sie winkte, bis wir unter dem Ahornbaum hindurchfuhren und sie nicht mehr sehen konnten. Wir bogen in die Straße ein, die Mutter all die Jahre jeden Tag entlanggegangen war, und ich musste daran denken, wie ich ihr mit dem Truck nachgefahren war. Das alles schien endlos lange her zu sein, dabei war alles innerhalb weniger Wochen geschehen.

»Könntest du Mutter sagen …«

»Möchtest du noch bei ihr vorbeifahren und sie besuchen? Es ist schließlich nicht so, als müssten wir einen bestimmten Zeitplan einhalten.«

»Nein.« Ich wollte Devlin nicht begegnen. »Es ist gut so.«

»Ich habe die Adresse und Telefonnummer deiner Eltern

in deinen Koffer gelegt. Unsere kennst du. Es würde dir nicht wehtun, ihnen zu schreiben. Sie werden sich Sorgen um dich machen. Weißt du, sie sind keine schlechten Leute. Nur ein bisschen unorganisiert, das ist alles.«

Wir fuhren durch das Zentrum von Laurelwood, am Gerichtsgebäude vorbei, wo Onkel Josh festgehalten worden war, und am Rexall Drugstore, wo ich mein einsames Mittagessen eingenommen hatte. Dann bogen wir nach links in die Emmerson Street ab. »Lass mich einfach vor dem Bahnhof aussteigen«, sagte ich. »Du musst nicht mit reinkommen.«

»Ich möchte aber mit reinkommen. Ich möchte dich in den Zug steigen sehen.«

»Ich will aber nicht, dass du das tust. Bitte.«

»Bist du sicher?«

»Ja, ich bin sicher.«

»Wie du willst.«

»Ich weiß, dass du zu wenig Arbeitskräfte haben wirst, jetzt wo Onkel Josh und ich weg sind …«

»Mach dir um uns keine Sorgen. Bald kommt der Winter. Außerdem musst du tun, was du tun musst. Lass dir den Wind um die Nase wehen und sieh dir an, wie es zugeht in der Welt. Dann wirst du vielleicht nach Hause kommen. Du wirst sehen. Um uns brauchst du dir keinen Augenblick lang Sorgen zu machen. Wir kommen schon zurecht. Diese Jungen sind nicht so übel, wie deine Großmutter immer tut. Janos arbeitet wirklich gut, obwohl sein ewiges Lachen mich um den Verstand bringt. Aber Stash, der ist ein guter Mann und ein verdammt harter Arbeiter.«

»Ja, das ist er.«
»Hast du Angst?«
»Ich habe noch nie in meinem Leben solche Angst gehabt.«
»Gut. Das zeigt wenigstens, dass du ein bisschen Verstand hast. Denk dran, wenn du etwas brauchst … irgendwas, dann ruf uns einfach an. Und was noch wichtiger ist, wenn du deinen Entschluss änderst, komm nach Hause. Hörst du? Komm einfach nach Hause.«
»Das werde ich tun.«
Wir hielten vor dem Bahnhof, und ich stieg aus.
»Vergiss deinen Koffer nicht«, sagte er. »Und Priddie hat dir genug Essen eingepackt, dass es für Cox' Armee reichen würde.« Er streckte die Hand aus, und ich ergriff sie, diese große, starke, schwarze Hand mit der weißen Handfläche, die mich öfter aufgefangen hatte, als ich mich erinnern konnte. Wir schüttelten uns nicht die Hände. Wir hielten uns nur einen Augenblick lang fest.
»Danke für alles.«
»Du wirst uns fehlen, Junge.« Er zog seine Hand zurück, und ich sah, dass seine Augen glitzerten. »Jetzt lass dich von niemandem übers Ohr hauen, hörst du?« Er legte den Gang ein und fuhr fort, und ich stand lange da und hoffte mit halbem Herzen, dass er zurückkommen und mir sagen würde, dass ich nicht fortzugehen bräuchte, nicht fortgehen sollte.
Ich ging in den Bahnhof, öffnete meinen Koffer und nahm meine Karte und die Liste mit den möglichen Zielorten heraus. Die ganze Bahnhofshalle roch nach abgestandenen Zigaretten, wie das Büro im Gerichtsgebäude,

in dem Mamu und ich mit Onkel Josh geredet hatten. An den Wänden des Warteraumes waren ein paar verrußte, gerahmte Bilder von Orten verteilt, zu denen es vom Bahnhof Laurelwood aus keine Züge gab: die Alpen, der Hafen von Hongkong und die Pyramiden. Etwa zwanzig Männer und Frauen saßen unbequem auf den harten Holzbänken und lasen die Zeitung oder Bücher oder träumten einfach vor sich hin. Ein ältliches Ehepaar ohne Gepäck, von dem ich annahm, dass es einen Tagesausflug machte, eine sehr alte Dame, die sich an einem mit einem Seil zusammengehaltenen Koffer festklammerte, eine Frau mit einem schlafenden Kind auf dem Schoß und mehrere Geschäftsleute. Sie sahen automatisch nach jedem, der neu in den Warteraum trat, ohne ihn wirklich zu sehen. Ein rascher Blick, und sie zogen sich wieder zu dem Ort in ihrem Gehirn zurück, an dem jeder als Fremder in einer Menschenmenge Zuflucht sucht. Meine Liste war auf dem Bahnhof ebenso verwirrend, wie sie es in der Nacht zuvor in meinem Schlafzimmer gewesen war. Die Städte darauf waren immer noch nicht mehr als Namen für mich, und es spielte überhaupt keine Rolle, welchen ich wählte, weil ich von allen gleich wenig wusste. Ich weiß nicht, wie lange ich dort saß, bevor ich endlich Karte und Liste in den Koffer zurücklegte, zum Schalter ging und eine einfache Fahrkarte kaufte.

Epilog

Mutter brachte den Rest ihres Lebens damit zu, zu versuchen, die Mutter zu sein, die sie nie gewesen war, als Estella und ich heranwuchsen. Solange sie lebte, schrieb sie mir jeden Monat einen Brief. Estella sah sie regelmäßig, aber dennoch schrieb sie ihr gelegentlich. Ich nehme an, sie wollte sich nicht vorwerfen lassen, dass sie einen von uns beiden vorzog. Meine Adresse war gewöhnlich ein Postfach oder American Express, aber sie ließ sich niemals abhalten. Und sie schickte Fotos. Ich habe immer noch unzählige Schachteln mit Fotos, besonders von meinem Bruder Stephen, der am 3. Februar 1940 im Haus am Kanal geboren wurde. Es schien, als habe sich das DeLago-Gen endlich erschöpft, weil er genauso aussah wie Devlin.

Ihre Briefe waren geschwätzig und voller Einzelheiten des täglichen Lebens. Anfangs fand ich sie töricht, aber im Laufe der Zeit freute ich mich auf sie. Es waren Briefe von zu Hause, nicht von meinem Zuhause, aber dennoch von zu Hause. Außer den Fotos legte sie immer fünf oder zehn Dollar bei und schrieb dazu: »Kauf dir ein Sandwich«. Ich hatte das Geld nie nötig, aber ich behielt es, weil ich wusste, dass es irgendetwas in ihr befriedigte. Vielleicht war es ein Versuch, ihre Schuld abzutragen, oder auch, wenigstens ein bisschen an meinem Leben teilzuhaben.

Als Amerika nach Pearl Harbor in den Krieg eintrat, zogen sie nach New York, und beide, Mutter und Devlin, fanden Arbeit in der Marinewerft in Brooklyn. Um Stephen kümmerte sich eine ältere Frau namens Lillian Berman, die im Apartment über ihnen wohnte. Ich besitze Fotos von Stephen und Lillian, die während der ganzen Kriegsjahre aufgenommen wurden. Stephen wurde immer größer, und Lillians Haar wurde dementsprechend immer weißer. Wenn ich sie auf diesen Fotos ansah, die Brille mit den dicken Gläsern auf der Nasenspitze, krauses Haar, pausbäckig und immer mit einem breiten Lächeln im Gesicht, dachte ich mir, dass sie vielleicht so war, wie Mamu hätte sein können.

Zum ersten Mal in seinem Leben verdiente Devlin ausreichend, und da auch Mutter arbeitete, hatten sie genug, um sich für die Zukunft etwas aufzusparen. Lillians Sohn, Arthur Bergman, arbeitete ebenfalls in der Marinewerft, und er und Devlin wurden gute Freunde. Beide wollten sich selbstständig machen, und als der Krieg endete, eröffneten sie *Berman und Whyte, Gebrauchte Möbel* in Manhattan an der First Avenue zwischen der 73. und 74. Straße. Angesichts der vielen zurückkehrenden Kriegsteilnehmer und frisch Verheirateten, die eigene Haushalte begründeten, erlebte das Geschäft mit Gebrauchtmöbeln einen Boom, und *Berman und Whyte* florierte. Und mit dem Geschäft florierten auch Mutter, Devlin und Stephen.

Die Bermans zogen samt Lillian nach Brooklyn Heights, aber meine Familie richtete sich in dem riesigen Apartment über dem Möbelladen ein. Sie stürzten sich auf alles, was die Stadt zu bieten hatte: Broadway Shows, Restaurants, die Museen, Konzerte und die Oper. Meine Mutter konnte sich die Opern nun nicht nur anhören, sie konnte jede einzelne besuchen und tat das auch. Häufig schickte sie mir Programme, und wenn ich sie erhielt, musste ich immer an Marius Dorfman denken und hatte ein unangenehmes Gefühl im Bauch.

Stephen war ebenso großstädtisch, wie Estella und ich naiv gewesen waren. Wir fuhren auf gewundenen Landstraßen mit dem Bus zur Schule, er benutzte die City Transit von New York. Wir schwammen in unserem eigenen, privaten Bach, er schwamm in einem überfüllten Swimmingpool im YMCA. Wir sahen nur selten einen Film, und er sah fast alles. Wir hörten die großartigste Musik der Welt auf kratzenden Schallplatten, abgespielt auf einem aufziehbaren Victrola-Grammophon, er hörte das Philharmonische Orchester unter Toscanini. Wir arbeiteten schwer, ihm wurde alles auf einem Silbertablett serviert. Mutters Schuldgefühle wirkten sich für ihn offenbar äußerst vorteilhaft aus. Estella beendete die Highschool, während ich nicht mehr zur Schule ging, Stephen hingegen studierte Wirtschaft auf der NYU und arbeitet noch immer an der Wallstreet.

Eine Zeit lang richtete ich es jedes Mal, wenn ich nach New York kam, ein, dass ich mit Mutter und Stephen zusammen zu Mittag oder Abend essen konnte. Devlin war niemals dabei, weil er angeblich mit dem Laden zu viel zu tun hatte. Mir war das recht, weil wir beide uns miteinander schrecklich unwohl fühlten. Als Junge mochte ich Stephen nicht. Er war schlagfertig, aggressiv und erbitternd selbstbewusst, und das in einem solchen Maße, dass ich beschloss, keine besonderen Anstrengungen mehr zu unternehmen, um ihn zu sehen. So vergingen zehn Jahre, bis ich ihn 1961 bei Mamus Beerdigung wiedersah. Die zehn Jahre hatten ihn enorm verändert. Aus welchem Grund auch immer hatten sich die harten Kanten abgeschliffen, er war höflich und charmant und sogar bescheiden. Es war das erste Mal, dass er, Estella und ich zusammenkamen, und jedes Mal, wenn Mutter uns drei ansah, fing sie an zu weinen. Alle glaubten, dass sie wegen Mamus Tod weinte, aber wir wussten es besser.

Ich hatte Mamu im Laufe der Jahre mehrfach besucht, und sie hatte mich immer gleichgültig behandelt. Wir hatten miteinander geredet, aber niemals über irgendetwas von Bedeutung. Die Tatsache, dass ich von zu Hause fortgegangen war, wurde ebenso wenig erwähnt wie Großvaters Selbstmord und Onkel Joshs Verschwinden. Und Mutters und Devlins Namen wurden niemals ausgesprochen. Gelegentlich sprach sie von Stephen, weil Estella ihr von allem berichtete. Sie sprach von den Ziegen, dem Geschäft, meinen Reisen und Estellas Kindern. Und sie erzählte mir von ihrem Testament. Estella und ich sollten das Haus gemeinsam erben. Aber das war alles, was ich zu erwarten hatte. Ich wollte nichts haben und brauchte auch nichts. Mamus gesamtes Geld und ihre Versicherung sollten an Estella gehen, und Estella und ihr Mann sollten Broadway Acres bekommen, was Mamu für gerecht hielt, weil ich nie ein Interesse daran gezeigt hatte. Außerdem hatte ich meinen eigenen Beruf, und sie nahm an, dass ich niemals Zeit in das Gemüsegeschäft investieren würde. Damit hatte sie natürlich Recht. Mamu war immer noch sehr lebendig und hatte die Zügel fest in der Hand, als Osceola und Priddie fortzogen. Sie kaufte Osceolas Anteil am Geschäft für einen fairen und vernünftigen Preis. Alle waren mit der Übereinkunft zufrieden. Stephen wurde in Mamus Testament überhaupt nicht genannt, weil sie ihn gar nicht kannte. Aber sie hinterließ Stash für seinen jahrelangen Einsatz für Broadway Acres zehntausend Dollar. Janos kehrte nicht aus dem Krieg zurück. Er fiel bei Anzio, lachend und rauchend, wie ich hoffe.

Ich wurde nun zusammen mit meinem Urgroßvater, meinem Großvater, meinem Vater und Onkel Josh in die Zahl der Männer in ihrem Leben eingereiht, die zu nichts taugten. Osceola schien der einzige Mann zu sein, der ihrem Urteil standhielt, und vielleicht, so unglaublich das auch erscheinen mochte, nachdem sie ihn so viele Jahre lang beschimpft hatte, Stash.

Ihre Beerdigung war genau so, wie sie es sich gewünscht hätte, abgesehen davon, dass die Trauerfeier in einer Kirche stattfand. Der *Millersburg Daily Reminder* brachte einen langen, schmeichelhaften Nachruf, in dem sie als aus eigener Kraft hochgekommene Geschäftsfrau, als Stütze der Gemeinde und liebevolle Mutter und Großmutter gepriesen wurde. Es gab genügend Blumen, um mehrere Blumenläden damit zu füllen, vorwiegend von Großhandelsfirmen, die Gemüse bei ihr bezogen und sie überhaupt nicht gekannt hatten. Millersburg hatte seine Vorliebe für seltsame Todesfälle noch nicht überwunden, und Mamu war der Erste ihrer Art. Niemand konnte sich erinnern, jemals erlebt zu haben, dass jemand an giftigen Pilzen gestorben war, und so gab es bei dem Trauergottesdienst aufgrund der vielen Gäste nur Stehplätze. Wegen der Verbindung ihres Bruders zu dem Doppelmord hatte sie zusätzlich etwas Geheimnisvolles an sich, und außerdem hatte sie nur selten jemand gesehen. Sie hatte Broadway Acres so gut wie nie verlassen.

Der Ehemann ihrer Cousine Alice, seine Exzellenz, der Bischof im Ruhestand Rigsby, der die Trauerfeier leitete, hätte schwerlich ihren Beifall gefunden. Er und Alice waren fast so alt wie Mamu, und er war einschläfernd protzig und weitschweifig. Zudem versuchte er den Anschein zu erwecken, als habe er über die Jahre hinweg tatsächlich eine Beziehung mit Mamu unterhalten, obwohl er beständig ihren Namen vergaß. Adela Pritchard Wayland war ganz offensichtlich kein Name, der ihm geläufig war. Nach der Hälfte seiner Lobrede begann er, sie nur noch als ›diese Frau‹ zu bezeichnen. Wäre sie anwesend gewesen, wäre sie aufgestanden und aus der Kirche gestürmt.

Sie wurde im Schatten von Otto August Müllers prunkvollem Grabmal begraben, auf dem der Erzengel Gabriel seine Trompete umklammert hielt und ihr Küsse zuwarf, und sie kam unmittelbar neben die unheimlichen Überreste von Großvater zu liegen. Ich zweifle sehr daran, dass sie in Frieden ruht, sofern die beiden überhaupt ruhen.

Am Nachmittag des Beerdigungstages, nachdem alle zum Haus zurückgekehrt waren und sich satt gegessen hatten,

gingen Estella, Stephen und ich zum Bach hinunter und besuchten Onkel Joshs Hütte. Gleich nach seinem Verschwinden hatte Estella seine Bücher, die verbliebenen Schallplatten und alles andere, an dem ihm vielleicht etwas liegen konnte, verpackt und in den Keller des Hauses gebracht, für den Fall, dass er irgendwann zurückkam, um die Sachen abzuholen. Dort lagen sie noch immer und sammelten Staub an. Die Karten an den Wänden der Hütte waren verblasst und hatten sich aufgerollt, und all die kleinen Fahnen und Stecknadeln, mit denen er die Orte gekennzeichnet hatte, die ihn besonders interessierten, waren zu Boden gefallen. Wilder Wein war durch die zerbrochene Fensterscheibe und unter der Tür hindurchgewachsen, die aus den Angeln gesprungen war. Im rundbauchigen Ofen befand sich das Nest von irgendeinem Tier, und die Bücherregale waren mit Mäusedreck bedeckt. Der Bootssteg war verfallen, und die Santa Maria lag ausgeblichen und verrottend am Ufer des Baches. Es war ein winziges Stückchen Zivilisation, das einst geblüht hatte, aber nun verfallen war, weil seine Bewohner wie die Anasazi ohne Erklärung einfach fortgezogen waren. Wir setzten uns auf den Bootssteg, und Estella und ich erzählten Stephen Geschichten aus unserer Zeit mit Onkel Josh, der wegen des Doppelmordes und seines Verschwindens zur Legende geworden war.
Wir drei kamen erst im Jahr 1974 wieder zusammen, als Mutter und Devlin starben.

Adam kam als Held aus dem Krieg zurück. Er erhielt den Bronze Star und das Purple Heart. Im April 1945, wenige

Monate vor Kriegsende, verlor er Zeige- und Mittelfinger der rechten Hand, als ein Kamikazeflugzeug während der Schlacht um Okinawa den Zerstörer traf, auf dem er Dienst tat, und er sich bei dem Versuch, seinen Kameraden zu Hilfe zu kommen, in Gefahr brachte. Wegen dieser Beeinträchtigung konnte er seine Stellung bei der Polizei von Millersburg nicht mehr antreten. Sheriff Anderson hatte seine Stelle für ihn freigehalten, aber er konnte sich einen Beamten ohne Finger für den Abzug nicht leisten, obwohl die Wahrscheinlichkeit, dass ein Polizeibeamter in Millersburg tatsächlich einen Schuss abgeben musste, sehr gering war. Er und Estella hatten gegen Mamus Willen bereits in aller Stille geheiratet, als er auf Heimaturlaub war, und jetzt machten sie sich daran, Broadway Acres zu bewirtschaften und drei Söhne in die Welt zu setzen. Alle drei waren blond und blauäugig und sahen wie Klone von Adam aus. Mamu, Priddie und Osceola waren entzückt, drei Kinder im Haus zu haben, und um ihretwillen ertrug Mamu sogar Adam. Es war nicht das Leben, das Adam sich gewünscht hatte, aber wenigstens anfangs war er entschlossen, dafür zu sorgen, dass es funktionierte.

Ich befand mich in Korea, als ich im Herbst 1950 einen Brief von Estella erhielt, in dem sie mir schrieb, dass Osceola einen Schlaganfall erlitten hatte, der ihn zum Pflegefall machte. Er war sechsundsiebzig Jahre alt. Mamu wollte, dass Priddie und Osceola in ihr Haus zogen, aber sie beschlossen, ihr Häuschen in Brick Town zu verkaufen und nach Louisiana zu ihrer seltsamen Tochter

Camille zu ziehen, die einen entfernten Vetter geheiratet und das Kind geboren hatte, das sie sich immer gewünscht hatte, Priddies und Osceolas Enkeltochter. Die geheimnisvolle Frau, die auch nach Camilles Heirat bei den Flowers geblieben war, kam mit ihnen. Estella hatte den Verdacht, dass sie all die Jahre Osceolas zweite Frau gewesen war. Sie wusste es nicht genau, aber Priddie hatte so etwas angedeutet, als sie über die geheimnisvolle Frau sprachen, nachdem Camille ihr Elternhaus verlassen hatte – etwas über Beziehungen und die Kompromisse, zu denen Menschen bereit sind, um sie aufrechtzuerhalten. »Die Dinge sind nicht immer so, wie sie aussehen«, hatte sie gesagt und dann erzählt, wie gerne Osceola diese Frau habe und dass sie, Priddie, ihn verstehen könne, weil sie so schön sei. Priddie machte einen traurig resignierten Eindruck, als sie das sagte. Als Estella versuchte, sie dazu zu bewegen, mehr darüber zu sagen, begann sie von ihren Plänen für die Einmachzeit zu reden. Die Sache wurde nie wieder erwähnt.

Estella und Mamu blieben noch mehrere Jahre, nachdem sie Millersburg verlassen hatten, mit den Flowers in Verbindung. Priddie konnte nicht schreiben, weil sie es nie gelernt hatte, und Osceola konnte es wegen seines Schlaganfalls nicht. Camille schrieb gelegentlich, aber schließlich kamen Estellas Briefe zurück. Die Adressaten waren verzogen und hatten keine Nachsendeadresse hinterlassen. Estella ging zu Rev. Hector Motherwell Box von der ersten Baptistenkirche des Nazareners, der mit all seinen fortgezogenen Gemeindemitgliedern in Verbindung blieb, aber auch er konnte ihr nicht helfen, weil er ebenfalls nicht wusste, wo sie waren. Priddie und Osceola waren in eine Welt entschlüpft, zu der wir keinen Zugang hatten, und wir hörten nie wieder etwas von ihnen.

Nach Onkel Joshs Verschwinden gab es endlose Spekulationen in der Presse. Es wurde sogar erwogen, den See nach seiner Leiche zu durchsuchen. Nach der Theorie, die die meisten Anhänger hatte, war er von einem von Claude Gardiner gedungenen Mörder umgebracht worden, obwohl dieser den Rest seines Lebens in einer staatlichen Strafanstalt verbrachte. Nach einem langen Prozess, über den die Medien des Langen und Breiten berichteten, war er des Mordes zweiten Grades schuldig gesprochen worden. Natürlich bestand kein Zweifel daran, dass er den Doppelmord begangen hatte – er hatte seine Schuld ja vor aller Welt bekannt. Bei dem Prozess ging es lediglich um seinen Geisteszustand.

Als der Trubel, der den Prozess begleitet hatte, sich legte, blieb immer noch die Frage nach Onkel Joshs Aufenthaltsort. Selbst mein Verschwinden wurde in einigen Zeitungen erwähnt, aber ich war nicht der Liebhaber der Verstorbenen gewesen, und so wurde die Presse meiner sehr schnell überdrüssig, und ich verschwand wieder aus dem Blickpunkt des allgemeinen Interesses. Aber mit Onkel Josh war das etwas anderes. Selbst noch in den späten achtziger Jahren erschien in der Sonntagsbeilage einer Zeitung ein Artikel über den Doppelmord vom Millersee im Jahr 1939, bei dem eine schöne Dame der Gesellschaft und ein berühmter Opernsänger vom Ehemann der

Dame ermordet worden waren. Die immer noch unbeantwortete Frage lautete: Was war aus dem Liebhaber der Frau geworden? Wer auch immer den Artikel geschrieben hatte, gab den Ereignissen einen äußerst skandalösen Anstrich. Durch das Prisma der Zeit gesehen, romantisiert durch Mode und Lebensbedingungen der damaligen Zeit und die scheinbar unverfälschten und weniger komplizierten Motive, ist ein Mord immer um vieles interessanter als die kalten, harten Fakten eines zeitgenössischen Verbrechens.

Nicht lange nach dem Umzug der Flowers tauchte Onkel Josh plötzlich wieder auf. Er schrieb eine Postkarte an Estella und unterschrieb sie mit Darius der Große. Der Poststempel war aus Marblehead, Massachusetts. Er hatte keine Adresse und keine Telefonnummer angegeben. Sie hörte weitere zwei Jahre lang nichts von ihm, bis sie eine Weihnachtskarte erhielt, auf der er ihr mitteilte, dass er mit einer Frau zusammenlebte, die einen Buchladen in Marblehead besaß. Er hatte sich so daran gewöhnt, seine Anonymität zu wahren, dass er wieder keine Adresse angab und mit Darius der Große unterzeichnete. Es gab nicht allzu viele Buchläden in der Gegend von Marblehead, und mit Hilfe der Telefonauskunft fand Estella ihn im ersten Buchladen, bei dem sie anrief, einem Laden namens *The Bartered Book*. Ein Mann nahm den Anruf entgegen, und als sie fragte, ob sie mit Darius dem Großen spreche, antwortete Onkel Josh nach einer kurzen Pause ganz selbstverständlich: »Wie geht es dir, Estella?«

Etwa ein Jahr später besuchten wir ihn. Als ich zu Besuch in Broadway Acres war, beschlossen Estella und ich spontan, nach Marblehead zu fahren. Adam und Mamu kümmerten sich um die Kinder, und Stash sorgte dafür, dass das Geschäft reibungslos weiterlief. Zu diesem Zeitpunkt hatte Mamu, die nach Priddies und Osceolas Ausscheiden das Interesse an der Farm mehr und mehr verloren hatte, bereits alles an Estella übergeben, die sich zu einer routinierten Geschäftsfrau entwickelt hatte. Neben Stash beschäftigte sie acht fest angestellte Leute, und während der Ernte wurden zusätzliche Teilzeitarbeiter eingestellt. Seit der Zeit, in der wir vom Morgengrauen bis in die Nacht hinein gearbeitet und das Arbeitspensum mehrerer Männer hatten, hatte sich viel verändert. Was den Unterschied ausmachte, war vor allem das Geld. Als wir mit dem Geschäft begonnen hatten, war keines vorhanden gewesen.

Unser kleiner Ausflug war für Estella und mich eine Premiere. Wir hatten niemals zusammen einen Ausflug gemacht, und obwohl wir nur eine Nacht lang fortblieben, war es ein Abenteuer für sie, weil sie niemals irgendwo hinfuhr, und für mich war es eine Gelegenheit, einmal eine Weile mit meiner Schwester alleine zu sein. Es war Herbst, und die etwa achtstündige Fahrt von Millersburg nach Marblehead war spektakulär. Nirgendwo in der Welt gibt es etwas, das mit Neu England zur Zeit der Herbstfärbung vergleichbar wäre. Spektakulär ist ein viel zu schwaches Wort, um es zu beschreiben.

Ohne die Zurückhaltung, die uns durch die Anwesenheit von Mamu, Adam und den Kindern auferlegt wurde, war unsere Unterhaltung unbefangen. Sie war ein guter Gesprächspartner, von natürlicher Neugier und ehrlich interessiert. Wir sprachen von der Familie, weil das das Einzige war, was wir wirklich miteinander gemein hatten, und bis zu dem Abend im Hotel, als wir eine Flasche Wein miteinander tranken, war unsere Unterhaltung ein wenig oberflächlich.

Estella war immer beunruhigend schön gewesen, aber niemals auf konventionelle Weise. Ihr dunkler Teint und ihr wildes, schwarzes, welliges Haar waren fesselnd, aber ihre Nase war ein wenig schief, ihre Augen standen zu weit auseinander, und ihr Mund war zu groß. Aber die Gesamtwirkung all der kleinen Schönheitsfehler ergab eine umwerfende, exotische Schönheit. Und die Zeit war freundlich zu ihr. Die winzigen Fältchen um die Augen und die kaum wahrnehmbaren Spuren von Grau in ihren Haaren wirkten, wenn überhaupt, zu ihrem Vorteil.

Bevor wir zu Onkel Josh in die Buchhandlung fuhren, quartierten wir uns im Rossmere ein, einem eleganten, alten, bezaubernden und gebührend spießigen Hotel direkt am Wasser. Nachdem wir uns in unseren Zimmern eingerichtet und gebadet hatten, beschrieb uns die Concierge den Weg zum *Bartered Book*. Es war ein Antiquariat direkt im Zentrum des malerischen ehemaligen Fischerdorfes. Im 19. Jahrhundert war Marblehead zu einem bei Seglern außerordentlich beliebten Urlaubsort geworden.

Estella hatte Onkel Josh angerufen und ihm gesagt, dass wir kommen würden, aber als wir in den Laden traten, schien er überrascht, uns zu sehen. Wir hatten uns seit fast fünfzehn Jahren nicht gesehen, und ich vermute, dass er nicht darauf gefasst war, dass Estella und ich inzwischen erwachsen geworden waren. Er hatte sich überhaupt nicht verändert, nur dass seine Haare nun vollständig weiß waren. Ich hatte ihn nur mit grauen Haaren gekannt, und so war die Veränderung kein Schock für mich. Seine Augen waren so glänzend und neugierig wie eh und je, und sein Lächeln war so gewinnend, wie ich es in Erinnerung hatte. Er war ehrlich erfreut, uns zu sehen. Dagegen war es ein echter Schock, Priscilla Light kennen zu lernen, die Frau, mit der er zusammenlebte. Sie war eine unheimliche Kopie von Gloria Gardiner, älter natürlich, aber die Ähnlichkeit war verblüffend. Knabenhafte Figur, das gleiche Patriziergesicht mit dem perfekten Profil und das gleiche blonde, im Stil der zwanziger Jahre geschnittene Haar. Ihre Augen waren so geschminkt, dass sie ebenso wehmütig blickten, wie die von Gloria auf dem Zeitungsfoto. Ich fragte mich, ob Priscilla schon immer so ausgesehen hatte oder ob Onkel Josh sie zu seinem weiblichen Idealbild umgeformt hatte.

Als wir Onkel Josh fragten, wo er all die Jahre gewesen sei, zuckte er die Achseln und sagte »hier und da« und sorgte von da an dafür, dass er nie mit uns alleine war. Er wollte sich nicht der Gefahr aussetzen, Fragen beantworten zu müssen. Wir wussten nicht, ob Priscilla etwas über seine Vergangenheit wusste oder nicht, und so mieden wir das Thema. Und Priscilla selbst sagte kaum etwas und schien keine rechte Vorstellung zu haben, wer wir waren. Wir aßen in einem wunderbaren, mit Netzen, riesigen Korken und verstaubten, ausgestopften Fischen dekorierten Fischlokal zu Abend und unterhielten uns über Bücher. Was er las, was Priscilla las, was wir lasen und was die Welt las. Priscilla lächelte gelegentlich und nickte, aber nachdem sie ihren doppelten Martini und ihre Sole Veronique bestellt hatte, sagte sie sehr wenig. Er fragte nach Mamu, den Flowers, Adam und den Kindern, aber nur kurz, als ob es von ihm erwartet würde, und dann kehrten wir zu den Büchern zurück. Er befand sich im bibliophilen Himmel. Und er sprach über die großen Komponisten, als seien sie seine persönlichen Freunde, und äußerte sich staunend darüber, wie praktisch und klar die neuen Langspielplatten seien. Priscilla hatte ihm den allerneusten Plattenspieler gekauft, und ihre Plattensammlung wuchs, denn was sie nicht in Marblehead finden konnten, ließ sich Priscilla aus New York schicken. Als es ans Zahlen ging, wollte er nichts davon wissen, dass ich bezahlte. Er nahm die Rechnung und reichte sie Priscilla, die sie beglich. Ich protestierte und versuchte, sie ihr wegzunehmen, aber offensichtlich war das bei ihnen so üblich. Vielleicht eine Art Abmachung. Vor dem Restaurant sagten wir gute Nacht. Sie luden uns nicht ein, zum Kaffee und einem Glas Wein mit in ihr Haus zu kommen, und wir trafen keine Verabredung, sie am nächsten Morgen noch einmal zu sehen. Der Besuch war vorbei, und Estella und ich hatten das Gefühl, als hätten wir soeben mit vollkommen fremden Leuten zu Abend gegessen.

Als wir ins Hotel zurückkamen, suchten wir uns einen Tisch in einer Ecke der Bar und bestellten uns eine Flasche Wein. Wir brauchten sie. Der Tag war phantastisch gewesen, aber die Nachtluft war kühl, und das Feuer war gemütlich und einladend. Wir wussten beide nicht, was wir von Onkel Josh halten sollten, und kamen schließlich zu dem Schluss, dass wir ihn vermutlich niemals wirklich gekannt und sein Verschwinden richtig gedeutet hatten und dass das Auftauchen Darius des Großen ein weiteres Rätsel war, das wir niemals würden lösen können. Und dann die arme Priscilla, diese nachgemachte Gloria Gardiner! War sie gefesselt von Onkel Josh, gefangen von dem Zauber, den er zweifellos immer noch ausüben konnte, oder war sie nur eine einsame Frau, die sich mit allem abfinden würde, nur um nicht in einem leeren Bett schlafen zu müssen? Wie auch immer es sein mochte, sie hatte etwas sehr Trauriges an sich.

Nach ein paar Gläsern Wein hatten wir genug über Darius den Großen geredet, und Estella erzählte mir, was ich seit mehreren Jahren befürchtet hatte. Sie und Adam kamen nicht mehr miteinander aus. Ihre Ehe war schon seit langem vorbei. Die Arbeit auf Broadway Acres lag ihm nicht. Genauer gesagt, er verabscheute sie und hatte sie von Anfang an nicht gemocht, aber er war der Meinung gewesen, dass er wegen seiner fehlenden Finger keine andere Wahl habe. Er hatte es versucht, so viel musste sie ihm zugestehen, aber er hatte angefangen, heimlich zu trinken, und er war zum Alkoholiker geworden. Sie wollte nicht, dass Mamu und die Kinder etwas davon merkten, und deshalb schliefen sie und Adam immer noch im selben Bett, aber sie sprachen kaum noch miteinander. Seit dem Weihnachtsabend vor vier Jahren, als er versucht hatte, sie zu vergewaltigen, gab es keinen sexuellen Kontakt mehr zwischen ihnen. Ich fragte sie, warum sie sich nicht von ihm scheiden ließ, und sie sagte, dass sie Mamu die Befriedigung nicht gönnen würde. Sie hatte nie gewollt, dass Estella Adam heiratete. Wir

redeten miteinander, bis wir die erste Weinflasche geleert hatten, und tranken noch eine zweite zur Hälfte aus. Ihre Augen wurden ein paarmal feucht, aber sie war längst über alle Tränen hinaus.
Als wir gute Nacht sagten, hatte sie begonnen, von ihren Kindern zu erzählen, und war in sehr viel stabilerem Gemütszustand. Auf der Rückfahrt nach Millersburg am nächsten Morgen versuchte ich, noch einmal auf ihre unglückliche Ehe zu sprechen zu kommen, aber sie entschuldigte sich, dass sie am Abend zuvor so blöde gewesen sei, und wir legten den Rest der Fahrt zurück, ohne Adam noch einmal zu erwähnen.

Zwei Dinge tat Estella unmittelbar nach Mamus Tod. Als Erstes verkaufte sie den Cadillac Phaeton für eine beträchtliche Summe an einen Sammler alter Autos und schickte mir die Hälfte davon. Ich habe ihr niemals von Großvaters Selbstmord erzählt. Ich glaube, ich wollte Mamu beweisen, dass ich ihr Geheimnis bewahren kann, obwohl sie nicht mehr bei uns ist. Der eiserne Griff, mit dem sie mich und mit Sicherheit auch Estella gefangen hält, wird sich bis ans Ende unserer Tage nicht lockern.
Und nicht lange nachdem sie Mamus Angelegenheiten geregelt hatte, ließ Estella sich von Adam scheiden und heiratete im Alter von zweiundvierzig Jahren zu jedermanns Überraschung Stash. An dem Abend, an dem wir in Marblehead eine Flasche Wein miteinander getrunken hatten, hatte sie ihn nicht erwähnt, und so war ich vollkommen überrumpelt, als sie mir sagte, dass sie heiraten würden. Irgendwie war es mir nicht recht, obwohl ich

nicht wusste, warum, weil ich Stash ehrlich mochte und immer gern gehabt hatte. Als ich ihr sagte, wie überrascht ich sei, gab sie zu, dass sie und Stash schon seit mehreren Jahren heimlich ein Liebespaar gewesen seien. Mr. und Mrs. Stash Rákosi leben bis zum heutigen Tag wie Neuvermählte im großen Haus am Broadway, obwohl das Gemüsegeschäft nicht mehr existiert und das Land an ein Verlagshaus für die Lehrbuchabteilung verkauft wurde. Sie haben eine Tochter, Isabelle, die so dunkel und schön ist wie ihre Mutter. Das Immaculata-DeLago-Gen ist doch noch nicht ausgestorben.

Als die Ärzte Mutter eröffneten, dass Devlins Dementia unheilbar sei und er rund um die Uhr betreut werden müsse, während er in ewiges Vergessen versank, bestand Estella darauf, dass sie nach Millersburg zurückkamen, damit sie bei seiner Versorgung mithelfen konnte. Der Möbelladen war an eine Supermarktkette verkauft worden, und so musste Mutter nur noch alles loswerden, was sich in dem Apartment befand. Estella hatte ihr gesagt, sie solle alles behalten, was sie wolle, aber die einzigen Möbelstücke, die sie nicht verkaufte, waren Devlins Lieblingssessel und ein kleiner Nachtkasten, der eines der ersten Möbelstücke war, die sie für das Apartment in New York erworben hatten. Und sie brachte natürlich ihre Kleidung, Fotos, Papiere und ein paar Erinnerungsstücke mit, alles, was man auf Anweisung der Behörden mitnehmen sollte, wenn man wegen einer bevorstehenden Katastrophe evakuiert wird. Stephen und Stash luden ihre Habseligkeiten auf den Truck, und Estella fuhr Mutter und

Devlin mit dem Wagen nach Millersburg. Estella berichtete, dass Mutter nicht einen Blick zurückwarf, als sie in den Holland-Tunnel fuhren und ihr geliebtes New York hinter sich ließen. Sie war zu sehr damit beschäftigt, Devlin gut zuzureden, der sich aufregte und Unsinn vor sich hin murmelte.

Er lebte noch sechs Jahre lang, und Mutter hatte keinen Augenblick Ruhe. Seine Unruhe wurde immer schlimmer, er wurde aggressiv und schlug nach jedem, der ihm zufällig in den Weg geriet. Ich war auf perverse Art fast davon überzeugt, dass es daran lag, dass er irgendwie wusste, dass er sich in Mamus Haus befand. Seine Aggressivität schien sich zu verstärken, je mehr er sich in sich selbst zurückzog. Mutter behauptete, dass er gegen seine Krankheit ankämpfte, aber der Arzt sagte, dass er es nicht einmal merkte. Estella, Stash und Mutter trugen alle drei blaue Flecken davon. Und so sehr sie sich auch bemühten, ihn festzuhalten, es gelang ihm immer wieder, sich fortzuschleichen und alle in Panik zu versetzen, bis sie ihn wiedergefunden hatten. Während des größten Teils dieser Jahre erkannte er niemanden mehr. Mutter beharrte zwar darauf, dass er sie kannte, aber tatsächlich war auch das nicht der Fall. Es war schwierig, ihn zu füttern und zu baden, und schließlich musste er auch Windeln tragen. Estella und Stash taten ihr Bestes, um Mutter die Bürde zu erleichtern, aber sie wich niemals von seiner Seite. Als er nicht mehr gehen konnte, hob Stash ihn auf wie ein Baby und beförderte ihn von seinem Sessel in sein Bett und wieder zurück. Während seiner letzten vier Lebensjahre schlief Mutter nicht mehr in einem Bett. Sie döste nur in

einem Sessel neben seinem Bett, für den Fall, dass er etwas brauchte.
Als er starb, wurde er im Familiengrab bei Großvater und Mamu beigesetzt. Wenn sie vorher noch nicht in ihrem Grab rotiert haben sollte, fing sie mit Sicherheit damit an, als Devlin Whyte direkt neben ihr zur letzten Ruhe gebettet wurde. Zwei Wochen nach der Beerdigung setzte sich Mutter in den Schaukelstuhl auf der Seitenveranda und starb, entweder aus Erschöpfung oder, wie Estella vermutete, einfach, weil sie es wollte. Es ist die Ironie des Schicksals, dass sie und Devlin beide in Broadway Acres starben. Mamu hatte vorausgesagt, dass sie wiederkommen würden.

Die einfache Fahrkarte, die ich mir damals kaufte, war eine Fahrkarte nach Trenton, der Hauptstadt des Staates New Jersey. Sie war nicht allzu weit von Millersburg entfernt, aber für mich hätte es ebenso gut Marrakesch sein können. Ich stieg aus dem Zug, ergriff den schweren Koffer, den Osceola und Priddie mir gegeben hatten, und hatte nicht die geringste Vorstellung, was ich tun sollte. Ich muss zwei oder drei Stunden lang im Bahnhof gesessen und nicht gewagt haben, durch die Tür in die fremde, neue Welt hinauszutreten, die dort auf mich wartete. Als ich es endlich tat, war ich fast so überwältigt wie damals, als ich in New York in den Zirkus gegangen war. Ich wanderte umher und hatte keine Ahnung, wo ich hinwollte, und hätte auch nicht gewagt, jemanden nach dem Weg zu fragen, wenn ich es gewusst hätte. Die erste Nacht verbrachte ich auf den Stufen des Armeemuseums am Ufer des Delaware und die beiden nächsten im Cadwalader Park, wo ich die Tage bei den Bärenkäfigen, den Hirschgehegen und dem Affenhaus verbrachte. Am Morgen des dritten Tages kaufte ich mir eine *Trenton Times*, durchstöberte die Anzeigen und mietete mir ein Zimmer bei einer Familie namens Morris, die im Judenviertel am Ende der Market Street am Fluss wohnte.

Die Familie Morris, Ada, Herb und ihre drei Söhne Eddie, David und Murray, war so vollkommen verschieden von meiner eigenen Familie, als gehörten sie einer anderen Spezies an. Wo wir Geheimnisse bewahrten, vertrauten sie sich gegenseitig alles an. Den Eindruck hatte ich jedenfalls. Und sie taten es so laut, wie sie nur konnten. Anfangs glaubte ich, dass sie sich ständig stritten. In unserer Familie berührte man sich gegenseitig nie, und sie konnten die Hände nicht voneinander lassen, und von mir ebenso wenig. Plötzlich hatte ich etwas, das ich noch nie gehabt hatte, menschlichen Kontakt, Intimität und Fürsorge. Zuerst wusste ich nicht, wie ich reagieren sollte, und wich jedes Mal zurück, wenn mir jemand nahe kam. Aber ich brauchte diesen Kontakt, ich wollte ihn bekommen und wünschte mir die Freiheit, ihn zu geben. Ada küsste und umarmte ohne erfindlichen Grund, und die Jungen legten einander ständig die Arme um die Schultern. Berührungen waren eine phantastische Entdeckung für mich. Ich war noch keine Woche dort, als ich zum vierten Sohn geworden war und meinen ersten Freund, meinen eigenen, besten Freund, David Morris gewonnen hatte. Die drei Jungen drängten sich in einem engen Schlafzimmer zusammen, um ein Zimmer vermieten zu können, weil die Familie jeden Pfennig sparte, um aus der Stadt heraus in einen der Vororte ziehen zu können. Aber David und ich wurden so gute Freunde, dass er zu mir ins Zimmer zog.

Ada arbeitete bei der Lenox Porzellanfabrik und Herb und die Jungen für Tepeco im Textilgeschäft. David besorgte mir einen Job an der Verladerampe seiner Fabrik, und alles schien sich bestens zu ordnen. Ich hatte das Beste von beiden Möglichkeiten. Ich war selbstständig und hatte dennoch eine Familie.

David und ich machten alles zusammen. Er war fast zwei Jahre älter als ich, aber wir waren unzertrennlich. Er war witzig, offen, abenteuerlustig und beneidenswert selbstbewusst. Jedermann mochte ihn. Wir teilten nicht nur das Zimmer, wir teilten jeden Gedanken. Ich erzählte ihm alles, was mir in Broadway Acres widerfahren war, und er erzählte mir, wie es war, in der Stadt und als Jude aufzuwachsen. Wir gingen jedes Mal ins Capital-Theater, wenn sich das Theater- oder Kinoprogramm änderte. Wir gingen in den italienischen Teil der Stadt und aßen Tomatenpasteten, lange bevor irgendjemand sie Pizza nannte. Und das Schönste, das wir unternahmen, war Fliegen. Er hatte hart gearbeitet, um seinen Pilotenschein zu bekommen, und immer, wenn wir genug Geld zusammengespart hatten, fuhren wir zu einem kleinen Flugplatz am Stadtrand von Philadelphia und mieteten uns stundenweise ein Flugzeug. Nichts wird jemals der Spannung gleichkommen, die ich empfand, als ich zum ersten Mal mit diesem Flugzeug startete. Für einen Jungen, dessen einziges Transportmittel ein Model T-Truck gewesen war, war es ein unglaubliches Abenteuer. Und mein bester Freund lenkte das Flugzeug. Dave war von Natur aus ein überschwänglicher Mensch, aber wenn er flog, gab es keine Grenzen. Dafür lebte er.

Ich verbrachte den Rest des Jahres 1939 und die erste Hälfte des Jahres 1940 bei der Familie Morris. Hitler marschierte in Norwegen und Dänemark ein und verletzte die Neutralität Hollands, Belgiens und Luxemburgs, während Dave und ich wie Millionen anderer junger Amerikaner ins Kino gingen. Erst als die Royal Air Force mit ihren nächtlichen Bombardierungen Deutschlands begann, wurden Dave und ich aufmerksam, nicht weil wir um die freie Welt besorgt gewesen wären, sondern wegen des Fliegens. Es erschien uns alles sehr heroisch und glamourös, und wir waren überzeugt, dass der Krieg in null Komma nichts beendet sein würde, wenn wir irgendwie an den Kämpfen teilnehmen könnten. Jedermann sagte, dass es unvermeidlich sei, dass Amerika seine isolationistische Haltung aufgab und in den Krieg eintrat, aber wir wollten nicht abwarten, bis der Kongress einen entsprechenden Beschluss fasste. Im Juni gingen wir nach Ontario und traten in die Royal Canadian Air Force ein.

Ada und Herb waren, wenigstens theoretisch, Kommunisten, und obwohl sie sich gegen den Faschismus aussprachen und entsetzt über das Schicksal der Juden waren, waren sie nicht bereit, ihre Jungen ohne heftige Diskussionen ziehen zu lassen. Dave und ich wurden von fast jedermann gedrängt, nicht zu gehen. Wir würden noch früh genug eingezogen, und es gebe keinen Grund, es vorzeitig herbeizuführen. Abgesehen von Ada und Herb und dem ältesten Sohn Eddie, der Pazifist war, gab es noch all die russischstämmigen Onkel und Tanten, die eine natürliche Aversion gegen alles Militärische hatten. Murray, der noch zu jung für das Militär war, war auf unserer Seite.

Es war um so vieles leichter, bis nach Kanada zu fahren, als es gewesen war, einen Zug zu besteigen und die wenigen kurzen Kilometer von Millersburg nach Trenton zurückzulegen. Ich war nicht allein. Abenteuer sind dazu da, gemeinsam bestanden zu werden. Wir waren so voller Träume, dass wir kaum essen konnten. Aber ich hätte mich an meinen praktischen Wesenszug halten sollen, jene Seite meines Charakters, die mich vor Enttäuschungen bewahrte. Ich bestand die körperliche Eignungsprüfung, Dave jedoch bestand sie wegen seines unregelmäßigen Herzschlags nicht. Ich wollte in den Zug steigen und nach Trenton zurückfahren, aber davon wollte Dave nichts hören, nicht einmal, als ich ihm sagte, dass ich nur um seinetwillen mitgekommen war. Das war nicht wahr, und er nahm es mir nicht ab. Ich war wieder allein, verlorener und einsamer, als ich es je gewesen war.

Ich wurde kein Pilot. Ich wurde auf die Navigationsschule in Summerside auf der Prince-Edward-Insel geschickt. Mit ihren weißen, sandigen Stränden und ihrer buchtenreichen Nordküste ist sie eine der schönsten Inseln der Welt. Der Garten des Golfs. Aber während der ersten Wochen trauerte ich um meinen verlorenen Freund. Ich hätte im Paradies sein können und es hätte mir nichts bedeutet. Aber die Zeit half mir, und ich wurde vierundzwanzig Stunden am Tag in Atem gehalten. Als ich die Ausbildung abgeschlossen hatte, wurde ich nach England geschickt und in Yorkshire in Linton-On-Ouse stationiert. Ich verliebte mich in England und fand Freunde, die noch heute Teil meines Lebens sind. Bei meinem ersten Einsatz absolvierte ich dreißig Feindflüge, und jedes Mal, wenn ich auf Deutschland und Frankreich hinunterblickte, dachte ich an Onkel Joshs Karten mit den Fähnchen. Vermutlich flog ich über manchen Ort, den er mit einer Stecknadel gekennzeichnet hatte. Und ich begann zu fotografieren und dachte mir dabei, dass ich eines Tages, sofern wir jemals wieder etwas von ihm hören würden, Gelegenheit haben würde, ihm zu zeigen, wo ich gewesen war. Mutters Leidenschaft für Fotos musste erblich gewesen sein, denn ich war wie besessen davon und wusste endlich, was ich tun wollte, wenn der Krieg vorbei war.

Diese Jahre habe ich als die prägendsten Jahre meines Lebens in Erinnerung. Es war eine Zeit der Zielstrebigkeit und Entschlossenheit, und obwohl Krieg herrschte, waren es die besten Jahre, die ich je erlebt habe.

Nach dem Krieg blieb ich in Europa und beschloss, mich als Fotojournalist zu versuchen. Ich wollte den Wiederaufbau der Länder dokumentieren, die durch den Krieg, der alle Kriege beenden sollte, zerstört worden waren. Ich kehrte nicht in die Vereinigten Staaten zurück, bis ich den Auftrag erhielt, die Rückkehr der ersten Kriegstoten zu fotografieren: Anfang Oktober 1947 3028 Mann vom Pazifik nach San Franzisko und zwei Wochen später 6248 aus Europa nach New York. Es war nur der Anfang.

1948 war ich gerade in Indien, als Gandhi ermordet wurde, meine Bilder vom Leiden des indischen Volkes wurden im *Life Magazine* veröffentlicht und meine Karriere nahm einen steilen Aufschwung. Nach Europa kam ich erst 1949 zurück, um die Berliner Luftbrücke zu dokumentieren. Dann, 1950, griff die Volksrepublik Korea die Republik Korea an, und von diesem Zeitpunkt an folgte ich den Kriegen. Wenn ich zurückblicke, scheint immer irgendwo ein Krieg gewesen zu sein. Dafür sorgte die Natur des Menschen und die Art, auf die er Gott zu dienen glaubt. Es ist niederschmetternd, wie viel Blut im Namen Gottes vergossen wird. Die folgenden Jahre verbrachte ich in Afrika, Israel, Irland, Ungarn, Mittelamerika, Südamerika … die Liste ist endlos. Mit dem Fall von Saigon endete meine Karriere als Fotojournalist. Ich hatte ein Zuhause und wollte eine Zeit lang an einem Ort bleiben.

Während dieser Jahre war ich meistens alleine, viel zu beschäftigt, um irgendeine Beziehung zu entwickeln. Sex in all seinen Variationen war immer zu haben. Reibung und Phantasie. Wenn, wie Karl Marx behauptet, Religion das Opium des Volkes ist, dann ist Sex mit Sicherheit das schmerzlindernde Mittel. Im Krieg konnte es an Treibstoff, Munition, Medikamenten, Nahrung, Wasser und allem Vorstellbaren fehlen, aber Sex war immer zu haben. Mit Liebe ist es etwas anderes. Ich war zu dem Schluss gekommen, dass nicht jeder dazu bestimmt sei, eine Hälfte eines vollkommenen Ganzen zu sein, und hatte mich damit abgefunden, alleine zu bleiben. Dann, während des Weihnachtswaffenstillstands von 1966 in Vietnam, bei einer Presseparty in einer verrufenen Bar in Saigon, traf ich Chris O'Brien, die eine Dokumentation für die BBC machte. Es war wie eine Kombination von Onkel Joshs erster Begegnung mit Gloria im Ivy Club und Mutters erstem Schultag, an dem Devlin hinter ihr saß. Kurzes, glänzendes braunes Haar, ehrliche, nussbraune Augen, wunderbare Wangenknochen. Ihre nicht ganz gleichmäßigen Zähne machten ihr ansteckendes Lächeln nur noch liebenswerter, und ich wusste augenblicklich, dass sie die eine für mich war. Verschwitzt und ein wenig angetrunken wie wir waren, befanden wir uns auf einmal nicht mehr in einer schäbigen Bar, die nach Zigaretten und Marihuana, billigem Schnaps und dem noch billigeren Parfum der Prostituierten roch, sondern wir waren zur richtigen Zeit am richtigen Ort. Wir waren zu Hause. Es war nicht nötig, etwas dazu zu sagen. Spät in der Nacht oder eher früh am nächsten Morgen gingen wir in ihr Hotelzimmer und brachten die nächsten 24 Stunden damit zu, einander zu entdecken.

Als Chris ihre Dokumentation fertig gestellt hatte, kehrte sie nach London zurück. Wir schrieben uns fast täglich und telefonierten, sooft wir eine Verbindung bekommen konnten. Später in diesem Jahr nahm ich mir einen der wenigen Urlaube, die ich je gehabt habe, reiste nach England, und wir heirateten ohne jedes Zögern im Haus ihrer Schwester in Wimbledon. Die Flitterwochen verbrachten wir in der Türkei, und ich schoss meinen zweiten Bildband, *Die Straßen von Ephesus*, zu dem Chris den Text schrieb. Mein erstes Buch war *Die Transsibirische Eisenbahn* gewesen, die ganze Strecke von Celjabinsk bis Wla-

diwostok, entstanden während des Kalten Krieges, und es war eines der elendesten Erlebnisse meines Lebens gewesen. Aber die Straßen von Ephesus und Chris waren eine Kombination, die nicht zu schlagen war.
Nachdem die Vereinigten Staaten sich aus Vietnam zurückzogen und ich offiziell damit aufhörte, hinter Kriegen herzujagen, kauften wir uns ein Haus an der Außenküste von North Carolina. Wir wollten beide am Meer leben, sie, weil sie in ihrer Kindheit fast jeden Sommer bei einem Onkel und einer Tante an der afrikanischen Goldküste verbracht hatte, und ich, weil ich jeden Tag meines Lebens mit der Unsterblichkeit konfrontiert werden wollte. Als wir unser Haus bezogen, war ich mir nicht mehr so sicher, ob es Unsterblichkeit oder Sterblichkeit war. Der Unterschied zwischen beidem schien nicht besonders groß zu sein. Es ist ein bescheidenes Haus, aber genau richtig für uns, und wir und unsere drei Golden Retriever Masha, Olga und Irina leben bis zum heutigen Tag hier. Ich habe die ganze Ostküste von Maine bis zu den Keys in Florida fotografiert, und das Kriegsähnlichste, das ich dabei erlebt habe, waren zwei kämpfende Taschenkrebse. Chris hat drei erfindungsreiche und phantasievolle Kinderbücher veröffentlicht, die überschwängliche Kritiken erhielten. Das Leben ist sehr freundlich zu uns.

Im vergangenen Jahr hat Onkel Josh einen Brief des Präsidenten erhalten, der ihm zum hundertsten Geburtstag gratulierte. Er benützt ihn als Lesezeichen. Er liest immer noch. Er sitzt auf der Veranda in Broadway Acres, wird von Estella und Stash versorgt, hört Musik auf der modernsten Stereoanlage und zeigt keine Verschleißerscheinungen. Nach Priscilla Light hat es noch zwei weitere Frauen gegeben, die ihn versorgt haben, zwei weitere Frauen, die mit Gloria Gardiner hätten verwechselt werden können. Estella nannte sie Cookie-Cutter-Frauen. Eine war Cellistin beim New Yorker Philharmonischen Orchester, die andere besaß einen Yachtclub auf Long Island. Woher er diese Frauen kannte, wissen wir bis heute nicht. All seine Interessen wurden mit seinen Beziehungen abgedeckt, der Buchladen, die Musik und das Wasser. Manche Leute bekommen fast alles, was sie haben wollen, ohne jemals dafür arbeiten zu müssen.

Ich staune immer noch über Dinge wie die Tatsache, dass Vögel nicht von ihren Sitzplätzen fallen, wenn sie einschlafen, und frage mich, ob man von dem kleinen Buschmann mit Mozarts Talent jemals etwas hören wird. Und ich frage mich, wie die beiden Hälften eines vollkommenen Ganzen es jemals schaffen, sich unter all den Milliarden von Menschen auf der Erde und in einer Welt, die in so vieler Hinsicht feindlich ist, zu finden. Das ist vermutlich das größte Wunder von allen. Wie war es möglich, dass Chris, die in einem Vorort von London geboren ist, und ich, der in Millersburg, New Jersey, geboren wurde, uns in jener schmutzigen Bar in Saigon begegneten? Und was wäre geschehen, wenn einer von uns nicht dort gewesen wäre? Hätten wir eine zweite Chance bekommen? Und ich mache mir Gedanken über Onkel Josh. War er der Zauberer, für den Estella und ich ihn gehalten haben, oder war er nur, wie Mamu glaubte, ein Schmarotzer, ein Taugenichts, ein Voyeur oder Exhibitionist? Hatte sie Recht mit ihrer Behauptung, dass er eine armselige Karikatur von einem Mann sei, oder war er ein hoffnungsloser Romantiker, ein Träumer, der unfähig war, irgendetwas zu tun? Sicher gibt es solche Menschen, Menschen, die auf Kosten anderer leben. Sollte man sie lieben oder verabscheuen? Muss es ein ›Entweder-oder‹ geben? Ich weiß es nicht. Ich erinnere mich mit Freude und Dankbarkeit an träge Sommerabende, an denen wir nackt und frei waren, Liszt oder Dickens hörten, vermischt mit den vielstimmigen Geräuschen des Sees, an denen wir auf dem Bootssteg lagen und staunten. Was immer Onkel Josh ist oder war, ich werde ihm stets dankbar sein für die Gaben, die ich von ihm erhalten habe, ganz besonders die Gabe des Staunens.

Diesen Sommer wollen Chris und ich nach Algerien reisen, um ein drittes Buch zu schreiben: *Die Felsmalereien der Tassili-Berge*.